20 世 纪 中 国 文 学 精 品

现代文学100篇（上）

陈思和——宋炳辉——主编

四川人民出版社

图书在版编目（CIP）数据

现代文学100篇·上/陈思和，宋炳辉主编.
—成都：四川人民出版社，2017．12
（20世纪中国文学精品）
ISBN 978-7-220-10502-9

Ⅰ.①现… Ⅱ.①陈… ②宋… Ⅲ.①中国
文学-现代文学-作品综合集 Ⅳ.①I216.1

中国版本图书馆CIP数据核字（2017）第277873号

XIANDAI WENXUE 100PIAN SHANG
现代文学100篇·上

陈思和　宋炳辉　主编

策划组稿	李淑云
责任编辑	李淑云
封面设计	张　科
版式设计	张　妮
责任校对	韩　华
责任印制	祝　健
出版发行	四川人民出版社（成都槐树街2号）
网　址	http://www.scpph.com
E-mail	scrmcbs@sina.com
新浪微博	@四川人民出版社
微信公众号	四川人民出版社
发行部业务电话	（028）86259624　86259453
防盗版举报电话	（028）86259624
照　排	四川胜翔数码印务设计有限公司
印　刷	成都国图广告印务有限公司
成品尺寸	145mm×210mm
印　张	14.25
字　数	360千
版　次	2018年5月第1版
印　次	2018年5月第1次印刷
书　号	ISBN 978-7-220-10502-9
定　价	46.00元

20 世 纪 中 国 文 学 精 品

◇

编选说明

一、本书编选宗旨：站在新世纪回眸百年中国文学，以其艺术精品展示后人，为未来中国保留一份 20 世纪中国文学的“古文观止”。

二、本书编选性质：既为广大中文专业的本科和专科学生提供一部篇幅不大、内容精要、适合阅读学习的 20 世纪中国文学作品选，也为一般文学爱好者提供一部艺术性强，并且凝聚了现代中国知识分子美好精神境界的美文选，值得读者欣赏和珍藏。

三、本书编选范围：20 世纪文学中的优秀作品，以现代汉语创作为主，包括小说、诗歌、散文、戏剧。长篇小说和篇幅过长的中篇小说选取其最能体现作家艺术成就的精彩片断；但一般的中篇小说、短篇小说均收录全篇。篇幅过长的诗歌和多幕戏剧也采取选其精彩片断的方法。散文包括抒情性散文、议论性散文、杂文和其他相关文体，但不包括篇幅较大的报告文学和理论批评文章。一般不选入旧体诗词。本书不设存目，希望读者能在一卷中尽得 20 世纪文学精华。

四、本书编选体例：其顺序为［1］篇名；［2］作家简介；［3］作品正文；［4］作家的话；［5］评论家的话。其中［4］选取作家本人有关的创作谈。如一时找不到的，则空缺。［5］选取较权威的评论家已发表的对所选作品的批评或就作家整体风格的批评意见。通常选一到两则。如一时找不到的，由参与本书编辑工作的有关人员撰写，但不标“评论家的话”，而标“推荐者的话”，以示区别。

五、本书编选原则：本书强调感人的语言艺术和知识分子人格力量体现相融合的审美标准，强调真正的艺术创造是超越时间和空间限制而永存于世的文学观念，一般不考虑文学史的需要，不考虑思潮流派的代表性，也不考虑作家在现实社会中的地位和影响。

六、本书编选方式：本书所选作品，要求选其最好的版本。若有作家多次修改的作品，应在比较各种版本的基础上，以其艺术表现最成熟的版本为准。

七、本书编排顺序：以作品写作时间的前后排列，若无从考其写作年月，则以其初刊年月为准。相同作家的作品，也按其写作或发表时间的前后排列。

八、本书初版由复旦大学中文系现代文学教研室与中央广播电视大学等单位共同编辑，陈思和与李平担任主编，邓逸群与宋炳辉担任副主编，共同负责全书的策划、协调、审读、定稿等工作。参加工作的具体人员是：王东明、苏兴良、李平、钱旭初、韩鲁华、陈利群（主要负责小说编选）；李振声、张新颖、宋炳辉、梁永安（主要负责诗歌与散文作品的编选）；杨竞人、邓逸群（负责戏剧作品的编选）。另外，张业松也参加过部分工作。本书初版由上海学林出版社 1999 年出版。

本次修订，主要由宋炳辉负责，参与者有：郜元宝、张新颖、王光东、宋明炜、段怀清、金理等。陈思和最后审定。在百年百篇的总体框架下，对当代部分做了一些调整，新增了韩松、王小波、迟子建、阎连科等作家的相关篇目。

九、本书称精品选，既是力图反映 20 世纪文学创作和知识分子精神生活的实际业绩，也表达了编选者对这项工作意义和独创性的主观追求，但我们必须声明的是，这并不是十全十美的选本，更不是唯一的经典的选本，它只是一个能够比较自由地表达编者的文学审美观念的选本，并希望读者能够从中获得人格的影响和美的熏陶。对于有些地区的作品（如香港、台湾地区等），因为资料的缺乏和信息的不敏，我们并无十分的把握，难免有遗珠之憾。“作家的话”和“评论家的话”两部分，因为不能翻阅所有的资料，肯定有许多选得不甚到位。我们希望读者能给以认真的批评和建议，以便以后再版时能有所修订增补，使其尽可能地接近于完美。

主编：陈思和　宋炳辉

修订于 2017 年 12 月 15 日

目录
CONTENTS

001 吴汝纶 《天演论》序（1898）

005 林琴南 苍霞精舍后轩记（1898）

008 梁启超 少年中国说（1900）

016 章炳麟 谢本师（1901）

020 刘 鹗 大明湖边美人绝调（《老残游记》节选）（1907）

031 林觉民 与妻书（1911）

035 李叔同 送 别（1914）

039 苏曼殊 碎簪记（1916）

059 鲁 迅 狂人日记（1918）

075 陈独秀 本志罪案之答辩书（1919）

080 郭沫若 凤凰涅槃（1920.1.20）

101 许地山 命命鸟（1921.1）

119 郁达夫 沉 沦（1921.5）

155 鲁 迅 阿Q正传（1921.12）

193 李金发 弃 妇（1922）

197 闻一多 忆 菊（1922）

202 冰 心 寄小读者·通讯七（1923）

207 朱自清 绿（1924.2）

211 徐志摩 沙扬娜拉（1924.6）
214 周作人 苍　蝇（1924.7）
219 鲁　迅 秋　夜（1924.9）
223 徐志摩 毒药·白旗·婴儿（1924.9）
229 叶圣陶 潘先生在难中（1924.11）
248 凌淑华 绣　枕（1925.3）
254 鲁　迅 灯下漫笔（1925.4）
262 朱自清 背　影（1925.10）
266 鲁　迅 孤独者（1925.10.17）
287 鲁　迅 伤　逝（1925.10.21）
306 闻一多 死　水（1925）
309 废　名 菱　荡（1927.10）
316 丁　玲 莎菲女士的日记（1927）
359 石评梅 墓畔哀歌（1927）
366 周作人 闭户读书论（1928）
370 徐志摩 再别康桥（1928）
373 戴望舒 雨　巷（1928）
378 梁遇春 谈“流浪汉”（1929.4）
395 周作人 水里的东西（1930）
400 施蛰存 石　秀（1931）
440 何其芳 预　言（1931）

吴汝纶
《天演论》序

吴汝纶，字挚甫。1840年出生，安徽桐城人。同治四年（1865）进士，任冀州知州，后任京师大学堂总教习。师从曾国藩，为“曾门四弟子”之一。有《桐城吴先生全书》。其散文气势宏大，有桐城派“殿军”之称；而严复译《天演论》又有首开西学先河之功。所以我们选这篇序言为全书的首篇，有终结古典文学，开启新世纪文学的含义。

严子几道既译英人赫胥黎所著《天演论》，以示汝纶，曰："为我序之。"天演者，西国格物家言也。其学以天择、物竞二义，综万汇之本原，考动植之蕃耗，言治者取焉。因物变递嬗，深揅乎质力聚散之义，推极乎古今万国盛衰兴坏之由，而大归以任天为治。赫胥黎氏起而尽变故说，以为天不可独任，要贵以人持天。以人持天，必究极乎天赋之能，使人治日即乎新，而后其国永存，而种族赖以不坠，是之谓与天争胜。而人之争天而胜天者，又皆天事之所苞。是故天行人治，同归天演。其为书奥赜纵横，博涉乎希腊、竺乾、斯多噶、婆罗门、释迦诸学，审同析异而取其衷，吾国之所创闻也。凡赫胥黎氏之道具如此，斯以信美矣。抑汝纶之深有取于是书，则又以严子之雄于文，以为赫胥黎氏之指趣，得严子乃益明。自吾国之译西书，未有能及严子者也。

凡吾圣贤之教，上者道胜而文至，其次，道稍孚矣，而文犹足以久。独文之不足，斯其道不能以徒存。六艺尚已！晚周以来，诸子各自名家，其文多可喜。其大要有集录之书，有自著之言：集录者，篇各为义，不相统贯，原于《诗》《书》者也；自著者，建立一干，枝叶扶疏，原于《易》《春秋》者也。汉之士争以撰著相高，其尤者，《太史公书》，继《春秋》而作，人治以著。扬子《太玄》，拟《易》为之，天行以阐，是皆所为一干而枝叶扶疏也。及唐中叶，而韩退之氏出，源本《诗》《书》，一变而为集录之体，宋以来宗之。是故汉氏多撰著之编，唐、宋多集录之文，其大略也。集录既多，而向之所为撰著之体不复多见，间一有之，其文采不足以自发，知言者摈焉弗列也。独近世所传西人书，率皆一干而众枝，有合于汉氏之撰著。又惜吾国之译言者，大抵弇陋不文，不足传载其义。夫撰著之与集录，其体虽变，其要于文之能工，一而已。

今议者谓西人之学，多吾所未闻，欲瀹民智，莫善于译书。吾则以谓今西书之流入吾国，适当吾文学靡敝之时，士大夫相矜尚以为学者，时文耳，公牍耳，说部耳！舍此三者，几无所为书。而是三者，固不足与于文学之事。今西书虽多新学，顾吾之士以其时文、公牍、说部之词译而传之，有识者方鄙夷而不知顾，民智之瀹何由？此无他，文不足焉故也。文如几道，可与言译书矣。往者释氏之入中国，中学未衰也，能者笔受，前后相望。顾其文自为一类，不与中国同。今赫胥黎氏之道，未知于释氏何如？然欲侪其书于太史氏、扬氏之列，吾知其难也。即欲侪之唐、宋作者，吾亦知其难也。严子一文之，而其书乃骎骎与晚周诸子相上下，然则文顾不重耶？抑严子之译是书，不惟自传其文而已。盖谓赫胥黎氏以人持天，以人治之日新，卫其种族之说，其义富，其辞危，使读焉者怵焉知变，于国论殆有助乎？是旨也，予又惑焉。凡为书，必与其时之学者相入，而后其效明。今学者方以时文、公牍、说部为学，而严子乃欲进之以可久之词，与晚周诸子相上下之书，吾惧其倂驰而不相入也。虽然，严子之意盖将有待也。待而得其人，则吾民之智瀹矣。是又赫胥黎氏以人治归天演之一义也欤？

选自《中国近代文学大系（1840—1919）·散文卷》(2)
上海书店 1992 年版

作家的话 ◇

此后必应改习西学，中学浩如烟海之书行当废去。

《答严几道书》

评论家的话

在严译的《天演论》内，有吴汝纶所作的一篇很奇怪的序文，他不看重天演的思想，他认为西洋的赫胥黎未必及得中国的周秦诸子，只因严复用周秦诸子的笔法译出，因文近乎“道”，所以思想也就近乎“道”了。如此，《天演论》是因为译文而才有了价值。这便是当时所谓“老新党”的看法。

周作人：《中国新文学的源流》

平心而论，汝纶虽为桐城嫡派，但为文并不拘泥于桐城规范。他在《与姚仲实书》中云：“桐城诸老，气清体洁，海内所宗，独雄奇瑰玮之气尚少。盖韩公得扬马之长，字字造出奇崛，欧阳公变为平易，而奇崛乃在平易之中。后儒但能平易，不能奇崛，则才气薄弱，不能复振，此一失也。”观吴氏文，得力于史记为多，文风近欧阳修，所谓“奇崛乃在平易之中”。汝纶为文质朴练达，不以词采取胜。

郭延礼：《中国近代文学发展史》

林琴南
苍霞精舍后轩记

林琴南，名纾，号畏庐，自号冷红生，又自称蠡叟、践卓翁等。1852年生于福建闽侯县（今福州）。自幼家贫，靠苦学成才。三十一岁中举，以后多次应试未中，终生以教书和著译为业。1897年与人合作笔译法国小说《巴黎茶花女遗事》，1899年译作问世后轰动文坛，从此一发不可收，因不谙外文，靠与别人口译合作，共译出一百七十余部，包括四十多种世界名著，在开创翻译风气和引进西方文学观念等方面，具有不可忽视的功绩。多才多艺，诗、文、画等均为大家高手。晚年居京城，先后在金台书院、五城学堂、京师大学堂、正志中学等任教，因反对新文化运动废除古文而著名，1924年病逝于北京。著有《畏庐文集》《春觉斋论文》等。

建谿之水，直趋南港，始分二支。其一下洪山，而中洲适当水冲，洲上下联二桥，水穿桥抱洲而过，始汇于马江。苍霞洲在江南桥右偏，江水之所经也。洲上居民百家，咸面江而门。余家洲之北，湫溢苦水，乃谋适爽垲，即今所谓苍霞精舍者。屋五楹，前轩种竹数十竿，微飔略振，秋气满于窗户，母宜人生时之所常过也。后轩则余与宜人联楹而居。其下为治庖之所。宜人病，常思珍味，得则余自治之。亡妻纳薪于灶，满则苦烈，抽之又莫适于火候，亡妻笑。母宜人谓曰："尔夫妇呶呶，何为也？我食能几何？事求精，尔烹饪岂亦有古法耶？"一家相传以为笑。宜人既逝，余始通二轩为一。每从夜归，妻疲不能起。余即灯下教女雪诵杜诗，尽七八首始寝。亡妻病革，屋适易主。乃命舆至轩下，藉鞯舆中，扶掖以去。至新居十日卒。

孙幼穀太守、力香雨孝廉，即余旧居，为苍霞精舍，聚生徒课西学，延余讲《毛诗》《史记》，授诸生古文。间五日一至。栏楯楼轩，一一如旧。斜阳满窗，帘幔四垂，乌雀下集，庭墀阒无人声。余微步廊庑，犹谓太宜人昼寝于轩中也。轩后严密之处，双扉阖焉。残针一已锈矣，和线犹注扉上，则亡妻之所遗也。呜呼！前后二年，此轩景物已再变矣。余非木石人，宁能不悲？归而作《后轩记》。

选自《中国近代文学大系（1840 一 1919）·散文卷》(4)

上海书店 1993 年版

作家的话

余治古文三十年，恒严闭不以示人。光绪中，桐城吴挚甫先生至京师，始见吾文，称曰：是抑遏掩蔽，能伏其光气者。越六年，桐城马通伯至京师，其称吾文乃过于吴先生也。两先生声称满天下。吴先生既逝，世之归仰桐城者，必曰是马通伯先生。当世之能古文者，承方姚道脉而且见淑于吴公，今乃皆私余。然则余之不以示人者，兹乃大获其偿，不以向者之严闭为狷矣。

《赠马通伯先生序》

评论家的话

纾之文工为叙事抒情，杂以诙诡，婉媚动人，实前古所未有。固不仅以译述为能事也。……此畏庐初集之文也。晚年名高，好为矜张，或伤于蹇涩，不复如初集之清劲婉媚矣。初集出，一时购读者六千人，盖并世作者所罕觏焉。

钱基博：《现代中国文学史》

林纾散文成就最高的是他的山水游记和抒情记事散文。这类作品融写景、记事、抒情于一炉，文笔雅洁洗练，生动优美，具有较高的审美价值。像他的《苍霞精舍后轩记》，怀念母亲及妻子，情真意切，哀感动人。全文仅500余字，作者能于简洁、平淡的文笔中蕴寓着丰富深厚的感情。……触景生情，回首往事，楼轩仍在，景色依稀旧时；但此时母亲仙逝，妻子已故，而作者犹想母亲昼寝轩中，妻子用过的残针仍旧和线注扉上。作者这淡淡数笔，读至此已令人潸然泪下。

郭延礼：《中国近代文学发展史》

梁启超

少年中国说

梁启超，字卓如，号任公，笔名有饮冰室主人、新民子、中国之新民等。1873 年出生于广东新会的清寒读书人家庭。自幼聪明颖慧，十一岁中秀才，十六岁中举人，甲午战败以后，参加康有为的“公车上书”运动和政治变法，成为维新运动的主要代表人物。1896 年创办《时务报》宣传变法，以语言的明快和思想的新锐，名重一时。“戊戌政变”后逃亡日本。先后创办《新民丛报》《清议报》《新小说》等，介绍西方学术思想，开启民智，影响极大。同盟会成立后，他的立场渐趋保守，以后十几年里一直从事现代政治活动，但成效不大。晚年退出政坛，任清华大学研究院导师，作学术研究。主要著作有《饮冰室合集》148 卷。1929 年病逝于北京。

日本人之称我中国也，一则曰老大帝国，再则曰老大帝国。是语也，盖袭译欧西人之言也。呜呼！我中国其果老大矣乎？任公曰：恶是何言！是何言！吾心目中有一少年中国在！

欲言国之老少，请先言人之老少。老年人常思既往，少年人常思将来。惟思既往也，故生留恋心；惟思将来也，故生希望心。惟留恋也，故保守；惟希望也，故进取。惟保守也，故永旧；惟进取也，故日新。惟思既往也，事事皆其所已经者，故惟知照例；惟思将来也，事事皆其所未经者，故常敢破格。老年人常多忧虑，少年人常好行乐。惟多忧也，故灰心；惟行乐也，故盛气。惟灰心也，故怯懦；惟盛气也，故豪壮。惟怯懦也，故苟且；惟豪壮也，故冒险。惟苟且也，故能灭世界；惟冒险也，故能造世界。老年人常厌事，少年人常喜事。惟厌事也，故常觉一切事无可为者；惟好事也，故常觉一切事无不可为者。老年人如夕照，少年人如朝阳；老年人如瘠牛，少年人如乳虎；老年人如僧，少年人如侠；老年人如字典，少年人如戏文；老年人如鸦片烟，少年人如泼兰地酒；老年人如别行星之陨石，少年人如大洋海之珊瑚岛；老年人如埃及沙漠之金字塔，少年人如西伯利亚之铁路；老年人如秋后之柳，少年人如春前之草；老年人如死海之潴为泽，少年人如长江之初发源。此老年与少年性格不同之大略也。梁启超曰：人固有之，国亦宜然。

任公曰：伤哉，老大也。浔阳江头琵琶妇，当明月绕船，枫叶瑟瑟，衾寒于铁，似梦非梦之时，追想洛阳尘中春花秋月之佳趣。西宫南内，白发宫娥，一灯如穗，三五对坐，谈开元、天宝间遗事，谱霓裳羽衣曲。青门种瓜人，左对孺人，顾弄孺子，忆侯门似海，珠履杂遝之盛事。拿破仑之流于厄蔑，阿剌飞之幽于锡兰，与三两监守吏，或过访之好事者，道当年短刀匹马，驰骋中原，席卷欧洲，血战海楼，一声叱咤，万国震恐之丰功伟烈，初而拍案，继而抚髀，终而揽镜。呜呼，面皴齿尽，白头盈把，颓然老矣！若是者，舍幽郁之外无心事，舍悲惨之外无天地，舍颓唐之外无日月，舍叹息之外无音声，舍待死之外无事业。美人豪杰且然，而况于寻常碌碌者耶？生平亲友，皆在墟墓，起居饮食，待命于人，今日且过，遑知他日，今年且过，遑恤明年。普天下灰心短气之事，未有甚于老大者。于此人也，而欲望以拏云之手段，回天之事功，挟山超海之意气，能乎不能？

呜呼，我中国其果老大矣乎？立乎今日，以指畴昔，唐虞三代，若何之郅治；秦皇汉武，若何之雄杰；汉唐来之文学，若何之隆盛；康乾间之武功，若何之烜赫！历史家所铺叙，词章家所讴歌，何一非我国民少年时代、良辰美景、赏心乐事之陈迹哉！而今颓然老矣，昨日割五城，明日割十城；处处雀鼠尽，夜夜鸡犬惊；十八省之土地财产，已为人怀中之肉；四百兆之父兄子弟，已为人注籍之奴。岂所谓“老大嫁作商人妇”者耶？呜呼！凭君莫话当年事，憔悴韶光不忍看！楚囚相对，岌岌顾影；人命危浅，朝不虑夕。国为待死之国，一国之民为待死之民，万事付之奈何，一切凭人作弄，亦何足怪！

任公曰：我中国其果老大矣乎？是今日全地球之一大问题也。如其老大也，则是中国为过去之国，即地球上昔本有此国，而今渐澌灭，他日之命运殆将尽也。如其非老大也，则是中国为未来之国，即地球上昔未现此国，而今渐发达，他日之前程且方长也。欲断今日之中国为老大耶？为少年耶？则不可不先明“国”字之意义。夫国也者，何物也？有土地，有人民，以居于其土地之人民，而治其所居之土地之事，自制法律而自守之；有主权，有服从，人人皆主权者，人人皆服从者。夫如是，斯谓之完全成立之国。地球上之有完全成立之国也，自百年以来也。完全成立者，壮年之事也；未能完全成立而渐进于完全成立者，少年之事也。故吾得一言以断之曰：欧洲列邦在今日为壮年国，而我中国在今日为少年国。

夫古昔之中国者，虽有国之名，而未成国之形也，或为家族之国，或为酋长之国，或为诸侯封建之国，或为一王专制之国。虽种类不一，要之，其于国家之体质也，有其一部而缺其一部，正如婴儿自胚胎以迄成童，其身体之一二官支，先行长成，此外则全体虽粗具，然未能得其用也。故唐虞以前为胚胎时代，殷周之际为乳哺时代，由孔子而来至于今为童子时代，逐渐发达，而今乃始将入成童以上少年之界焉。其长成所以若是之迟者，则历代之民贼有窒其生机者也。譬犹童年多病，转类老态，或且疑其死期之将至焉，而不知皆由未完全、未成立也，非过去之谓，而未来之谓也。

且我中国畴昔，岂尝有国家哉？不过有朝廷耳。我黄帝子孙，聚族而居，立于此地球之上者既数千年，而问其国之为何名，则无有也。夫所谓唐、虞、夏、商、周、秦、汉、魏、晋、宋、齐、梁、陈、隋、唐、宋、元、明、清者，则皆朝名耳。朝也者，一家之私产也；国也者，人民之公产也。朝有朝之老少，国有国之老少，朝与国既异物，则不能以朝之老少而指为国之老少明矣。文、武、成、康，周朝之少年时代也。幽、厉、桓、赧，则其老年时代也。高、文、景、武，汉朝之少年时代也。元、平、桓、灵，则其老年时代也。自余历朝，莫不有之。凡此者，谓为一朝廷之老也则可，谓为一国之老也则不可。一朝廷之老且死，犹一人之老且死也，于吾所谓中国者何与焉？然则吾中国者，前此尚未出现于世界，而今乃始萌芽云尔。天地大矣，前途辽矣，美哉，我少年中国乎！

玛志尼者，意大利三杰之魁也。以国事被罪，逃窜异邦，乃创立一会，名曰“少年意大利”。举国志士，云涌雾集以应之，卒乃光复旧物，使意大利为欧洲之一雄邦。夫意大利者，欧洲第一之老大国也。自罗马亡后，土地隶于教皇，政权归于奥国，殆所谓老而濒于死者矣。而得一玛志尼，且能举全国而少年之，况我中国之实为少年时代者耶？堂堂四百余州之国土，凛凛四百余兆之国民，岂遂无一玛志尼其人者！

龚自珍氏之集有诗一章，题曰《能令公少年行》。吾尝爱读之，而有味乎其用意之所存。我国民而自谓其国之老大也，斯果老大矣；我国民而自知其国之少年也，斯乃少年矣。西谚有之曰：有三岁之翁，有百岁之童。然则国之老少，又无定形，而实随国民之心力以为消长者也。吾见乎玛志尼之能令国少年也，吾又见乎我国之官吏士民能令国老大也，吾为此惧。夫以如此壮丽浓郁、翩翩绝世之少年中国，而使欧西、日本人谓我为老大者何也？则以握国权者皆老朽之人也。非哦几十年八股，非写几十年白折，非当几十年差，非挨几十年俸，非递几十年手本，非唱几十年诺，非磕几十年头，非请几十年安，则必不能得一官，进一职。其内任卿贰以上、外任监司以上者，百人之中，其五官不备者，殆九十六七人也，非眼盲，则耳聋，非手颤，则足跛，否则半身不遂也。彼其一身饮食、步履、视听、言语，尚且不能自了，须三四人在左右扶之捉之，乃能度日，于此而乃欲责之以国事，是何异立无数木偶而使之治天下也。且彼辈者，自其少壮之时，既已不知亚细、欧罗为何处地方，汉祖、唐宗是那朝皇帝，犹嫌其顽钝腐败之未臻其极，又必搓磨之、陶冶之，待其脑髓已涸，血管已塞，气息奄奄，与鬼为邻之时，然后将我二万里山河，四万万人命，一举而畀于其手。呜呼！老大帝国，诚哉其老大也！而彼辈者，积其数十年之八股、白折、当差、挨俸、手本、唱诺、磕头、请安，千辛万苦，千苦万辛，乃始得此红顶花翎之服色，中堂大人之名号，乃出其全副精神，竭其毕生力量，以保持之。如彼乞儿，拾金一锭，虽轰雷盘旋其顶上，而两手犹紧抱其荷包，他事非所顾也，非所知也，非所闻也。于此而告之以亡国也，瓜分也，彼乌从而听之？乌从而信之？即使果亡矣，果分矣，而吾今年既七十矣八十矣，但求其一两年内，洋人不来，强盗不起，我已快活过了一世矣。若不得已，则割三头两省之土地奉申贺敬，以换我几个衙门；卖三几百万之人民作仆为奴，以赎我一条老命，有何不可？有何难办？呜呼，今之所谓老后、老臣、老将、老吏者，其修身、齐家、治国、平天下之手段，皆具于是矣。西风一夜催人老，凋尽朱颜白尽头。使走无常当医生，携催命符以祝寿。嗟乎痛哉！以此为国，是安得不老且死，且吾恐其未及岁而殇也。

任公曰：造成今日之老大中国者，则中国老朽之冤业也；制出将来之少年中国者，则中国少年之责任也。彼老朽者何足道，彼与此世界作别之日不远矣，而我少年乃新来而与世界为缘。如僦屋者然，彼明日将迁居他方，而我今日始入此室处。将迁居者，不爱护其窗栊，不洁治其庭庑，俗人恒情，亦何足怪？若我少年者前程浩浩，后顾茫茫，中国而为牛、为马、为奴、为隶，则烹脔鞭箠之惨酷，惟我少年当之。中国如称霸宇内、主盟地球，则指挥顾盼之尊荣，惟我少年享之。于彼气息奄奄、与鬼为邻者何与焉？彼而漠然置之，犹可言也；我而漠然置之，不可言也。使举国之少年而果为少年也，则吾中国为未来之国，其进步未可量也；使举国之少年而亦为老大也，则吾中国为过去之国，其澌亡可翘足而待也。故今日之责任，不在他人，而全在我少年。少年智则国智，少年富则国富，少年强则国强，少年独立则国独立，少年自由则国自由，少年进步则国进步，少年胜于欧洲，则国胜于欧洲，少年雄于地球，则国雄于地球。红日初升，其道大光；河出伏流，一泻汪洋；潜龙腾渊，鳞爪飞扬；乳虎啸谷，百兽震惶；鹰隼试翼，风尘吸张；奇花初胎，矞矞皇皇；干将发硎，有作其芒；天戴其苍，地履其黄；纵有千古，横有八荒；前途似海，来日方长。美哉，我少年中国，与天不老！壮哉，我中国少年，与国无疆！

“三十功名尘与土，八千里路云和月。莫等闲白了少年头，空悲切！”此岳武穆《满江红》词句也，作者自六岁时即口受记忆，至今喜诵之不衰。自今以往，弃“哀时客”之名，更自名曰“少年中国之少年”。

作者附识。

1900 年 2 月 10 日

选自《中国近代文学大系（1840—1919）. 散文集》(2)

上海书店 1992 年版

作家的话

自是启超复专以宣传为业，为《新民丛报》《新小说》等诸杂志，畅其旨义，国人竞喜读之；清廷虽严禁，不能遏；每一册出，内地翻刻本辄十数。二十年来学子之思想，颇蒙其影响。启超夙不喜桐城派古文，幼年为文，学晚汉魏晋、颇尚矜炼，至是自解放，务为平易畅达，时杂以俚语韵语及外国语法，纵笔所至不检束，学者竞效之，号新文体。老辈则痛恨，诋为野狐。然其文务理明晰，笔锋常带情感，对于读者，别有一种魔力焉。

《清代学术概论》

评论家的话

同样具有文学色彩，但写法更自由的是《少年中国说》《呵旁观者文》《过渡时代论》《说希望》等一批篇幅较长的杂文。这些文章并非对某个具体的政治问题发论，这是它们与政论文的区别点，而是就某种具有普遍性的社会状况发感慨。这种感慨来自梁启超对现实社会的总结认识，所以不排除其中夹有议论，却又用抒情成分很重的杂文方式表达出来，从而恰切地传写出他对新时代、新风习的向往热爱与对旧时代、旧风习的深恶痛绝。这类杂文突出的特点是：富于激情与活力的语言具有穿透力，大量形象、生动的譬喻错综排列，用诗、文合一的手法极力铺展，在层叠的排比、对比、对偶句中夹以韵文，造成强烈的节奏感。议论化而为感慨，作者的思绪自由驰骋，感情的热浪滚滚而来。读者首先被文章激越的情感、逼人的气势所吸引，进而便会发现作者无远弗届、独具只眼的思想见解，因而深受启发。这些杂文把“新文体”的特点淋漓尽致地发挥、表现出来了，脍炙人口的名作《少年中国说》可为代表，……文中将老年人与少年人反复对比，尽力发掘他们互相对立的特点以及由此产生的结果，由于采用了顶真手法，联贯而下，文气充沛。整段又全用比喻，以老年人代表旧的中国，以少年人代表新的中国，并且比中套比，愈转愈奇。一些令人想象不到的古今中外事物，如字典与戏文，鸦片烟与白兰地，陨石与珊瑚岛，金字塔与铁路等纷纷成对毕集笔下，却又是异常贴切，竟至改易一语不得。这些比喻淋漓尽致地写出了旧的中国的日暮途穷，同时也反衬出新的中国的前途无量。这样的文章，自然很容易感动读者。

夏晓虹：《觉世与传世——梁启超的文学道路》

章炳麟

谢本师

章炳麟，字枚叔。浙江余杭人。后因仰慕清初学者顾炎武，改名绛，号太炎。1869 年生于浙江余杭。青年时代从朴学大师俞樾受业。1895 年起开始政治活动，参加过康有为发起的“强学会”，宣传变法维新。1903 年任教于上海爱国学社，发表《驳康有为论革命书》，有辱骂清帝之句，又为邹容《革命军》作序，被清廷逮捕入狱。1906 年出狱后赴日本，从事反清革命活动。晚年定居苏州，创立章氏国学讲习所。著有《章氏丛书》《章氏丛书续编》等，为一代国学大师。1936 年病逝于苏州。《谢本师》写于 1901 年，最初发表于 1906 年 11 月出版的《民报》第九号，是章太炎给其老师俞樾的公开信。俞樾学识渊博，颇知洋务，也不反对弟子参加维新运动，但对章太炎当时对封建传统文化的决绝的革命态度则无法接受，并加以非难。章承受着巨大的传统压力，毅然公开表达了“吾爱吾师，吾更爱真理”的革命立场。

余十六七岁始治经术，稍长，事德清俞先生[①]，言稽古之学，未尝问文辞诗赋[②]。先生为人岂弟[③]，不好声色[④]，而余喜独行赴渊之士。出入八年[⑤]，相得也。

顷之，以事游台湾。台湾则既隶日本。归，复谒先生[⑥]，先生遽曰："闻而游台湾。尔好隐，不事科举，好隐，则为梁鸿、韩康[⑦]可也。今入异域，背父母陵墓，不孝；讼言索虏之祸毒敷诸夏[⑧]，与人书指斥乘舆[⑨]，不忠。不孝不忠，非人类也。小子鸣鼓而攻之可也[⑩]。"盖先生与人交，辞气陵厉，未有如此甚者！

---

① 俞先生，即俞樾（一八二一 —— 一九〇七年），字荫甫，号曲园，浙江德清人，早年任翰林院编修，后任杭州诂经精舍院长三十余年，是清末著名的汉学家，主要著作有《群经平议》《诸子平议》《宾萌集》《古书疑义疏证》等，合辑为《春在堂全书》。

② 章太炎"初为文辞，刻意追蹑秦汉"，不赞成俞樾崇尚唐、宋文风的文学主张，没有向俞樾学过文辞诗赋。

③ 岂弟，通"恺悌"。

④ 章太炎《俞先生传》：俞樾"雅性不好声色，既丧母妻，终身不肴食，衣不过大布，进檅不过茗菜。"

⑤ 出入八年，章太炎于一八九〇年进入诂经精舍，一八九七年初离开。

⑥ 据章太炎自定年谱，此事系于光绪二十七年，作者三十四岁。

⑦ 梁鸿，字伯鸾，东汉平陵（今陕西咸阳西北）人，明帝时曾作《五噫歌》讥切时政。与妻孟光同隐霸陵山中；后又至吴，改名作雇工为生。韩康，字伯休，东汉霸陵（今西安东）人，卖药长安市中三十余年，口不二价，因此扬名，遂隐于霸陵山中，多次拒绝桓帝征召。

⑧ 讼言云云，一九〇〇年七月，章太炎参加唐才常在上海召集的"国会"，因反对"勤王"，"宣言脱社，割辫与绝"。今存《解辫发》一文，即作于此年，内严斥清政府无道。

⑨ 乘舆，指光绪皇帝。章太炎时在苏州东吴大学任教，曾致书孙宝瑄指名批判光绪。

⑩ 小子鸣鼓而攻之可也，原为孔子斥冉求语，见《论语·先进》。

先生既治经，又素博览，戎狄豺狼之说[①]，岂其未喻，而以唇舌卫捍之？将以尝仕索虏，食其廪禄耶！

昔戴君与全绍衣并污伪命[②]，先生亦授职为伪编修。非有土子民之吏，不为谋主，与全、戴同。何恩于虏，而悬悬蔽遮其恶？如先生之棣通故训，不改全、戴所操，以诲承学，虽杨雄、孔颖达[③]，何以加焉？

（1901 年）

选自《章太炎选集》

上海人民出版社 1981 年

作家的话

仆闻之，修辞立其诚也。自诸辞赋以外，华而近组则灭质，辩而妄断则失情，远于立诚之齐者，斯皆下情所欲弃捐，固不在奇偶数。

《太炎文录·与人论文书》

评论家的话

梁启超的文章笔锋常带感情，章氏的文章也充满着极强烈的感

---

① 戎狄豺狼之说，《左传》闵公元年："狄人伐邢。管敬仲言于齐侯曰：'戎狄豺狼，不可厌也；诸夏亲暱，不可弃也'。"这是以豺狼比喻贪残的人。

② 戴君，即戴震（一七二三—— 一七七七年），字东原，安徽休宁人，清代思想家，曾斥理学是"以理杀人"，著有《孟子字义疏证》《原善》等。全绍衣，全祖望（一七〇五—— 一七五五年）的字，浙江鄞县人，清代史学家。在学术上推崇黄宗羲，他的《鲒埼亭集》，收集了不少明清之际义士、学者的史料。并污伪命，指戴震与全祖望都曾参加过清廷主持的《四库全书》的编修工作。

③ 杨雄，也作扬雄，西汉末成都（今四川成都）人。曾仿《易》作《太玄》，仿《论语》作《法言》，仿《仓颉篇》作《训纂》，又收集各地语言作《方言》，是当时著名学者。孔颖达（五七四——六四八年），字冲远，隋末唐初经学家，累任国子祭酒，曾奉唐太宗之命主编《五经正义》。扬雄、孔颖达都历仕二朝。

情。不过二人的作风绝对不同，梁氏若长江、黄河，一泻千里；章氏若一把短小的匕首，尖锐锋利，有发必中。

章氏的文章，内容充实，析理绵密，故和桐城派的古文不同；情感丰富，笔力悍健，故和朴学家的疏证文不同。他替古文学发出了最后的光芒！

——吴文祺：《近百年来的中国文艺思潮》

刘　鹗

大明湖边美人绝调（《老残游记》节选）

刘鹗，字铁云，别署洪都百炼生。1857 年生于江苏丹徒（今镇江市）。青年时期曾为民间秘密学术团体太谷学派的第三代传人，治学注重实践，精通文史、数学、医学、水利学及金石书画等实际学问，并从事经商。光绪十四年（1888）郑州黄河决口，曾先后在河南巡抚吴大澂、山东巡抚张曜处作幕府，帮办治黄工程。因治河有功，遂被保荐到总理各国事务衙门，渐至以知府任用。八国联军侵占北京时，以贱价向联军购得太仓储谷赈济饥民，事后清廷以“私售仓粟”之罪流放新疆，次年（1909）逝于迪化（今乌鲁木齐）。

《老残游记》及其续集，为晚清四大谴责小说之一。小说写一个号称老残的江湖医生铁英浪迹山东的见闻和作为。大部分篇幅着力揭露所谓“清官”的暴政，他们大施淫威，肆虐百姓，铸成一桩桩骇人听闻的冤案，是古典小说中第一次出现的“清官”乃酷吏的艺术典型。随着老残的足迹所至，还丰富地展现了清末山东一带的社会风情和自然景物，叙景状物，前无古人。本书所节选的第二回，便以简练明畅的笔致，对济南大明湖的自然环境和明湖居白妞的说书技艺，作了精彩的描绘，名句叠出，是历来为人传颂的名篇。标题为编者所加。

自从那日起，又过了几天，老残向管事的道："现在天气渐寒，贵居停的病也不会再发，明年如有委用之处再来效劳。目下鄙人要往济南府去看看大明湖的风景。"管事的再三挽留不住，只好当晚设酒饯行，封了一千两银子奉给老残，算是医生的酬劳。老残略道一声"谢谢"，也就收入箱笼，告辞动身上车去了。

一路秋山红叶，老圃黄花，颇不寂寞。到了济南府，进得城来，家家泉水，户户垂杨，比那江南风景，觉得更为有趣。到了小布政司街，觅了一家客店，名叫高升店，将行李卸下，开发了车价酒钱，胡乱吃点晚饭，也就睡了。

次日清晨起来，吃点儿点心，便摇着串铃满街踅了一趟，虚应一应故事。午后便走行至鹊华桥边，雇了一只小船，荡起双桨，朝北不远，便到历下亭前。下船进去，入了大门便是一个亭子，油漆已大半剥蚀。亭子上悬了一副对联，写的是"历下此亭古，济南名士多"，上写着"杜工部句"，下写着"道州何绍基书"。亭子旁边虽有几间群房，也没有什么意思。复行下船，向西荡去，不甚远，又到了铁公祠畔。你道铁公是谁？就是明初与燕王为难的那个铁铉。后人敬他的忠义，所以至今春秋时节，土人尚不断的来此进香。

到了铁公祠前，朝南一望，只见对面千佛山上，梵宇僧楼，与那苍松翠柏高下相间，红的火红，白的雪白，青的靛青，绿的碧绿。更有那一株半株的丹枫夹在里面，仿佛宋人赵千里的一幅大画，做了一架数十里长的屏风。正在叹赏不绝，忽听一声渔唱。低头看去，谁知那明湖业已澄净的同镜子一般。那千佛山的倒影映在湖里，显得明明白白。那楼台树木格外光彩，觉得比上头的一个千佛山还要好看，还要清楚。这湖的南岸，上去便是街市，却有一层芦苇密密遮住，现在正是着花的时候，一片白花映着带水气的斜阳，好似一条粉红绒毯，做了上下两个山的垫子，实在奇绝。老残心里想道："如此佳景，为何没有什么游人？"回转身来，看到大门里面楹柱上有副对联，写的是"四面荷花三面柳，一城山色半城湖"，暗暗点头道："真正不错。"

进了大门，正面便是铁公亭堂，朝东便是一个荷池。绕着曲折的回廊，到了荷池东面，就是个圆门。圆门东边有三间旧房，有个破匾，上题"古水仙祠"四个字。祠前一副破旧对联，写的是"一盏寒泉荐秋菊，三更画船穿藕花"。过了水仙祠，仍旧上了船。荡到历下亭的后面，两边荷叶荷花将船夹住。那荷叶初枯，擦的船嗤嗤的响；那水鸟被人惊起，格格的飞；那已老的莲蓬，不断的绷到船窗里面来。老残随手摘了几个莲蓬，一面吃着，一面船已到了鹊华桥畔了。

到了鹊华桥，才觉得人烟稠密，也有挑担子的，也有推小车子的，也有坐二人抬小蓝呢轿子的。轿子后面一个跟班的戴个红缨帽子，膀子底下夹个护书拼命价奔，一面用手巾擦汗，一面低着头跑。街上五六岁的孩子不知避人，被那轿夫无意踢倒一个，他便哇哇的哭起。他的母亲赶忙跑来问："谁碰倒你的？谁碰倒你的？"那个孩子只是哇哇的哭，并不说话。问了半天，才带哭说了一句道："抬轿子的！"他母亲抬头看时，轿子早已跑得有二里多远了。那妇人牵了孩子，嘴里不住咭咭咕咕的骂着，就回去了。

老残从鹊华桥往南，缓缓向小布政司街走去，一抬头，见那墙上贴了一张黄纸，有一尺长、七八寸宽的光景，居中写着"说鼓书"三个大字，旁边一行小字是"二十四日明湖居"。那纸还未十分干，心知是方才贴的，只不知道这是什么事情，别处也没有见过这样招子。一路走着，一路盘算，只听耳边有两个挑担子的说道：

“明儿白妞说书，我们可以不必做生意，来听书罢。”又走到街上，听铺子里柜台上有人说道：“前次白妞说书，是你告假的，明儿的书，应该我告假了。”一路行来，街谈巷议，大半都是这话，心里诧异道：“白妞是何许人？说的是何等样书？为甚一纸招贴，便举国若狂如此？”信步走来，不知不觉已到高升店口。

进得店去，茶房便来回道：“客人，用什么夜膳？”老残一一说过，就顺便问道：“你们此地说鼓书是个什么玩意儿？何以惊动这们许多的人？”茶房说：“客人，你不知道。这说鼓书本是山东乡下的土调，用一面鼓、两片梨花简，名叫‘梨花大鼓’，演说些前人的故事，本也没甚稀奇。自从王家出了这个白妞、黑妞姊妹两个，这白妞名字叫作王小玉，此人是天生的怪物！他十二三岁时就学会了这说书的本事。他却嫌这乡下调儿没什么出奇，他就常到戏园里看戏，所有什么西皮、二簧、梆子腔等唱，一听就会；什么余三胜、陈长庚、张二奎等人的调子，他一听也就会唱。仗着他的喉咙，要多高有多高；他的中气，要多长有多长。他又把那南方的什么昆腔、小曲，种种的腔调，他都拿来装在这大鼓书的调儿里面。不过二三年工夫，创出这个调儿，竟至无论南北高下的人，听了他唱书，无不神魂颠倒。现在已有招子，明儿就唱。你不信，去听一听就知道了。只是要听还要早去。他虽是一点钟开唱，若得十点钟去，便没有坐位的。”老残听了，也不甚相信。次日六点钟起，先到南门内看了舜井，又出南门，到历山脚下，看看相传大舜昔日耕田的地方。及至回店，已有九点钟的光景，赶忙吃了饭，走到明湖居，才不过十点钟时候。

那明湖居本是个大戏园子，戏台前有一百多张桌子。那知进了园门，园子里面已经坐的满满的了，只有中间七八张桌子还无人坐，桌子却都贴着“抚院定”、“学院定”等类红纸条儿。老残看了半天，无处落脚，只好袖子里送了看坐儿的二百个钱，才弄了一张短板凳，在人缝里坐下。看那戏台上，只摆了一张半桌，桌子上放了一面板鼓，鼓上放了两个铁片儿，心里知道这就是所谓梨花简了。旁边放了一个三弦子，半桌后面放了两张椅子，并无一个人在台上。偌大的个戏台空空洞洞别无他物，看了不觉有些好笑。园子里面，顶着篮子卖烧饼油条的有一二十个，都是为那不吃饭来的人买了充饥的。到了十一点钟，只见门口轿子渐渐拥挤，许多官员都着了便衣，带着家人，陆续进来。不到十二点钟，前面几张空桌俱已满了，不断还有人来，看坐儿的也只是搬张短凳，在夹缝中安插。这一群人来了，彼此招呼，有打千儿的，有作揖的，大半打千儿的多。高谈阔论，说笑自如。这十几张桌子外，看来都是做生意的人，又有些像是本地读书人的样子，大家都嘁嘁喳喳的在那里说闲话。因为人太多了，所以说的什么话都听不清楚，也不去管他。

到了十二点半钟，看那台上，从后台帘子里面出来一个男人，穿了一件蓝布长衫，长长的脸儿，一脸疙瘩，仿佛风干福橘皮似的，甚为丑陋。但觉得那人气味倒还沉静。出得台来，并无一语，就往半桌后面左手一张椅子上坐下，慢慢的将三弦子取来，随便和了和弦，弹了一两个小调，人也不甚留神去听，后来弹了一支大调，也不知道叫什么牌子。只是到后来，全用轮指，那抑扬顿挫，入耳动心，恍若有几十根弦、几百个指头在那里弹似的。这时台下叫好的声音不绝于耳，却也压不下那弦子去。这曲弹罢就歇了手，旁边有人送上茶来。

停了数分钟时，帘子里面出来一个姑娘，约有十六七岁，长长鸭蛋脸儿，梳了一个抓髻，戴了一副银耳环，穿了一件蓝布外褂儿，一条蓝布裤子，都是黑布镶滚的。虽是粗布衣裳，倒十分洁净。来到半桌后面右手椅子上坐下。那弹弦子的便取了弦子铮铮鏦鏦弹起。这姑娘便立起身来，左手取了梨花简，夹在指头缝里，便叮叮当当的敲，与那弦子声音相应；右手持了鼓捶子，凝神听那弦子的节奏。忽羯鼓一声歌喉遽发，字字清脆，声声婉转，如新莺出谷，乳燕归巢。每句七字，每段数十句，或缓或急，忽高忽低，其中转腔换调之处，百变不穷，觉一切歌曲腔调俱出其下，以为观止矣。

旁坐有两人，其一人低声问那人道："此想必是白妞了罢？"其一人曰："不是。这人叫黑妞，是白妞的妹子。他的调门儿都是白妞教的，若比白妞，还不晓得差多远呢！他的好处人说得出，白妞的好处人说不出；他的好处人学的到，白妞的好处，人学不到。你想，这几年来，好顽耍的谁不学他们的调儿呢？就是窑子里的姑娘，也人人都学，只是顶多有一两句到黑妞的地步，若白妞的好处，从没有一个人能及他十分里的一分的。"说着的时候，黑妞早唱完，后面去了。

这时满园子里的人，谈心的谈心，说笑的说笑。卖瓜子、落花生、山里红、核桃仁的，高声喊叫着卖，满园子里听来都是人声。正在热闹哄哄的时节，只见那后台里又出来了一位姑娘，年纪约十八九岁，装束与前一个毫无分别，瓜子脸儿，白净面皮，相貌不过中人以上之姿，只觉得秀而不媚，清而不寒。半低着头出来，立在半桌后面把梨花简叮当了几声，煞是奇怪：只是两片顽铁，到他手里，便有了五音十二律似的，又将鼓捶子轻轻的点了两下，方抬起头来向台下一看。那双眼睛，如秋水，如寒星，如宝珠，如白水银里头养着两丸黑水银，左右一顾一盼，连那坐在远远墙角子里的人，都觉得王小玉看见我了；那坐得近的，更不必说。就这一眼，满园子里便鸦雀无声，比皇帝出来还要静悄得多呢，连一根针掉在地上都听得见响！

王小玉便启朱唇，发皓齿，唱了几句书儿。声音初不甚大，只觉入耳有说不出来的妙境，五脏六腑里，像熨斗熨过，无一处不服帖；三万六千个毛孔，像吃了人参果，无一个毛孔不畅快。唱了十数句之后，渐渐的越唱越高，忽然拔了一个尖儿，像一线钢丝抛入天际，不禁暗暗叫绝。那知他于那极高的地方尚能回环转折，几啭之后，又高一层，接连有三四叠，节节高起。恍如由傲来峰西面攀登泰山的景象：初看傲来峰削壁千仞，以为上与天通；及至翻到傲来峰顶，才见扇子崖更在傲来峰上；及至翻到扇子崖，又见南天门，更在扇子崖上，愈翻愈险，愈险愈奇！

那王小玉唱到极高的三四叠后，陡然一落，又极力骋其千回百折的精神，如一条飞蛇在黄山三十六峰半中腰里盘旋穿插，顷刻之间，周匝数遍。从此以后，愈唱愈低，愈低愈细，那声音渐渐的就听不见了。满园子的人都屏气凝神，不敢少动。约有两三分钟之久，仿佛有一点声音从地底下发出。这一出之后，忽又扬起，像放那东洋烟火，一个弹子上天，随化作千百道五色火光，纵横散乱。这一声飞起，即有无限声音俱来并发。那弹弦子的亦全用轮指，忽大忽小，同他那声音相和相合，有如花坞春晓，好鸟乱鸣。耳朵忙不过来，不晓得听那一声的为是。正在缭乱之际，忽听霍然一声，人弦俱寂。这时台下叫好之声，轰然雷动。

停了一会，闹声稍定，只听那正座上有一个少年人，不到三十岁光景，是湖南口音，说道："当年读书，见古人形容歌声的好处，有那'余音绕梁，三日不绝'的话，我总不懂，空中设想，余音怎样会得绕梁呢？又怎会三日不绝呢？及至听了小玉先生说书，才知古人措辞之妙。每次听他说书之后，总有好几天耳朵里无非都是他的书，无论做什么事总不入神，反觉得'三日不绝'这'三日'二字下得太少，还是孔子'三月不知肉味''三月'二字形容得透彻些！"旁边人都说道："梦湘先生论得透辟极了！'于我心有戚戚焉'。"

说着，那黑妞又上来说了一段，底下便又是白妞上场。这一段，闻旁边人说，叫作"黑驴段"。听了去，不过是一个士子，见一个美人骑了一个黑驴走过去的故事。将形容那美人，先形容那黑驴怎样怎样好法，待铺叙到美人的好处，不过数语，这段书也就完了。其音节全是快板，越说越快。白香山诗云“大珠小珠落玉盘”可以尽之。其妙处，在说得极快的时候，听的人仿佛都赶不上听，他却字字清楚，无一字不送到人耳轮深处。这是他的独到，然比着前一段，却未免逊一筹了。

选自《中国近代文学大系·小说集》(4)

上海书店 1992 年 12 月版

作家的话

吾人生今之时，有身世之感情，有家国之感情，有社会之感情，有宗教之感情。其感情愈深者，其哭泣愈痛：此洪都百炼生所以有《老残游记》之作也。

棋局已残，吾人将老，欲不哭泣也得乎？吾知海内千芳，人间万艳，必有与吾同哭同悲者焉！

《〈老残游记〉自叙》

评论家的话

戊戌变政既不成，越二年即庚子岁而有义和团之变，群乃知政府不足与图治，顿有抨击之意矣。其在小说，则揭发伏藏，显其弊恶，而于时政，严加纠弹，或更扩充，并及风俗。……其书即借铁英号老残者之游行，而历记其言论闻见，叙景状物，时有可观，作者信仰，并见于内，而攻击官吏之处亦多。

鲁迅：《中国小说史略·清末之谴责小说》

胡适最早指出《老残游记》的这一特点，他说：“《老残游记》最擅长的是描写技术；无论写人写景，作者都不肯有套语滥调，总想熔铸新词，作实地的描写。在这一点上，这部书可算是前无古人了。”《老残游记》在人物刻画上的成功，如写玉贤的残暴狠毒，刚弼的刚愎自用都很有特色，这里就不谈了。我想就他描写自然风光的成就说几句。小说第二回大明湖的自然风光是美极了，至今外地人皆知济南“家家流水，户户垂杨”、“四面荷花三面柳，一城山色半城湖”。其他如千佛山的倒影，大明湖的水色，通过《老残游记》优美动人的描写，更加引起国内外游人的兴致。……

音乐是以声音为表现手段，完全凭听觉感受的审美艺术。音响又是无形的，要把无形的声音形象地描绘出来，确是一件不容易的事。白居易的名篇《琵琶行》中关于音乐的描写已使人叹为观止。读了刘鹗关于白妞说书的描写觉得更形象、更生动，更能调动和丰富欣赏者的审美感受，更具有艺术魅力。作者不仅从心理感受的角度写出了音乐美给人的愉悦感受：“五脏六腑里，像熨斗熨过，无一处不服帖；三万六千个毛孔，像吃了人参果，无一个毛孔不畅快。”而且有层次地写了音乐的美妙佳境。首先是歌唱由低渐高，高中又有层次，作者以登泰山的傲来峰、扇子崖、南天门三处为喻，步步升高，愈升愈险，愈险愈奇。其次是歌喉由高转低，当白妞唱到极高三四叠后，声音又忽然一落，美妙的音响在半空盘旋回荡，几经反复。而后愈唱愈低，那声音渐渐听不见了，听众也进入了“此时无声胜有声”的艺术境界，“满园子的人都屏气凝神，不敢少动”。再次写妙音复起，仿佛声音从地底下发出，忽又扬起，作者用东洋烟火（即现在的礼花）来形容，这一声飞起，即有无数声音俱来并发。那弹弦子的亦全用轮指，忽大忽小，此时真用得上“大珠小珠落玉盘”了，乐声相和，臻于妙境。刘鹗化无形的音乐为有形的景物，借物赋形，通过各种比喻和象声叠词，把转瞬即逝的声音，描绘为具体可感的形象，又运用“通感”的原理，把听觉转化为视觉、感觉，即把欣赏者对音乐美的感受具象化，从而启发人的联想和想象，唤起欣赏者的审美意象和感觉上的共鸣，从而进入美的境界。读过这段声情并茂的美文，令人不能不折服于作者那支生花妙笔。

郭延礼：《中国近代文学发展史》

林觉民
与妻书

林觉民，字意洞，号抖飞，又号天外生。1886 年生于福建闽侯县（今福州）。十四岁进福建高等学堂。1907 年留学日本，入庆应大学文科，学习哲学。其间加入同盟会。1911 年回广州策划起义，在战斗中负伤被俘，不屈就义。为黄花岗七十二烈士之一。

意映卿卿如晤：

吾今以此书与汝永别矣！吾作此书时，尚为世中一人；汝看此书时，吾已成为阴间一鬼。吾作此书，泪珠和笔墨齐下，不能竟书，而欲搁笔。又恐汝不察吾衷，谓吾忍舍汝而死，谓吾不知汝之不欲吾死也，故遂忍悲为汝言之。

吾至爱汝！即此爱汝一念，使吾勇于就死也！吾自遇汝以来，常愿天下有情人都成眷属，然遍地腥云，满街狼犬，称心快意，几家能彀？司马青衫，吾不能学太上之忘情也。语云：仁者“老吾老以及人之老，幼吾幼以及人之幼”。吾充吾爱汝之心，助天下人爱其所爱，所以敢先汝而死，不顾汝也。汝体吾此心，于悲啼之余，亦以天下人为念，当亦乐牺牲吾身与汝身之福利，为天下人谋永福也。汝其勿悲！

汝忆否？四五年前某夕，吾尝语曰：“与使吾先死也，无宁汝先吾而死。”汝初闻言而怒，后经吾婉解，虽不谓吾言为是，而亦无辞相答。吾之意盖谓以汝之弱，必不能禁失吾之悲，吾先死留苦与汝，吾心不忍，故宁请汝先死，吾担悲也。嗟夫！谁知吾卒先汝而死乎？吾真不能忘汝也！回忆后街之屋，入门穿廊，过前后厅，又三四折，有小厅，厅旁一室为吾与汝双栖之所。初婚三四个月，适冬之望日前后，窗外疏梅筛月影，依稀掩映，吾与汝并肩携手，低低切切，何事不语？何情不诉？及今思之，空余泪痕！又回忆六七年前，吾之逃家复归也，汝泣告我：“望今后有远行，必以告妾，妾愿随君行。”吾亦既许汝矣。前十余日回家，即欲乘便以此行之事语汝，及与汝相对，又不能启口，且以汝之有身也，更恐不胜悲，故惟日日呼酒买醉。嗟夫！当时余心之悲，盖不能以寸管形容之。吾诚愿与汝相守以死，第以今日事势观之，天灾可以死，盗贼可以死，瓜分之日可以死，奸官污吏虐民可以死，吾辈处今日之中国，国中无地无时不可以死！到那时使吾眼睁睁看汝死，或使汝眼睁睁看我死，吾能之乎？抑汝能之乎？即可不死，而离散不相见，徒使两地眼成穿而骨化石，试问古来几曾见破镜能重圆，则较死为苦也。将奈之何？今日吾与汝幸双健。天下人之不当死而死，与不愿离而离者，不可数计。钟情如我辈者，能忍之乎？此吾所以敢率性就死不顾汝也！吾今死无余憾，国事成不成，自有同志者在。依新已五岁，转眼成人，汝其善抚之，使之肖我。汝腹中之物，吾疑其女也，女必像汝，吾心甚慰；或又是男，则亦教其以父志为志，则我死后，尚有二意洞在也，甚幸，甚幸！

吾家后日当甚贫，贫无所苦，清静过日而已。

吾今与汝无言矣！吾居九泉之下，遥闻汝哭声，当哭相和也。吾平日不信有鬼，今则又望其真有。今人又言心电感应有道，吾亦望其言是实，则吾之死，吾灵尚依依旁汝也，汝不必以无侣悲！

吾生平未尝以吾所志语汝，是吾不是处。然语之，又恐汝日日为吾担忧。吾牺牲百死而不辞，而使汝担忧，的的非吾所忍。吾爱汝至，所以为汝谋者惟恐未尽。汝幸而偶我，又何不幸而生今日之中国！吾幸而得汝，又何不幸而生今日之中国！卒不忍独善其身。嗟夫！巾短情长，所未尽者，尚有万千，汝可摹拟得之。吾今不能见汝矣！汝不能舍吾，其时时于梦中得我乎！一恸！

辛亥三月廿六夜四鼓，意洞手书。

家中诸母皆通文，有不解处，望请其指教，当尽吾意为幸。

选自《中国近代文学大系（1840—1919）·书信日记集》（1）上海书店 1992 年版

评论家的话 ◇

林觉民，1905 年（光绪三十一年）与陈意映结婚，夫妻感情甚笃，次年生一子，名依新。林觉民在广州起义前三天，即 1911 年 4 月 24 日夜在香港写了这封《与妻书》，翌日晨，林觉民嘱托友人："我死，幸为转达。"即偕同林尹民、郑烈等人赴广州。并在船上对郑烈说："此举若败，死者必多，定能感动同胞。……使吾同胞一旦尽奋而起，克复神州，重兴祖国，则吾辈虽死之日，犹生之年也，宁有憾哉！宁有憾哉！"可见他此时已经抱定殉国的决心。……《与妻书》是作者饱和着血泪，浸润着无限深情而写的诀别书，表现了一位革命党人为推翻封建王朝、建立民主共和国不惜舍弃家庭幸福和牺牲个人生命的崇高的奉献精神和高尚情怀。

这封信之所以如此感人肺腑，催人泪下，主要是因为作者具有崇高的思想境界：他不仅倾诉了一个丈夫与妻子诀别时那种真挚的、深厚的、难舍难离的爱，而且又把这种爱与对他人的爱、对祖国的爱结合起来。使《与妻书》闪现出更加动人的光辉。

郭延礼：《中国近代文学发展史》

李叔同
送　别

李叔同，名文涛，字叔同，别号息霜，浙江平湖人。1880年生于天津。少年时期即多才多艺，书画诗俱佳。1898年携眷旅居上海，与友人结“城南文社”，颇有诗名。1905年留学日本，入东京上野美术学校习油画兼水彩画，后又进东京音乐学校学钢琴、提琴和作曲，创作歌曲多种。在东京组织春柳剧社，主演《茶花女》等新剧。1910年回国后，加入南社，主编《文美杂志》，任《太平洋报》主笔兼编辑。先后受聘于浙江两级师范和南京高等师范学校任教员。这期间佛缘渐深，1918年在杭州虎跑定慧寺正式舍俗出家。同年受戒于灵隐寺。法名演音，字弘一，别号甚多。往来于嘉兴、上虞、温州、厦门、泉州等地，似孤云野鹤，弘扬佛法。1931年在上虞白马湖横塘法界寺前发愿专修南山律学，成为我国近代德高望重的律宗高僧。1942年于福建泉州圆寂。有《清凉歌集》《晚晴山房书简》《南闽十年之梦影》《惠安弘法日记》《李庐印谱》等著述，编著有律学典籍文献《南山律苑丛书》等。

长亭外，
古道边，
芳草碧连天。
晚风拂柳笛声残，
夕阳山外山。

天之涯，
地之角，
知交半零落；
一瓢浊酒尽余欢，
今宵别梦寒。

长亭外，
古道边，
芳草碧连天。
晚风拂柳笛声残，
夕阳山外山。

选自《弘一法师年谱》
宗教文化出版社 1995 年 8 月版

作家的话

应使文艺以人传，不可人以文艺传。

引自《弘一法师年谱》

评论家的话

曲上的歌，主要的是李叔同先生——即现在杭州大慈山僧弘一法师——所作或配的。我们选歌曲的标准，对于曲要求其旋律的正大与美丽；对于歌要求诗歌与音乐的融合。西洋名曲之传诵于全世界者，都有那样好的旋律；李先生有深大的心灵，又兼备文才与乐才，据我们所知，中国作曲作歌的只有李先生一人。

丰子恺：《〈中文名歌五十曲〉序》

在李叔同这一时期的歌曲中，《送别》一首无疑是最有代表性的了。其影响也最大，故事也特别多。长期以来，《送别》几乎成了李叔同的代名词，而大陆电影《早春二月》《城南旧事》的插曲或主题歌采用《送别》后，这首歌更是家喻户晓。

然而，对于《送别》，却有一个不太引人注意的宣传失误。由于人们对此歌宣传得多，研究得少，所以大多数人以为此歌的词与曲皆为李叔同所作。其实《送别》的曲子原是美国通俗歌曲作者J·P·奥德威（JohnP. Ordway 1824 — 1880）所作，歌曲的名字叫《梦见了家和母亲》。由于此曲十分优美，日本歌词作家犬童球溪（1884—1905）便采用它的旋律填写了《旅愁》。《旅愁》刊于犬童球溪逝世后的1907年。此时正值李叔同在日本留学且又研究音乐，他对《旅愁》当有较深的印象。

《送别》采用了《梦见家和母亲》的旋律，但歌词显然受了《旅愁》的影响。《旅愁》的歌词是：

西风起，秋渐深，秋容动客心。独自惆怅叹飘零，寒光照孤影。

忆故土，思故人，高堂念双亲。乡路迢迢何处寻？觉来归梦新。

由此可见，《旅愁》《送别》两首歌不仅旋律相同，歌词意境亦相近。

李叔同写《送别》歌是在1914年。此歌一经问世，流传得特别广泛。仅是收在独唱和钢琴伴奏的歌曲集里的就有《中文名歌五十曲》《仁声歌集》《中学音乐教材》《万叶歌曲集》《中学歌曲选》《李叔同歌曲集》等。

陈星：《芳草碧连天——弘一法师传》

苏曼殊
碎簪记

苏曼殊，原名戬，字子谷，小名三郎，始名宗之助，后改名元瑛。原籍广东香山县（今中山市），1884 年生于日本横滨一华侨商人家庭。母亲系日本人，六岁时随嫡母回国。1898 年又去日本横滨，入大同学校和早稻田大学高等预科读书。1920 年参加革命团体，投入反清爱国运动。以后行踪漂泊不定，亦僧亦俗，风流倜傥，能诗善绘。通多国语文，曹将中国古典诗词译成英文，又向中国译介了英国浪漫主义诗人拜伦、雪莱等作品，为中西文学交流的先驱者。1914 年因不满袁世凯政权而发表《释曼殊代十方法侣宣言》。1918 年病逝于上海。

余至西湖之第五日，晨餐甫罢，徘徊于南楼之上，钟声悠悠而逝。遥望西湖风物如恒，但与我游者，乃不同耳。计余前后来此凡十三次：独游者九次，共昙谛法师一次，共法忍禅师一次，共邓绳侯[①]、独秀山民一次[②]，今即同庄湜也。

此日天气阴晦，欲雨不雨，故无游人，仅有二三采菱之舟出没湖中。余忽见杨缕毵毵[③]之下，碧水红莲之间，有扁舟徐徐而至。更视舟中，乃一淡装女郎，心谓此女游兴不浅，何以独无伴侣？移时，舟停于石步，此女风致，果如仙人也。至旅邸之门，以吾名氏叩阍者，阍者肃之登楼。余正骇异，女已至吾前，盈盈为礼，然后赧然言曰："先生幸恕唐突。闻先生偕庄君同来，然欤？"余漫应曰："然。"女曰："妾为庄君旧友，特来奉访。敬问先生，庄君今在否？"余曰："晨朝策马自去，或至灵隐、天竺间[④]，日暮归来，亦未可定。君有何事？吾可代达也。"尔时，女若有所思，已而复启余曰："妾姓杜，名灵芳，住湖边旅舍第六号室。敬乞传语庄君，明日上午惠过一谈。但有渎精神，良用歉仄耳。"余曰："敬闻命矣。"女复含赧谢余，打桨而去。余此际神经，颇为此女所扰，此何故哉？一者：吾友庄湜恭慎笃学，向未闻与女子交游，此女胡为乎来？二者：吾与此女无一面之雅，何由知吾名姓？又知庄湜同来？三者：此女正当绮龄，而私约庄湜于逆旅，此何等事？若谓平

---

① 邓绳侯——号艺孙，安徽怀宁人。
② 独秀山民——陈仲甫的号。
③ 毵毵——毛细长貌，形容枝叶细长。
④ 天竺——山名，在西湖西南，灵隐寺之南。

康挟瑟者流[①]，则其人仪态万方，非也；若谓庄湜世交，何以独来访问，不畏多言耶？余静坐沉思，久乃耸然曰："天下女子，皆祸水也[②]！"余立意既定，抵暮，庄湜归，吾暂不提此事。

明日，余以电话询湖边旅舍曰："六号室客共几人？"曰："母女并婢三人。"曰："从何处来？"曰："上海。"曰："有几日住？"曰："饭店乘快车去。"余思：此时即使庄湜趋约，亦不能及。又思：此亦细事，吾不语庄湜，亦未为无信于良友也。

又明日为十八日，友人要余赴江头观潮，并观三牛所牵舟；庄湜倦，不果行。迄余还，已灯火矣。余不见庄湜，问之阍者。阍者云其于六句钟得一信，时具晚膳，独坐不食，须臾外出，似有事也。余即往觅之，沿堤行至断桥[③]，方见庄湜临风独盼。余曰："露重风多，何为不归？"庄湜不余答，但握余手，顺步从余而返。至旅邸，余罢甚，即就寝，仍未与言女子过访之事也。余至夜半忽醒，时明月侵帘，余披衣即帘下窥之，湖光山色，一一在目，此景不可多得。余欲起与庄湜同观，正衣步至其榻，榻空如也。余即出楼头觅之。时万籁俱寂，瞥眼见庄湜枯立栏前。余自后凭其肩，借月光看其面，有无数湿痕。余问之曰："子何思之深耶？"庄湜仍不余答，但悄然以巾掩泪。余心至烦乱，不知所以慰之，惟有强之就榻安眠，实则庄湜果能安眠否，余不知之，以余此夜亦似睡而非睡也。

翌朝，余见庄湜面灰白，双目微红，食不下咽，其心似曰："吾幽忧正未有艾，吾殆无机复吾常态，与畏友论湖山风月矣。"饭

---

① 平康挟瑟者流——指娼妓歌女。平康：唐代长安丹凤街有平康坊，是妓女聚居之地，后以作妓女居地的泛称。挟瑟：持琴。

② 祸水——旧时称惑人败事的女子。《飞燕外传》：汉得火德而兴，后合德得宠，淖夫人在帝后唾曰："此祸水也，灭火必矣。"

③ 断桥——在西湖白堤上，始建于唐代。

罢，余庄容语之曰："子自昨日神色大变，或有隐恫在心，有触而发，未尝与吾一言，何也？试思吾与子交厚，昨夜睹子情况，使吾与子易地而处，子情何以堪？"此时，余反复与言，终不一答。余不欲扰其心绪，遂与放舟同游，冀有以舒其忧郁，而庄湜始终不稍吐其心事。余思庄湜天性至厚，此事不欲与我言者，必有难言之隐，昨日阍者所云得一信，宁非女郎手笔？吾不欲与庄湜提女子事者，因吾知庄湜用情真挚，而年鬓尚轻，恐一失足，万事瓦解。吾非谓人间不得言爱也。今兹据此情景，则庄湜定与淡装女郎有莫大关系，吾老于忧患矣，无端为庄湜动我缠绵悱恻之感，何哉？余同庄湜既登孤山[1]，见"碧睛国"[2] 人数辈，在放鹤亭游览。忽一碧睛女子高歌曰："Love is enough. Why should we ask for more?"[3] 女歌毕，即闻空谷作回音，亦曰："Love is enough. Why should we ask for more?"时一青年继曰："Oh! you kid! Sorrow is the depth of Love."[4] 空谷作抗音[5]如前。游人均大笑。余见庄湜亦笑，然而强笑不欢，益增吾悲耳。

连日天晴湖静，余出必强庄湜同行。余视庄湜愁潮稍退，渐归平静之境，然庄湜弱不胜衣，如在大病之后。余则如泛大海中，但望海不扬波，则吾友之心庶可收拾。一日，庄湜忽问余曰："吾骑马出游之日，曾有老人觅我否？'余即曰："彼日觅子者，非老人，乃一女郎。"庄湜愕视余曰："女子耶？彼曾有何语？"余始将前事告之，并问曰："彼女子何人也？"庄湜思少间，答曰："吾知之而未尝见面者也。"余曰："始吾不欲以儿女之情扰子游兴，故未言

---

① 孤山——西湖近北岸的一个小岛，为栖霞岭伸入湖中的余脉，沿白堤西南行可至。

② 碧睛国——绿眼珠人的国家。中国过去民间对白种人国家的统称。

③ "love"句——中译：有爱就够了，我们何须要求更多的呢？

④ "Oh! you kid"句——中译：啊！你这姑娘，爱的深处便是烦忧。

⑤ 抗音——高声。

之。今兹反使我不能无问者，子何为得书而神变耶？吾思书必为彼女子所寄，然耶？否耶？”庄湜急曰：“否，乃叔父致我者。”余又问曰：“然则书中所言，与女子过访不相涉耶？”庄湜曰：“彼女过访，实出吾意料之外，君言之，我始知之。”余又问曰：“如彼日子未外出，亦愿见彼女子否？”庄湜曰：“不愿见之。”余又问曰：“子何由问我有无老人来过？彼老人何人也？”庄湜曰：“恐吾叔父来游，不相值耳。”

亡何，秋老冬初，庄湜束装归去。余以肠病复发，淹留湖上，或观书，或垂钓，或吸吕宋烟，用已吾疾[①]，实则肠疾固难已也。

他日，更来一女子，问庄湜在否？余曰：“早已归去。”余且答且细瞻之，则容光靡艳，丰韵娟逸，正盈盈十五之年也。女闻庄湜已归，即惘惘乘轩去。余沉吟叹曰：“前后访庄湜者两人，均丽绝人寰者也。今姑不问二人与庄湜何等缘分，然二人均以不遇庄湜忧形于色，则庄湜必为两者之意中人无疑矣，但不知庄湜心在阿谁边耳。”又思：“庄湜曾言不愿见前之女子，今日使庄湜在者，愿见之乎？抑不愿见之乎？吾今无从而窥庄湜也。夫天下最难解决之事，惟情耳。庄湜宵深掩泪时，余心知此子必为情所累，特其情史未之前闻，余又深信庄湜心无二色，昔人有言：‘一丝既定，万死不更。’庄湜有焉。今探问庄湜者，竟有二美，则庄湜之不幸，可想而知。哀哉！恐吾良友，不复永年。故余更曰：‘天下女子，皆祸水也！’”

半月，余亦归沪，行装甫卸，即访庄湜。其婶云：“湜日来忽发热症，现住法国医院。”余驰院视之。庄湜见余，执余手，不言亦不笑。余问之曰：“子病略愈否？”庄湜但点首而已。余抚其额，热度亦不高。余此时更不能以第二女访问之事告之，故余亦无言，

---

① 已——此指治愈。

默坐室内，可半句钟，见庄湜闭睫而卧。适医者入，余低声以病状问医者。医者谓其病症甚轻，惟神经受伤颇重，并嘱余不必与谈往事。医者既行，余出表视之，已八句钟又十分矣。余视庄湜贴然而睡，起立欲归。方启扉，庄湜忽张目向余曰：“且勿遽行，正欲与君作长谈也。”余曰：“子宜静卧，吾明晨再至。”庄湜曰：“吾事须今夕告君。君请坐，吾得对君吐吾衷曲，较药石为有效验。吾见君时，心绪已宁。更有一事：吾今日适接杜灵芳之简，约于九句钟来院。吾向医者言明，医者已许吾谈至十句钟为止。此子君曾于湖上见之，于吾为第一见，故吾求君陪我，或吾辞有不达意者，君须助我。君为吾至亲爱之友。此子亦为吾至亲爱之友，顾此子向未谋面，今夕相逢，得君一证吾心迹，一证彼为德容俱备之人，异日或能为我求于叔父，于事兹佳。”庄湜且言且振作其精神，不似带病之人，余心始释，然余思今夕处此境地，实生平所未经。盖男女慕恋，憔悴哀痛而外无可言，吾何能于其间置一词哉？继念庄湜今以一片真诚求我，我何忍却之？余复默坐。

少间，女郎已至，驻足室外。庄湜略起，肃之入。余鞠躬与之为礼。庄湜肃然言曰：“吾心慕君，为日非浅，今日始亲芳范，幸何如也！”此际女郎双颊为酡，羞赧不知所对。庄湜复曰：“在座者，即吾至友曼殊君，性至仁爱，幸勿以礼防为隔也。”女始低声应曰：“知之。”庄湜曰：“吾无时不神驰左右，无如事多乖忤，前此累次不愿见君者，实不得已。未审令兄亦尝有书传达此意否?”女复应曰：“知之。”庄湜曰：“余游西湖之日，接叔父书，谓闻人言，君受聘于林姓，亲迎有日，然欤?”女容色惨沮，而颤声笑曰：“非也。”庄湜继曰：“如此事果确者，君将何以……?”语未毕，女截断言曰：“碧海青天，矢死不易吾初心也!”庄湜心为摧折，不复言者久之。女忽问曰：“妾中秋侍家母之钱塘观潮，令叔已知之耶?”庄湜曰：“或知之也。”女曰：“妾湖上访君未遇，令叔亦知之耶?”庄湜曰：“惟吾与曼殊君知之耳。”女曰：“令叔今去通州[1]，何日归耶?”庄湜曰：“不知。”女郎至此，欲问而止者再，已而嗫嚅问曰：“君与莲佩女士曾见面否？与妾同乡同塾，其人柔淑堪嘉也。”庄湜曰：“吾居青岛时，曾三次见之，均吾婶绍介。”女曰：“君偕曼殊君游湖所在，是彼告我者。彼今亦在武林，未与湖上相遇耶?”庄湜曰：“且未闻之。”此际，余始得向庄湜插一言曰：“子行后，果有女子来访。”女惊向余曰：“请问先生，得毋密发虚鬟、亭亭玉立者欤?”余曰：“是矣。”庄湜闻言，泪盈其睫。女郎蹶然就榻[2]，执庄湜之手，泫然曰：“君知妾，妾亦知君。”言次，自拔玉簪授庄湜曰：“天不从人愿者，碎之可耳。”余心良不忍听此女作不祥之语。余视表，此时刚十句钟矣余乃劝女郎早归，俾庄湜安歇。女郎默默与余握手，遂凄然而别。嗟乎！此吾友庄湜与灵芳会晤之始，亦即会晤之终也。

余既别庄湜、灵芳二人而归，辗转思维，终不得二子真相。庄湜接其叔书，谓灵芳将结缡他姓，则心神骤变，吾亲证之，是庄湜爱灵芳真也。余复思灵芳与庄湜晋接时，虽寥寥数语，然吾窥伺此女有无限情波，实在此寥寥数语之外；余又忽忆彼与余握别之际，其心手热度颇高：此证灵芳之爱庄湜亦真也。据二子答问之言推之，事或为其叔中梗耳。庄湜云与莲佩凡三遇，均其婶氏引见，则莲佩必为其叔婶所当意之人。灵芳问我：“密发虚鬟、亭亭玉立”此八字者，舍湖上第二次探问庄湜之女郎而外，吾固不能遽作答辞也。然则所谓莲佩女士者，余亦省识春风之面矣[3]。第未审庄湜亦爱莲佩如爱灵芳否？莲佩亦爱庄湜如灵芳否？既而余愈思愈见无

---

① 通州——今江苏南通市。

② 蹶然——急促的样子。

③ 省识春风之面——略识她的美貌。语本杜甫《咏怀古迹》：“画图省识春风面，环佩空归月夜魂。”

谓，须知此乃庄湜之情关玉扃[①]，并非属我之事也，又奚可以我之理想，漫测他人情态哉？余乃解衣而睡，遂入梦境。顾梦境之事，似与真境无有差别。但以我私心而论，梦境之味，实长于真境滋多，今兹请言吾梦——

梦偕庄湜、灵芳、莲佩三子，从锦带桥泛棹里湖[②]，见四围荷叶已残破不堪，犹自战风不已，时或泻其泪珠，一似哀诉造物。余怜而顾之，有一叶摇其首而对余曰："吾非乞怜于尔，尔何不思之甚也？"将至西泠桥下[③]，灵芳指水边语莲佩曰："此数片小花，作金鱼红色者，亦楚楚可人。先吾亲见之而开，今吾复亲见之而谢，此何花也？"莲佩曰："吾未识之，非蘋花耶？"庄湜转以问余。余曰："此与蘋同种而异类，俗名'鬼灯笼'，可为药料者也。"言时，已过西泠桥。灵芳、莲佩忽同声歌曰："同携女伴踏青去，不上道旁苏小坟[④]。"俄而歌声已杳，余独卧胡床之上，窗外晨曦在树，晓风新梦，令人惘然。

余饭后复至医院，以紫白相间之花十二当赠庄湜[⑤]。庄湜静卧榻上。昨夕之事，余不欲重提只字，乃絮论湖上之游，明知此于庄湜为不入耳之言，然余不得不如是也。余见昨夕女所遗簪，犹在枕畔，因谓庄湜曰："此物子好自藏之。"庄湜开眸微视，则摇其首。余为出其巾裹之，置枕下。已而庄湜向余曰："吾婶晨朝来言，吾叔将归与吾同居别业。"余曰："令叔年几何？"庄湜曰："六十一。"继曰："吾叔屡次阻吾与灵芳相见，吾至今仍不审其所以然。然吾心爱灵芳，正如爱吾叔也。"余顺问曰："灵芳之兄何人也？"庄湜

---

① 情关玉扃——犹言对心中的爱情加以保密。扃：门窗的插关。

② 锦带桥——原名涵碧桥，横亘于断桥以西的白堤上。里湖：指北里湖，白堤和孤山围着的湖面。

③ 西泠桥——孤山通往栖霞岭麓的一座环洞拱桥。

④ 苏小坟——在西泠桥畔。苏小：苏小小，南齐钱塘名歌妓。

⑤ 当——量词。

曰："吾同学，而肝胆照人者也。"余曰："彼今何在？"曰："瑞士。"余曰："有书至否？"曰："有，书皆为我与灵芳之事者。"余曰："云何？"曰："劝我要求阿婶，早订婚约。但吾婶之意，则在莲佩。"余曰："莲佩何如人耶？"曰："彼为吾婶外甥，幼工刺绣，兼通经史，至婶至爱之。"余即接曰："子亦爱之如爱灵芳耶？"庄湜微叹而曰："吾亦爱之如吾婶也。"余曰："然则二美并爱之矣？"庄湜复叹曰："君思'弱水三千'① 之义，当识吾心。"余曰："今问子，心所先属者阿谁？"曰："灵芳。"余曰："子先觌面②者为莲佩，而先属意者乃灵芳，其故可得闻欤？"曰："前者吾游京师，正袁氏③欲帝之日。某要人者，吾故人也。一日，招我于其私宅，酒阑，出文书一纸，嘱余译以法文，余受而读之，乃通告列国文件，盛载各省劝进文中之警句，以证天下归心袁氏。余以此类文句，译成国外之语，均虚妄怪诞、谄谀便辟④之辞，非余之所能胜任也，于是敬谢不敏。某要人曰：'子不译之，可。今但恳子联名于此，愿耶？'余曰：'余非外交官，又非元老，何贵署区区不肖之名？'遂与某要人别。三日，有巡警提余至一处，余始知被羁押。时杜灵运为某院秘书，闻吾为奸人所陷。鼎力为余解免。事后弃职，周游大地，今羁瑞士。灵运弱冠⑤失父，偕灵芳游学罗马四年，兄妹俱有令名⑥者也。当余新归海上，偕灵运卜居涌泉路⑦，肥马轻裘与共。

---

① 弱水三千——元·李好古《张生煮海》杂剧："小生曾闻这仙境有弱水三千丈，可怎生去的？"后人常用"弱水三千，我只取一瓢饮"，表示不贪得之意。

② 觌面——见面。觌：相，相见。这里指相识。

③ 袁氏——袁世凯（1859 至 1916 年），字慰亭，号容庵，河南项城人。北洋军阀首领。辛亥革命后，窃取中华民国临时大总统职位，解散国会，实行专制独裁。1915 年 12 月宣布改次年为洪宪元年，准备即皇帝位。

④ 便辟——善于逢迎谄媚。

⑤ 弱冠——古时指男子二十岁。《礼记·曲礼上》："二十曰弱冠。"弱：年少。

⑥ 令名——好的名声。

⑦ 涌泉路——上海市的一条马路。

灵运将行，余与之同摄一小影，为他日相逢之券。积日灵运微示其贤妹之情，拊余肩而问曰：‘亦有意乎？’余感激几于泣下，其时吾心许之，而未作答词焉。吾思三日，乃将灵运之言闻于叔婶，叔婶都不赞一辞，吾亦置之不问。一日，灵运别余，萧然自去。灵运情义，余无时不深念之。顾虽未见其妹之面，而吾寸心注定，万劫不能移也！”余曰：“子既爱之，而不愿见之，是又何故？”庄湜曰：“始吾不敢有违叔父之命也。”余曰：“佳哉！为人子侄，固当如是。今吾思令叔之所以不欲子与灵芳相见者，亦以子天真诚笃，一经女子眼光所摄，万无获免。此正令叔慈爱之心所至，非猜薄灵芳明矣。吾今复有一言进子：以常理度之，令叔婶必为子安排妥当，子虽初心不转，而莲佩必终属子。子若能急反其所为，收其向灵芳之心，移向莲佩，则此情场易作归宿，而灵芳亦必有谅子之一日。不然者，异日或有无穷悲慨，子虽入山①，悔将何及？”余言至此，庄湜面色顿白，身颤如冒寒。余颇悔失言，然而为庄湜计，舍此再无他言可进。余待庄湜神息少靖，乃去。

数日，其叔婶果挈庄湜居于江湾②之别业。余往访之，见其叔手《东莱博议》③一卷，坐藤椅之上，且观且摇其膝。庄湜引余至其前曰：“阿叔，此吾友曼殊君，同吾游武林者也。”其叔闻言，乃徐徐脱其玳瑁框大眼镜，起立向余略点其首，问曰：“自上海来乎？”余曰：“然。”又曰：“吾闻汝足迹半天下，甚善，甚善。今日天色至佳，汝在此可随意游览。”余曰：“敬谢先生。”时侍婢将茶食呈于藤几之上。庄湜引余坐定，其叔劝进良殷，以手取山楂糕、糖莲子分余，又分庄湜。余密觇其爪甲颇长，且有黑物藏于爪内，

① 入山——指隐居深山。

② 江湾——镇名。在上海市北郊宝山县南 13 公里，旧为吴淞江弯曲入江处。

③ 《东莱博议》——《东莱左氏博议》的简称，吕祖谦撰，后世应试作制艺文者多喜仿效。

余心谓："墨也，彼必善爪书①。"

茶既毕，庄湜导余观西苑。余且行且语庄湜曰："令叔和蔼可亲，子试自明心迹，于事或有济也。"庄湜曰："吾叔恩重，所命靡不承顺，独此一事，难免有逆其情意之一日，故吾无日不耿耿于怀。迹吾叔心情，亦必知之而怜我；特以此属自由举动，吾叔故谓蛮夷之风②，不可学也。"

尔时隆隆有车声，庄湜与余即至苑门。车门既启，一女子提其纤鞋下地，余静立瞻之，乃临存湖上之第二女郎也。女一视余，即转目而视庄湜，含娇含笑，将欲有言。余知庄湜中心已战栗，但此时外貌矫为镇定。女果有言曰："闻玉体有恙，今已平善耶？"庄湜曰："谢君见问，愈矣。"女曰："吾前归自青岛，即往武林探君，不料君已返沪。"言至此，回其清盼而问余曰："曼殊先生归几日矣？"余曰："归已六日。"女少思，已而复问庄湜曰："湖上遇灵芳姊耶？"庄湜曰："彼时适外出，故未遇之。"女急续曰："然则至今亦未之见面耶？"此语似夙备者。斯时庄湜实难致答，乃不发一言。女凝视庄湜，而目中之意似曰："枕畔赠簪之时，吾一一知之矣。"

少顷，侍婢请女入。余同庄湜往草场中，徘徊流盼。忽而庄湜颜色惨白，凝立不动。余再三问之，始曰："余思及莲佩前此垂爱之情及阿婶深恩，而吾今兹爱情所向，乃乖忤如是，中心如何可安？复悟君前日训迪之言，吾心房碎矣！"余见庄湜忧深而言婉，因慰之曰："子勿戚戚弗宁，容日吾当代子陈情于令叔，或有转机，亦未可料。"实则余作此语，毫无把握。然而溺于爱者，乃同小儿，其视吾此语，亦如小儿闻人话饼，庄湜又焉知余之所惴惴者耶？余辞庄湜归，中途见一马车瞥然而过，车中人即莲佩也，其眼角颇

① 爪书——即指书，书法的一种，以手指代笔蘸墨书写。

② 蛮夷之风——对欧美风习的鄙称。

红。余心叹此女实天生情种，亦横而不流者矣。方今时移俗易，长妇姹女[1]，皆竞侈邪，心醉自由之风，其实假自由之名而行越货，亦犹男子借爱国主义而谋利禄。自由之女，爱国之士，曾游女、市侩之不若，诚不知彼辈性灵果安在也！盖余此次来沪，所见所闻，无一赏心之事。则旧友中不少怀乐观主义之人，余平心而论，彼负抑塞磊落之才，生于今日，言不救世，学不匡时，念天地之悠悠，惟有强颜欢笑，情郁于中，而外貌矫为乐观，迹彼心情，苟谓诸国老独能关心国计民生，则亦未也。

迄余行至黄浦，时约十句钟，扪囊只有铜板九枚，心谓为时夜矣，复何能至友人住宅？昔余羁异国，不能谋一宿，乃驿路之待客室，吸烟待旦，此法独不能行之上海。余径至一报馆访某君。某君方埋首乱纸堆中，持管疾书，见余，笑曰："得毋谓我下笔千言，胸无一策者耶？"余曰："此不生问题者也。夜深吾无宿处，故来奉扰。"某君曰："甚善。吾有烟榻，请子先卧，吾毕此稿，即来共子聚谈。吾每日以'勋爵勋爵，入阁入阁'[2] 诸名词见累，正欲得素心人一谈耳。"余问曰："子于何时就寝？"某君曰："明晨五六句钟始能就寝。子不知报馆中人，一若依美国人之起卧为准则耶？"余曰："然则听我去睡，明晨五六句钟，适吾起时也。"某君曰："子自卧，吾自为文。"余乃和衣而睡。

明晨，余更至一友人家。友人顾问余曰："子冬衣犹未剪裁。何日返西湖去？"余曰："未定。"友人出百金纸币相赠曰："子取用之。"余接金，即至英界购一表，计七十元，意离沪时以此表还赠其公子上学之用，亦达其情。余购表后，又购吕宋烟二十元之谱，即返向日寄寓友人之处。

---

① 长妇姹女——成年女人和少女。

② "勋爵勋爵，入阁入阁"——为当时讽刺时势的宣传套语。意谓时世变异迅猛，滥意提擢，不是封勋晋爵，就是入阁受任。

翌日，接庄湜笺，约余速往。余既至，庄湜即牵余至卧室，细语余曰：“吾婶明日往接莲佩来此同住，吾今殊难为计，最好君亦暂寓舍间，共语晨夕；若吾一人独居，彼必时来缠扰。彼日吾冷然对之，彼怅惘而归，吾知彼必有微言陈于吾婶也。”余曰：“尊婶尚有何语?”庄湜曰：“此消息得之侍婢，非吾婶见告者。”余曰：“余一周之内，须同四川友人重赴西湖，愧未能如子意也。”庄湜曰：“使君住此一周亦佳，不然者，吾惟有逃之一法。”余即曰：“子逃向何处?”庄湜曰：“吾已审思，如事迫者，吾惟有约灵芳同往苏州或长江一带商埠。”余曰：“灵芳知子意否?”庄湜曰：“病院一别，未尝再见，故未告之。”余曰：“善，余来陪子住，细细商量可也。子若贸然他遁，此下下策，余不为子取也。”余是日即与庄湜同居，其叔婶遇余，一切殷渥，余甚感之。

明日，莲佩亦迁来南苑，所携行李甚简单，似不久住也者。余见庄湜与莲佩每相晤面，亦不作他语，但莞尔示敬而已。有时见莲佩伫立厅前，庄湜则避面而去，莲佩故心知之而无如何也。

一日，天阴，气候颇冷，余同庄湜闲谈书斋中。忽见侍婢捧百叶水晶糕进，曰：“此燕小姐新制，嘱馈公子并客。”庄湜受之。侍婢去未移时，而莲佩从容含笑入斋，问起居。庄湜此时无少惊异，亦不表殷勤之貌，但曰：“多谢点心。请燕小姐坐近炉次，今日气候甚寒也。”莲佩待余两人归原座，乃敛裾坐于炉次，盖服西装也，上衣为雪白毛绒所织，披其领角，束桃红领带，状若垂巾，其短裾以墨绿色丝绒制之，着黑长袜，履十八世纪流行之舄，乃玄色天鹅绒所制，尖处结桃红 Ribbon①，不冠，但虚鬟其发，两耳饰钻石作光，正如乌云中有金星出焉。余见庄湜危坐，不与之一言，余乃发言问曰：“燕小姐尝至欧美否?”莲佩低鬟应曰：“未也。吾意二三

---

① Ribbon——中译：缎带。

年后，当往欧洲一吊新战场。若美洲，吾不愿往，且无史迹可资凭睇，而其人民以 Make money[①] 为要义，常曰：'Two dollars is always better than one dollar[②].' 视吾国人直如狗耳，吾又何颜往彼都哉？人谓美国物质文明，不知彼守财虏，正思利用物质文明，而使平民日趋于贫。故倡人道者有言曰：'使大地空气而能买者，早为彼辈吸收尽矣。'此语一何沉痛耶！”言已，出素手加煤于炉中。庄湜乘间取书自阅。莲佩加煤既已，遂辞余两人，回身敛裾而去。余语庄湜曰：“斯人恭让温良，好女子也。”庄湜愁叹不语。余乃易一新吕宋烟吸之，未及其半，庄湜忽抛书语余曰：“此人于英法文学，俱能道其精义。盖从苏格兰处士查理司习声韵之学五年有半，匪但容仪佳也，此人实为我良师，吾深恨相逢太早，致反不愿见之。嗟夫，命也！”庄湜言时，含泪于眶。顷之，谓余曰：“君今同我一访灵芳可乎？其兄久无书至，吾正忧之。”余曰：“可。”遂同行。至巴子路[③]，问其婢，始知灵芳母女往昆山[④]已数日，乃怅怅去之。比归别业，则见莲佩迎于苑门之外，探怀出一函，呈庄湜曰：“是灵芳姊手笔，告我云已至昆山，不日返也。”

翌日，天气清明。饭罢，庄湜之婶命余等同游。其别业旧有二车，此日二车均多添一马，成双马车。是日，莲佩易紫罗兰色西服。余等既出，途中行人莫不举首惊望，以莲佩天生丽质，有以惹之也。甫至南京路，日已傍午，余等乃息于春申楼进午餐焉。当余等凭阑俯视之际，余见灵芳于马路中乘车而过，灵芳亦见余等，但庄湜与莲佩并语，未之见，余亦不以告之。餐罢，即往惠罗、汇司诸肆购物，以莲佩所用之物，俱购自西肆者。是日，莲佩倍觉欣

---

① Make money——英语，挣钱。
② “Two”句——中译：两元钱总比一元钱好。
③ 巴子路——上海马路名。
④ 昆山——江苏省县名，在苏州市东，上海市西。

欢，乃益增其媚。庄湜取奉承婶氏慈祥颜色，亦不云不乐。余即类星轺[1]随员，故无所增减于胸中。莲佩复自购泰西银管[2]四支，赠庄湜一双，赠余一双；观剧之双眼镜二，庄湜一，余一。诸事既毕，即往徐园，而徐家汇，而梁园，而崔圃。游兴既阑，庄湜请于其婶曰："今夕不归别业，可乎？"其婶曰："不归，固无不可，但旅馆太不洁净。"庄湜曰："有西人旅舍曰圣乔治，颇有幽致。如阿婶愿之，吾今夕当请阿婶观泰西歌剧。"其婶即曰："今夕闻歌，是大佳事，但汝须恭请燕小姐为我翻译。"庄湜曰："善。"

向晚，余等遂往博物院剧场。至则泰西仕女云集，盖是夕所演为名剧也。莲佩一一口译之，清朗无异台中人，余实惊叹斯人灵秀所钟。余等已观至两句钟之久，而莲佩犹滔滔不息。忽一乌衣子弟登台，怒视坐上人，以凄丽之音言曰："What the world calls Love, I neither know nor want. I know God's love, and that is not weak and mild. That is hard even unto the terror of death; it offers caresses which leave wounds. What did God answer in the olive grove, when the Son lay sweating in agony, and prayed and prayed: 'Let this cup Pass from me!' Did he take the cup of pain from his mouth? No, child, he had to drain it to the depth[3]."莲佩至此，忽停其悬河之口。庄湜之婶问之曰："何以不译？"再问，而莲佩已呆若木鸡。余与庄湜俱知莲佩尔时深为感动。但庄湜之婶以为优人作狎辞，即亦不悦，遂命余等归于旅邸。既归，余始知是日为莲佩生日也。

---

① 星轺——御使所乘车。此指御使。

② 泰西银管——指西方金属笔。以钢笔、铅笔各一支合成一对。

③ "What"等句——中译：世人之所谓爱，我既不知道它是什么，也不需要它，我却懂得上帝的爱。这种爱不是软弱而是温柔的，它即使在死亡的恐怖前也是坚强的，它给人们以脱离创痛的爱抚。当圣子在痛苦中淌着汗，一再祈祷："把我这杯传给别人吧！"这时，在橄榄树丛中的上帝是怎样回答的呢？是不是从他的嘴边拿开那杯苦酒呢？不，孩子，他必须把它饮尽。

明日凌晨，莲佩约庄湜共余出行草地中。行久之，莲佩忽以手轻扶庄湜左臂，低首不语，似有倦态，梨涡微泛玫瑰之色。庄湜则面色转白，但仍顺步徐行。比至廊际，余上阶引彼二人至一小客室，谓庄湜曰："晨餐尚有一句半钟，吾侪暂歇于此。子听鸟声乎？似云：'将卒岁也。'"莲佩闻余言，引领外盼，已而语庄湜曰："汝观郊外木叶，半已零坠，飞鸟且绝迹，雪景行将陈于吾人睫畔。"且言且注视庄湜。奈庄湜一若罔闻，拈其表链，玩弄不已。余忽见有旅客手执网球拍，步经客室而去，余亦随之往观，已有二女一男候此人于草地。余观彼四人击网球，技甚精妙，余返身欲呼庄湜、莲佩同观。岂料余至客室，则见庄湜犹痴坐梳花椅上，目注地毡，默不发言；莲佩则偎身于庄湜之右，披发垂于庄湜肩次，哆其唇樱，睫间颇有泪痕，双手将丝巾叠折卷之，此丝巾已为泪珠湿透。二人各知余至，莲佩心中似谓："吾今作是态者，虽上帝固应默许。吾钟吾爱，无不可示人者。"而庄湜此时心如冰雪。须知对此倾国弗动其怜爱之心者，必非无因，顾莲佩芳心不能谅之，读者或亦有以恕莲佩之处。在庄湜受如许温存腻态，中心亦何尝不碎？第每一思念"上帝汝临，无二尔心"之句，即亦凛然为不可侵犯之男子耳。余问庄湜曰："尊婶睡醒未？"庄湜微曰："吾今往谒阿婶。"遂借端而去。莲佩即起离椅，就镜台中理其发，而后以丝巾净拭其靥。余心中甚为莲佩凄恻，此盖人生至无可如何之事也。

迄余等返江湾，庄湜频频叹喟，复时时细诘侍婢。是夕，余至书斋觅书，乃见庄湜含泪对灯而坐。余即坐其身畔，正欲觅辞慰之，庄湜凄声语余曰："灵芳之玉簪碎矣！"余不觉惊曰："何时碎之？何人碎之？"庄湜曰："吾俱不知，吾归时，即枕下取观始知之。"庄湜言已，呜咽不胜。适其时莲佩亦至，立庄湜之前问曰："君何谓而哭也？或吾有所开罪于君耶？幸相告也。"百问不一答。莲佩固心知其哭也为彼，遂亦即庄湜身畔，掩面而哭。久之，侍婢扶莲佩归卧室。余见庄湜战栗不已，知其病重矣，即劝之安寝。

明晨，余复看庄湜。庄湜见余，如不复识，但注目直视，默不一言。余即时请谒其叔，语以庄湜病症颇危，而稍稍道及灵芳之事，冀有以助庄湜于毫末。其叔怒曰："此人不听吾言，狂悖已甚。烦汝语彼，吾已碎其玉簪矣。此人年少任情，不知'衒女不贞，衒士不信'[①]，古有明训耶?"言已，就案草一方交余曰："据此人病状，乃肝经受邪之症，用人参、白芍、半夏各三钱，南星、黄连各二钱，陈皮、甘草、白芥子各一钱，水煎服，两三剂则愈。烦为我照料一切。"言时浩叹不置。余接方，嗒然而退，招侍婢往药局配方。侍婢低声语余曰："燕小姐昨夜死于卧室，事甚怪。主母戒勿泄言于公子。"余即问曰："汝亲见燕小姐死状否?"侍婢曰："吾今早始见之，盖以小刃自断其喉部也。"余曰："万勿告公子。汝速去取药。"及余返庄湜卧内，庄湜面发紫色，其唇已白，双目注余面不转。余问："安否?"累问，庄湜都如不闻。余静坐室中待侍婢归。庄湜忽而摇首叹息，一似知莲佩昨夕之事者。然余心料无人语彼，何由知之？忽侍婢归，以药付余。复以一信呈庄湜。庄湜观信既已，即以授余，面色复变而为青。余侧身抚其肩。庄湜此时略下其泪，然甚稀疏。余知此乃灵芳手笔，顾今无暇阅之。更迟半句钟，侍婢将汤药而进。庄湜徐徐服之，然后静卧。余乃乘间披灵芳之信览之。信曰：

湜君足下：

病院相晤之后，银河一角，咫尺天涯，每思隆情盛意，即亦点首太息而已。今者我两人情分绝矣！前日趋叩高斋，正君偕莲姑出游时也，蒙令叔出肺腑之言相劝。昔日遗簪，乃妾请

---

① "衒女"二句——卖弄风姿的女人不贞洁，自我夸耀的男子不诚实。

于令叔碎之，用践前言者也。今兹玉簪既碎，而吾初心易矣。望君勿恋恋细弱，须一意怜爱莲姑。妾此生所不与君结同心者，有如皦日[①]。复望君顺承令叔婶之命，以享家庭团圞之乐，则薄命之人亦堪告慰。嗟乎！但愿订姻缘于再世，尽燕婉[②]于来生。自兹诀别，夫复何言！

灵芳再拜

余观竟，一叹庄湜一生好事已成逝水，一叹莲佩之不可复作，而灵芳此后情境，余不暇计及之矣。庄湜忽醒而吐，余重复搓其背。庄湜吐已，语余曰："灵芳绝我，我固谅之，盖深知其心也。惜吾此后无缘复见灵芳，然而……"言至此，咽气不复成声。余即扶之而卧，直至晚上，都不作一言。余嘱侍婢好好看视，冀其明日神识清爽，即可仍图欢聚。余遂离其病榻，归寝室。然余是夕已震恐不堪，亦惟有静坐吸烟，连吸十余支，始解衣而睡，出新表视之，不觉一句半钟。余甫合眼，忽闻有人启余寝室之门，望之，则见侍婢持烛仓皇，带泪而启余曰："公子气断矣！"余急起趋至其室，按庄湜之体，冷如冰霜。少间，其叔婶俱至。其叔舍太息之外，无他言。惟其婶垂泪颤声抚庄湜曰："汝真不解事，累我至此田地！"言已复哭。

天明，余亟雇车驰至红桥某当铺，出新表典押，意此表今不送人亦无不可。余既典得四十金，即出，乃遇一女子，其面右腮有红痣如瓜子大。猛忆此女乃灵芳之婢，遂问之曰："灵姑安否？"女含泪不答。余知不佳。时女引余至当铺屋角语余曰："姑娘前夕已自缢，惘哉！今家中无钱部署丧事，故主母命我来此耳。"余闻此语，

---

① 有如皦日——发誓之辞，意谓有皦日可以做证。语出《诗·王风·大车》："谓予不信，有如皦日。"皦日：明亮的太阳。毛《传》："皦，白也。"

② 燕婉——此指夫妇和好。

伤心之处，不啻庄湜亲闻之也。

迟三日，为庄湜出葬之日，来相送者，则其远亲一人，同学一人，都不知庄湜以何因缘而殒其天年也。既安葬于众妙山庄，余出厚资给守山者，令其时购鲜花，种于坟前，盖不忍使庄湜复见残英。今兹庄湜、灵芳、莲佩之情缘既了，彼三人者，或一日有相见之期，然而难也。

选自马以君编注、柳无忌校订《苏曼殊文集》

花城出版社 1991 年 8 月初版

作家的话

1916 年秋，曼殊在杭州，肠疾胸痛已愈，时到西湖荡桨垂钓，颇为快活。在当时致杨沧白信中说："湖上佳话正多"，"近学小说家言，得'密发虚鬟，亭亭玉立'，此八字者，扰人神经不浅。"于是他就把这些"佳话"，并穿插这八个字，虚构成这篇小说。

《〈碎簪记〉题记》

评论家的话

余恒觉人间世，凡一事发生，无论善恶，必有其发生之理由。况为数见不鲜之事，其理由必更充足。无论善恶均不当谓其不应该发生也。食色性也。况夫终身配偶，笃爱之情耶？人类未出黑暗野蛮时代，个人意志之自由，迫压于社会恶习者，又何谨此。而此则其最痛切者，古今中外之说部，多为此而说也。

陈独秀：《〈碎簪记〉后序》

应该说，苏曼殊完成了自己的艺术感觉和独有才情所赋予的艺术使命，也同时较为淋漓尽致地为自己的人生轨迹作出了阐释和说明。他的小说提供了借以进入他情感天地的强有力旁证。苏曼殊的言情小说应该说是较为成功的，他轻灵又沉重地描绘了缠绵幽怨的人之常情，也三笔两画塑造出了三五情怀万种的红男绿女。最终也许苏曼殊能成为言情大师，但他唯独不能在幻想的情场上创造奇迹。这除了他自身的禀性气质和情感履历的限制之外，重要的是他所承袭的那份思想文化没有给他提供对情场进行纵深掘进的思想艺术工具。严格地说，苏曼殊并不缺乏丰富饱满的情感和情感波诡云谲般变化的风起云涌洗礼，但面对整个人性，他的情感履历和心路历程便显得有些特别和不易让人理解。更为重要的是他没有也不可能跳出自己情感的小天地取一种“反思”和“鸟瞰”的见识眼光，来对自己的经历进行审美省视，即是说苏曼殊还不具备把情感履历和人生轨迹升华为艺术精品的能力。

张国安：《红尘孤旅——苏曼殊传》

鲁 迅
狂人日记

鲁迅，原名周树人，字豫才，1881 年生于浙江绍兴的官宦人家，少年时代家道中落，饱受过世态炎凉。早年读严复译赫胥黎《天演论》，接受进化论思想。1902 年东渡日本留学，在仙台医学专门学校读书时认识到文艺对改造国民精神的重要性，遂弃医从文。1906 年回到东京从事文学活动，积极译介世界弱小民族的文学，并加入革命团体光复会，1909 年回国后，应蔡元培邀请到教育部任职，不久随政府迁到北京。公余边整理古籍，边思考辛亥革命的历史教训。1918 年 5 月在“五四”新文化运动高潮中发表第一篇白话小说《狂人日记》，批判封建专制制度及其精神文化，对“人吃人”的现象作了深刻思考。接着又发表《孔乙己》《药》《阿 Q 正传》《祝福》《孤独者》等，几乎每发表一篇作品都开拓了一个新的小说叙事空间，后结集成《呐喊》《彷徨》出版；同时期还创作了散文诗集《野草》、散文集《朝花夕拾》和大量的杂文，为反抗内心的绝望和虚无而进行了痛苦的精神探索；为驱除现实社会形形色色的黑暗势力而展开了面对面的肉搏战。这期间还整理出版了学术著作《中国小说史略》。1926 年离京南下，任厦门大学文科教授，次年 1 月抵广州任中山大学文科主任兼教务主任。1927 年因抗议国民党屠杀进步学生，愤而辞去一切职务，并在血的教训下彻底抛弃进化论，转向马克思主义。1927 年 10 月起定居上海，曾参加中国左翼作家联盟的发起和领导工作，以杂文为武器，团结起大批追求进步的文学青年，深刻批判了国民党文化专制主义和形形色色的社会腐朽力量，成为中国现代知识分子良知的一面光辉旗帜。晚年所著的杂文集有《而已集》《二心集》《三闲集》等十多种，另有历史小说集《故事新编》，通信集《两地书》等。1936 年因肺疾在上海逝世。有《鲁迅全集》16 卷、《鲁迅译文集》等。

某君昆仲，今隐其名，皆余昔日在中学校时良友；分隔多年，消息渐阙。日前偶闻其一大病；适归故乡，迂道往访，则仅晤一人，言病者其弟也。劳君远道来视，然已早愈，赴某地候补矣。因大笑，出示日记二册，谓可见当日病状，不妨献诸旧友，持归阅一过，知所患盖“迫害狂”之类。语颇错杂无伦次，又多荒唐之言；亦不著月日，惟墨色字体不一，知非一时所书。间亦有略具联络者，今撮录一篇，以供医家研究。记中语误，一字不易；惟人名虽皆村人，不为世间所知，无关大体，然亦悉易去。至于书名，则本人愈后所题，不复改也。七年四月二日识。

一

今天晚上，很好的月光。

我不见他，已是三十多年；今天见了，精神分外爽快。才知道以前的三十多年，全是发昏；然而须十分小心。不然，那赵家的狗，何以看我两眼呢？

我怕得有理。

二

今天全没月光，我知道不妙。早上小心出门，赵贵翁的眼色便怪：似乎怕我，似乎想害我。还有七八个人，交头接耳的议论我，又怕我看见。一路上的人，都是如此，其中最凶的一个人，张着嘴，对我笑了一笑；我便从头直冷到脚跟，晓得他们布置，都已妥当了。

我可不怕，仍旧走我的路。前面一伙小孩子，也在那里议论我；眼色也同赵贵翁一样，脸色也都铁青。我想我同小孩子有什么仇，他也这样。忍不住大声说："你告诉我！"他们可就跑了。

我想：我同赵贵翁有什么仇，同路上的人又有什么仇；只有廿年以前，把古久先生的陈年流水簿子，踹了一脚，古久先生很不高兴。赵贵翁虽然不认识他，一定也听到风声，代抱不平；约定路上的人，同我作冤对。但是小孩子呢？那时候，他们还没有出世，何以今天也睁着怪眼睛，似乎怕我，似乎想害我。这真教我怕，教我纳罕而且伤心。

我明白了。这是他们娘老子教的！

三

晚上总是睡不着。凡事须得研究，才会明白。

他们——也有给知县打枷过的，也有给绅士掌过嘴的，也有衙役占了他妻子的，也有老子娘被债主逼死的；他们那时候的脸色，全没有昨天这么怕，也没有这么凶。

最奇怪的是昨天街上的那个女人，打他儿子，嘴里说道，“老子呀！我要咬你几口才出气！”他眼睛却看着我。我出了一惊，遮掩不住；那青面獠牙的一伙人，便都哄笑起来。陈老五赶上前，硬把我拖回家中了。

拖我回家，家里的人都装作不认识我；他们的眼色，也全同别人一样。进了书房，便反扣上门，宛然是关了一只鸡鸭。这一件事，越教我猜不出底细。

前几天，狼子村的佃户来告荒，对我大哥说，他们村里的一个大恶人，给大家打死了；几个人便挖出他的心肝来，用油煎炒了吃，可以壮壮胆子。我插了一句嘴，佃户和大哥便都看我几眼。今天才晓得他们的眼光，全同外面的那伙人一模一样。

想起来，我从顶上直冷到脚跟。

他们会吃人，就未必不会吃我。

你看那女人“咬你几口”的话，和一伙青面獠牙人的笑，和前天佃户的话，明明是暗号。我看出他话中全是毒，笑中全是刀，他们的牙齿，全是白厉厉的排着，这就是吃人的家伙。

照我自己想，虽然不是恶人，自从踹了古家的簿子，可就难说了。他们似乎别有心思，我全猜不出。况且他们一翻脸，便说人是恶人。我还记得大哥教我做论，无论怎样好人，翻他几句，他便打上几个圈；原谅坏人几句，他便说“翻天妙手，与众不同。”我那里猜得到他们的心思，究竟怎样；况且是要吃的时候。

凡事总须研究，才会明白。古来时常吃人，我也还记得，可是不甚清楚。我翻开历史一查，这历史没有年代，歪歪斜斜的每叶上都写着“仁义道德”几个字。我横竖睡不着，仔细看了半夜，才从字缝里看出字来，满本都写着两个字是“吃人”！

书上写着这许多字，佃户说了这许多话，却都笑吟吟的睁着怪眼睛看我。

我也是人，他们想要吃我了！

四

早上，我静坐了一会。陈老五送进饭来，一碗菜，一碗蒸鱼；这鱼的眼睛，白而且硬，张着嘴，同那一伙想吃人的人一样。吃了几筷，滑溜溜的不知是鱼是人，便把他兜肚连肠的吐出。

我说："老五，对大哥说，我闷得慌，想到园里走走。"老五不答应，走了，停一会，可就来开了门。

我也不动，研究他们如何摆布我；知道他们一定不肯放松。果然！我大哥引了一个老头子，慢慢走来；他满眼凶光，怕我看出，只是低头向着地，从眼镜横边暗暗看我。大哥说，"今天你仿佛很好。"我说"是的。"大哥说，"今天请何先生来，给你诊一诊。"我说"可以！"其实我岂不知道这老头子是刽子手扮的！无非借了看脉这名目，揣一揣肥瘠：因这功劳，也分一片肉吃。我也不怕；虽然不吃人，胆子却比他们还壮。伸出两个拳头，看他如何下手。老头子坐着，闭了眼睛，摸了好一会，呆了好一会；便张开他鬼眼睛说："不要乱想。静静的养几天，就好了。"

不要乱想，静静的养！养肥了，他们是自然可以多吃；我有什么好处，怎么会"好了"？他们这群人，又想吃人，又是鬼鬼祟祟，想法子遮掩，不敢直捷下手，真要令我笑死。我忍不住，便放声大笑起来，十分快活。自己晓得这笑声里面，有的是义勇和正气。老头子和大哥，都失了色，被我这勇气正气镇压住了。

但是我有勇气，他们便越想吃我，沾光一点这勇气。老头子跨出门，走不多远，便低声对大哥说道，“赶紧吃罢!”大哥点点头。原来也有你！这一件大发见，虽似意外，也在意中：合伙吃我的人，便是我的哥哥！

吃人的是我哥哥！

我是吃人的人的兄弟！

我自己被人吃了，可仍然是吃人的人的兄弟！

五

这几天是退一步想：假使那老头子不是刽子手扮的，真是医生，也仍然是吃人的人。他们的祖师李时珍做的“本草什么”上，明明写着人肉可以煎吃；他还能说自己不吃人么？

至于我家大哥，也毫不冤枉他。他对我讲书的时候，亲口说过可以“易子而食”；又一回偶然议论起一个不好的人，他便说不但该杀，还当“食肉寝皮”。我那时年纪还小，心跳了好半天。前天狼子村佃户来说吃心肝的事，他也毫不奇怪，不住的点头。可见心思是同从前一样狠。既然可以“易子而食”，便什么都易得，什么人都吃得。我从前单听他讲道理，也胡涂过去；现在晓得他讲道理的时候，不但唇边还抹着人油，而且心里满装着吃人的意思。

六

黑漆漆的，不知是日是夜。赵家的狗又叫起来了。狮子似的凶心，兔子的怯弱，狐狸的狡猾，……

七

我晓得他们的方法，直捷杀了，是不肯的，而且也不敢，怕有祸祟。所以他们大家连络，布满了罗网，逼我自戕。试看前几天街上男女的样子，和这几天我大哥的作为，便足可悟出八九分了。最好是解下腰带，挂在梁上，自己紧紧勒死；他们没有杀人的罪名，又偿了心愿，自然都欢天喜地的发出一种呜呜咽咽的笑声。否则惊吓忧愁死了，虽则略瘦，也还可以首肯几下。

他们是只会吃死肉的！——记得什么书上说，有一种东西，叫"海乙那"的，眼光和样子都很难看；时常吃死肉，连极大的骨头，都细细嚼烂，咽下肚子去，想起来也教人害怕。"海乙那"是狼的亲眷，狼是狗的本家。前天赵家的狗，看我几眼，可见他也同谋，早已接洽。老头子眼看着地，岂能瞒得我过。

最可怜的是我的大哥，他也是人，何以毫不害怕；而且合伙吃我呢？还是历来惯了，不以为非呢？还是丧了良心，明知故犯呢？

我诅咒吃人的人，先从他起头；要劝转吃人的人，也先从他下手。

八

其实这种道理，到了现在，他们也该早已懂得，……

忽然来了一个人；年纪不过二十左右，相貌是不很看得清楚，满面笑容，对了我点头，他的笑也不像真笑。我便问他，“吃人的事，对么?”他仍然笑着说，“不是荒年，怎么会吃人。”我立刻就晓得，他也是一伙，喜欢吃人的；便自勇气百倍，偏要问他。

“对么?”

“这等事问他什么。你真会……说笑话。……今天天气很好。”

天气是好，月色也很亮了。可是我要问你，“对么?”

他不以为然了。含含胡胡的答道，“不……”

“不对？他们何以竟吃?!”

“没有的事……”

“没有的事？狼子村现吃；还有书上都写着，通红崭新!”

他便变了脸，铁一般青。睁着眼说，“有许有的，这是从来如此……”

“从来如此，便对么?”

“我不同你讲这些道理；总之你不该说，你说便是你错!”

我直跳起来，张开眼，这人便不见了。全身出了一大片汗。他的年纪，比我大哥小得远，居然也是一伙；这一定是他娘老子先教的。还怕已经教给他儿子了；所以连小孩子，也都恶狠狠的看我。

九

自己想吃人，又怕被别人吃了，都用着疑心极深的眼光，面面相觑。……

去了这心思，放心做事走路吃饭睡觉，何等舒服。这只是一条门槛，一个关头。他们可是父子兄弟夫妇朋友师生仇敌和各不相识的人，都结成一伙，互相劝勉，互相牵掣，死也不肯跨过这一步。

十

大清早，去寻我大哥；他立在堂门外看天，我便走到他背后，拦住门，格外沉静，格外和气的对他说。

“大哥，我有话告诉你。”

“你说就是。”他赶紧回过脸来，点点头。

“我只有几句话，可是说不出来。大哥，大约当初野蛮的人，都吃过一点人。后来因为心思不同，有的不吃人了，一味要好，便变了人，变了真的人。有的却还吃，——也同虫子一样，有的变了鱼鸟猴子，一直变到人。有的不要好，至今还是虫子。这吃人的人比不吃人的人，何等惭愧。怕比虫子的惭愧猴子，还差得很远很远。

“易牙蒸了他儿子，给桀纣吃，还是一直从前的事。谁晓得从盘古开辟天地以后，一直吃到易牙的儿子；从易牙的儿子，一直吃到徐锡林；从徐锡林，又一直吃到狼子村捉住的人。去年城里杀了犯人，还有一个生痨病的人，用馒头蘸血舐。

“他们要吃我，你一个人，原也无法可想；然而又何必去入伙。吃人的人，什么事做不出；他们会吃我，也会吃你，一伙里面，也会自吃。但只要转一步，只要立刻改了，也就人人太平。虽然从来如此，我们今天也可以格外要好，说是不能！大哥，我相信你能说，前天佃户要减租，你说过不能。”

当初，他还只是冷笑，随后眼光便凶狠起来，一到说破他们的隐情，那就满脸都变成青色了。大门外立着一伙人，赵贵翁和他的狗，也在里面，都探头探脑的挨进来。有的是看不出面貌，似乎用布蒙着；有的是仍旧青面獠牙，抿着嘴笑。我认识他们是一伙，都是吃人的人。可是也晓得他们心思很不一样，一种是以为从来如此，应该吃的；一种是知道不该吃，可是仍然要吃，又怕别人说破他，所以听了我的话，越发气愤不过，可是抿着嘴冷笑。

这时候，大哥也忽然显出凶相，高声喝道，

“都出去！疯子有什么好看！”

这时候，我又懂得一件他们的巧妙了。他们岂但不肯改，而且早已布置；预备下一个疯子的名目罩上我。将来吃了，不但太平无事，怕还会有人见情。佃户说的大家吃了一个恶人，正是这方法。这是他们的老谱！

陈老五也气愤愤的直走进来。如何按得住我的口，我偏要对这伙人说，

“你们可以改了，从真心改起！要晓得将来容不得吃人的人，活在世上。

“你们要不改，自己也会吃尽。即使生得多，也会给真的人除灭了，同猎人打完狼子一样！——同虫子一样！”

那一伙人，都被陈老五赶走了。大哥也不知那里去了。陈老五

劝我回屋子里去。屋里面全是黑沉沉的。横梁和椽子都在头上发抖；抖了一会，就大起来，堆在我身上。

万分沉重，动弹不得；他的意思是要我死。我晓得他的沉重是假的，便挣扎出来，出了一身汗。可是偏要说，

“你们立刻改了，从真心改起！你们要晓得将来是容不得吃人的人，……”

十一

太阳也不出，门也不开，日日是两顿饭。

我捏起筷子，便想起我大哥；晓得妹子死掉的缘故，也全在他。那时我妹子才五岁，可爱可怜的样子，还在眼前。母亲哭个不住，他却劝母亲不要哭；大约因为自己吃了，哭起来不免有点过意不去。如果还能过意不去，……

妹子是被大哥吃了，母亲知道没有，我可不得而知。

母亲想也知道；不过哭的时候，却并没有说明，大约也以为应当的了。记得我四五岁时，坐在堂前乘凉，大哥说爷娘生病，做儿子的须割下一片肉来，煮熟了请他吃，才算好人；母亲也没有说不行。一片吃得，整个的自然也吃得。但是那天的哭法，现在想起来，实在还教人伤心，这真是奇极的事！

十二

不能想了。

四千年来时时吃人的地方，今天才明白，我也在其中混了多年；大哥正管着家务，妹子恰恰死了，他未必不和在饭菜里，暗暗给我们吃。

我未必无意之中，不吃了我妹子的几片肉，现在也轮到我自己，……

有了四千年吃人履历的我，当初虽然不知道，现在明白，难见真的人！

十三

没有吃过人的孩子，或者还有？

救救孩子……

一九一八年四月

选自《鲁迅全集》第1卷

人民文学出版社1981年版

作家的话

《狂人日记》实为拙作，又有白话诗署“唐俟”者，亦仆所为。前为言中国根柢全在道教，此说近颇广行。以此读史，有多种问题可以迎刃而解。后以偶阅《通鉴》，乃悟中国人尚是食人民族，因成此篇。此种发现，关系亦甚大，而知者尚寥寥也。

《致许寿裳，1918 年 8 月 20 日》

……从一九一八年五月起，《狂人日记》，《孔乙己》，《药》等，陆续的出现了，算是显示了“文学革命”的实绩，又因那时的认为“表现的深切和格式的特别”，颇激动了一部分青年读者的心。……《狂人日记》意在暴露家族制度和礼教的弊害，却比果戈理的忧愤深广，也不如尼采的超人的渺茫。

《〈中国新文学大系·小说二集〉导言》

评论家的话

这篇作品，我们从开头读下去，立刻就被那跳跃在纸上的这个狂人的深深地被迫害的心理状态和强烈的反抗情绪所捉住。这个狂人，不是真的狂人；然而他是一个真的被迫害者，一个被封建家庭制度和礼教迫害到了发狂的人；是一个亲身受尽了封建传统的道德伦理的束缚、压迫、损害而感到了恐怖的人；是一个在黑暗社会中受着精神上的苦刑而开始觉醒和反抗的分子。

这个狂人喊出了反对封建势力和否定封建道德、伦理和思想的、极端革命的声音。这个声音是可以代表当时的民主革命者和觉醒了的青年们的声音的。这个声音也反映着数千年在封建统治的压迫之下，奴隶一般地生活着的人民群众的苦痛和正在开始觉醒的声音。

这个狂人，是伟大现实主义者鲁迅所首次创造的一个反封建主义者的成功的艺术形象。这样的反封建主义的人物，在中国文学上是第一次出现，是空前的。在这个人物的身上和在整篇作品中，鲜明地、光辉夺目地反映空前彻底的民主革命思想和人道主义精神；

这种思想和精神是鲁迅的思想和精神，也是“五四”时代的革命思潮和精神。

冯雪峰：《雪峰文集（4）·狂人日记》

《狂人日记》的叙述过程包含了深刻的悖论：“吃人”世界的反抗者自身也是有了“四千年吃人履历”的“吃人者”，由独自觉醒而产生的“希望”被证明是虚妄的，而“绝望”的证实紧密地联系着主人公“有罪”的自觉，这种“有罪”的自觉又为“反抗绝望”提供了内在的心理基础——赎罪的愿望。“救救孩子！”的呼唤似乎是对希望的呼唤，是对“真的人”的世界的憧憬．但狂人的心理独白恰恰又证明“孩子”也已怀有了“吃人”的心思，就像卡夫卡《判决》中的格奥克遭到的“判决”一样，“你本来是一个天真无邪的孩子，但你本来的本来则是一个恶魔一般的家伙”——对于狂人和“吃人”世界的每一个生存者来说，“本来的本来”使他们无可挽回地成为“罪人”。这种“罪人”的自觉在两个方向上展示其意义，一方面，“罪”的自觉使狂人洞悉了自己的实际处境，并通过反复地占有既往的东西而把握住自己的历史性；狂人由此意识到自己不过是一个无法决定自身的历史性的微不足道的创造物，孤独、焦虑、恐惧的情绪不仅意味着自我意志与世界、与自己的有限性或命运的对立，而且也意味着另一更深层的不安：在这种对立的背后是否隐藏着内在的同一性？这种同一性对狂人的存在理由而言无疑如同釜底抽薪，因为“狂人”之为“狂”人，正在于他与世界的关系的对立和不协调，如果这种对立和不协调（用另一词表达则是“觉醒”）不过是幻影，那么狂人便不再是狂人，而是吃人世界的普通一员——“罪”的历史性引导狂人走出狂人的世界，重新进入“健康人”的世界，如小序所言，“然已早愈，赴某地候补矣”，从而导出了真正的“绝望”主题：“觉醒者”的幻灭；另一方面，

“罪”的自觉形成了一种无法摆脱的内心需求：“赎罪”的愿望，这种愿望伴随着激烈的自我否定，不仅使狂人在自我与吃人传统的关联中感到“不能想了”的恐惧、不安和恶心，而且也使狂人在自己憧憬的“真的人”面前无地自容（“现在明白，难见真的人！”）。这是“置之死地而后生”的绝境。不管实际的处境如何，不管自我有无得救的希望，如果不去反抗“绝望”的现实，“我”便更加罪孽深重——在小说第十二章的自省与第十三章的“救救孩子！”之间正横亘着一种“罪”的自觉和“赎罪”的内心冲动。

汪晖：《反抗绝望：鲁迅小说的精神特征》

陈独秀
本志[1]罪案之答辩书

陈独秀，原名乾生，又名由己，后改名独秀，字仲甫。1880年生于安徽怀宁。早年留学日本，辛亥革命后任安徽省都督府秘书长。1913年参加反袁斗争失败避居日本。1915年回到上海，创办《青年杂志》（后改名《新青年》），鼓吹民主与科学，批判封建伦理道德和传统文化。1917年任北京大学教授和文科学长，团结了胡适、钱玄同、刘半农、鲁迅等人发起新文学运动，使《新青年》成为传播新思想新文化的一面旗帜。他本人则成为“五四”新文化运动的思想领袖之一；1920年在上海组织共产主义小组并发起成立中国共产党，1921年在中国共产党第一次代表大会上被选为中央局书记，为党的领袖。1927年因共产国际在中国推行的错误路线导致国共两党分裂，第一次国内革命失败后，他作为党内的主要负责人，负有“右倾机会主义路线错误”的主要责任，被开除出党，但继续从事政治活

① 志，即誌，指杂志，本志即《新青年》杂志。——编者注

动，转向国际共产主义运动中的托洛茨基派，1932 年被国民党政府逮捕入狱，1937 年出狱后，潜心反思中国革命的道路和经验教训，1942 年病故于四川江津。有《独秀文存》《陈独秀的最后见解（论文与书信集）》等著作。

陈独秀一生大义凛然，爱憎分明，如同一尊“被绑的普罗米修斯”的英雄巨像。本文所选的文章，是陈独秀担任《新青年》杂志主编之时，为反驳顽固派对新文化的攻击而作，可见其战斗人格之一斑。

本志经过三年，发行已满三十册；所说的都是极平常的话，社会上却大惊小怪，八面非难，那旧人物是不用说了，就是咶咶叫的青年学生，也把《新青年》看作一种邪说，怪物，离经叛道的异端，非圣无法的叛逆。本志同人，实在是惭愧得很；对于吾国革新的希望，不禁抱了无限悲观。

社会上非难本志的人，约分二种：一是爱护本志的，一是反对本志的。第一种人对于本志的主张，原有几分赞成；惟看见本志上偶然指斥那世界公认的废物，便不必细说理由，措词又未装出绅士的腔调，恐怕本志因此在社会上减少了信用。像这种反对，本志同人，是应该感谢他们的好意。

这第二种人对于本志的主张，是根本上立在反对的地位了。他们所非难本志的，无非是破坏孔教，破坏礼法，破坏国粹，破坏旧伦理（忠孝节），破坏旧艺术（中国戏），破坏旧宗教（鬼神），破坏旧文学，破坏旧政治（特权人治），这几条罪案。

这几条罪案，本社同人当然直认不讳。但是追本溯源，本志同人本来无罪，只因为拥护那德莫克拉西（Democracy）和赛因斯（Science）两位先生，才犯了这几条滔天的大罪。要拥护那德先生，便不得不反对孔教，礼法，贞节，旧伦理，旧政治；要拥护那赛先生，便不得不反对旧艺术，旧宗教；要拥护德先生又要拥护赛先生，便不得不反对国粹和旧文学。大家平心细想，本志除了拥护德赛两先生之外，还有别项罪案没有呢？若是没有，请你们不用专门非难本志，要有气力胆量来反对德赛两先生，才算是好汉，才算是根本的办法。

社会上最反对的，是钱玄同先生废汉文的主张。钱先生是中国文字音韵学的专家，岂不知道语言文字自然进化的道理？（我以为只有这一个理由可以反对钱先生。）他只因为自古以来汉文的书籍，几乎每本每页每行，都带着反对德赛两先生的臭味；又碰着许多老少汉学大家，开口一个国粹，闭口一个古说，不啻声明汉学是德赛两先生天造地设的对头；他愤极了才发出这种激切的议论，像钱先生这种“用石条压驼背”的医法，本志同人多半是不大赞成的。但是社会上有一班人，因此怒骂他，讥笑他，却不肯发表意思和他辩驳，这又是什么道理呢？难道你们能断定汉文是永远没有废去的日子吗？

西洋人因为拥护德赛两先生，闹了多少事，流了多少血，德赛两先生才渐渐从黑暗中把他们救出，引到光明世界。我们现在认定只有这两位先生，可以救治中国政治上道德上学术上思想上一切的黑暗。若因为拥护这两位先生，一切政府的压迫，社会的攻击笑骂，就是断头流血，都不推辞。

此时正是我们中国用德先生的意思废了君主第八年的开始，所以我要写出本志得罪社会的原由，布告天下。

1919 年 1 月 15 日

选自《新青年》第 6 卷第 1 期

作家的话

吾革命军三大主义：曰，推翻雕琢的阿谀的贵族文学，建设平民的抒情的国民文学；曰，推倒陈腐的铺张的古典文学，建设新鲜的立诚的写实文学；曰，推倒迂晦的艰涩的山林文学，建设明了的通俗的社会文学。

《文学革命论》

评论家的话 ◈

在这一（文化）运动已经进行了好几年之后，当然有人想把他的意义确定下来。一九一九年初《新青年》的编辑陈独秀先生便写了一篇文章。在这文章里他倒没有替这个运动下个定义；他只是把我们这杂志的“罪案”作了个承诺。在那时以北大为中心的很多保守派或反动派，对这一文学运动批评至多。陈独秀认为“两大罪案”有承认之必要。他说，“第一，我们拥护赛因斯（科学）先生；第二，我们拥护德莫克拉西先生（民治主义）。”因为我们拥护德先生，我们必须反对儒教——反对旧家庭传统、旧的贞操观念，旧的道德和旧的政治。因为我们拥护赛先生，我们一定要提倡新文学、新艺术和新宗教。正因为我们要拥护德、赛二先生，我们只有去反对所谓“国粹主义”。……总而言之，正如尼采所说的，“重新估定一切价值”，这句话大概就可包括了我们这个运动的真义。

胡适：《口述自传》

郭沫若
凤凰涅槃

郭沫若，1892 年生于四川乐山，原名郭开贞。1913 年底赴日本留学，1918 年入九州帝大医科学习。1921 年出版诗集《女神》，以其豪放的诗风，泛神论的哲学色彩和“动”的精神，给新文学界以巨大的撼动，成为中国新诗奠基作之一。同年与郁达夫、成仿吾、张资平组成创造社。1923 年回国。1926 年任中山大学文学院院长，同年投身北伐，任国民革命军总政治部副主任，1927 年撰有讨国民党清党的《请看今日之蒋介石》，并参加南昌起义，失败后亡命日本，开始致力于中国古史及金文、甲骨文研究，著有《中国古代社会研究》等多种论著。1937 年抗战爆发后回国，任国民党政府军委政治部第三厅厅长、文化工作委员会主任等职，领导文艺界的抗日宣传工作。著有历史剧《屈原》《虎符》等。抗战胜利后在共产党领导下从事民主运动。1949 年后历任中华人民共和国政务院副总理兼文化教育委员会主任、中国科学院院长、全国人大常委会副委员长及中国文联主席等职。1978 年在北京去世。后期著述，多为应付政治和配合任务之作。其一生在诗、历史剧、历史学、考古学等诸多方面留下了卷帙浩繁的著述，编成《郭沫若全集》38 卷，分文学、历史、考古三编，20 世纪 80 年代已分别由人民文学出版社、人民出版社和科学出版社陆续出齐。

天方国古有神鸟名“菲尼克司”（Phoenix），满五百岁后，集香木自焚，复从死灰中更生，鲜美异常，不再死。

按此鸟殆即中国所谓凤凰：雄为凤，雌为凰。《孔演图》云：“凤凰火精，生丹穴。”《广雅》云：“凤凰……雄鸣曰即即，雌鸣曰足足。”

序　曲

除夕将近的空中，
飞来飞去的一对凤凰，
唱着哀哀的歌声飞去，
衔着枝枝的香木飞来，
飞来在丹穴山上。

山右有枯槁了的梧桐，
山左有消歇了的醴泉，
山前有浩茫茫的大海，
山后有阴莽莽的平原，
山上是寒风凛冽的冰天。

天色昏黄了，
香木集高了，
凤已飞倦了，

凰已飞倦了，
他们的死期将近了。

凤啄香木，
一星星的火点迸飞。
凰扇火星，
一缕缕的香烟上腾。

凤又啄，
凰又扇，
山上的香烟弥散，
山上的火光弥满。

夜色已深了，
香木已燃了，
凤已啄倦了，
凰已扇倦了，
他们的死期已近了！

啊啊！
哀哀的凤凰！
凤起舞，低昂！
凰唱歌，悲壮！
凤又舞，
凰又唱，
一群的凡鸟，
自天外飞来观葬。

凤　歌

即即！即即！即即！
即即！即即！即即！
茫茫的宇宙，冷酷如铁！
茫茫的宇宙，黑暗如漆！
茫茫的宇宙，腥秽如血！

宇宙呀，宇宙，
你为什么存在？
你自从哪儿来？
你坐在哪儿在？
你是个有限大的空球？
你是个无限大的整块？
你若是有限大的空球，
那拥抱着你的空间
他从哪儿来？
你的外边还有些什么存在？
你若是无限大的整块，
这被你拥抱着的空间
他从哪儿来？
你的当中为什么又有生命存在？
你到底还是个有生命的交流？
你到底还是个无生命的机械？

昂头我问天，
天徒矜高，莫有点儿知识。
低头我问地，
地已死了，莫有点儿呼吸。
伸头我问海，
海正扬声而呜唈。
啊啊！
生在这样个阴秽的世界当中，
便是把金钢石的宝刀也会生锈！
宇宙呀，宇宙，
我要努力地把你诅咒：
你脓血污秽着的屠场呀！
你悲哀充塞着的囚牢呀！
你群鬼叫号着的坟墓呀！
你群魔跳梁着的地狱呀！
你到底为什么存在？

我们飞向西方，
西方同是一座屠场。
我们飞向东方，
东方同是一座囚牢。
我们飞向南方，
南方同是一座坟墓。
我们飞向北方，
北方同是一座地狱。
我们生在这样个世界当中，
只好学着海洋哀哭。

凰 歌

足足！足足！足足！
足足！足足！足足！
五百年来的眼泪倾泻如瀑。
五百年来的眼泪淋漓如烛。
流不尽的眼泪，
洗不净的污浊，
浇不熄的情炎，
荡不去的羞辱，
我们这缥缈的浮生
到底要向哪儿安宿？

啊啊！
我们这缥缈的浮生
好像那大海里的孤舟。
左也是漶漫，
右也是漶漫，
前不见灯台，
后不见海岸，
帆已破，
樯已断，
楫已飘流，
柁已腐烂，

倦了的舟子只是在舟中呻唤，
怒了的海涛还是在海中泛滥。

啊啊！
我们这缥缈的浮生
好像这黑夜里的酣梦。
前也是睡眠，
后也是睡眠，
来得如飘风，
去得如轻烟，
来如风，
去如烟，
眠在后，
睡在前，
我们只是这睡眠当中的
一刹那的风烟。

啊啊！
有什么意思？
有什么意思？
痴！痴！痴！
只剩些悲哀，烦恼，寂寥，衰败，
环绕着我们活动着的死尸，
贯串着我们活动着的死尸。

啊啊！
我们年青时候的新鲜哪儿去了？

我们年青时候的甘美哪儿去了？
我们年青时候的光华哪儿去了？
我们年青时候的欢爱哪儿去了？
去了！去了！去了！
一切都已去了，
一切都要去了。
我们也要去了，
你们也要去了，
悲哀呀！烦恼呀！寂寥呀！衰败呀！

凤凰同歌

啊啊！
火光熊熊了。
香气蓬蓬了。
时期已到了。
死期已到了。
身外的一切！
身内的一切！
一切的一切！
请了！请了！

群鸟歌

岩　鹰

哈哈，凤凰！凤凰！
你们枉为这禽中的灵长！
你们死了吗？你们死了吗？
从今后该我为空界的霸王！

孔　雀

哈哈，凤凰！凤凰！
你们枉为这禽中的灵长！
你们死了吗？你们死了吗？
从今后请看我花翎上的威光！

鸱　枭

哈哈，凤凰！凤凰！
你们枉为这禽中的灵长！
你们死了吗？你们死了吗？
哦！是哪儿来的鼠肉的馨香？

家　鸽

哈哈，凤凰！凤凰！
你们枉为这禽中的灵长！
你们死了吗？你们死了吗？
从今后请看我们驯良百姓的安康！

鹦　鹉

哈哈，凤凰！凤凰！

你们枉为这禽中的灵长！
你们死了吗？你们死了吗？
从今后请听我们雄辩家的主张！

白　鹤

哈哈，凤凰！凤凰！
你们枉为这禽中的灵长！
你们死了吗？你们死了吗？
从今后请看我们高蹈派的徜徉！

凤凰更生歌

鸡　鸣

昕潮涨了，
昕潮涨了，
死了的光明更生了。

春潮涨了，
春潮涨了，
死了的宇宙更生了。
生潮涨了，
生潮涨了，
死了的凤凰更生了。
凤凰和鸣
我们更生了。
我们更生了。

一切的一，更生了。
一的一切，更生了。
我们便是他，他们便是我。
我中也有你，你中也有我。
我便是你。
你便是我。
火便是凰。
凤便是火。
翱翔！翱翔！
欢唱！欢唱！

我们光明呀！
我们光明呀！
一切的一，光明呀！
一的一切，光明呀！
光明便是你，光明便是我！
光明便是“他”，光明便是火！
　　火便是你！
　　火便是我！
　　火便是“他”！
　　火便是火！
　　翱翔！翱翔！
　　欢唱！欢唱！

我们新鲜呀！
我们新鲜呀！
一切的一，新鲜呀！

一的一切，新鲜呀！
新鲜便是你，新鲜便是我！
新鲜便是“他”，新鲜便是火！
　　火便是你！
　　火便是我！
　　火便是“他”！
　　火便是火！
　　翱翔！翱翔！
　　欢唱！欢唱！

我们华美呀！
我们华美呀！
一切的一，华美呀！
一的一切，华美呀！
华美便是你，华美便是我！
华美便是“他”，华美便是火！
　　火便是你！
　　火便是我！
　　火便是“他”！
　　火便是火！
　　翱翔！翱翔！
　　欢唱！欢唱！

我们芬芳呀！
我们芬芳呀！
一切的一，芬芳呀！
一的一切，芬芳呀！

芬芳便是你，芬芳便是我！
芬芳便是“他”，芬芳便是火！
　　火便是你！
　　火便是我！
　　火便是“他”！
　　火便是火！
　　翱翔！翱翔！
　　欢唱！欢唱！

我们和谐呀！
我们和谐呀！
一切的一，和谐呀！
一的一切，和谐呀！
和谐便是你，和谐便是我！
和谐便是“他”，和谐便是火！
　　火便是你！
　　火便是我！
　　火便是“他”！
　　火便是火！
　　翱翔！翱翔！
　　欢唱！欢唱！

我们欢乐呀！
我们欢乐呀！
一切的一，欢乐呀！
一的一切，欢乐呀！
欢乐便是你，欢乐便是我！

欢乐便是“他”，欢乐便是火！
　　火便是你！
　　火便是我！
　　火便是“他”！
　　火便是火！
　　翱翔！翱翔！
　　欢唱！欢唱！

我们热诚呀！
我们热诚呀！
一切的一，热诚呀！
一的一切，热诚呀！
热诚便是你，热诚便是我！
热诚便是“他”，热诚便是火！
　　火便是你！
　　火便是我！
　　火便是“他”！
　　火便是火！
　　翱翔！翱翔！
　　欢唱！欢唱！

我们雄浑呀！
我们雄浑呀！
一切的一，雄浑呀！
一的一切，雄浑呀！
雄浑便是你，雄浑便是我！
雄浑便是“他”，雄浑便是火！

火便是你！
火便是我！
火便是“他”！
火便是火！
翱翔！翱翔！
欢唱！欢唱！

我们生动呀！
我们生动呀！
一切的一，生动呀！
一的一切，生动呀！
生动便是你，生动便是我！
生动便是“他”，生动便是火！
火便是你！
火便是我！
火便是“他”！
火便是火！
翱翔！翱翔！
欢唱！欢唱！

我们自由呀！
我们自由呀！
一切的一，自由呀！
一的一切，自由呀！
自由便是你，自由便是我！
自由便是“他”，自由便是火！
火便是你！

火便是我！

火便是“他”！

火便是火！

翱翔！翱翔！

欢唱！欢唱！

我们恍惚呀！

我们恍惚呀！

一切的一，恍惚呀！

一的一切，恍惚呀！

恍惚便是你，恍惚便是我！

恍惚便是“他”，恍惚便是火！

火便是你！

火便是我！

火便是“他”！

火便是火！

翱翔！翱翔！

欢唱！欢唱！

我们神秘呀！

我们神秘呀！

一切的一，神秘呀！

一的一切，神秘呀！

神秘便是你，神秘便是我！

神秘便是“他”，神秘便是火！

火便是你！

火便是我！

火便是“他”！

火便是火！
翱翔！翱翔！
欢唱！欢唱！

我们悠久呀！
我们悠久呀！
一切的一，悠久呀！
一的一切，悠久呀！
悠久便是你，悠久便是我！
悠久便是“他”，悠久便是火！
火便是你！
火便是我！
火便是“他”！
火便是火！
翱翔！翱翔！
欢唱！欢唱！

我们欢唱！
我们欢唱！
一切的一，常在欢唱！
一的一切，常在欢唱！
是你在欢唱？是我在欢唱？
是“他”在欢唱？是火在欢唱？
欢唱在欢唱！
只有欢唱！
只有欢唱！
只有欢唱！

欢唱！

　欢唱！

　　欢唱！

选自 1920 年 1 月 30 日、31 日

上海《时事新报·学灯》

作家的话 ◈

我想我们的诗只要是我们心中的诗意诗境底纯真的表现，命泉中流出来的 Strin，心琴上弹出来的 Melody，生底颤动，灵底喊叫；那便是真诗，好诗，便是我们人类底欢乐底源泉，陶醉底美酿，慰安底天国。

1920 年 1 月 18 日致宗白华

只是我自己对于诗的直感，总觉得以“自然流露”的为上乘，若是出以“矫揉造作”，只不过是些园艺盆栽，只好供诸富贵人赏玩了。

1920 年 2 月 26 日致宗白华

评论家的话 ◈

若讲新诗，郭沫若君的诗才配称新呢，不独艺术上他的作品与旧诗词相去最远，最要紧的是他的精神完全是时代的精神——二十世纪底时代的精神。有人讲文艺作品是时代底产儿，《女神》真不愧为时代底一个肖子。

……只有现在的中国青年——五四后之中国青年，他们的烦恼悲哀真像火一样烧着，潮一样涌着，他们觉得这“冷酷如铁”，“黑暗如漆”，“腥秽如血”的宇宙真一秒钟也羁留不得了。他们厌这世界，也厌他们自己。于是急躁者归于自杀，忍耐者力图革新。革新

者又觉得意志总敌不住冲动，则抖擞起来．又跌倒下去了。但是他们太溺爱生活了，爱他的甜处，也爱他的辣处。他们决不肯脱逃，也不肯降服。他们的心里只塞满了叫不出的苦，喊不尽的哀。他们的心快塞破了，忽地一个人用海涛底音调，雷霆底声响替他们全盘唱出来了。这个人便是郭沫若，他所唱的就是《女神》。……凤凰底涅槃是一切青年底涅槃。

闻一多：《〈女神〉之时代精神》

……我前面提到《女神》之薄于地方色彩底原因是在其作者所居的环境。但环境从来没有对于艺术产品之性质负过完全责任，因为单是环境不能产生艺术。所以我想日本底环境固应对《女神》的内容负一份责任，但此外还有别的关系。这个关系我疑心或者就是《女神》之作者对于中国文化之隔膜。我们前篇已经看到《女神》怎样富于近代精神。近代精神——即西方文化——不幸得很，是同我国的文化根本背道而驰的；所以一个人醉心于前者定不能对于后者有十分的同情与了解。

闻一多：《〈女神〉之地方色彩》

他沉默的努力，永不放弃那英雄主义者的雄强自信，他看准了时代的变，知道这变中怎么样可以把自己放在时代前面，他就这样做。他在那不拒新的时代一点上，与在较先一时代中称为我们青年人做了许多事情的梁任公先生很有相近的地方。都是“吸收新思潮而不伤食”的一个人。可佩服处也就是这一点。

沈从文：《论郭沫若》

他的诗有两样新东西，都是我们传统里没有的：——不但诗里没有——泛神论，与二十世纪的动的和反抗的精神。中国缺乏冥想诗。诗人虽然多是人本主义者，却没有去摸索人生根本问题的。而对于自然，起初是不懂得理会；渐渐懂得了，又只是观山玩水，写入诗只当背景用。看自然作神，作朋友，郭氏诗是第一回。至于动的和反抗的精神，在静的忍耐的文明里，不用说更是没有过的。

朱自清：《中国新文学大系·诗集导言》

许地山
命命鸟

许地山，1893 年 2 月 14 日生于台南，曾留学哥伦比亚大学、牛津大学研习宗教，1926 年归国后任教于燕京、北大、清华等大学，1936 年起任香港大学中文学院主任教授，1941 年 8 月 4 日病逝。许地山是文学研究会的发起人之一，他的创作在新文学中别具特色，主要有小说集《缀网劳珠》《危巢坠简》，散文集《空山灵雨》等，学术著作有《印度文学》《达衷集》《道教史》（上册）、《佛藏子目引得》等，可惜早逝，创作与学术研究都未尽其才。

敏明坐在席上，手里拿着一本《八大人觉经》，流水似的念着。她底席在东边的窗下，早晨底日光射在她脸上，照得她底身体全然变成黄金的颜色。她不理会日光晒着她，却不歇地抬头去瞧壁上底时计，如像等什么人来似的。

那所屋子是佛教青年会底法轮学校。地上满铺了日本花席，八九张矮小的几子横在两边的窗下。壁上挂的都是释迦应化的事迹，当中悬着一个卐字徽章和一个时计。一进门就知那是佛教底经堂。

敏明那天来得早一点，所以屋里还没有人。她把各样功课念过几遍，瞧壁上底时计正指着六点一刻。她用手挡住眉头，望着窗外低声地说："这时候还不来上学，莫不是还没有起床?"

敏明所等的是一位男同学加陵。他们是七八年的老同学，年纪也是一般大。他们底感情非常的好，就是新来的同学也可以瞧得出来。

"铿铛……铿铛……"一辆电车循着铁轨从北而来，驶到学校门口停了一会。一个十五六岁的美男子从车上跳下来。他底头上包着一条苹果绿的丝巾；上身穿着一件雪白的短褂；下身围着一条紫色的丝裙；脚下踏着一双芒鞋，俨然是一位缅甸底世家子弟。这男子走进院里，脚下底芒鞋拖得拍答拍答地响。那声音传到屋里，好像告诉敏明说："加陵来了!"

敏明早已瞧见他，等他走近窗下，就含笑对他说："哼哼，加陵！请你的早安。你来得算早，现在才六点一刻咧。"加陵回答说："你不要讥消我，我还以为我是第一早的。"他一面说一面把芒鞋脱掉，放在门边，赤着脚走到敏明跟前坐下。

加陵说："昨晚上父亲给我说了好些故事，到十二点才让我去睡，所以早晨起得晚一点。你约我早来，到底有什么事?”敏明说：“我要向你辞行。”加陵一听这话，眼睛立刻瞪起来，显出很惊讶的模样，说：“什么？你要往那里去?”敏明红着眼眶回答说：“我底父亲说我年纪大了，书也念够了；过几天可以跟着他专心当戏子去，不必再像从前念几天唱几天那么劳碌。我现在就要退学，后天将要跟他上普朗去。”加陵说：“你愿意跟他去吗?”敏明回答说：“我为什么不愿意？我家以演剧为职业是你所知道的。我父亲虽是一个很有名、很能赚钱的俳优，但这几年间他底身体渐渐软弱起来，手足有点不灵活，所以他愿意我和他一块儿排演。我在这事上很有长处，也乐得顺从他底命令。”加陵说：“那么，我对于你底意思就没有挽回的余地了。”敏明说：“请你不必为这事纳闷。我们底离别必不能长久的。仰光是一所大城，我父亲和我必要常在这里演戏。有时到乡村去，也不过三两个星期就回来。这次到普朗去，也是要在那里耽搁八九天。请你放心。……”

加陵听得出神，不提防外边早有五六个孩子进来。有一个顽皮的孩子跑到他们底跟前说：“请‘玫瑰’和‘蜜蜂’的早安。”他又笑着对敏明说：“‘玫瑰’花里底甘露流出来咧。”——他瞧见敏明脸上有一点泪痕，所以这样说。西边一个孩子接着说：“对呀！怪不得‘蜜蜂’舍不得离开她。”加陵起身要追那孩子，被敏明拦住。她说：“别和他们胡闹。我们还是说我们的罢。”加陵坐下，敏明就接着说：“我想你不久也得转入高等学校，盼望你在念书的时候要忘了我，在休息的时候要记念我。”加陵说：“我决不会把你忘了。你若是过十天不回来，或者我会到普朗去找你。”敏明说：“不必如此。我过几天准能回来。”

说的时候，一位三十多岁的教师由南边的门进来。孩子们都起立向他行礼。教师蹲在席上，回头向加陵说：“加陵，昙摩蜱和尚叫你早晨和他出去乞食。现在六点半了，你快去罢。”加陵听了这话，立刻走到门边，把芒鞋放在屋角的架上，随手拿了一把油伞就要出门。教师对他说："九点钟就得回来。"加陵答应一声就去了。

加陵回来，敏明已经不在她底席上。加陵心里很是难过，脸上却不露出什么不安的颜色。他坐在席上，仍然念他底书。晌午的时候，那位教师说："加陵，早晨你走得累了，下午给你半天假。"加陵一面谢过教师，一面检点他底文具，慢慢地走回家去。

加陵回到家里，他父亲婆多瓦底正在屋里嚼槟榔。一见加陵进来，忙把沫红唾出，问道："下午放假么？"加陵说："不是。是先生给我底假。因为早晨我跟昙摩蜱和尚出去乞食，先生说我太累，所以给我半天假。"他父亲说："哦，昙摩蜱在道上曾告诉你什么事情没有？"加陵答道："他告诉我说：我底毕业期间快到了，他愿意我跟他当和尚去。他又说：这意思已经向父亲提过了。父亲啊，他实在向你提过这话么？"婆多瓦底说："不错，他曾向我提过。我也很愿意你跟他去。不知道你怎样打算？"加陵说："我现时有点不愿意。再过十五六年，或者能够从他。我想再入高等学校念书，盼望在其中可以得着一点西洋底学问。"他父亲诧异说："西洋底学问！啊！我底儿，你想差了。西洋底学问不是好东西，是毒药哟。你若是有了那种学问，你就要藐视佛法了。你试瞧瞧在这里的西洋人，多半是干些杀人的勾当，做些损人利己的买卖，和开些诽谤佛法的学校。什么圣保罗因斯提丢啦，圣约翰海斯苦尔啦，没有一间不是诽谤佛法的。我说你要求西洋底学问会发生危险就在这里。"加陵说："诽谤与否，在乎自己，并不在乎外人底煽惑。若是父亲许我入圣约翰海斯苦尔，我准保能持守得住，不会受他们底诱惑。"婆多瓦底说："我是很爱你底，你要做的事情，若是没有什么妨害，我一定允许你。要记得昨晚上我和你说的话。我一想起当日你叔叔和你底白像主（缅甸王尊号）提婆底事，就不由得我不恨西洋人。我最沉痛的是他们在蛮得勒将白像主掳去；又在瑞大光塔设驻防营。瑞大光塔是我们底圣地，他们竟然叫些行凶的人在那里住，岂不是把我们底戒律打破了吗？……我盼望你不要入他们底学校，还是清清净净去当沙门。一则可以为白像主忏悔；二则可以为你底父母积福；三则为你将来往生极乐的预备。出家能得这几样好处，总比西洋底学问强得多。”加陵说：“出家修行，我也很愿意。但无论如何，现在决不能办。不如一面入学，一面跟着昙摩蜱学些经典。”婆多瓦底知道劝不过来，就说：“你既是决意要入别的学校，我也无可奈何。我很喜欢你跟昙摩蜱学习经典。你毕业后就转入仰光高等学校罢，那学校对于缅甸底风俗比较的保存一点。”加陵说：“那么，我明天就去告诉昙摩蜱和法轮学校底教师。”婆多瓦底说：“也好。今天的天气很清爽，下午你又没有功课，不如在午饭后一块儿到湖里逛逛。你就叫他们开饭罢。”婆多瓦底说完就进卧房换衣服去了。

原来加陵住的地方离绿绮湖不远。绿绮湖是仰光第一大、第一好的公园。缅甸人叫他作干多支；“绿绮”的名字是英国人替他起的。湖边满是热带植物。那些树木底颜色、形态，都是很美丽、很奇异。湖西远远望见瑞大光，那塔底金色光衬着湖边的椰树、蒲葵，直像王后站在水边，后面有几个宫女持着羽葆随着她一样。此外好的景致，随处都是。不论什么人，一到那里，心中的忧郁立刻消灭。加陵那天和父亲到那里去，能得许多愉快是不消说的。

过了三个月，加陵已经入了仰光高等学校。他在学校里常常思念他最爱的朋友敏明。但敏明自从那天早晨一别，老是没有消息。有一天，加陵回家，一进门仆人就递封信给他。拆开看时，却是敏明底信。加陵才知道敏明早已回来，他等不得见父亲的面，翻身出门，直向敏明家里奔来。

敏明底家还是住在高加因路，那地方是加陵所常到的。女仆玛弥见他推门进来，忙上前迎他说：“加陵君，许久不见啊！我们姑娘前天才回来的。你来得正好，待我进去告诉她。”她说完这话就速速进里边去，大声嚷道：“敏明姑娘，加陵君来找你呢。快下来罢。”加陵在后面慢慢地走，待要踏入厅门，敏明已迎出来。

敏明含笑对加陵说：“谁教你来的呢？这三个月不见你底信，大概因为功课忙的原故罢。”加陵说：“不错，我已经入了高等学校，每天下午还要到昙摩蜱那里。……唉，好朋友，我就是有工夫，也不能写信给你。因为我抓起笔来，就没了主意，不晓得要写什么才能叫你觉得我底心常常有你在里头。我想你这几个月没有信给我，也许是和我一样地犯了这种毛病。”敏明说：“你猜的不错。你许久不到我屋里了，现在请你和我上去坐一会。”敏明把手搭在加陵的肩胛上，一面吩咐玛弥预备槟榔、淡巴菰和些少细点，一面携着加陵上楼。

敏明底卧室在楼西。加陵进去，瞧见里面的陈设还是和从前差不多。楼板上铺的是土耳其绒毡。窗上垂着两幅很细致的帷子。她底衾具就放在窗边。外头悬着几盆风兰。瑞大光底金光远远地从那里射来。靠北是卧榻，离地约一尺高，上面用上等的丝织物盖住。壁上悬着一幅提婆和率裴雅洛观剧的画片。还有好些绣垫散布在地上。加陵拿一个垫子到窗边，刚要坐下，那女仆已经把各样吃的东西捧上来。“你嚼槟榔啵。”敏明说完这话，随手送了一个槟榔到加陵嘴里，然后靠着她底镜台坐下。

加陵嚼过槟榔，就对敏明说：“你这次回来，技艺必定很长进；何不把你最得意的艺术演奏起来，我好领教一下？”敏明笑说：“哦，你是要瞧我演戏来的。我死也不演给你瞧。”加陵说：“有什么妨碍呢？你还怕我笑你不成？快演罢，完了咱们再谈心。”敏明说：“这几天我父亲刚刚教我一套雀翎舞，打算在涅槃节期到比古演奏，现在先演你瞧罢。我先舞一次，等你瞧熟了，再奏乐和我。这舞蹈的谱可以借用‘达撒罗撒’，歌调借用‘恩斯民’。这两支谱，你都会吗?”加陵忙答应说：“都会，都会。”

加陵擅于奏“巴打拉”（一种竹制的乐器，详见《大清会典图》），他一听见敏明叫他奏乐，就立刻叫玛弥把那种乐器搬来。等到敏明舞过一次，他就跟着奏起来。

敏明两手拿住两把孔雀翎，舞得非常的娴熟。加陵所奏的巴打拉也还跟得上，舞过一会，加陵就奏起“恩斯民”的曲调；只听敏明唱道：

孔雀！孔雀！你不必赞我生得俊美，
我也不必嫌你长得丑劣。
咱们是同一个身心，
同一副手脚。
我和你永远同在一个身里住着。
我就是你啊，你就是我。
别人把咱们底身体分做两个，
是他们把自己底指头压在眼上，
所以会生出这样的错。
你不要像他们这样的眼光。
要知道我就是你啊，你就是我。

敏明唱完，又舞了一会。加陵说：“我今天才知道你底技艺精到这个地步。你所唱的也是很好。且把这歌曲的故事说给我听。”敏明说：“这曲倒没有什么故事，不过是平常的恋歌，你能把里头的意思听出来就够了。”加陵说：“那么，你这支曲是为我唱的。我也很愿意对你说：我就是你，你就是我。”

他们二人底感情几年来就渐渐浓厚。这次见面的时候，又受了那么好的感触，所以彼此底心里都承认他们求婚底机会已经成熟。

敏明愿意再帮父亲二三年才嫁，可是她没有向加陵说明。加陵起先以为敏明是一个很信佛法的女子，怕她后来要到尼庵去实行她底独身主义，所以不敢动求婚底念头。现在瞧出她底心志不在那里，他就决意回去要求婆多瓦底底同意，把她娶过来。照缅甸底风俗，子女底婚嫁本没有要求父母同意底必要。加陵很尊重他父亲底意见，所以要履行这种手续。

他们谈了半晌工夫，敏明底父亲宋志从外面进来，抬头瞧见加陵坐在窗边，就说："加陵君，别后平安啊！"加陵忙回答他，转过身来对敏明说："你父亲回来了。"敏明待下去，她父亲已经登楼。他们三人坐过一会，谈了几句客套，加陵就起身告辞。敏明说："你来的时间不短，也该回去了。你且等一等，我把这些舞具收拾清楚，再陪你在街上走几步。"

宋志眼瞧着他们出门，正要到自己屋里歇一歇。恰好玛弥上楼来收拾东西。宋志就对她说："你把那盘槟榔送到我屋里去罢。"玛弥说："这是他们剩下的，已经残了。我再给你拿些新鲜的来。"

玛弥把槟榔送到宋志屋里，见他躺在席上，好像想什么事情似的。宋志一见玛弥进来，就起身对她说："我瞧他们两人实在好得太厉害，若是敏明跟了他，我必要吃亏。你有什么好方法教他们二人底爱情冷淡没有？"玛弥说："我又不是蛊师，哪有好方法离间他们？我想主人你也不必想什么方法，敏明姑娘必不至于嫁他。因为他们一个是属蛇，一个是属鼠的（缅甸底生肖是算日的。礼拜四生的属鼠，礼拜六生的属蛇。），就算我们肯将姑娘嫁给他，他底父亲也不愿意。"宋志说："你说的虽然有理，但现在生肖相克的话，好些人都不注重了。倒不如请一位蛊师来，请他在二人身上施一点法术更为得计。"

印度支那间有一种人叫作蛊师，专用符咒替人家制造命运。有时叫没有爱情的男女，忽然发生爱情；有时将如胶似漆的夫妇化为仇敌。操这种职业的人，以暹罗底僧侣最多，且最受人信仰。缅甸人操这种事业的也不少。宋志因为玛弥底话提醒他，第二天早晨他就出门找蛊师去了。

晌午的时候，宋志和蛊师沙龙回来。他让沙龙进自己底卧房。玛弥一见沙龙进来，木鸡似的站在一边。她想到昨天在无意之中说出蛊师，引起宋志今天的实行，实在对不起她底姑娘。她想到这里，就一直上楼去告诉敏明。

敏明正在屋里念书，听见这消息，急和玛弥下来。蹑步到屏后，倾耳听他们底谈话。只听沙龙说："这事很容易办。你可以将她常用的贴身东西拿一两件来，我在那上头画些符、念些咒，然后给回她用，过几天就见功效。"宋志说："恰好这里有她一条常用的领巾，是她昨天回来的时候忘记带上去的。这东西可用吗？"沙龙说："可以的，但是能够得着……"

敏明听到这里已忍不住，一直走进去向父亲说："阿爸，你何必摆弄我呢？我不是你底女儿吗？我和加陵没有什么意，请你放心。"宋志蓦地里瞧见他女儿进来，简直不知道要用什么话对付她。沙龙也停了半晌才说："姑娘，我们不是谈你底事。请你放心。"敏明斥他说："狡猾底人，你的计我已知道了。你快去办你底事罢。"宋志说："我底儿，你今天疯了吗？你且坐下，我慢慢给你说。"

敏明那里肯依父亲底话，她一味和沙龙吵闹，弄得她父亲和沙龙很没趣。不久沙龙垂着头走出来；宋志满面怒容蹲在床上吸烟；敏明也忿忿地上楼去了。

敏明那一晚上没有下来和父亲用饭。她想父亲终久会用蛊术离间他们，不由得心里难过。她躺在床上翻来覆去，绣枕早已被她底眼泪湿透了。

第二天早晨，她到镜台梳洗，从镜里瞧见她满面都是鲜红色，——因为绣枕褪色，印在她底脸上——不觉笑起来。她把脸上那些印迹洗掉的时候，玛弥已捧一束鲜花、一杯咖啡上来。敏明把花放在一边，一手倚着窗棂，一手拿住茶杯向窗外出神。

她定神瞧着围绕瑞大光的彩云，不理会那塔底金光向她底眼睑射来，她精神因此就十分疲乏。她心里的感想和目前的光融洽，精神上现出催眠底状态。她自己觉得在瑞大光塔顶站着，听见底下的护塔铃叮叮当当地响。她又瞧见上面那些王侯所献底宝石，个个都发出很美丽的光明。她心里喜欢得很，不歇用手去摩弄，无意中把一颗大红宝石摩掉了。她忙要俯身去捡时，那宝石已经掉在地上。她定神瞧着那空儿，要求那宝石掉下底原故，不觉有一种更美丽的宝光从那里射出来。她心里觉得很奇怪，用手扶着金壁，低下头来要瞧瞧那空儿里头底光景。不提防那壁被她一推，渐渐向后，原来是一扇宝石底门。

那门被敏明推开之后，里面的光直射到她身上。她站在外边，望里一瞧，觉得里头的山水、树木，都是她平生所不曾见过的。她在不知不觉中，已经向前走了几十步。耳边恍惚听见有人对她说："好啊！你回来啦。"敏明回头一看，觉得那人很熟悉，只是一时不能记出他底名字。她听见"回来"这两字，心里很是纳闷，就向那人说："我不住在这里，为何说我回来？你是谁？我好像在那里与你会过似的。这是什么地方？"那人笑说："哈哈！去了这些日子，连自己家乡和平日间往来的朋友也忘了。肉体底障碍真是大哟。"敏明听了这话，简直莫名其妙。又问他说："我是谁？有那么好福气住在这里。我真是在这里住过吗？"那人回答说："你是谁？你自己知道。若是说你不曾住过这里，我就领你到处逛一逛，瞧你认得不认得。"

敏明听见那人要领她到处去逛逛，就忙忙答应。但所见底东西，敏明一点也记不清楚，总觉得样样都是新鲜的。那人瞧见敏明那么迷糊，就对她说："你既然记不清，待我一件一件告诉你。"

敏明和那人走过一座碧玉牌楼。两边底树罗列成行，开着很好看的花。红的、白的、紫的、黄的，各色都备。树上有些鸟声，唱得很好听。走路时，有些微风慢慢吹来，吹得各色的花瓣纷纷掉下：有些落在人底身上；有些落在地上；有些还在空中飞来飞去。敏明底头上和肩膀上也被花瓣贴满，遍体熏得很香。那人说："这些花木都是你底老朋友；你常和他们往来。他们的花是长年开放底。"敏明说："这真是好地方，只是我总记不起来。"

走不多远，忽然听见很好的乐音。敏明说："谁在那边奏乐?"那人回答说："那里有人奏乐，这里的声音都是发于自然的。你所听的是前面流水的声音。我们再走几步就可以瞧见。"进前几步果然有些泉水穿林而流。水面浮着奇异的花草；还有好些水鸟在那里游泳。敏明只认得些荷花、鸂鶒；其余都不认得。那人很不惮烦，把各样的东西都告诉她。

他们二人走过一道桥，迎面立着一片琉璃墙。敏明说："这墙真好看，是谁在里面住?"那人说："这里头是乔答摩宣讲法要底道场。现时正在演说，好些人物都在那里聆听法音。转过这个墙角就是正门。到底时候，我领你进去听一听。"敏明贪恋外面的风景，不愿意进去。她说："咱们逛会儿才进去罢。"那人说："你只会听粗陋的声音，看简略的颜色和闻污劣的香味。那更好的、更微妙的，你就不理会了。……好，我再和你走走，瞧你了悟不了悟。"

二人走到墙底尽头，还是穿入树林。他们踏着落花一直进前；树上底鸟声，叫得更好听。敏明抬起头来，忽然瞧见南边的树枝上有一对很美丽的鸟呆立在那里，丝毫的声音也不从他们底嘴里发出。敏明指着问那人说："只只鸟儿都出声吟唱，为什么那对鸟儿不出声音呢？那是什么鸟?"那人说："那是命命鸟。为什么不唱?我可不知道。"

敏明听见"命命鸟"三字，心里似乎有点觉悟。她注神瞧着那鸟，猛然对那人说：“那可不是我和我底好朋友加陵么？为何我们都站在那里？”那人说：“是不是，你自己觉得。”敏明抢前几步，看来还是一对呆鸟。她说：“还是一对鸟儿在那里；也许是我底眼花了。”

他们绕了几个弯，当前现出一节小溪把两边的树林隔开。对岸的花草，似乎比这边更新奇。树上底花瓣也是常常掉下来。树下有许多男女：有些躺着底；有些站着底；有些坐着底。各人在那里说说笑笑，都现出很亲密的样子。敏明说：“那边的花瓣落得更妙；人也多一点，我们一同过去逛逛罢。”那人说：“对岸可不能去。那落底叫作情尘；若是望人身上落得多了就不好。”敏明说：“我不怕。你领我过去逛逛罢。”那人见敏明一定要过去，就对她说：“你必要过那边去，我可不能陪你了。你可以自己找一道桥过去。”他说完这话就不见了。敏明回头瞧见那人不在，自己循着水边，打算找一道桥过去。但找来找去总找不着，只得站在这边瞧过去。

她瞧见那些花瓣越落越多，那班男女几乎被葬在底下。有一个男子坐在对岸底水边，身上也是满了落花。一个紫衣底女子走到他跟前说：“我很爱你。你是我底命。我们是命命鸟。除你以外，我没有爱过别人。”那男子回答说：“我对于你底爱情也是如此。我除了你以外不曾爱过别的女人。”紫衣女子听了，向他微笑，就离开他。走不多远，又遇着一位男子站在树下，她又向那男子说：“我很爱你。你是我底命。我们是命命鸟，除你以外，我没有爱过别人。”那男子也回答说：“我对于你底爱情也是如此。我除了你以外不曾爱过别的女人。”

敏明瞧见这个光景，心里因此发生了许多问题，就是“那紫衣女子为什么当面撒谎；和那两位男子底回答为什么不约而同？”她回头瞧那坐在水边底男子还在那里。又有一个穿红衣底女子走到他面前，还是对他说紫衣女子所说底话。那男子底回答和从前一样，一个字也不改。敏明再瞧那紫衣女子，还是挨着次序向各个男子说话。她走远了，话语底内容虽然听不见，但她底形容老没有改变。各个男子对她也是显出同样的表情。

敏明瞧见各个女子对于各个男子所说底话都是一样；各个男子底回答也是一字不改；心里正在疑惑，忽然来了一阵狂风把对岸底花瓣刮得干干净净，那班男女立刻变成很凶恶的容貌，互相啮食起来。敏明瞧见这个光景，吓得冷汗直流。她忍不住就大声喝道："嗳呀！你们底感情真是反复无常。"

敏明手里那杯咖啡被这一喝，全都泻在她底裙上。楼下底玛弥听见楼上底喝声，也赶上来。玛弥瞧见敏明周身冷汗，扑在镜台上头，忙上前把她扶起，问道："姑娘你怎样啦？烫着了没有？"敏明醒来，不便对玛弥细说，胡乱答应几句就打发她下去。

敏明细想刚才的异象，抬头再瞧窗外底瑞大光，觉得那塔还是被彩云绕住，越显得十分美丽。她立起来，换过一条绛色的裙子，就坐在她底卧榻上头。她想起在树林里忽然瞧见命命鸟变作她和加陵那回事情，心中好像觉悟他们两个是这边的命命鸟，和对岸自称为命命鸟底不同。她自己笑着说："好在你不在那边，幸亏我不能过去。"

她自经过这一场恐慌，精神上遂起了莫大的变化。对于婚姻另有一番见解；对于加陵底态度更是不像从前。加陵一点也觉不出来，只猜她是不舒服。

自从敏明回来，加陵没有一天不来找她。近日觉得敏明底精神异常，以为自己没有向她求婚，所以不高兴。加陵觉得他自己有好些难解决的问题，不能不对敏明说。第一，是他父亲愿意他去当和尚。第二，纵使准他娶妻，敏明底生肖和他不对，顽固的父亲未必承认。现在瞧见敏明这样，不由得不把衷情吐露出来。

加陵一天早晨来到敏明家里，瞧见她底态度越发冷静，就安慰她说："好朋友，你不必忧心，日子还长呢。我在咱们底事情上头已经有了打算。父亲若是不肯，咱们最终的办法就是'照例逃走'。你这两天是不是为这事生气呢？"敏明说："这倒不值得生气。不过这几晚睡得迟，精神有一点疲倦罢了。"

加陵以为敏明底话是真，就把前日向父亲要求底情形说给她听。他说："好朋友，你瞧我底父亲多么固执。他一意要我去当和尚，我前天向他说些咱们底事，他还要请人来给我说法，你说好笑不好笑？"敏明说："说什么法？"加陵说：那天晚上，父亲把昙摩蜱请来。我以为有别的事要和他商量，谁知他叫我到跟前教训一顿。你猜他对我讲什么经呢？好些话我都忘记了。内中有一段是很有趣，很容易记底。我且念给你听：

> 佛问摩邓曰："女爱阿难何似？"女言："我爱阿难眼；爱阿难鼻；爱阿难口；爱阿难耳；爱阿难声音；爱阿难行步。"佛言："眼中但有泪；鼻中但有洟；口中但有唾；耳中但有垢；身中但有屎尿，臭气不净。"

"昙摩蜱说得天花乱坠，我只是偷笑。因为身体上的污秽，人人都有，那能因着这些小事，就把爱情割断呢？况且这经本来不合对我说；若是对你念，还可以解释得去。"

敏明听了加陵末了那句话，忙问道："我是摩邓吗？怎样说对我念就可以解释得去？"加陵知道失言，忙回答说："请你原谅，我说错了。我底意思不是说你是摩邓，是说这本经合于对女人说。"加陵本是要向敏明解嘲，不意反触犯了她，敏明听了那几句经，心里更是明白。他们两人各有各底心事；总没有尽情吐露出来。加陵坐不多会，就告辞回家去了。

涅槃节近啦。敏明底父亲直催她上比古去，加陵知道敏明明日要动身，在那晚上到她家里，为底是要给她送行。但一进门，连人影也没有。转过角门，只见玛弥在她屋里缝衣服。那时候约在八点钟底光景。

加陵问玛弥说：“姑娘呢?”玛弥抬头见是加陵，就陪笑说：“姑娘说要去找你，你反来找她。她不曾到你家去吗？她出门已有一点钟工夫了。”加陵说：“真的么?”玛弥回了一声：“我还骗你不成。”低头还是做她底活计。加陵说：“那么，我就回去等她。……你请。”

加陵知道敏明没有别处可去，她一定不会趁瑞大光底热闹。他回到家里，见敏明没来，就想着她一定和女伴到绿绮湖上乘凉。因为那夜底月亮亮得很，敏明和月亮很有缘；每到月圆底时候，她必招几个朋友到那里谈心。

加陵打定主意，就向绿绮湖去。到底时候，觉得湖里静寂得很。这几天是涅槃节期，各庙里都很热闹；绿绮湖底冷月没人来赏玩，是意中底事。加陵从爱华德第七底造像后面上了山坡，瞧见没人在那里，心里就有几分诧异。因为敏明每次必在那里坐，这回不见她，谅是没有来。

他走得很累，就在凳上坐一会。他在月影朦胧之中瞧见地上有一件东西；捡起来看时，却是一条蝉翼纱底领巾。那巾底两端都绣一个吉祥海云底徽识，所以他认得是敏明底。

加陵知道敏明还在湖边，把领巾藏在袋里，就抽身去找她。他踏一弯虹桥，转到水边底乐亭，瞧没有人，又折回来。他在山丘上注神一望，瞧见西南边隐隐有个人影，忙上前去，见有几分像敏明。加陵蹑步到野蔷薇垣后面，意思是要吓她。他瞧见敏明好像是找什么东西似的，所以静静伏在那里看她要做什么。

敏明找了半天，随在乐亭旁边摘了一枝优钵昙花，走到湖边，向着瑞大光合掌礼拜。加陵见了，暗想她为什么不到瑞大光膜拜去？于是再蹑足走近湖边底蔷薇垣。那里离敏明礼拜底地方很近。

加陵恐怕再触犯她，所以不敢作声。只听她底祈祷：

> 女弟子敏明，稽首三世诸佛：我自万劫以来，迷失本来智性；因此堕入轮回，成女人身。现在得蒙大慈，示我三生因果。我今悔悟，誓不再恋天人，致受无量苦楚。愿我今夜得除一切障碍，转生极乐国土。愿勇猛无畏阿弥陀，俯听恳求接引我。南无阿弥陀佛。

加陵听了她这番祈祷，心里很受感动。他没有一点悲痛，竟然从蔷薇垣里跳出来，对着敏明说："好朋友，我听你刚才的祈祷，知道你厌弃这世间，要离开它。我现在也愿意和你同行。"

敏明笑道："你什么时候来底？你要和我同行，莫不你也厌世吗?"加陵说："我不厌世。因为你底原故，我愿意和你同行。我和你分不开。你到那里，我也到那里。"敏明说："不厌世，就不必跟我去。你要记得你父亲愿你做一个转法轮底能手。你现在不必跟我去，以后还有相见底日子。"加陵说："你说不厌世就不必死，这话有些不对。譬如我要到蛮得勒去，不是嫌恶仰光，不过我未到过那城，所以愿意去瞧一瞧。但有些人很厌恶仰光，他巴不得立刻离开才好。现在，你是第二类底人；我是第一类底人。为什么不让我和你同行?"敏明不料加陵会来；更不料他一下就决心要跟从她。现在听他这一番话语，知道他与自己底觉悟虽然不同，但她常感得他们二人是那世界底命命鸟，所以不甚阻止他。到这时，她才把前几天底事告诉加陵。加陵听了，心里非常的喜欢，说："有那么好的地方，为何不早告诉我？我一定离不开你了，我们一块儿去罢。"

那时月光更是明亮。树林里萤火无千无万地闪来闪去，好像那世界底人物来赴他们底喜筵一样。

加陵一手搭在敏明底肩上，一手牵着她。快到水边底时候，加陵回过脸来向敏明底唇边啜了一下。他说：“好朋友，你不亲我一下么?”敏明好像不曾听见，还是直地走。

他们走入水里，好像新婚底男女携手入洞房那般自在，毫无一点畏缩。在月光水影之中，还听见加陵说：“咱们是生命底旅客，现在要到那个新世界，实在叫我快乐得很。”

现在他们去了！月光还是照着他们所走底路；瑞大光远远送一点鼓乐底声音来；动物园底野兽也都为他们唱很雄壮的欢送歌，唯有那不懂人情底水，不愿意替他们守这旅行底秘密，要找机会把他们底躯壳送回来。

选自《缀网劳蛛》

商务印书馆1925年1月版

作家的话

我不相信人类在自然界里会有得到最后胜利的那一天，地会老，天会荒，人类也会碎成星云尘，随着太空里某个中心吸力无意识地绕转。所以我看见底处处都是悲剧；我所感底事事都是痛苦。可是我不呻吟，因为这是必然的现象。换一句话，这就是命运。作者底功能，我想，便是启发读者这种悲哀和苦感，使他们有所慰藉，有所趋避。

《序〈野鸽的话〉》

评论家的话

作者用南方国度，如缅甸等处，作为背景所写成的各样文章，把僧侣家庭，及异方风物，介绍得那么亲切。作品中，咖啡与孔雀，佛法同爱情，仿佛无关系的一切联系在一起，使我们感到一种异国情调。读《命命鸟》《空山灵雨》那一类文章，总觉得这是另外一个国度的人，学着另外一个国度里的故事。（虽然在文字上那种异国情调的夸张性却完全没有。）他用的是中国的乐器，是我们最相熟的乐器，奏出了异国的调子，就是那调子，那声音，那永远是东方的，静的，微带厌世倾向的，柔软忧郁的调子，使我们读到它时不知不觉发生悲哀了。

沈从文：《论落华生》

郁达夫
沉　沦

郁达夫，原名郁文，字达夫，1896 年生于浙江富阳。1913 年赴日本留学，这期间广泛涉猎西方文学，并开始小说创作。1921 年 6 月参加发起成立创造社，同年出版第一部小说集《沉沦》，因大胆暴露现代青年的性的苦闷，展示灵与肉的冲突而风行一时，以后的创作大都是延续了自己的独特风格。著有《达夫全集》7 卷，1933 年夏移居杭州，其文风渐趋平静、雅洁，《迟桂花》为其后期代表作。除小说创作外，散文和旧体诗创作俱佳。抗战期间赴南洋宣传抗日，太平洋战争爆发后，流亡印尼苏门答腊等地，改名赵廉隐居，以开酒厂为业，不久身份暴露，一度被迫为当地日军宪兵队做翻译，暗中做过不少有利于抗日的事情。1945 年 8 月 29 日被日本宪兵队秘密杀害。现有《郁达夫文集》12 卷。

一

他近来觉得孤冷得可怜。

他的早熟的性情，竟把他挤到与世人绝不相容的境地去，世人与他的中间介在的那一道屏障，愈筑愈高了。

天气一天一天的清凉起来，他的学校开学之后，已经快半个月了。那一天正是九月的二十二日。

晴天一碧，万里无云，终古常新的皎日，依旧在她的轨道上，一程一程的在那里行走。从南方吹来的微风，同醒酒的琼浆一般，带着一种香气，一阵阵的拂上面来。在黄苍未熟的稻田中间，在弯曲同白线似的乡间的官道上面，他一个人手里捧了一本六寸长的wordsworth[①]的诗集，尽在那里缓缓的独步。在这大平原内，四面并无人影；不知从何处飞来的一声两声的远吠声，悠悠扬扬的传到他耳膜上来。他眼睛离开了书，同做梦似的向有犬吠声的地方看去，但看见了一丛杂树，几处人家，同鱼鳞似的屋瓦上，有一层薄薄的蜃气楼，同轻纱似的，在那里飘荡。

“Oh，you serene gossamer！ You beautiful gossamar！”

这样的叫了一声，他的眼睛里就涌出了两行清泪来，他自己也不知道是什么缘故。

呆呆的看了好久，他忽然觉得背上有一阵紫色的气息吹来，息索的一响，道旁的一株小草，竟把他的梦境打破了，他回转头来一

---

① wordsworth（1770-1850）即华滋华斯，英国著名湖畔派诗人。作者译作“渭迟渥斯”。

看，那株小草还是颠摇不已，一阵带着紫罗兰气息的和风，温微微的喷到他那苍白的脸上来。在这清和的早秋的世界里，在这澄清透明的以太中，他的身体觉得同陶醉似的酥软起来。他好像是睡在慈母怀里的样子。他好像是梦到了桃花源里的样子。他好像是在南欧的海岸，躺在情人膝上，在那里贪午睡的样子。

他看看四边，觉得周围的草木，都在那里对他微笑。看看苍空，觉得悠久无穷的大自然，微微的在那里点头。一动也不动的向天看了一会，他觉得天空中，有一群小天神，背上插着了翅膀，肩上挂着了弓箭，在那里跳舞。他觉得乐极了。便不知不觉开了口，自言自语的说：

“这里就是你的避难所。世间的一般庸人都在那里妒忌你，轻笑你，愚弄你；只有这大自然，这终古常新的苍空皎日，这晚夏的微风，这初秋的清气，还是你的朋友，还是你的慈母，还是你的情人，你也不必再到世上去与那些轻薄的男女共处去，你就在这大自然的怀里，这纯朴的乡间终老了罢。”

这样的说了一遍，他觉得自家可怜起来，好像有万千哀怨，横亘在胸中，一口说不出来的样子。含了一双清泪，他的眼睛又看到他手里的书上去。

Behold her，single in the field，
You solitary Highland lass!
Reaping and singing by herself；
Stop here，or gently pass!
Alone she cuts，and binds the grain，
And sings a melancholy strain；
Oh，listen! for the vale profound
Is overflowing with the sound.

看了这一节之后，他又忽然翻过一张来，脱头脱脑的看到那第三节去。

Will no one tell me what she sings? ——
Perhaps the plaintive numbers flow
For old，unhappy，far—off things，
And battle long ago：
Or is it some more humble 1ay，
Familiar matter of today?
Some natural sorrow，loss，or pain，
That has been，and may be again?

这也是他近来的一种习惯，看书的时候，并没有次序的。几百页的大书，更可不必说了，就是几十页的小册子，如爱美生的《自然论》（*Emerson's On Nature*），沙罗的《逍遥游》（*Thoreau's Excursion*）之类，也没有完完全全从头至尾的读完一篇过。当他起初翻开一册书来看的时候，读了四行五行或一页二页，他每被那一本书感动，恨不得要一口气把那一本书吞下肚子里去的样子，到读了三页四页之后，他又生起一种怜惜的心来，他心里似乎说：

“像这样的奇书，不应该一口气就把它念完，要留着细细儿的咀嚼才好。一下子就念完了之后，我的热望也就不得不消灭，那时候我就没有好望，没有梦想了，怎么使得呢?”

他的脑里虽然有这样的想头，其实他的心里早有一些儿厌倦起来，到了这时候，他总把那本书收过一边，不再看下去。过几天或者过几个钟头之后，他又用了满腔的热忱，同初读那一本书的时候一样的，去读另外的书去；几日前或者几点钟前那样的感动他的那

一本书，就不得不被他遗忘了。

放大了声音把渭迟渥斯的那两节诗读了一遍之后，他忽然想把这一首诗用中国文翻译出来。

《孤寂的高原刈稻者》

他想想看，The Solitary Highland Reaper 诗题只有如此的译法。

你看那个女孩儿，她只一个人在田里，
你看那边的那个高原的女孩儿，她只一个人冷清清地！
她一边刈稻，一边在那儿唱着不已：
她忽儿停了，忽儿又过过去了，轻盈体态，风光细腻！
她一个人，刈了，又重把稻儿捆起，
她唱的山歌，颇有些儿悲凉的情味：
听呀听呀！这幽谷深深，
全充满了她的歌唱的清音。

有人能说否，她唱的究是什么？
或者她那万千的痴话
是唱着前代的哀歌，
或者是前朝的战事，千兵万马；
或者是些坊间的俗曲，
便是目前的家常闲说？
或者是些天然的哀怨，必然的丧苦，自然的悲楚，
这些事虽是过去的回思，将来想亦必有人指诉。

他一口气译了出来之后，忽又觉得无聊起来，便自嘲自骂的说：

“这算是什么东西呀，岂不同教会里的赞美歌一样的乏味么？

"英国诗是英国诗，中国诗是中国诗，又何必译来对去呢！"

这样的说了一句，他不知不觉便微微儿的笑了起来。向四边一看，太阳已经打斜了；大平原的彼岸，西边的地平线上，有一座高山，浮在那里，饱受了一天残照，山的周围酝酿成一层朦朦胧胧的岚气，反射出一种紫不紫红不红的颜色来。

他正在那里出神呆看的时候，哼的喀嗽了一声，他的背后忽然来了一个农夫。回头一看，他就把他脸上的笑容装改了一副忧郁的面色，好像他的笑容是怕被人看见的样子。

二

他的忧郁症愈闹愈甚了。

他觉得学校里的教科书，味同嚼蜡，毫无半点生趣。天气清朗的时候，他每捧了一本爱读的文学书，跑到人迹罕至的山腰水畔去贪那孤寂的深味去。在万籁俱寂的瞬间，在天水相映的地方，他看看草木虫鱼，看看白云碧落，便觉得自家是一个孤高傲世的贤人，一个超然独立的隐者。有时在山中遇着一个农夫，他便把自己当作了 Zaratustra[①]，把 Zaratustra 所说的话，也在心里对那农夫讲了。他的 megalomania 也同他的 hypochondria 成了正比例，一天一天的增加起来。他竟有连接四五天不上学校去听讲的时候。

有时候到学校里去，他每觉得众人都在那里凝视他的样子。他避来避去想避他的同学，然而无论到了什么地方，他的同学的眼

---

① Zaratustra，即查拉图斯特拉，公元前六七世纪波斯教的创始人。德国哲学家尼采（1844-1900）在《查拉图斯特拉如是说》一书中，借他来阐述其超人哲学。

光，总好像怀了恶意，射在他的背脊上面。

上课的时候，他虽然坐在全班学生的中间，然而总觉得孤独得很；在稠人广众之中，感得的这种孤独，倒比一个人在冷清的地方，感得的那种孤独，还更难受。看看他的同学们，一个个都是兴高采烈的在那里听先生的讲义，只有他一个人身体虽然坐在讲堂里头，心思却同飞云逝电一般，在那里作无边无际的空想。

好容易下课的钟声响了！先生退去之后，他的同学说笑的说笑，谈天的谈天，个个都同春来的燕雀似的，在那里作乐；只有他一个人锁了愁眉，舌根好像被千钧的巨石锤住的样子，兀的不作一声。他也很希望他的同学来对他讲些闲话，然而他的同学却都自家管自家的去寻欢乐去，一见了他那一副愁容，没有一个不抱头奔散的，因此他愈加怨他的同学了。

“他们都是日本人，他们都是我的仇敌，我总有一天来复仇，我总要复他们的仇。”

一到了悲愤的时候，他总这样的想的，然而到了安静之后，他又不得不嘲骂自家说：

“他们都是日本人，他们对你当然是没有同情的，因为你想得他们的同情，所以你怨他们，这岂不是你自家的错误么？”

他的同学中的好事者，有时候也有人来向他说笑的，他心里虽然非常感激，想同那一个人谈几句知心的话，然而口中总说不出什么话来；所以有几个解他的意的人，也不得不同他疏远了。

他的同学日本人在那里欢笑的时候，他总疑他们是在那里笑他，他就一霎时的红起脸来。他们在那里谈天的时候，若有偶然看他一眼的人，他又忽然红起脸来，以为他们是在那里讲他。他同他同学中间的距离，一天一天的远背起来，他的同学都以为他是爱孤独的人，所以谁也不敢来近他的身。

有一天放课之后，他挟了书包，回到他的旅馆里来，有三个日本学生系同他同路的。将要到他寄寓的旅馆的时候，前面忽然来了两个穿红裙的女学生。在这一区市外的地方，从没有女学生看见的，所以他一见了这两个女子，呼吸就紧缩起来。他们四个人同那两个女子擦过的时候，他的三个日本人的同学都问她们说：

“你们上那儿去？”

那两个女学生就作起娇声来回答说：

“不知道！”

“不知道！”

那三个日本学生都高笑起来，好像是很得意的样子；只有他一个人似乎是他自家同她们讲了话似的，害了羞，匆匆跑回旅馆里来。进了他自家的房，把书包用力的向席上一丢，他就在席上躺下了。他的胸前还在那里乱跳，用了一只手枕着头，一只手按着胸口，他便自嘲自骂的说：

“你这卑怯者！

“你既然怕羞，何以又要后悔？

“既要后悔，何以当时你又没有那样的胆量？不同她们去讲一句话。

“Oh，coward，coward！”

说到这里，他忽然想起刚才那两个女学生的眼波来了。

那两双活泼泼的眼睛！

那两双眼睛里，确有惊喜的意思含在里头。然而再仔细想了一想，他又忽然叫起来说：

“呆人呆人！她们虽有意思，与你有什么相干？她们所送的秋波，不是单送给那三个日本人的么？唉！唉！她们已经知道了，已经知道我是支那人了，否则她们何以不来看我一眼呢！复仇复仇，我总要复他们的仇。”

说到这里，他那火热的颊上忽然滚了几颗冰冷的眼泪下来。他是伤心到极点了。这一天晚上，他记的日记说：

“我何苦要到日本来，我何苦要求学问。既然到了日本，那自然不得不被他们日本人轻侮的。中国呀中国！你怎么不富强起来，我不能再隐忍过去了。

“故乡岂不有明媚的山河，故乡岂不有如花的美女？我何苦要到这东海的岛国里来！

“到日本来倒也罢了，我何苦又要进这该死的高等学校。他们留了五个月学回去的人，岂不在那里享荣华安乐么？这五六年的岁月，教我怎么能挨得过去。受尽了千辛万苦，积了十数年的学识，我回国去，难道定能比他们来胡闹的留学生更强么？

“人生百岁，年少的时候，只有七八年的光景，这最纯最美的七八年，我就不得不在这无情的岛国里虚度过去，可怜我今年已经是二十一了。

“槁木的二十一岁！

“死灰的二十一岁！

“我真还不如变了矿物质的好，我大约没有开花的日子了。

“知识我也不要，名誉我也不要，我只要一个安慰我体谅我的‘心’。一副白热的心肠！从这一副心肠里生出来的同情！从同情而来的爱情！

“我所要求的就是爱情！

“若有一个美人，能理解我的苦楚，她要我死，我也肯的。

“若有一个妇人，无论她是美是丑，能真心真意的爱我，我也愿意为她死的。

“我所要求的就是异性的爱情！

“苍天呀苍天，我并不要知识，我并不要名誉，我也不要那些无用的金钱，你若能赐我一个伊甸园内的‘伊扶’，使她的肉体与心灵，全归我有，我就心满意足了。”

三

他的故乡，是富春江上的一个小市，去杭州水程不过八九十里。这一条江水，发源安徽，贯流全浙，江形曲折，风景常新，唐朝有一个诗人赞这条江水说“一川如画”。他十四岁的时候，请了一位先生写了这四个字，贴在他的书斋里，因为他的书斋的小窗，是朝着江面的。虽则这书斋结构不大，然而风雨晦明，春秋朝夕的风景，也还抵得过滕王高阁。在这小小的书斋里过了十几个春秋，他才跟了他的哥哥到日本来留学。

他三岁的时候就丧了父亲，那时候他家里困苦得不堪。好容易他长兄在日本 W 大学卒了业，回到北京，考了一个进士，分发在法部当差，不上两年，武昌的革命起来了。那时候他已在县立小学堂卒了业，正在那里换来换去的换中学堂。他家里的人都怪他无恒性，说他的心思太活；然而依他自己讲来，他以为他一个人同别的学生不同，不能按部就班的同他们同在一处求学的。所以他进了 K 府中学之后，不上半年又忽然转到 H 府中学来；在 H 府中学住了三个月，革命就起来了。H 府中学停学之后，他依旧只能回到他那小小的书斋里来。第二年的春天，正是他十七岁的时候，他就进了大学的预科。这大学是在杭州城外，本来是美国长老会捐钱创办的，所以学校里浸润了一种专制的弊风，学生的自由，几乎被压缩得同针眼儿一般的小。礼拜三的晚上有什么祈祷会，礼拜日非但不准出去游玩，并且在家里看别的书也不准的，除了唱赞美诗祈祷之外，只许看新旧约书。每天早晨从九点钟到九点二十分，定要去做礼拜，不去做礼拜，就要扣分数记过。他虽然非常爱那学校近傍的山水景物，然而他的心里，总有些反抗的意思，因为他是一个爱自由的人，对那些迷信的管束，怎么也不甘心服从。住不上半年，那大学里的厨子，托了校长的势，竟打起学生来。学生中间有几个不服的，便去告诉校长，校长反说学生不是。他看看这些情形，实在是太无道理了，就立刻去告了退，仍复回家，到那小小的书斋里去。那时候已经是六月初了。

在家里住了三个多月，秋风吹到富春江上，两岸的绿树，就快凋落的时候，他又坐了帆船，下富春江，上杭州去。却好那时候石牌楼的 W 中学正在那里招插班生，他进去见了校长 M 氏，把他的经历说给了 M 氏夫妻听，M 氏就许他插入最高的班里去。这 W 中学原来也是一个教会学校，校长 M 氏，也是一个糊涂的美国宣教师；他看看这学校的内容倒比 H 大学不如了。与一位很卑鄙的教务长——原来这一位先生就是 H 大学的卒业生——闹了一场，第二年的春天，他就出来了。出了 W 中学，他看看杭州的学校，都不能如他的意，所以他就打算不再进别的学校去。

正是这个时候，他的长兄也在北京被人排斥了。原来他的长兄为人正直得很，在部里办事，铁面无私，并且比一般部内的人物又多了一些学识，所以部内上下，都忌惮他。有一天某次长的私人，来问他要一个位置，他执意不肯，因此次长就同他闹起意见来，过了几天他就辞了部里的职，改到司法界去做司法官去了。他的二兄那时候正在绍兴军队里做军官，这一位二兄军人习气颇深，挥金如土，专喜结交侠少。他们弟兄三人，到这时候都不能如意之所为，所以那一小市镇里的闲人都说他们的风水破了。

他回家之后，便镇日镇夜的蛰居在他那小小的书斋里。他父祖及他长兄所藏的书籍，就作了他的良师益友。他的日记上面，一天一天的记起诗来。有时候他也用了华丽的文章做起小说来，小说里就把他自己当作了一个多情的勇士，把他邻近的一家寡妇的两个女儿，当作了贵族的苗裔，把他故乡的风物，全编作了田园的清景；有兴的时候，他还把他自家的小说，用单纯的外国文翻译起来；他的幻想，愈演愈大了，他的忧郁病的根苗，大约也就在这时候培养成功的。

在家里住了半年，到了七月中旬，他接到他长兄的来信说：

> 院内近有派予赴日本考察司法事务之意，予已许院长以东行，大约此事不日可见命令。渡日之先，拟返里小住。三弟居家，断非上策，此次当偕伊赴日本也。

他接到了这一封信之后，心中日日盼他长兄南来，到了九月下旬，他的兄嫂才自北京到家。住了一月，他就同他的长兄长嫂同到日本去了。

到了日本之后，他的 Dreams of the romantic age 尚未醒悟，模模糊糊的过了半载，他就考入了东京第一高等学校。这正是他十九岁的秋天。

第一高等学校将开学的时候，他的长兄接到了院长的命令，要他回去。他的长兄就把他寄托在一家日本人的家里，几天之后，他的长兄长嫂和他的新生的侄女儿就回国去了。

东京的第一高等学校里有一班预备班，是为中国学生特设的。在这预科里预备一年，卒业之后，才能入各地高等学校的正科，与日本学生同学。他考入预科的时候，本来填的是文科，后来将在预科卒业的时候，他的长兄定要他改到医科去，他当时亦没有什么主见，就听了他长兄的话把文科改了。

预科卒业之后，他听说 N 市的高等学校是最新的，并且 N 市是日本产美人的地方，所以他就要求到 N 市的高等学校去。

四

他的二十岁的八月二十九日的晚上，他一个人从东京的中央车站乘了夜行车到N市去。

那一天大约刚是旧历的初三四的样子，同天鹅绒似的又蓝又紫的天空里，洒满了一天星斗。半痕新月，斜挂在西天角上，却似仙女的蛾眉，未加翠黛的样子。他一个人靠着了三等车的车窗，默默的在那里数窗外人家的灯火。火车在暗黑的夜气中间，一程一程的进去，那大都市的星星灯火，也一点一点的朦胧起来，他的胸中忽然生了万千哀感，他的眼睛里就忽然觉得热起来了。

“Sentimental，too sentimental！”

这样的叫了一声，把眼睛揩了一下，他反而自家笑起自家来。

“你也没有情人留在东京，你也没有弟兄知己住在东京，你的眼泪究竟是为谁洒的呀！或者是对于你过去的生活的伤感，或者是对你二年间的生活的余情，然而你平时不是说不爱东京的么？

“唉，一年人住岂无情。

“黄莺住久浑相识，欲别频啼四五声！”

胡思乱想的寻思了一会，他又忽然想到初次赴新大陆去的清教徒的身上去。

那些十字架下的流人，离开他故乡海岸的时候，大约也是悲壮淋漓，同我一样的。”

火车过了横滨，他的感情方才渐渐儿的平静起来。呆呆的坐了一忽，他就取了一张明信片出来，垫在海涅（Heine）的诗集上，用铅笔写了一首诗寄他东京的朋友。

蛾眉月上柳梢初，又向天涯别故居。

四壁旗亭争赌酒，六街灯火远随车。

乱离年少无多泪，行李家贫只旧书。

后夜芦根秋水长，凭君南浦觅双鱼。

在朦胧的电灯光里，静悄悄的坐了一会，他又把海涅的诗集翻开来看了。

Ledet wohl，ihr glatten Saale，

Glatte Herren，glatte Frauen!

Auf die Berge will ich steigen，

Lachend auf euch niederschauen!

Heine's Harzreise

浮薄的尘寰，无情的男女，

　　你看那隐隐的青山，我欲乘风飞去，

且住且住，

　　我将从那绝顶的高峰，笑看你终归何处。

单调的轮声，一声声连连续续的飞到他的耳膜上来，不上三十分钟他竟被这催眠的车轮声引诱到梦幻的仙境里去了。

早晨五点钟的时候，天空渐渐儿的明亮起来。在车窗里向外一望，他只见一线青天还被夜色包住在那里。探头出去一看，一层薄雾，笼罩着一幅天然的画图，他心里想了一想：

"原来今天又是清秋的好天气，我的福分真可算不薄了。"

过了一个钟头，火车就到了N市的停车场。

下了火车，在车站上遇见了一个日本学生：你看看那学生的制

帽上也有两条白线，便知道他也是高等学校的学生。他走上前去，对那学生脱了一脱帽，问他说：

“第 X 高等学校是在什么地方的?”

那学生回答说：

“我们一路去罢。”

他就跟了那学生跑出火车站来，在火车站的前头，乘了电车。

时光还早得很，N 市的店家都还未曾起来。他同那日本学生坐了电车，经过了几条冷清的街巷，就在鹤舞公园前面下了车。他问那日本学生说：

“学校还远得很么?”

“还有二里多路。”

穿过了公园，走到稻田中间的细路上的时候，他看看太阳已经起来了，稻上的露滴，还同明珠似的挂在那里。前面有一丛树林，树林荫里，疏疏落落的看得见几椽农舍。有两三条烟囱筒子，突出在农舍的上面，隐隐约约的浮在清晨的空气里。一缕两缕的青烟，同炉香似的在那里浮动，他知道农家已在那里炊早饭了。

到学校近边的一家旅馆去一问，他一礼拜前头寄出的几件行李，早已经到在那里。原来那一家人家是住过中国留学生的，所以主人待他也很殷勤。在那一家旅馆里住下了之后，他觉得前途好像有许多欢乐在那里等他的样子。

他的前途的希望，在第一天的晚上，就不得不被目前的实情嘲弄了。原来他的故里，也是一个小小的市镇。到了东京之后，在人山人海的中间，他虽然时常觉得孤独，然而东京的都市生活，同他幼时的习惯尚无十分龃龉的地方。如今到了这 N 市的乡下之后，他的旅馆，是一家孤立的人家，四面并无邻舍，左首门外便是一条如发的大道，前后都是稻田，西面是一方池水，并且因为学校还没有开课，别的学生还没有到来，这一间宽旷的旅馆里，只住了他一个客人。白天倒还可以支吾过去，一到了晚上，他开窗一望，四面都是沉沉的黑影，并且因N市的附近是一大平原，所以望眼连天，四面并无遮障之处，远远里有一点灯火，明灭无常，森然有些鬼气。天花板里，又有许多虫鼠，息栗索落的在那里争食。窗外有几株梧桐，微风动叶，飒飒的响得不已，因为他住在二层楼上，所以梧桐的叶战声，近在他的耳边。他觉得害怕起来，几乎要哭出来了。他对于都市的怀乡病（Nostalgia）从未有比那一晚更甚的。

学校开了课，他朋友也渐渐儿的多起来。感受性非常强烈的他的性情，也同天空大地丛林野水融和了。不上半年，他竟变成了一个大自然的宠儿，一刻也离不了那天然的野趣了。

他的学校是在N市外，刚才说过市的附近是一大平原，所以四边的地平线，界限广大的很。那时候日本的工业还没有十分发达，人口也还没有增加得同目下一样，所以他的学校的近边，还多是丛林空地，小阜低岗。除了几家与学生做买卖的文房具店及菜馆之外，附近并没有居民。荒野的人间，只有几家为学生设的旅馆，同晓天的星影似的，散缀在麦田瓜地的中央。晚饭毕后，披了黑呢的缦斗（斗篷），拿了爱读的书，在迟迟不落的夕照中间，散步逍遥，是非常快乐的。他的田园趣味，大约也是在这 Idyllic Wanderings 的中间养成的。

在生活竞争不十分猛烈，逍遥自在，同中古时代一样的时候，在风气纯良，不与市井小人同处，清闲雅淡的地方，过日子正如做梦一样。他到了N市之后，转瞬之间，已经有半年多了。

熏风日夜的吹来，草色渐渐儿的绿起来。旅馆近旁麦田里的麦穗，也一寸一寸的长起来了。草木虫鱼都化育起来，他的从始祖传来的苦闷也一日一日的增长起来，他每天早晨，在被窝里犯的罪恶，也一次一次的加起来了。

他本来是一个非常爱高尚爱洁净的人，然而一到了这邪念发生的时候，他的智力也无用了，他的良心也麻痹了，他从小服膺的“身体发肤不敢毁伤”的圣训，也不能顾全了。他犯了罪之后，每深自痛悔，切齿的说，下次总不再犯了，然而到了第二天的那个时候，种种幻想，又活泼泼的到他的眼前来。他平时所看见的“伊扶”的遗类，都赤裸裸的来引诱他。中年以后的妇人的形体，在他的脑里，比处女更有挑发他情动的地方。他苦闷一场，恶斗一场，终究不得不做她们的俘虏。这样的一次成了两次，两次之后，就成了习惯了。他犯罪之后，每到图书馆里去翻出医书来看，医书上都千篇一律的说，于身体最有害的就是这一种犯罪。从此之后，他的恐惧心也一天一天的增加起来了。有一天他不知道从什么地方得来的消息，好像是一本书上说，俄国近代文学的创设者 Gogol 也犯这一宗病，他到死竟没有改过来，他想到了郭歌里，心里就宽了一宽，因为这《死了的灵魂》的著者，也是同他一样的。然而这不过自家对自家的宽慰而已，他的胸里，总有一种非常的忧虑存在那里。

因为他是非常爱洁净的，所以他每天总要去洗澡一次，因为他是非常爱惜身体的，所以他每天总要去吃几个生鸡子和牛乳；然而他去洗澡或吃牛乳鸡子的时候，他总觉得惭愧得很，因为这都是他的犯罪的证据。

他觉得身体一天一天的衰弱起来，记忆力也一天一天的减退了，他又渐渐儿的生了一种怕见人面的心思，见了妇人女子的时候，他觉得更加难受。学校的教科书，他渐渐的嫌恶起来，法国自然派的小说，和中国那几本有名的诲淫小说，他念了又念，几乎记熟了。

有时候他忽然做出一首好诗来，他自家便喜欢得非常，以为他的脑力还没有破坏。那时候他每对着自家起誓说：

“我的脑力还可以使得，还能做得出这样的诗，我以后决不再犯罪了。过去的事实是没法，我以后总不再犯罪了。若从此自新，我的脑力，还是很可以的。”

然而一到了紧迫的时候，他的誓言又忘了。

每礼拜四五，或每月的二十六七的时候，他索性尽意的贪起欢来。他的心里想，自下礼拜一或下月初一起，我总不犯罪了。有时候正合到礼拜六或月底的晚上，去剃头洗澡去，以为这就是改过自新的记号，然而过几天他又不得不吃鸡子和牛乳了。

他的自责心同恐惧心，竟一日也不使他安闲，他的忧郁症也从此厉害起来了。这样的状态继续了一二个月，他的学校里就放了暑假，暑假的两个月内，他受的苦闷，更甚于平时；到了学校开课的时候，他的两颊的颧骨更高起来，他的青灰色的眼窝更大起来，他的一双灵活的瞳仁，变了同死鱼眼睛一样了。

五

秋天又到了。浩浩的苍空，一天一天的高起来。他的旅馆旁边的稻田，都带起黄金色来。朝夕的凉风，同刀也似的刺到人的心骨里去，大约秋冬的佳日，来也不远了。

一礼拜前的有一天午后，他拿了一本 Wordsworth 的诗集，在田塍路上逍遥漫步了半天。从那一天以后，他的循环性的忧郁症，尚未离他的身过。前几天在路上遇着的那两个女学生，常在他的脑里，不使他安静，想起那一天的事情，他还是一个人要红起脸来。

他近来无论上什么地方去，总觉得有坐立难安的样子。他上学校去的时候，觉得他的日本同学都似在那里排斥他。他的几个中国同学，也许久不去寻访了，因为去寻访了回来，他心里反觉得空虚。因为他的几个中国同学，怎么也不能理解他的心理。他去寻访的时候，总想得些同情回来的，然而到了那里，谈了几句以后，他又不得不自悔寻访错了。有时候和朋友讲得投机，他就任了一时的热意，把他的内外的生活都对朋友讲了出来，然而到了归途，他又自悔失言，心里的责备，倒反比不去访友的时候，更加厉害。他的几个中国朋友，因此都说他是染了神经病了。他听了这话之后，对了那几个中国同学，也同对日本学生一样，起了一种复仇的心。他同他的几个中国同学，一日一日的疏远起来。嗣后虽在路上，或在学校里遇见的时候，他同那几个中国同学，也不点头招呼。中国留学生开会的时候，他当然是不去出席的。因此他同他的几个同胞，竟宛然成了两家仇敌。

他的中国同学的里边，也有一个很奇怪的人，因为他自家的结婚有些道德上的罪恶，所以他专喜讲人家的丑事，以掩己之不善，说他是神经病，也是这一位同学说的。

他交游离绝之后，孤冷得几乎到将死的地步，幸而他住在旅馆里，还有一个主人的女儿，可以牵引他的心，否则他真只能自杀了。他旅馆的主人的女儿，今年正是十七岁，长方的脸儿，眼睛大得很，笑起来的时候，面上有两颗笑靥，嘴里有一颗金牙看得出来，因为她自家觉得她自家的笑容是非常可爱，所以她平时常在那里弄笑。

他心里虽然非常爱她，然而她送饭来或来替他铺被的时候，他总装出一种兀不可犯的样子来。他心里虽想对她讲几句话，然而一见了她，他总不能开口。她进他房里来的时候，他的呼吸竟急促到吐气不出的地步。他在她的面前实在是受苦不起了，所以近来她进他的房里来的时候，他每不得不跑出房外去。然而他思慕她的心情，却一天一天的浓厚起来。有一天礼拜六的晚上，旅馆里的学生，都上 N 市去行乐去了。他因为经济困难，所以吃了晚饭，上西面池上去走了一回，就回到旅舍里来枯坐。

回家来坐了一会，他觉得那空旷的二层楼上，只有他一个人在家。静悄悄的坐了半晌，坐得不耐烦起来的时候，他又想跑出外面去。然而要跑出外面去，不得不由主人的房门口经过，因为主人和他女儿的房，就在大门的边上。他记得刚才进来的时候，主人和他的女儿正在那里吃饭。他一想到经过她面前的时候的苦楚，就把跑出外面去的心思丢了。

拿出了一本 G. Gissing 的小说来读了三四页之后，静寂的空气里，忽然传了几声沙沙的泼水声音过来。他静静儿的听了一听，呼吸又一霎时的急了起来，面色也涨红了。迟疑了一会，他就轻轻的开了房门，拖鞋也不拖，幽脚幽手的走下扶梯去。轻轻的开了便所的门，他尽兀自的站在便所的玻璃窗口偷看。原来他旅馆里的浴室，就在便所的间壁，从便所的玻璃窗看去，浴室里的动静了了可看。他起初以为看一看就可以走的，然而到了一看之后，他竟同被钉子钉住的一样，动也不能动了。

那一双雪样的乳峰！

那一双肥白的大腿！

这全身的曲线！

呼气也不呼，仔仔细细的看了一会，他面上的筋肉，都发起痉挛来了。愈看愈颤得厉害，他那发颤的前额部竟同玻璃窗冲击了一下。被蒸气包住的那赤裸裸的“伊扶”便发了娇声问说：

“是谁呀？……”

他一声也不响，急忙跳出了便所，就三脚两步的跑上楼上去了。

他跑到了房里，面上同火烧的一样，口也干渴了。一边他自家打自家的嘴巴，一边就把他的被窝拿出来睡了。他在被窝里翻来覆去，总睡不着，便立起了两耳，听起楼下的动静来。他听听泼水的声音也息了，浴室的门开了之后，他听贝她的脚步声好像是走上楼来的样子。用被包着了头，他心里的耳朵明明告诉他说：

“她已经立在门外了。”

他觉得全身的血液，都在往上奔注的样子。心里怕得非常，羞得非常，也喜欢得非常。然而若有人问他，他无论如何，总不肯承认说，这时候他是喜欢的。

他屏住了气息，尖着了两耳听了一会，觉得门外并无动静，又故意咳嗽了一声，门外亦无声响。他正在那里疑惑的时候，忽听见她的声音，在楼下同她的父亲在那里说话。他手里捏了一把冷汗，拼命想听出她的话来，然而无论如何总听不清楚。停了一会，她的父亲高声笑了起来，他把被蒙头的一罩，咬紧了牙齿说：

“她告诉了他了！她告诉了他了！”

这一天的晚上他一睡也不曾睡着。第二天的早晨，天亮的时候，他就惊心吊胆的走下楼来。洗了手面，刷了牙，趁主人和他的女儿还没有起来之先，他就同逃也似的出了那个旅馆，跑到外面来。

官道上的沙尘，染了朝露，还未曾干着。太阳已经起来了。他不问皂白，便一直的往东走去，远远有一个农夫，拖了一车野菜慢慢的走来。那农夫同他擦过的时候，忽然对他说：

“你早啊！”

他倒惊了一跳，那清瘦的脸上，又起了一层红潮，胸前又乱跳起来，他心里想：

“难道这农夫也知道了么？”

无头无脑的跑了好久，他回转头来看看他的学校，已经远得很了，举头看看，太阳也升高了。他摸摸表看，那银饼大的表，也不在身边。从太阳的角度看起来，大约已经是九点钟前后的样子。他虽然觉得饥饿得很，然而无论如何，总不愿意再回到那旅馆里去，同主人和他的女儿相见。想去买些零食充一充饥，然而他摸摸自家的袋看，袋里只剩了一角二分钱在那里。他到一家乡下的杂货店内，尽那一角二分钱，买了些零碎的食物，想去寻一处无人看见的地方去吃。走到了一处两路交叉的十字路口，他朝南的一望，只见与他的去路横交的那一条自北趋南的路上，行人稀少得很。那一条路是向南的斜低下去的，两面更有高壁在那里，他知道这路是从一条小山中开辟出来的。他刚才走来的那条大道，便是这山的岭脊，十字路当作了中心，与岭脊上的那条大道相交的横路，是两边低斜下去的。在十字路口迟疑了一会，他就取了那一条向南斜下的路走去。走尽了两面的高壁，他的去路就穿入大平原去，直通到彼岸的市内。平原的彼岸有一簇深林，划在碧空的心里，他心里想：

“这大约就是 A 神宫了。”

他走尽了两面的高壁，向左手斜面上一望，见沿高壁的那山面上有一道女墙，围住着几间茅舍，茅舍的门上悬着了“香雪海”三字的一方匾额。他离开了正路，走上几步，到那女墙的门前，顺手的向门一推，那两扇柴门竟自开了。他就随随便便的踏了进去。门内有一条曲径，自门口通过了斜面，直达到山上去的。曲径的两旁，有许多老苍的梅树种在那里，他知道这就是梅林了。顺了那一条曲径，往北的从斜面上走到山顶的时候，一片同图画似的平地，展开在他的眼前。这园自从山脚上起，跨有朝南的半山斜面，同顶上的一块平地，布置得非常幽雅。

山顶平地的西面是千仞的绝壁，与隔岸的绝壁相对峙，两壁的中间，便是他刚走过的那一条自北趋南的通路。背临着了那绝壁，有一间楼屋，几间平屋造在那里。因为这几间屋，门窗都闭在那里，他所以知道这定是为梅花开日，卖酒食用的。楼屋的前面，有一块草地，草地中间，有几方白石，围成了一个花园，圈子里，卧着一枝老梅，那草地的南尽头，山顶的平地正要向南斜下去的地方，有一块石碑立在那里，系记这梅林的历史的。他在碑前的草地上坐下之后，就把买来的零食拿出来吃了。

吃了之后，他兀兀的在草地上坐了一会。四面并无人声，远远的树枝上，时有一声两声的鸟鸣声飞来。他仰起头来看看澄清的碧落，同那皎洁的日轮，觉得四面的树枝房屋，小草飞禽，都一样的在和平的太阳光里，受大自然的化育。他那昨天晚上的犯罪的记忆，正同远海的帆影一般，不知消失到那里去了。

这梅林的平地上和斜面上，叉来叉去的曲径很多。他站起来走来走去的走了一会，方晓得斜面上梅树的中间，更有一间平屋造在那里。从这一间房屋往东的走去几步，有眼古井，埋在松叶堆中。他摇摇井上的唧筒看，呷呷的响了几声，却抽不起水来。他心里想：

“这园大约只有梅花开的时候，开放一下，平时总没有人住的。”

想到这里，他又自言自语的说：

“既然空在这里，我何妨去向园主人去借住借住。”想定了主意，他就跑下山来，打算去寻园主人去。他将走到门口的时候，却好遇见了一个五十来岁的农夫走进园来。他对那农夫道歉之后，就问他说：

“这园是谁的，你可知道?”

“这园是我经管的。”

“你住在什么地方的?”

“我住在路的那面。”

一边这样的说，一边那农民指着通路西边的一间小屋给他看。他向西一看，果然在西边的高壁尽头的地方，有一间小屋在那里。他点了点头，又问说：

“你可以把园内的那间楼屋租给我住住么?”

“可是可以的，你只一个人么?”

“我只一个人。”

“那你可不必搬来的。”

“这是什么缘故呢?”

“你们学校里的学生，已经有几次搬来过了，大约都因为冷静不过，住不上十天，就搬走的。”

“我可同别人不同，你但能租给我，我是不怕冷静的。”

“这样那里有不租的道理，你想什么时候搬来?”

“就是今天午后罢。”

“可以的，可以的。”

“请你就替我扫一扫干净，免得搬来之后着忙。”

“可以可以。再会!”

“再会!”

六

搬进了山上梅园之后，他的忧郁症又变起形状来了。

他同他的北京的长兄，为了一些儿细事，竟生起龃龉来。他发了一封长长的信，寄到北京，同他的长兄绝了交。

那一封信发出之后，他呆呆的在楼前草地上想了许多时候。他自家想想看，他便是世界上最不幸的人了。其实这一次的决裂，是发始于他的。同室操戈，事更甚于他姓之相争，自此之后，他恨他的长兄竟同蛇蝎一样。他被他人欺侮的时候，每把他长兄拿出来作比：

“自家的弟兄，尚且如此，何况他人呢!”

他每达到这一个结论的时候，必尽把他长兄待他苛刻的事情，细细回想出来。把各种过去的事迹，列举出来之后，就把他长兄判决是一个恶人，他自家是一个善人。他又把自家的好处列举出来，把他所受的苦处，夸大的细数起来。他证明得自家是一个世界上最苦的人的时候，他的眼泪就同瀑布似的流下来。他在那里哭的时候，空中好像有一种柔和的声音在对他说：

"啊呀，哭的是你么？那真是冤屈了你了。像你这样的善人，受世人的那样的虐待，这可真是冤屈了你了。罢了罢了，这也是天命，你别再哭了，怕伤害了你的身体！"

他心里一听到这一种声音，就舒畅起来。他觉得悲苦的中间，也有无穷的甘味在那里。

他因为想复他长兄的仇，所以就把所学的医科丢弃了，改入文科里去，他的意思，以为医科是他长兄要他改的，仍旧改回文科，就是对他长兄宣战的一种明示。并且他由医科改入文科，在高等学校须迟卒业一年。他心里想，迟卒业一年，就是早死一岁，你若因此迟了一年，就到死可以对你长兄含一种敌意。因为他恐怕一二年之后，他们兄弟两人的感情，仍旧要和好起来；所以这一次的转科，便是帮他永久敌视他长兄的一个手段。

气候渐渐儿的寒冷起来，他搬上山来之后，已经有一个月了，几日来天气阴郁，灰色的层云，天天挂在空中。寒冷的北风吹来的时候，梅林的树叶，每息索息索的飞掉下来。

初搬来的时候，他卖了些旧书，买了许多烩饭的器具，自家烧了一个月饭，因为天冷了，他也懒得烧了。他每天的伙食，就一切包给了山脚下的园丁家包办，所以他近来只同退院的闲僧一样，除了怨人骂己之外，更没有别的事情了。

有一天早晨，他侵早的起来，把朝东的窗门开了之后，他看见前面的地平线上有几缕红云，在那里浮荡。东天半角，反照出一种银红的灰色。因为昨天下了一天微雨，所以他看了这清新的旭日，比平日更添了几分欢喜。他走到山的斜面上，从那古井里汲了水，洗了手面之后，觉得满身的气力，一霎时都回复了转来的样子。他便跑上楼去，拿了一本黄仲则的诗集下来，一边高声朗读，一边尽在那梅林的曲径里，跑来跑去的跑圈子。不多一会，太阳起来了。

从他住的山顶向南方看去，眼下看得出一大平原。平原里的稻田，都尚未收割起。金黄的谷色，以绀碧的天空作了背景，反映着一天太阳的晨光，那风景正同看密来（Millet）的田园清画一般。他觉得自家好像已经变了几千年前的原始基督教徒的样子，对了这自然的默示，他不觉笑起自家的气量狭小起来。

“饶赦了！饶赦了！你们世人得罪于我的地方，我都饶赦了你们罢，来，你们来，都来同我讲和罢！”手里拿着了那一本诗集，眼里浮着了两泓清泪，正对了那平原的秋色，呆呆的立在那里想这些事情的时候，他忽听见他的近边，有两人在那里低声的说：

“今晚上你一定要来的哩！”

这分明是男子的声音。

“我是非常想来的，但是恐怕……”

他听了这娇滴滴的女子的声音之后，好像是被电气贯穿了的样子，觉得自家的血液循环都停止了。原来他的身边有一丛长大的苇草生在那里，他立在苇草的右面，那一对男女，大约是在苇草的左面，所以他们两个还不晓得隔着苇草，有人站在那里。那男人又说：

“你心真好，请你今晚上来罢，我们到如今还没在被窝里睡过觉。”

“……”

他忽然听见两人的嘴唇，灼灼的好像在那里吮吸的样子。他同偷了食的野狗一样，就惊心吊胆的把身子屈倒去听了。

"你去死罢，你去死罢，你怎么会下流到这样的地步!"

他心里虽然如此的在那里痛骂自己，然而他那一双尖着的耳朵，却一言半语也不愿意遗漏，用了全副精神在那里听着。

地上的落叶索息索息的响了一下。

解衣带的声音。

男人嘶嘶的吐了几口气。

舌尖吮吸的声音。

女人半轻半重，断断续续的说：

"你！……你！……你快……快××罢。……别……别……别被人……被人看见了。"

他的面色，一霎时的变了灰色了。他的眼睛同火也似的红了起来。他的上颧骨同下颧骨呷呷的发起颤来。他再也站不住了。他想跑开去，但是他的两只脚，总不听他的话。他苦闷了一场，听听两人出去了之后，就同落水的猫狗一样，回到楼上房里去，拿出被窝来睡了。

七

他饭也不吃，一直在被窝里睡到午后四点钟的时候才起来。那时候夕阳洒满了远近。平原的彼岸的树林里，有一带苍烟，悠悠扬扬的笼罩在那里。他踉踉跄跄的走下了山，上了那一条自北趋南的大道，穿过了那平原，无头无绪的尽是向南的走去。走尽了平原，他已经到了神宫前的电车停留处了。那时候却好从南面有一乘电车到来。他不知不觉就跳了上去，既不知道他究竟为什么要乘电车，也不知道这电车是往什么地方去的。

走了十五六分钟，电车停了，开车的教他换车，他就换了一乘车。走了二三十分钟，电车又停了，他听见说是终点了，他就走了下来。他的前面就是筑港了。

前面一片汪洋的大海，横在午后的太阳光里，在那里微笑。超海而南有一发青山，隐隐的浮在透明的空气里，西边是一脉长堤，直驰到海湾的心里去。堤外有一处灯台，同巨人似的，立在那里。几艘空船和几只舢板，轻轻的在系着的地方浮荡。海中近岸的地方，有许多浮标，饱受了斜阳，红红的浮在那里。远处风来，带着几句单调的话声，既听不清楚是什么话，也不知道是从那里来的。

他在岸边上走来走去走了一会，忽听见那一边传过了一阵击磬的声来。他跑过去一看，原来是为唤渡船而发的。他立了一会，看有一只小火轮从对岸过来了。跟着了一个四五十岁的工人，他也进了那只小火轮去坐下了。

渡到东岸之后，上前走了几步，他看见靠岸有一家大庄子在那里。大门开得很大，庭内的假山花草，布置得楚楚可爱。他不问是非，就踱了进去。走不上几步，他忽听得前面家中有女人的娇声叫他说：

“请进来呀！”

他不觉惊了一下，就呆呆的站住了。他心里想：

“这大约就是卖酒食的人家，但是我听见说，这样的地方，总有妓女在那里的。”

一想到这里，他的精神就抖擞起来，好像是一桶冷水浇上身来的样子。他的面色立时变了。要想进去又不能进去，要想出来又不得出来；可怜他那同兔儿似的小胆，同猿猴似的淫心，竟把他陷到一个大大的难境里去了。

“进来吓！请进来吓！”

里面又娇滴滴的叫了起来，带着笑声。

“可恶东西，你们竟敢欺我胆小么?”

这样的怒了一下，他的面色更同火也似的烧了起来。咬紧了牙齿，把脚在地上轻轻的蹬了一蹬，他就捏了两个拳头，向前进去，好像是对了那几个年轻的侍女宣战的样子。但是他那青一阵红一阵的面色，和他的面上的微微儿在那里震动的筋肉，总隐藏不过。他走到那几个侍女的面前的时候，几乎要同小孩似的哭出来了。

“请上来!”

“请上来!”

他硬了头皮，跟了一个十七八岁的侍女走上楼去，那时候他的精神已经有些镇静下来了。走了几步，经过一条暗暗的夹道的时候，一阵恼人的花粉香气，同日本女人特有的一种肉的香味，和头发上的香油气息合作了一处，哼的扑上他的鼻孔来。他立刻觉得头晕起来，眼睛里看见了几颗火星，向后边跌也似的退了一步。他再定睛一看，只见他的前面黑暗暗的中间，有一长圆形的女人的粉面，堆着了微笑，在那里问他说：

“你！你还是上靠海的地方去呢？还是怎样?”

他觉得女人口里吐出来的气息，也热和和的喷上他的面来。他不知不觉把这气息深深的吸了一口。他的意识感觉到他这行为的时候，他的面色又立刻红了起来。他不得已只能含糊地答应她说：

“上靠海的房间里去。”

进了一间靠海的小房间，那侍女便问他要什么菜。他就回答说：

“随便拿几样来罢。”

“酒要不要?”

“要的。”

那侍女出去之后，他就站起来推开了纸窗，从外边放了一阵空气进来。因为房里的空气，沉浊得很，他刚才在夹道中闻过的那一阵女人的香味，还剩在那里，他实在是被这一阵气味压迫不过了。

一湾大海，静静的浮在他的面前。外边好像是起了微风的样子，一片一片的海浪，受了阳光的返照，同金鱼的鱼鳞似的，在那里微动。他立在窗前看了一会，低声的吟了一句诗出来：

“夕阳红上海边楼。”

他向西的一望，见太阳离西南的地平线只有一丈多高了。呆呆的看了一会，他的心想怎么也离不开刚才的那个侍女。她的口里的头上的面上的和身体上的那一种香味，怎么也不容他的心思去想别的东西。他才知道他想吟诗的心是假的，想女人的肉体的心是真的了。

停了一会，那侍女把酒菜搬了进来，跪坐在他的面前，亲亲热热的替他上酒。他心里想仔仔细细的看她一看，把他的心里的苦闷都告诉了她，然而他的眼睛怎么也不敢平视她一眼，他的舌根怎么也不能摇动一摇动。他不过同哑子一样，偷看看她那搁在膝上一双纤嫩的白手，同衣缝里露出来的一条粉红的围裙角。

原来日本的妇人都不穿裤子，身上贴肉只围着一条短短的围裙。外边就是一件长袖的衣服，衣服上也没有纽扣，腰里只缚着一条一尺多宽的带子，后面结着一个方结。她们走路的时候，前面的衣服每一步一步的掀开来，所以红色的围裙，同肥白的腿肉，每能偷看。这是日本女子特别的美处；他在路上遇见女子的时候，注意的就是这些地方。他切齿的痛骂自己，畜生！狗贼！卑怯的人！也便是这个时候。

他看了那侍女的围裙角，心头便乱跳起来。愈想同她说话，但愈觉得讲不出话来。大约那侍女是看得不耐烦起来了，便轻轻的问他说：

“你府上是什么地方？”

一听了这一句话，他那清瘦苍白的面上，又起了一层红色；含含糊糊的回答了一声，他呐呐的总说不出清晰的回话来。可怜他又站在断头台上了。

原来日本人轻视中国人，同我们轻视猪狗一样。日本人都叫中国人作“支那人”，这“支那人”三字，在日本，比我们骂人的“贱贼”还更难听，如今在一个如花的少女前头，他不得不自认说：“我是支那人”了。

“中国呀中国，你怎么不强大起来！”

他全身发起抖来，他的眼泪又快滚下来了。

那侍女看他发颤发得厉害，就想让他一个人在那里喝酒，好教他把精神安镇安镇，所以对他说：

“酒就快没有了，我再去拿一瓶来罢？”

停了一会他听得那侍女的脚步声又走上楼来。他以为她是上他这里来的，所以就把衣服整了一整，姿势改了一改。但是他被她欺骗了。她原来是领了两三个另外的客人，上间壁的那一间房间里去的。那两三个客人都在那里对那侍女取笑，那侍女也娇滴滴的说：

“别胡闹了，间壁还有客人在那里。”

他听了就立刻发起怒来。他心里骂他们说：

“狗才！俗物！你们都敢来欺侮我么？复仇复仇，我总要复你们的仇。世间那里有真心的女子！那侍女的负心东西，你竟敢把我丢了么？罢了罢了，我再也不爱女人了，我再也不爱女人了。我就爱我的祖国，我就把我的祖国当作了情人罢。”

他马上就想跑回去发愤用功。但是他的心里，却很羡慕那间壁的几个俗物。他的心里，还有一处地方在那里盼望那个侍女再回到他这里来。

他按住了怒，默默的喝干了几杯酒，觉得身上热起来。打开了窗门，他看太阳就快要下山去了。又连饮了几杯，他觉得他面前的海景都朦胧起来。西面堤外的灯台的黑影，长大了许多。一层茫茫的薄雾，把海天融混作了一处。在这一层浑沌不明的薄纱影里，西方的将落不落的太阳，好像在那里惜别的样子。他看了一会，不知道是什么缘故，只觉得好笑。呵呵的笑了一回，他用手擦擦自家那火热的双颊，便自言自语的说：

"醉了醉了！"

那侍女果然进来了。见他红了脸，立在窗口在那里痴笑，便问他说：

"窗开了这样大，你不冷的么？"

"不冷不冷，这样好的落照，谁舍得不看呢？"

"你真是一个诗人呀！酒拿来了。"

"诗人！我本来是一个诗人。你去把纸笔拿了来，我马上写首诗给你看看。"

那侍女出去了之后，他自家觉得奇怪起来。他心里想：

"我怎么会变了这样大胆的？"

痛饮了几杯新拿来的热酒，他更觉得快活起来，又禁不得呵呵笑了一阵。他听见间壁房间里的那几个俗物，高声的唱起日本歌来，他也放大了嗓子唱着道：

醉拍阑干酒意寒，江湖寥落又冬残。
剧怜鹦鹉中州骨，未拜长沙太傅官。
一饭千金图报易，几人五噫出关难。
茫茫烟水回头望，也为神州泪暗弹。

高声的念了几遍，他就在席上醉倒了。

八

一醉醒来，他看看自家睡在一条红绸的被里，被上有一种奇怪的香气。这一间房间也不很大，但已不是白天的那一间房间了。房中挂着一盏十烛光的电灯，枕头边上摆着了一壶茶，两只杯子。他倒了二三杯茶，喝了之后，就踉踉跄跄的走到房外去。他开了门，却好白天的那侍女也跑过来了。她问他说：

“你！你醒了么？”

他点了一点头，笑微微的回答说：

“醒了。便所是在什么地方的？”

“我领你去罢。”

他就跟了她去。他走过日间的那条夹道的时候，电灯点得明亮得很。远近有许多歌唱的声音，三弦的声音，大笑的声音传到他耳朵里来。白天的情节，他都想出来了。一想到酒醉之后，他对那侍女说的那些话的时候，他觉得面上又发起烧来。

从厕所回到房里之后，他问那侍女说：

“这被是你的么？”

侍女笑着说：

“是的。”

“现在是什么时候了？”

“大约是八点四五十分的样子。”

“你去开了账来罢！”

“是”

他付清了账，又拿了一张纸币给那侍女，他的手不觉微颤起来。那侍女说：

“我是不要的。”

他知道她是嫌少了。他的面色又涨红了，袋里摸来摸去，只有一张纸币了，他就拿了出来给她说：

“你别嫌少了，请你收了罢。”

他的手震动得更加厉害，他的话声也颤动起来了。那侍女对他看了一眼，就低声的说：

“谢谢！”

他直的跑下了楼，套上了皮鞋，就走到外面来。

外面冷得非常，这一天大约是旧历的初八九的样子。半轮寒月，高挂在天空的左半边。淡青的圆形盖里，也有几点疏星，散在那里。

他在海边上走了一回，看看远岸的渔灯，同鬼火似的在那里招引他。细浪中间，映着了银色的月光，好像是山鬼的眼波，在那里开闭的样子。不知是什么道理，他忽想跳入海里去死了。

他摸摸身边看，乘电车的钱也没有了。想想白天的事情看，他又不得不痛骂自己。

“我怎么会走上那样的地方去的？我已经变了一个最下等的人了。悔也无及，悔也无及。我就在这里死了罢。我所求的爱情，大约是求不到的了。没有爱情的生涯，岂不同死灰一样么？唉，这干燥的生涯，这干燥的生涯，世上的人又都在那里仇视我，欺侮我，连我自家的亲弟兄，自家的手足，都在那里排挤我到这世界外去。我将何以为生，我又何必生存在这多苦的世界里呢！”

想到这里，他的眼泪就连连续续的滴了下来。他那灰白的面色，竟同死人没有分别了。他也不举起手来揩揩眼泪，月光射到他的面上，两条泪线，倒变了叶上的朝露一样放起光来。他回转头来看看他自家的又瘦又长的影子，就觉得心痛起来。

“可怜你这清影，跟了我二十一年，如今这大海就是你的葬身地了。我的身子，虽然被人家欺辱，我可不该累你也瘦弱到这步田地的。影子呀影子，你饶了我罢！”

他向西面一看，那灯台的光，一霎变了红一霎变了绿的在那里尽它的本职。那绿的光射到海面上的时候，海面就现出一条淡青的路来。再向西天一看，他只见西方青苍苍的天底下，有一颗明星，在那里摇动。

“那一颗摇摇不定的明星的底下，就是我的故国，也就是我的生地。我在那一颗星的底下，也曾送过十八个秋冬，我的乡土吓，我如今再也不能见你的面了。”

他一边走着，一边尽在那里自伤自悼的想这些伤心的哀话。走了一会，再向那西方的明星看了一眼，他的眼泪便同骤雨似的落下来了。他觉得四边的景物，都模糊起来。把眼泪揩了一下，立住了脚，长叹了一声，他便断断续续的说：

“祖国呀祖国！我的死是你害我的！

“你快富起来！强起来罢！

“你还有许多儿女在那里受苦呢！”

一九二一年五月九日改作

选自《沉沦》

上海泰东图书局 1921 年 10 月 15 日初版

作家的话

我的这抒情时代，是在那荒淫惨酷，军阀专权的岛国里过的。眼看到的故国的陆沉，身受到的异乡的屈辱，与夫所感所思，所经所历的一切，剔括起来没有一点不是失望，没有一处不是忧伤，同初丧了夫主的少妇一般，毫无气力，毫无勇毅，哀哀切切，悲鸣出来的，就是那一卷当时很惹起了许多非难的《沉沦》。

所以写《沉沦》的时候，在感情上是一点儿也没有勉强的影子映着的；我只觉得不得不写，又觉得只能照那么地写，什么技巧不技巧，词句不词句，都一概不管，正如人感到了痛苦的时候，不得不叫一声一样，又那能顾得这叫出来的一声，是低音还是高音？或者和那些在旁吹打着的乐器之音和洽不和洽呢？

《忏余独白——〈忏余集〉代序》

评论家的话

这集内所描写的是青年的现代的苦闷，似乎更为确实。生的意志与现实的冲突是这一切苦闷的基本；人不满足于现实，而复不肯遁于空虚，仍就这坚冷的现实之中，寻找其不可得的快乐与幸福。现代人的悲哀与传奇时代的不同者即在于此。理想与现实社会的冲突当然也是苦闷之一，但我相信他未必能完全独立，所以《南迁》的主人公的没落与《沉沦》的主人公的忧郁病终究还是一物。著者在这个描写上实在是很成功了。所谓灵肉的冲突原只是说情欲与压迫的对抗，并不含有批判的意思，以为灵优而肉劣；……我们赏鉴这部小说的艺术地写出这个冲突，并不要他指点出那一面的胜利与其寓意。他的价值在于非意识的展览自己，艺术地写出升华的色情，这也就是真挚与普遍的所在。……

我临末要郑重的声明，《沉沦》是一件艺术的作品，但他是“受戒者的文学”（Literature for the initiated），而非一般人的读物。

仲密（周作人）：《沉沦》

鲁　迅

阿 Q 正传

第一章　序

我要给阿 Q 做正传，已经不止一两年了。但一面要做，一面又往回想，这足见我不是一个“立言”的人，因为从来不朽之笔，须传不朽之人，于是人以文传，文以人传——究竟谁靠谁传，渐渐的不甚了然起来，而终于归结到传阿 Q，仿佛思想里有鬼似的。

然而要做这一篇速朽的文章，才下笔，便感到万分的困难了。第一是文章的名目。孔子曰，“名不正则言不顺”。这原是应该极注意的。传的名目很繁多：列传，自传，内传，外传，别传，家传，小传……而可惜都不合。“列传”么，这一篇并非和许多阔人排在“正史”里；“自传”么，我又并非就是阿 Q。说是“外传”，“内传”在那里呢？倘用“内传”，阿 Q 又决不是神仙。“别传”呢，阿 Q 实在未曾有大总统上谕宣付国史馆立“本传”——虽说英国正史上并无“博徒列传”，而文豪迭更司也做过《博徒别传》这一部书，但文豪则可，在我辈却不可的。其次是“家传”，则我既不知与阿

Q是否同宗，也未曾受他子孙的拜托；或“小传”，则阿Q又更无别的“大传”了。总而言之，这一篇也便是“本传”，但从我的文章着想，因为文体卑下，是“引车卖浆者流”所用的话，所以不敢僭称，便从不入三教九流的小说家所谓“闲话休题言归正传”这一句套话里，取出“正传”两个字来，作为名目，即使与古人所撰《书法正传》的“正传”字面上很相混，也顾不得了。

第二，立传的通例，开首大抵该是“某，字某，某地人也”，而我并不知道阿Q姓什么。有一回，他似乎是姓赵，但第二日便模糊了。那是赵太爷的儿子进了秀才的时候，锣声镗镗的报到村里来，阿Q正喝了两碗黄酒，便手舞足蹈的说，这于他也很光彩，因为他和赵太爷原来是本家，细细的排起来他还比秀才长三辈呢。其时几个旁听人倒也肃然的有些起敬了。那知道第二天，地保便叫阿Q到赵太爷家里去；太爷一见，满脸溅朱，喝道：

“阿Q，你这浑小子！你说我是你的本家么？”

阿Q不开口。

赵太爷愈看愈生气了，抢进几步说：“你敢胡说！我怎么会有你这样的本家？你姓赵么？”

阿Q不开口，想往后退了；赵太爷跳过去，给了他一个嘴巴。

“你怎么会姓赵！——你那里配姓赵！”

阿Q并没有抗辩他确凿姓赵，只用手摸着左颊，和地保退出去了；外面又被地保训斥了一番，谢了地保二百文酒钱。知道的人都说阿Q太荒唐，自己去招打；他大约未必姓赵，即使真姓赵，有赵太爷在这里，也不该如此胡说的，此后便再没有人提起他的氏族来，所以我终于不知道阿Q究竟什么姓。

第三，我又不知道阿Q的名字是怎么写的。他活着的时候，人都叫他阿Quei，死了以后，便没有一个人再叫阿Quei了，那里还会有“著之竹帛”的事。若论“著之竹帛”，这篇文章要算第一次，所以先遇着了这第一个难关。我曾经仔细想：阿 Quei，阿桂还是阿贵呢？倘使他号叫月亭，或者在八月间做过生日，那一定是阿桂了。而他既没有号——也许有号，只是没有人知道他，——又未尝散过生日征文的帖子：写作阿桂，是武断的。又倘若他有一位老兄或令弟叫阿富，那一定是阿贵了；而他又只是一个人：写作阿贵，也没有佐证的。其余音 Quei 的偏僻字样，更加凑不上了。先前，我也曾问过赵太爷的儿子茂才先生，谁料博雅如此公，竟也茫然，但据结论说，是因为陈独秀办了《新青年》提倡洋字，所以国粹沦亡，无可查考了。我的最后的手段，只有托一个同乡去查阿 Q 犯事的案卷，八个月之后才有回信，说案卷里并无与阿 Quei 的声音相近的人。我虽不知道是真没有，还是没有查，然而也再没有别的方法了。生怕注音字母还未通行，只好用了“洋字”，照英国流行的拼法写他为阿 Quei，略作阿 Q。这近于盲从《新青年》，自己也很抱歉，但茂才公尚且不知，我还有什么好办法呢。

第四，是阿 Q 的籍贯了。倘他姓赵，则据现在好称郡望的老例，可以照《郡名百家姓》上的注解，说是“陇西天水人也”，但可惜这姓是不甚可靠的，因此籍贯也就有些决不定。他虽然多住未庄，然而也常常宿在别处，不能说是未庄人，即使说是“未庄人也”，也仍然有乖史法的。

我所聊以自慰的，是还有一个“阿”字非常正确，绝无附会假借的缺点，颇可以就正于通人。至于其余，却都非浅学所能穿凿，只希望有“历史癖与考据癖”的胡适之先生的门人们，将来或者能够寻出许多新端绪来，但是我这《阿 Q 正传》到那时却又怕早经消灭了。

以上可以算是序。

第二章　优胜记略

阿Q不独是姓名籍贯有些渺茫，连他先前的“行状”也渺茫。因为未庄的人们之于阿Q，只要他帮忙，只拿他玩笑，从来没有留心他的“行状”的。而阿Q自己也不说，独有和别人口角的时候，间或瞪着眼睛道：

“我们先前——比你阔的多啦！你算是什么东西！”

阿Q没有家，住在未庄的土谷祠里；也没有固定的职业，只给人家做短工，割麦便割麦，舂米便舂米，撑船便撑船。工作略长久时，他也或住在临时主人的家里，但一完就走了。所以，人们忙碌的时候，也还记起阿Q来，然而记起的是做工，并不是“行状”；一闲空，连阿Q都早忘却，更不必说“行状”了。只是有一回，有一个老头子颂扬说：“阿Q真能做！”这时阿Q赤着膊，懒洋洋的瘦伶仃的正在他面前，别人也摸不着这话是真心还是讥笑，然而阿Q很喜欢。

阿Q又很自尊，所有未庄的居民，全不在他眼睛里，甚而至于对于两位“文童”也有以为不值一笑的神情。夫文童者，将来恐怕要变秀才者也；赵太爷钱太爷大受居民的尊敬，除有钱之外，就因为都是文童的爹爹，而阿Q在精神上独不表格外的崇奉，他想：我的儿子会阔得多啦！加以进了几回城，阿Q自然更自负，然而他又很鄙薄城里人，譬如用三尺长三寸宽的木板做成的凳子，未庄叫“长凳”，他也叫“长凳”，城里人却叫“条凳”，他想：这是错的，可笑！油煎大头鱼，未庄都加上半寸长的葱叶，城里却加上切细的葱丝，他想：这也是错的，可笑！然而未庄人真是不见世面的可笑的乡下人呵，他们没有见过城里的煎鱼！

阿Q“先前阔”，见识高，而且“真能做”，本来几乎是一个“完人”了，但可惜他体质上还有一些缺点。最恼人的是在他头皮上，颇有几处不知起于何时的癞疮疤。这虽然也在他身上。而看阿Q的意思，倒也似乎以为不足贵的，因为他讳说“癞”以及一切近于“赖”的音，后来推而广之，“光”也讳，“亮”也讳，再后来，连“灯”“烛”都讳了。一犯讳，不问有心与无心，阿Q便全疤通红的发起怒来，估量了对手，口讷的他便骂，气力小的他便打；然而不知怎么一回事，总还是阿Q吃亏的时候多。于是他渐渐的变换了方针，大抵改为怒目而视了。

谁知道阿Q采用怒目主义之后，未庄的闲人们便愈喜欢玩笑他。一见面，他们便假做吃惊的说：

“哙，亮起来了。”

阿Q照例的发了怒，他怒目而视了。

“原来有保险灯在这里！”他们并不怕。

阿Q没有法，只得另外想出报复的话来：

“你还不配……”这时候，又仿佛在他头上的是一种高尚的光荣的癞头疮，并非平常的癞头疮了；但上文说过，阿Q是有见识的，他立刻知道和“犯忌”有点抵触，便不再往底下说。

闲人还不完，只撩他，于是终而至于打。阿Q在形式上打败了，被人揪住黄辫子，在壁上碰了四五个响头，闲人这才心满意足的得胜的走了，阿Q站了一刻，心里想：我总算被儿子打了，现在的世界真不像样……于是也心满意足的得胜的走了。

阿Q想在心里的，后来每每说出口来，所以凡有和阿Q玩笑的人们，几乎全知道他有这一种精神上的胜利法，此后每逢揪住他黄辫子的时候，人就先一直对他说：

“阿Q，这不是儿子打老子，是人打畜生。自己说：人打畜生！”

阿Q两只手都捏住了自己的辫根，歪着头，说道：

“打虫豸，好不好？我是虫豸——还不放么？”

但虽然是虫豸，闲人也并不放，仍旧在就近什么地方给他碰了五六个响头，这才心满意足的得胜的走了，他以为阿Q这回可遭了瘟。然而不到十秒钟，阿Q也心满意足的得胜的走了，他觉得他是第一个能够自轻自贱的人，除了“自轻自贱”不算外，余下的就是“第一个”。状元不也是“第一个”么？“你算是什么东西”呢！？

阿Q以如是等等妙法克服怨敌之后，便愉快的跑到酒店里喝几碗酒，又和别人调笑一通，口角一通，又得了胜，愉快的回到土谷祠，放倒头睡着了。假使有钱，他便去押牌宝，一堆人蹲在地面上，阿Q即汗流满面的夹在这中间。声音他最响：

“青龙四百！”

“咳……开……啦！”桩家揭开盒子盖，也是汗流满面的唱“天门啦……角回啦……！人和穿堂空在那里啦……！阿Q的铜钱拿过来……！”

“穿堂一百——一百五十！”

阿Q的钱便在这样的歌吟之下，渐渐的输入别个汗流满面的人物的腰间。他终于只好挤出堆外，站在后面看，替别人着急，一直到散场，然后恋恋的回到土谷祠，第二天，肿着眼睛去工作。

但真所谓“塞翁失马安知非福”罢，阿Q不幸而赢了一回，他倒几乎失败了。

这是未庄赛神的晚上。这晚上照例有一台戏，戏台左近，也照例有许多的赌摊。做戏的锣鼓，在阿Q耳朵里仿佛在十里之外；他只听得桩家的歌唱了。他赢而又赢，铜钱变成角洋，角洋变成大洋，大洋又成了叠。他兴高采烈得非常：

“天门两块！”

他不知道谁和谁为什么打起架来了。骂声打声脚步声，昏头昏脑的一大阵，他才爬起来，赌摊不见了，人们也不见了，身上有几处很似乎有些痛，似乎也挨了几拳几脚似的，几个人诧异的对他看。他如有所失的走进土谷祠，定一定神，知道他的一堆洋钱不见了。赶赛会的赌摊多不是本村人，还到那里去寻根柢呢？

很白很亮的一堆洋钱！而且是他的——现在不见了！说是算被儿子拿去了罢，总还是忽忽不乐；说自己是虫豸罢，也还是忽忽不乐：他这回才有些感到失败的苦痛了。

但他立刻转败为胜了。他擎起右手，用力的在自己脸上连打了两个嘴巴，热剌剌的有些痛；打完之后，便心平气和起来，似乎打的是自己，被打的是别一个自己，不久也就仿佛是自己打了别人一般，——虽然还有些热剌剌，——心满意足的得胜的躺下了。

他睡着了。

第三章　续优胜记略

然而阿 Q 虽然常优胜，却直待蒙赵太爷打他嘴巴之后，这才出了名。

他付过地保二百文酒钱，忿忿的躺下了，后来想："现在的世界太不成话，儿子打老子……"于是忽而想到赵太爷的威风，而现在是他的儿子了，便自己也渐渐的得意起来，爬起身，唱着《小孤孀上坟》到酒店去。这时候，他又觉得赵太爷高人一等了。

说也奇怪，从此之后，果然大家也仿佛格外尊敬他。这在阿 Q，或者以为因为他是赵太爷的父亲，而其实也不然，未庄通例，倘如阿七打阿八，或者李四打张三，向来本不算一件事，必须与一位名人如赵太爷者相关，这才载上他们的口碑。一上口碑，则打的既有名，被打的也就托庇有了名。至于错在阿Q，那自然是不必说。所以者何？就因为赵太爷是不会错的。但他既然错，为什么大家又仿佛格外尊敬他呢？这可难解，穿凿起来说，或者因为阿Q说是赵太爷的本家，虽然挨了打，大家也还怕有些真，总不如尊敬一些稳当。否则，也如孔庙里的太牢一般，虽然与猪羊一样，同是畜生，但既经圣人下箸，先儒们便不敢妄动了。

阿Q此后倒得意了许多年。

有一年的春天，他醉醺醺的在街上走，在墙根的日光下，看见王胡在那里赤着膊捉虱子，他忽然觉得身上也痒起来了。这王胡，又癞又胡，别人都叫他王癞胡，阿Q却删去了一个癞字，然而非常渺视他。阿Q的意思，以为癞是不足为奇的，只有这一部络腮胡子，实在太新奇，令人看不上眼，他于是并排坐下去了，倘是别的闲人们，阿Q本不敢大意坐下去。但这王胡旁边，他有什么怕呢？老实说：他肯坐下去，简直还是抬举他。

阿Q也脱下破夹袄来，翻检了一回，不知道因为新洗呢还是因为粗心，许多工夫，只捉到三四个。他看那王胡，却是一个又一个，两个又三个，只放在嘴里毕毕剥剥的响。

阿Q最初是失望，后来却不平了：看不上眼的王胡尚且那么多，自己倒反这样少，这是怎样的大失体统的事呵！他很想寻一两个大的，然而竟没有，好容易才捉到一个中的，恨恨的塞在厚嘴唇里，狠命一咬，劈的一声，又不及王胡响。

他癞疮疤块块通红了，将衣服摔在地上，吐一口唾沫，说：

“这毛虫！’

“癞皮狗，你骂谁？”王胡轻蔑的抬起眼来说。

阿Q近来虽然比较的受人尊敬，自己也更高傲些，但和那些打惯的闲人们见面还胆怯，独有这回却非常武勇了。这样满脸胡子的东西，也敢出言无状么?

“谁认便骂谁!”他站起来，两手叉在腰间说。

“你的骨头痒了么?”王胡也站起来，披上衣服说。

阿Q以为他要逃了，抢进去就是一拳。这拳头还未达到身上，已经被他抓住了，只一拉，阿Q跄跄踉踉的跌进去，立刻又被王胡扭住了辫子，要拉到墙上照例去碰头。

“‘君子动口不动手’!”阿Q歪着头说。

王胡似乎不是君子，并不理会，一连给他碰了五下，又用力的一推，至于阿Q跌出六尺多远，这才满足的去了。

在阿Q的记忆上，这大约要算是生平第一件的屈辱，因为王胡以络腮胡子的缺点，向来只被他奚落，从没有奚落他，更不必说动手了。而他现在竟动手，很意外，难道真如市上所说，皇帝已经停了考，不要秀才和举人了，因此赵家减了威风。因此他们也便小觑了他么?

阿Q无可适从的站着。

远远的走来了一个人，他的对头又到了，这也是阿Q最厌恶的一个人，就是钱太爷的大儿子。他先前跑上城里去进洋学堂，不知怎么又跑到东洋去了，半年之后他回到家里来，腿也直了，辫子也不见了，他的母亲大哭了十几场，他的老婆跳了三回井。后来，他的母亲到处说：“这辫子是被坏人灌醉了酒剪去的。本来可以做大官，现在只好等留长再说了。”然而阿Q不肯信，偏称他“假洋鬼子”，也叫作“里通外国的人”，一见他，一定在肚子里暗暗的咒骂。

阿Q尤其“深恶而痛绝之”的，是他的一条假辫子。辫子而至于假，就是没有了做人的资格；她的老婆不跳第四回井，也不是好女人。

这“假洋鬼子”近来了。

“秃儿。驴……”阿Q历来本只在肚子里骂，没有出过声，这回因为正气忿，因为要报仇，便不由的轻轻的说出来了。

不料这秃儿却拿着一支黄漆的棍子——就是阿Q所谓哭丧棒——大踏步走了过来。阿Q在这刹那，便知道大约要打了，赶紧抽紧筋骨，耸了肩膀等候着，果然，拍的一声，似乎确凿打在自己头上了。

“我说他！”阿Q指着近旁的一个孩子，分辩说。

拍！拍拍！

在阿Q的记忆上，这大约要算是生平第二件的屈辱。幸而拍拍的响了之后，于他倒似乎完结了一件事，反而觉得轻松些，而且“忘却”这一件祖传的宝贝也发生了效力，他慢慢的走，将到酒店门口，早已有些高兴了。

但对面走来了静修庵里的小尼姑。阿Q便在平时，看见伊也一定要唾骂，而况在屈辱之后呢？他于是发生了回忆，又发生了敌忾了。

“我不知道我今天为什么这样晦气，原来就因为见了你！”他想。

他迎上去，大声的吐一口唾沫：

“咳，呸！”

小尼姑全不睬，低了头只是走。阿Q走近伊身旁，突然伸出手去摩着伊新剃的头皮，呆笑着，说：

“秃儿！快回去，和尚等着你……”

“你怎么动手动脚……”尼姑满脸通红的说，一面赶快走。

酒店里的人大笑了。阿Q看见自己的勋业得了赏识，便愈加兴高采烈起来：

“和尚动得，我动不得？”他扭住伊的面颊。

酒店里的人大笑了。阿Q更得意，而且为满足那些赏鉴家起见，再用力的一拧，才放手。

他这一战，早忘却了王胡，也忘却了假洋鬼子，似乎对于今天的一切“晦气”都报了仇；而且奇怪，又仿佛全身比拍拍的响了之后更轻松，飘飘然的似乎要飞去了。

“这断子绝孙的阿Q!”远远地听得小尼姑的带哭的声音。

“哈哈哈！”阿Q十分得意的笑。

“哈哈哈！”酒店里的人也九分得意的笑。

第四章　恋爱的悲剧

有人说：有些胜利者，愿意敌手如虎，如鹰，他才感得胜利的欢喜：假使如羊，如小鸡，他便反觉得胜利的无聊。又有些胜利者，当克服一切之后，看见死的死了，降的降了，“臣诚惶诚恐死罪死罪”，他于是没有了敌人，没有了对手，没有了朋友，只有自己在上，一个，孤另另，凄凉，寂寞，便反而感到了胜利的悲哀。然而我们的阿Q却没有这样乏，他是永远得意的：这或者也是中国精神文明冠于全球的一个证据了。

看哪，他飘飘然的似乎要飞去了！

然而这一次的胜利，却又使他有些异样。他飘飘然的飞了大半天，飘进土谷祠，照例应该躺下便打鼾。谁知道这一晚，他很不容易合眼，他觉得自己的大拇指和第二指有点古怪：仿佛比平常滑腻些。不知道是小尼姑的脸上有一点滑腻的东西粘在他指上，还是他的指头在小尼姑脸上摩得滑腻了？……

“断子绝孙的阿Q!”

阿Q的耳朵里又听到这句话。他想：不错，应该有一个女人，断子绝孙便没有人供一碗饭，……应该有一个女人。夫“不孝有三无后为大”，而“若敖之鬼馁而”，也是一件人生的大哀，所以他那思想，其实是样样合于圣经贤传的，只可惜后来有些“不能收其放心”了。

“女人，女人！……”他想。

“……和尚动得……女人，女人！……女人！”他又想。

我们不能知道这晚上阿Q在什么时候才打鼾。但大约他从此总觉得指头有些滑腻，所以他从此总有些飘飘然：“女……”他想。

即此一端，我们便可以知道女人是害人的东西。

中国的男人，本来大半都可以做圣贤，可惜全被女人毁掉了。商是妲己闹亡的；周是褒姒弄坏的；秦……虽然史无明文。我们也假定他因为女人，大约未必十分错；而董卓可是的确给貂蝉害死了。

阿Q本来也是正人，我们虽然不知道他曾蒙什么明师指授过，但他对于“男女之大防”却历来非常严；也很有排斥异端——如小尼姑及假洋鬼子之类——的正气。他的学说是：凡尼姑，一定与和尚私通；一个女人在外面走，一定想引诱野男人；一男一女在那里讲话，一定要有勾当了。为惩治他们起见，所以他往往怒目而视，或者大声说几句“诛心”话，或者在冷僻处，便从后面掷一块小石头。

谁知道他将到“而立”之年，竟被小尼姑害得飘飘然了。这飘飘然的精神，在礼教上是不应该有的，——所以女人真可恶，假使小尼姑的脸上不滑腻，阿Q便不至于被蛊，又假使小尼姑的脸上盖一层布，阿Q便也不至于被蛊了，——他五六年前，曾在戏台下的人丛中拧过一个女人的大腿，但因为隔一层裤，所以此后并不飘飘然，——而小尼姑并不然，这也足见异端之可恶。

“女……”阿Q想。

他对于以为“一定想引诱野男人”的女人，时常留心看，然而伊并不对他笑。他对于和他讲话的女人，也时常留心听，然而伊又并不提起关于什么勾当的话来。哦，这也是女人可恶之一节：伊们全都要装“假正经”的。

这一天，阿Q在赵太爷家里舂了一天米，吃过晚饭，便坐在厨房里吸旱烟。倘在别家。吃过晚饭本可以回去的了，但赵府上晚饭早，虽说定例不准掌灯，一吃完便睡觉，然而偶然也有一些例外：其一，是赵太爷未进秀才的时候，准其点灯读文章；其二，便是阿Q来做短工的时候，准其点灯舂米。因为这一条例外，所以阿Q在动手舂米之前，还坐在厨房里吸旱烟。

吴妈，是赵太爷家里唯一的女仆，洗完了碗碟，也就在长凳上坐下了，而且和阿Q谈闲天：

“太太两天没有吃饭哩，因为老爷要买一个小的……”

“女人……吴妈……这小孤孀……”阿Q想。

“我们的少奶奶是八月里要生孩子了……”

“女人……”阿Q想。

阿Q放下烟管，站了起来。

“我们的少奶奶……”吴妈还唠叨说。

“我和你困觉，我和你困觉！”阿Q忽然抢上去，对伊跪下了。

一刹时中很寂然。

“阿呀！”吴妈愣了一息，突然发抖，大叫着往外跑，且跑且嚷，似乎后来带哭了。

阿Q对了墙壁跪着也发愣，于是两手扶着空板凳，慢慢的站起来，仿佛觉得有些糟。他这时确也有些忐忑了，慌张的将烟管插在裤带上，就想去舂米。嘭的一声，头上着了很粗的一下，他急忙回转身去，那秀才便拿了一支大竹杠站在他面前。

“你反了，……你这……”

大竹杠又向他劈下来了。阿Q两手去抱头，拍的正打在指节上，这可很有一些痛。他冲出厨房门，仿佛背上又着了一下似的。

“忘八蛋！”秀才在后面用了官话这样骂。

阿Q奔入舂米场，一个人站着，还觉得指头痛，还记得“忘八蛋”，因为这话是未庄的乡下人从来不用，专是见过官府的阔人用的，所以格外怕，而印象也格外深。但这时，他那“女……”的思想却也没有了。而且打骂之后，似乎一件事也已经收束，倒反觉得一无挂碍似的，便动手去舂米。舂了一会，他热起来了，又歇了手脱衣服。

脱下衣服的时候，他听得外面很热闹，阿Q生平本来最爱看热闹，便即寻声走出去了。寻声渐渐的寻到赵太爷的内院里，虽然在昏黄中，却辨得出许多人，赵府一家连两日不吃饭的太太也在内，还有间壁的邹七嫂，真正本家的赵白眼，赵司晨。

少奶奶正拖着吴妈走出下房来，一面说：

“你到外面来，……不要躲在自己房里想……”

“谁不知道你正经，……短见是万万寻不得的。”邹七嫂也从旁说。

吴妈只是哭，夹些话，却不甚听得分明。

阿Q想：“哼，有趣，这小孤孀不知道闹着什么玩意儿了？”他想打听，走近赵司晨的身边。这时他猛然间看见赵太爷向他奔来，而且手里捏着一支大竹杠。他看见这一支大竹杠，便猛然间悟到自己曾经被打，和这一场热闹似乎有点相关。他翻身便走，想逃回舂米场，不图这支竹杠阻了他的去路，于是他又翻身便走，自然而然的走出后门，不多工夫，已在土谷祠内了。

阿Q坐了一会，皮肤有些起粟，他觉得冷了，因为虽在春季，而夜间颇有余寒，尚不宜于赤膊，他也记得布衫留在赵家，但倘若去取，又深怕秀才的竹杠。然而地保进来了。

“阿Q，你的妈妈的！你连赵家的用人都调戏起来，简直是造反。害得我晚上没有觉睡，你的妈妈的！……”

如是云云的教训了一通，阿Q自然没有话。临末，因为在晚上，应该送地保加倍酒钱四百文，阿Q正没有现钱，便用一顶毡帽做抵押，并且订定了五条件：

一　明天用红烛——要一斤重的——一对，香一封，到赵府上去赔罪。

二　赵府上请道士祓除缢鬼，费用由阿Q负担。

三　阿Q从此不准踏进赵府的门槛。

四　吴妈此后倘有不测，惟阿Q是问。

五　阿Q不准再去索取工钱和布衫。

阿Q自然都答应了，可惜没有钱。幸而已经春天，棉被可以无用，便质了二千大钱，履行条约。赤膊磕头之后，居然还剩几文，他也不再赎毡帽，统统喝了酒了。但赵家也并不烧香点烛，因为太太拜佛的时候可以用，留着了。那破布衫是大半做了少奶奶八月间生下来的孩子的衬尿布，那小半破烂的便都做了吴妈的鞋底。

第五章　生计问题

阿Q礼毕之后，仍旧回到土谷祠，太阳下去了，渐渐觉得世上有些古怪。他仔细一想，终于省悟过来：其原因盖在自己的赤膊。他记得破夹袄还在，便披在身上，躺倒了，待张开眼睛，原来太阳又已经照在西墙上头了。他坐起身，一面说道，“妈妈的……”

他起来之后，也仍旧在街上逛，虽然不比赤膊之有切肤之痛，却又渐渐的觉得世上有些古怪了。仿佛从这一天起，未庄的女人们忽然都怕了羞，伊们一见阿Q走来，便个个躲进门里去。甚而至于将近五十岁的邹七嫂，也跟着别人乱钻，而且将十一岁的女儿都叫进去了。阿Q很以为奇，而且想："这些东西忽然都学起小姐模样来了。这娼妇们……"

但他更觉得世上有些古怪，却是许多日以后的事。其一，酒店不肯赊欠了；其二，管土谷祠的老头子说些废话，似乎叫他走；其三，他虽然记不清多少日，但确乎有许多日，没有一个人来叫他做短工。酒店不赊，熬着也罢了；老头子催他走，噜苏一通也就算了；只是没有人来叫他做短工，却使阿Q肚子饿：这委实是一件非常"妈妈的"的事情。

阿Q忍不下去了，他只好到老主顾的家里去探问，——但独不许踏进赵府的门槛，——然而情形也异样：一定走出一个男人来，现了十分烦厌的相貌，像回复乞丐一般的摇手道：

"没有没有！你出去！"

阿Q愈觉得稀奇了。他想，这些人家向来少不了要帮忙，不至于现在忽然都无事，这总该有些蹊跷在里面了。他留心打听，才知道他们有事都去叫小Don。这小D，是一个穷小子，又瘦又乏，在阿Q的眼睛里，位置是在王胡之下的，谁料这小子竟谋了他的饭碗去。所以阿Q这一气，更与平常不同，当气愤愤的走着的时候，忽然将手一扬，唱道：

"我手执钢鞭将你打！……"

几天之后，他竟在钱府的照壁前遇见了小D。"仇人相见分外眼明"，阿Q便迎上去，小D也站住了。

"畜生！"阿Q怒目而视的说，嘴角上飞出唾沫来。

"我是虫豸，好么？……"小D说。

这谦逊反使阿Q更加愤怒起来，但他手里没有钢鞭，于是只得扑上去，伸手去拔小D的辫子。小D一手护住了自己的辫根，一手也来拔阿Q的辫子，阿Q便也将空着的一只手护住了自己的辫根。从先前的阿Q看来，小D本来是不足齿数的，但他近来挨了饿，又瘦又乏已经不下于小D，所以便成了势均力敌的现象，四只手拔着两颗头，都弯了腰，在钱家粉墙上映出一个蓝色的虹形，至于半点钟之久了。

“好了，好了！”看的人们说，大约是解劝的。

“好，好！”看的人们说，不知道是解劝，是颂扬，还是煽动。

然而他们都不听。阿Q进三步，小D便退三步，都站着；小D进三步，阿Q便退三步，又都站着。大约半点钟，——未庄少有自鸣钟，所以很难说，或者二十分，——他们的头发里便都冒烟，额上便都流汗，阿Q的手放松了，在同一瞬间，小D的手也正放松了，同时直起，同时退开，都挤出人丛去。

“记着罢，妈妈的……”阿Q回过头去说。

“妈妈的，记着罢……”小D也回过头来说。

这一场“龙虎斗”似乎并无胜败，也不知道看的人可满足，都没有发什么议论，而阿Q却仍然没有人来叫他做短工。

有一日很温和，微风拂拂的颇有些夏意了，阿Q却觉得寒冷起来，但这还可担当，第一倒是肚子饿。棉被，毡帽，布衫，早已没有了，其次就卖了棉袄；现在有裤子，却万不可脱的；有破夹袄，又除了送人做鞋底之外，决定卖不出钱。他早想在路上拾得一注钱，但至今还没有见；他想在自己的破屋里忽然寻到一注钱，慌张的四顾，但屋内是空虚而且了然。于是他决计出门求食去了。

他在路上走着要“求食”，看见熟识的酒店，看见熟识的馒头，但他都走过了，不但没有暂停，而且并不想要。他所求的不是这类东西了；他求的是什么东西，他自己不知道。

未庄本不是大村镇，不多时便走尽了。村外多是水田，满眼是新秧的嫩绿，夹着几个圆形的活动的黑点，便是耕田的农夫。阿Q

并不鉴赏这田家乐，却只是走，因为他直觉的知道这与他的“求食”之道是很辽远的。但他终于走到静修庵的墙外了。

庵周围也是水田，粉墙突出在新绿里，后面的低土墙里是菜园。阿Q迟疑了一会，四面一看，并没有人。他便爬上这矮墙去，扯着何首乌藤，但泥土仍然簌簌的掉，阿Q的脚也索索的抖；终于攀着桑树枝，跳到里面了。里面真是郁郁葱葱，但似乎并没有黄酒馒头，以及此外可吃的之类。靠西墙是竹丛，下面许多笋，只可惜都是并未煮熟的，还有油菜早经结子，芥菜已将开花，小白菜也很老了。

阿Q仿佛文童落第似的觉到很冤屈，他慢慢走近园门去，忽而非常惊喜了，这分明是一畦老萝卜，他于是蹲下便拔，而门口突然伸出一个很圆的头来，又即缩回去了，这分明是小尼姑。小尼姑之流是阿Q本来视若草芥的，但世事须“退一步想”，所以他便赶紧拔起四个萝卜，拧下青叶，兜在大襟里。然而老尼姑已经出来了。

“阿弥陀佛，阿Q，你怎么跳进园里来偷萝卜！……阿呀，罪过呵，阿唷，阿弥陀佛！……”

“我什么时候跳进你的园里来偷萝卜？”阿Q且看且走的说。

“现在……这不是？”老尼姑指着他的衣兜。

“这是你的？你能叫得他答应你么？你……”

阿Q没有说完话，拔步便跑；追来的是一匹很肥大的黑狗。这本来在前门的，不知怎的到后园来了。黑狗哼而且追，已经要咬着阿Q的腿，幸而从衣兜里落下一个萝卜来，那狗给一吓，略略一停，阿Q已经爬上桑树，跨到土墙，连人和萝卜都滚出墙外面了。只剩着黑狗还在对着桑树嗥，老尼姑念着佛。

阿Q怕尼姑又放出黑狗来，拾起萝卜便走，沿路又捡了几块小石头，但黑狗却并不再出现。阿Q于是抛了石块，一面走一面吃，而且想道，这里也没有什么东西寻，不如进城去……

待三个萝卜吃完时，他已经打定了进城的主意了。

第六章　从中兴到末路

在未庄再看见阿Q出现的时候，是刚过了这年的中秋。人们都惊异，说是阿Q回来了，于是又回上去想道，他先前那里去了呢？阿Q前几回的上城，大抵早就兴高采烈的对人说，但这一次却并不，所以也没有一个人留心到。他或者也曾告诉过管土谷祠的老头子，然而未庄老例，只有赵太爷钱太爷和秀才大爷上城才算一件事。假洋鬼子尚且不足数，何况是阿Q：因此老头子也就不替他宣传，而未庄的社会上也就无从知道了。

但阿Q这回的回来，却与先前大不同，确乎很值得惊异。天色将黑，他睡眼蒙眬的在酒店门前出现了，他走近柜台，从腰间伸出手来，满把是银的和铜的，在柜上一扔说，"现钱！打酒来！"穿的是新夹袄，看去腰间还挂着一个大褡裢，沉钿钿的将裤带坠成了很弯很弯的弧线。未庄老例，看见略有些醒目的人物，是与其慢也宁敬的，现在虽然明知道是阿Q，但因为和破夹袄的阿Q有些两样了，古人云，"士别三日便当刮目相待"，所以堂倌，掌柜，酒客，路人，便自然显出一种疑而且敬的形态来。掌柜既先之以点头，又继之以谈话：

"嚄，阿Q，你回来了！"

"回来了。"

"发财发财，你是——在……"

"上城去了！"

这一件新闻，第二天便传遍了全未庄。人人都愿意知道现钱和新夹袄的阿Q的中兴史，所以在酒店里，茶馆里，庙檐下，便渐渐的探听出来了。这结果，是阿Q得了新敬畏。

据阿Q说，他是在举人老爷家里帮忙。这一节，听的人都肃然了。这老爷本姓白，但因为合城里只有他一个举人，所以不必再冠姓，说起举人来就是他。这也不独在未庄是如此，便是一百里方圆之内也都如此，人们几乎多以为他的姓名就叫举人老爷的了。在这人的府上帮忙，那当然是可敬的。但据阿Q又说，他却不高兴再帮忙了，因为这举人老爷实在太“妈妈的”了。这一节，听的人都叹息而且快意，因为阿Q本不配在举人老爷家里帮忙，而不帮忙是可惜的。

据阿Q说，他的回来，似乎也由于不满意城里人，这就在他们将长凳称为条凳。而且煎鱼用葱丝，加以最近观察所得的缺点，是女人的走路也扭得不很好。然而也偶有大可佩服的地方，即如未庄的乡下人不过打三十二张的竹牌，只有假洋鬼子能够叉“麻酱”，城里却连小乌龟子都叉得精熟的。什么假洋鬼子，只要放在城里的十几岁的小乌龟子的手里，也就立刻是“小鬼见阎王”。这一节，听的人都赧然了。

“你们可看见过杀头么？”阿Q说，“咳，好看。杀革命党。唉，好看好看，……”他摇摇头，将唾沫飞在正对面的赵司晨的脸上。这一节，听的人都凛然了。但阿Q又四面一看，忽然扬起右手，照着伸长脖子听得出神的王胡的后项窝上直劈下去道：

“嚓！”

王胡惊得一跳，同时电光石火似的赶快缩了头，而听的人又都悚然而且欣然了。从此王胡瘟头瘟脑的许多日，并且再不敢走近阿Q的身边；别的人也一样。

阿Q这时在未庄人眼睛里的地位，虽不敢说超过赵太爷，但谓之差不多，大约也就没有什么语病的了。

然而不多久，这阿Q的大名忽又传遍了未庄的闺中。虽然未庄只有钱赵两姓是大屋，此外十之九都是浅闺，但闺中究竟是闺中，所以也算得一件神异。女人们见面时一定说，邹七嫂在阿Q那里买了一条蓝绸裙，旧固然是旧的，但只化了九角钱。还有赵白眼的母亲——一说是赵司晨的母亲，待考，——也买了一件孩子穿的大红洋纱衫，七成新，只用三百大钱九二串。于是伊们都眼巴巴的想见阿Q，缺绸裙的想问他买绸裙，要洋纱衫的想问他买洋纱衫，不但见了不逃避，有时阿Q已经走过了，也还要追上去叫住他，问道：

“阿Q，你还有绸裙么？没有？纱衫也要的，有罢？”

后来这终于从浅闺传进深闺里去了。因为邹七嫂得意之余，将伊的绸裙请赵太太去鉴赏，赵太太又告诉了赵太爷而且着实恭维了一番。赵太爷便在晚饭桌上，和秀才大爷讨论，以为阿Q实在有些古怪，我们门窗应该小心些；但他的东西，不知道可还有什么可买，也许有点好东西罢。加以赵太太也正想买一件价廉物美的皮背心。于是家族决议，便托邹七嫂即刻去寻阿Q，而且为此新辟了第三种的例外：这晚上也姑且特准点油灯。

油灯干了不少了，阿Q还不到。赵府的全眷都很焦急，打着呵欠，或恨阿Q太飘忽，或怨邹七嫂不上紧。赵太太还怕他因为春天的条件不敢来，而赵太爷以为不足虑；因为这是“我”去叫他的，果然，到底赵太爷有见识，阿Q终于跟着邹七嫂进来了。

“他只说没有没有，我说你自己当面说去，他还要说，我说……”邹七嫂气喘吁吁的走着说。

“太爷！”阿Q似笑非笑的叫了一声，在檐下站住了。

“阿Q，听说你在外面发财，”赵太爷踱开去，眼睛打量着他的全身，一面说，“那很好，那很好的。这个，……听说你有些旧东西，……可以都拿来看一看，……这也并不是别的，因为我倒要……”

“我对邹七嫂说过了。都完了。”

“完了？”赵太爷不觉失声的说，“那里会完得这样快呢？”

“那是朋友的，本来不多。他们买了些，……”

“总该还有一点罢。”

“现在，只剩了一张门幕了。”

“就拿门幕来看看罢。”赵太太慌忙说。

“那么，明天拿来就是，”赵太爷却不甚热心了。“阿Q，你以后有什么东西的时候，你尽先送来给我们看，……”

“价钱决不会比别家出得少！”秀才说。秀才娘子忙一瞥阿Q的脸，看他感动了没有。

“我要一件皮背心。”赵太太说。

阿Q虽然答应着，却懒洋洋的出去了，也不知道他是否放在心上。这使赵太爷很失望，气忿而且担心，至于停止了打呵欠。秀才对于阿Q的态度也很不平，于是说，这忘八蛋要提防，或者竟不如吩咐地保，不许他住在未庄。但赵太爷以为不然，说这也怕要结怨，况且做这路生意的大概是“老鹰不吃窝下食”，本村倒不必担心的；只要自己夜里警醒点就是了。秀才听了这“庭训”，非常之以为然，便即刻撤消了驱逐阿Q的提议，而且叮嘱邹七嫂，请伊万不要向人提起这一段话。

但第二日，邹七嫂便将那蓝裙去染了皂，又将阿Q可疑之点传扬出去了，可是确没有提起秀才要驱逐他这一节。然而这已经于阿Q很不利。最先，地保寻上门了，取了他的门幕去，阿Q说是赵太太要看的，而地保也不还，并且要议定每月的孝敬钱。其次，是村人对于他的敬畏忽而变相了，虽然还不敢来放肆，却很有远避的神情，而这神情和先前的防他来“嚓”的时候又不同，颇混着“敬而远之”的分子了。

只有一班闲人们却还要寻根究底的去探阿Q的底细。阿Q也并不讳饰，傲然的说出他的经验来。从此他们才知道，他不过是一个小脚色，不但不能上墙，并且不能进洞，只站在洞外接东西。有一夜，他刚才接到一个包，正手再进去，不一会，只听得里面大嚷起来，他便赶紧跑，连夜爬出城，逃回未庄来了，从此不敢再去做。然而这故事却于阿Q更不利，村人对于阿Q的“敬而远之”者，本因为怕结怨，谁料他不过是一个不敢再偷的偷儿呢？这实在是“斯亦不足畏也矣”。

第七章　革　命

宣统三年九月十四日——即阿Q将褡裢卖给赵白眼的这一天——三更四点，有一只大乌篷船到了赵府上的河埠头。这船从黑魆魆中荡来，乡下人睡得熟，都没有知道；出去时将近黎明，却很有几个看见的了。据探头探脑的调查来的结果，知道那竟是举人老爷的船！

那船便将大不安载给了未庄，不到正午，全村的人心就很摇动。船的使命，赵家本来是很秘密的，但茶坊酒肆里却都说，革命党要进城，举人老爷到我们乡下来逃难了。惟有邹七嫂不以为然，说那不过是几口破衣箱，举人老爷想来寄存的，却已被赵太爷回复转去。其实举人老爷和赵秀才素不相能，在理本不能有“共患难”的情谊，况且邹七嫂又和赵家是邻居，见闻较为切近，所以大概该是伊对的。

然而谣言很旺盛，说举人老爷虽然似乎没有亲到，却有一封长信，和赵家排了“转折亲”。赵太爷肚里一轮，觉得于他总不会有坏处，便将箱子留下了，现就塞在太太的床底下。至于革命党，有的说是便在这一夜进了城，个个白盔白甲：穿着崇正皇帝的素。

阿Q的耳朵里，本来早听到过革命党这一句话，今年又亲眼见过杀掉革命党。但他有一种不知从那里来的意见，以为革命党便是造反，造反便是与他为难，所以一向是“深恶而痛绝之”的。殊不料这却使百里闻名的举人老爷有这样怕，于是他未免也有些“神往”了，况且未庄的一群鸟男女的慌张的神情，也使阿Q更快意。

“革命也好罢，”阿Q想，“革这伙妈妈的的命，太可恶！太可恨！……便是我，也要投降革命党了。”

阿Q近来用度窘，大约略略有些不平；加以午间喝了两碗空肚酒，愈加醉得快，一面想一面走，便又飘飘然起来。不知怎么一来，忽而似乎革命党便是自己，未庄人却都是他的俘虏了。他得意之余，禁不住大声的嚷道：

“造反了！造反了！”

未庄人都用了惊惧的眼光对他看。这一种可怜的眼光，是阿Q从来没有见过的，一见之下，又使他舒服得如六月里喝了雪水，他更加高兴的走而且喊道：

“好，……我要什么就是什么，我欢喜谁就是谁。

得得，锵锵！

悔不该，酒醉错斩了郑贤弟，

悔不该，呀呀呀……

得得，锵锵，得，锵令锵！

我手执钢鞭将你打……”

赵府上的两位男人和两个真本家，也正站在大门口论革命，阿Q没有见，昂了头直唱过去。

“得得，……”

“老Q，”赵大爷怯怯的迎着低声的叫。

“锵锵”，阿Q料不到他的名字会和“老”字联结起来，以为是一句别的话，与己无干，只是唱。“得，锵，锵令锵，锵！”

“老Q。”

“悔不该……”

“阿Q!”秀才只得直呼其名了。

阿Q这才站住，歪着头问道，“什么?”

“老Q，……现在……”赵大爷却又没有话，“现在……发财么?”

“发财?自然。要什么就是什么……”

“阿……Q哥，像我们这样穷朋友是不要紧的……”赵白眼惴惴的说，似乎想探革命党的口风。

“穷朋友?你总比我有钱。”阿Q说着自去了。

大家都怃然，没有话。赵太爷父子回家，晚上商量到点灯。赵白眼回家，便从腰间扯下褡裢来，交给他女人藏在箱底里。

阿Q飘飘然的飞了一通，回到土谷祠，酒已经醒透了。这晚上，管祠的老头子也意外的和气，请他喝茶；阿Q便向他要了两个饼，吃完之后，又要了一支点过的四两烛和一个树烛台，点起来，独自躺在自己的小屋里。他说不出的新鲜而且高兴，烛火像元夜似的闪闪的跳，他的思想也迸跳起来了：——

“造反?有趣，……来了一阵白盔白甲的革命党，都拿着板刀，钢鞭，炸弹，洋炮，三尖两刃刀，钩镰枪，走过土谷祠，叫道，‘阿Q!同去同去!’于是一同去。……

这时未庄的一伙鸟男女才好笑哩，跪下叫道，‘阿Q，饶命!’谁听他!第一个该死的是小D和赵太爷，还有秀才，还有假洋鬼子，……留几条么?王胡本来还可留，但也不要了。

东西，……直走进去打开箱子来：元宝，洋钱，洋纱衫，……秀才娘子的一张宁式床先搬到土谷祠，此外便摆了钱家的桌椅，——或者也就用赵家的罢。自己是不动手的了，叫小D来搬，要搬得快，搬得不快打嘴巴。……

赵司晨的妹子真丑。邹七嫂的女儿过几年再说。假洋鬼子的老婆会和没有辫子的男人睡觉，吓，不是好东西！秀才的老婆是眼胞上有疤的。……吴妈长久不见了，不知道在那里，——可惜脚太大。”

阿Q没有想得十分停当，已经发了鼾声，四两烛还只点去了小半寸，红焰焰的光照着他张开的嘴。

“荷荷!”阿Q忽而大叫起来，抬了头仓皇的四顾，待到看见四两烛，却又倒头睡去了。

第二天他起得很迟，走出街上看时，样样都照旧。他也仍然肚饿，他想着，想不起什么来；但他忽而似乎有了主意了，慢慢的跨开步，有意无意的走到静修庵。

庵和春天时节一样静，白的墙壁和漆黑的门。他想了一想，前去打门，一只狗在里面叫。他急急拾了几块断砖，再上去较为用力的打，打到黑门上生出许多麻点的时候，才听得有人来开门。

阿Q连忙捏好砖头，摆开马步，准备和黑狗来开战。但庵门只开了一条缝，并无黑狗从中冲出，望进去只有一个老尼姑。

“你又来什么事?”伊大吃一惊的说。

“革命了……你知道？……”阿Q说得很含胡。

“革命革命，革过一革的，……你们要革得我们怎么样呢?”老尼姑两眼通红的说。

“什么？……”阿Q诧异了。

“你不知道，他们已经来革过了!”

“谁？……”阿Q更其诧异了。

“那秀才和洋鬼子!”

阿Q很出意外，不由的一错愕；老尼姑见他失了锐气，便飞速的关了门，阿Q再推时，牢不可开，再打时，没有回答了。

那还是上午的事。赵秀才消息灵，一知道革命党已在夜间进城，便将辫子盘在顶上，一早去拜访那历来也不相能的钱洋鬼子。这是“咸与维新”的时候了，所以他们便谈得很投机，立刻成了情投意合的同志，也相约去革命。他们想而又想，才想出静修庵里有一块“皇帝万岁万万岁”的龙牌，是应该赶紧革掉的，于是又立刻同到庵里去革命。因为老尼姑来阻挡，说了三句话，他们便将伊当作清政府，在头上很给了不少的棍子和栗凿。尼姑待他们走后，定了神来检点，龙牌固然已经碎在地上了，而且又不见了观音娘娘座前的一个宣德炉。

这事阿Q后来才知道。他颇悔自己睡着，但也深怪他们不来招呼他。他又退一步想道：

“难道他们还没有知道我已经投降了革命党么?”

第八章　不准革命

未庄的人心日见其安静了。据传来的消息，知道革命党虽然进了城，倒还没有什么大异样。知县大老爷还是原官，不过改称了什么，而且举人老爷也做了什么——这些名目，未庄人都说不明白——官，带兵的也还是先前的老把总。只有一件可怕的事是另有几个不好的革命党夹在里面捣乱，第二天便动手剪辫子，听说那邻村的航船七斤便着了道儿，弄得不像人样子了。但这却还不算大恐怖，因为未庄人本来少上城，即使偶有想进城的，也就立刻变了计，碰不着这危险。阿Q本也想进城去寻他的老朋友，一得这消息，也只得作罢了。

但未庄也不能说是无改革。几天之后，将辫子盘在头顶上的逐渐增加起来了。早经说过，最先自然是茂才公，其次便是赵司晨和赵白眼，后来是阿Q。倘在夏天，大家将辫子盘在头顶上或者打一个结，本不算什么稀奇事，但现在是暮秋，所以这“秋行夏令”的情形，在盘辫家不能不说是万分的英断，而在未庄也不能说无关于改革了。

赵司晨脑后空荡荡的走来，看见的人大嚷说，

“嚄，革命党来了！”

阿Q听到了很羡慕。他虽然早知道秀才盘辫的大新闻，但总没有想到自己可以照样做，现在看见赵司晨也如此，才有了学样的意思，定下实行的决心。他用一支竹筷将辫子盘在头顶上，迟疑多时，这才放胆的走去。

他在街上走，人也看他，然而不说什么话，阿Q当初很不快，后来便很不平。他近来很容易闹脾气了；其实他的生活，倒也并不比造反之前反艰难，人见他也客气，店铺也不说要现钱。而阿Q总觉得自己太失意；既然革了命，不应该只是这样的。况且有一回看见小D，愈使他气破肚皮了。

小D也将辫子盘在头顶上了，而且也居然用一支竹筷。阿Q万料不到他也敢这样做，自己也决不准他这样做！小D是什么东西呢？他很想即刻揪住他，拗断他的竹筷，放下他的辫子，并且批他几个嘴巴，聊且惩罚他忘了生辰八字，也敢来做革命党的罪。但他终于饶放了，单是怒目而视的吐一口唾沫道“呸！”

这几日里，进城去的只有一个假洋鬼子。赵秀才本也想靠着寄存箱子的渊源，亲身去拜访举人老爷的，但因为有剪辫的危险，所以也就中止了。他写了一封“黄伞格”的信，托假洋鬼子带上城，而且托他给自己绍介绍介，去进自由党。假洋鬼子回来时，向秀才讨还了四块洋钱，秀才便有一块银桃子挂在大襟上了；未庄人都惊服，说这是柿油党的顶子，抵得一个翰林，赵太爷因此也骤然大阔，远过于他儿子初隽秀才的时候，所以目空一切，见了阿Q，也

就很有些不放在眼里了。

阿Q正在不平，又时时刻刻感着冷落，一听得这银桃子的传说，他立即悟出自己之所以冷落的原因了：要革命，单说投降，是不行的；盘上辫子，也不行的；第一着仍然要和革命党去结识。他生平所知道的革命党只有两个，城里的一个早已“嚓”的杀掉了，现在只剩了一个假洋鬼子。他除却赶紧去和假洋鬼子商量之外，再没有别的道路了。

钱府的大门正开着，阿Q便怯怯的躄进去。他一到里面，很吃了惊，只见假洋鬼子正站在院子的中央，一身乌黑的大约是洋衣，身上也挂着一块银桃子，手里是阿Q曾经领教过的棍子，已经留到一尺多长的辫子都拆开了披在肩背上，蓬头散发的像一个刘海仙。对面挺直的站着赵白眼和三个闲人，正在毕恭毕敬的听说话。

阿Q轻轻的走近了，站在赵白眼的背后，心里想招呼，却不知道怎么说才好：叫他假洋鬼子固然是不行的了，洋人也不妥，革命党也不妥，或者就应该叫洋先生了罢。

洋先生却没有见他，因为白着眼睛讲得正起劲：

“我是性急的，所以我们见面，我总是说：洪哥！我们动手罢！他却总说道No！——这是洋话，你们不懂的。否则早已成功了。然而这正是他做事小心的地方。他再三再四的请我上湖北，我还没有肯。谁愿意在这小县城里做事情。……”

“唔，……这个……”阿Q候他略停，终于用十二分的勇气开口了，但不知道因为什么，又并不叫他洋先生。

听着说话的四个人都吃惊的回顾他。洋先生也才看见：

“什么?”

“我……”

“出去!”

“我要投……”

“滚出去!”洋先生扬起哭丧棒来了。

赵白眼和闲人们便都吆喝道：“先生叫你滚出去，你还不听么!”

阿Q将手向头上一遮，不自觉的逃出门外；洋先生倒也没有追。他快跑了六十多步，这才慢慢的走，于是心里便涌起了忧愁：洋先生不准他革命，他再没有别的路；从此决不能望有白盔白甲的人来叫他，他所有的抱负，志向，希望，前程，全被一笔勾销了。至于闲人们传扬开去，给小D王胡等辈笑话，倒是还在其次的事。

他似乎从来没有经验过这样的无聊。他对于自己的盘辫子，仿佛也觉得无意味，要侮蔑；为报仇起见，很想立刻放下辫子来，但也没有竟放。他游到夜间，赊了两碗酒，喝下肚去，渐渐的高兴起来了，思想里才又出现白盔白甲的碎片。

有一天，他照例的混到夜深，待酒店要关门，才踱回土谷祠去。

拍，吧……!

他忽而听得一种异样的声音，又不是爆竹。阿Q本来是爱看热闹，爱管闲事的，便在暗中直寻过去。似乎前面有些脚步声；他正听，猛然间一个人从对面逃来了。阿Q一看见，便赶紧翻身跟着逃。那人转弯，阿Q也转弯，既转弯，那人站住了，阿Q也站住。他看后面并无什么，看那人便是小D。

“什么?”阿Q不平起来了。

“赵……赵家遭抢了!”小D气喘吁吁的说。

阿Q的心怦怦的跳了。小D说了便走；阿Q却逃而又停的两三回。但他究竟是做过“这路生意”的人，格外胆大，于是蹩出路角，仔细的听，似乎有些嚷嚷，又仔细的看，似乎许多白盔白甲的人，络绎的将箱子抬出了，器具抬出了，秀才娘子的宁式床也抬出了，但是不分明，他还想上前，两只脚却没有动。

这一夜没有月，未庄在黑暗里很寂静，寂静到像羲皇时候一般太平。阿Q站着看到自己发烦，也似乎还是先前一样，在那里来来往往的搬，箱子抬出了，器具抬出了，秀才娘子的宁式床也抬出了，……抬得他自己有些不信他的眼睛了。但他决计不再上前，却回到自己的祠里去了。

土谷祠里更漆黑；他关好大门，摸进自己的屋子里。他躺了好一会，这才定了神，而且发出关于自己的思想来：白盔白甲的人明明到了，并不来打招呼，搬了许多好东西，又没有自己的份，——这全是假洋鬼子可恶，不准我造反，否则，这次何至于没有我的份呢？阿Q越想越气，终于禁不住满心痛恨起来，毒毒的点一点头："不准我造反，只准你造反？妈妈的假洋鬼子，——好，你造反！造反是杀头的罪名呵，我总要告一状，看你抓进县里去杀头，——满门抄斩，——嚓！嚓！"

第九章　大团圆

赵家遭抢之后，未庄人大抵很快意而且恐慌，阿Q也很快意而且恐慌。但四天之后，阿Q在半夜里忽被抓到县城里去了。那时恰是暗夜，一队兵，一队团丁，一队警察，五个侦探，悄悄地到了未庄，乘昏暗围住土谷祠，正对门架好机关枪；然而阿Q不冲出。许多时没有动静，把总焦急起来了，悬了二十千的赏，才有两个团丁冒了险，逾垣进去，里应外合. 一拥而入，将阿Q抓出来；直待擒出祠外面的机关枪左近，他才有些清醒了。

到进城，已经是正午，阿Q见自己被搀进一所破衙门，转了五六个弯，便推在一间小屋里。他刚刚一跄踉，那用整株的木料做成的栅栏门便跟着他的脚跟阖上了，其余的三面都是墙壁，仔细看时，屋角上还有两个人。

阿Q虽然有些忐忑，却并不很苦闷，因为他那土谷祠里的卧室，也并没有比这间屋子更高明。那两个也仿佛是乡下人，渐渐和他兜搭起来了，一个说是举人老爷要追他祖父欠下来的陈租，一个不知道为了什么事。他们问阿Q，阿Q爽利的答道，“因为我想造反。”

他下半天便又被抓出栅栏门去了，到得大堂，上面坐着一个满头剃得精光的老头子。阿Q疑心他是和尚，但看见下面站着一排兵，两旁又站着十几个长衫人物，也有满头剃得精光像这老头子的，也有将一尺来长的头发披在背后像那假洋鬼子的，都是一脸横肉，怒目而视的看他；他便知道这人一定有些来历，膝关节立刻自然而然的宽松，便跪了下去了。

“站着说！不要跪！”长衫人物都吆喝说。

阿Q虽然似乎懂得，但总觉得站不住，身不由己的蹲了下去，而且终于趁势改为跪下了。

“奴隶性！……”长衫人物又鄙夷似的说，但也没有叫他起来。

“你从实招来罢，免得吃苦。我早都知道了。招了可以放你。”那光头的老头子看定了阿Q的脸，沉静的清楚的说。

“招罢！”长衫人物也大声说。

“我本来要……来投……”阿Q胡里胡涂的想了一通，这才断断续续的说。

“那么，为什么不来的呢？”老头子和气的问。

“假洋鬼子不准我！”

“胡说！此刻说，也迟了。现在你的同党在那里？”

“什么？……”

“那一晚打劫赵家的一伙人。”

“他们没有来叫我。他们自己搬走了。”阿Q提起来便愤愤。

“走到那里去了呢？说出来便放你了。”老头子更和气了。

“我不知道，……他们没有来叫我……”

然而老头子使了一个眼色，阿Q便又被抓进栅栏门里了。他第二次抓出栅栏门，是第二天的上午。

大堂的情形都照旧。上面仍然坐着光头的老头子，阿Q也仍然下了跪。

老头子和气的问道，“你还有什么话说么？”

阿Q一想，没有话，便回答说，“没有。”

于是一个长衫人物拿了一张纸，并一支笔送到阿Q的面前，要将笔塞在他手里。阿Q这时很吃惊，几乎“魂飞魄散”了：因为他的手和笔相关，这回是初次。他正不知怎样拿；那人却又指着一处地方教他画花押。

“我……我……不认得字。”阿Q一把抓住了笔，惶恐而且惭愧的说。

“那么，便宜你，画一圆圈！”

阿Q要画圆圈了，那手捏着笔却只是抖。于是那人替他将纸铺在地上，阿Q伏下去，使尽了平生的力画圆圈。他生怕被人笑话，立志要画得圆，但这可恶的笔不但很沉重，并且不听话，刚刚一抖一抖的几乎要合缝，却又向外一耸，画成瓜子模样了。

阿Q正羞愧自己画得不圆，那人却不计较，早已掣了纸笔去，许多人又将他第二次抓进栅栏门。

他第二次进了栅栏，倒也并不十分懊恼。他以为人生天地之间，大约本来有时要抓进抓出，有时要在纸上画圆圈的，惟有圈而不圆，却是他“行状”上的一个污点。但不多时也就释然了，他想，孙子才画得很圆的圆圈呢。于是他睡着了。

然而这一夜，举人老爷反而不能睡：他和把总怄了气了。举人老爷主张第一要追赃，把总主张第一要示众。把总近来很不将举人老爷放在眼里了，拍案打凳的说道，“惩一儆百！你看，我做革命党还不上二十天，抢案就是十几件，全不破案，我的面子在那里？破了案，你又来迂。不成！这是我管的！”举人老爷窘急了，然而还坚持，说是倘若不追赃，他便立刻辞了帮办民政的职务。而把总却道，“请便罢！”于是举人老爷在这一夜竟没有睡，但幸而第二天倒也没有辞。

阿Q第三次抓出栅栏门的时候，便是举人老爷睡不着的那一夜的明天的上午了。他到了大堂，上面还坐着照例的光头老头子；阿Q也照例下了跪。

老头子很和气的问道，“你还有什么话么？”

阿Q一想，没有话，便回答说，“没有。”

许多长衫和短衫人物，忽然给他穿上一件洋布的白背心，上面有些黑字。阿Q很气苦；因为这很像是戴孝，而戴孝是晦气的。然而同时他的两手反缚了，同时又被一直抓出衙门外去了。

阿Q被抬上了一辆没有篷的车，几个短衣人物也和他同坐在一处。这车立刻走动了，前面是一班背着洋炮的兵们和团丁，两旁是许多张着嘴的看客，后面怎样，阿Q没有见。但他突然觉到了：这岂不是去杀头么？他一急，两眼发黑，耳朵里嗡的一声，似乎发昏了。然而他又没有全发昏，有时虽然着急，有时却也泰然；他意思之间，似乎觉得人生天地间，大约本来有时也未免要杀头的。

他还认得路，于是有些诧异了：怎么不向着法场走呢？他不知道这是在游街，在示众。但即使知道也一样，他不过以为人生天地间，大约本来有时也未免要游街要示众罢了。

他省悟了，这是绕到法场去的路，这一定是“嚓”的去杀头。他惘惘的向左右看，全跟着蚂蚁似的人，而在无意中，却在路旁的人丛中发见了一个吴妈。很久违，伊原来在城里做工了。阿Q忽然很羞愧自己没志气：竟没有唱几句戏。他的思想仿佛旋风似的在脑里一回旋：《小孤孀上坟》欠堂皇，《龙虎斗》里的“悔不该……”也太乏，还是“手执钢鞭将你打”罢。他同时想将手一扬，才记得这两手原来都捆着，于是“手执钢鞭”也不唱了。

“过了二十年又是一个……”阿Q在百忙中，“无师自通”地说出半句从来不说的话。

“好!!!”从人丛里，便发出豺狼的嗥叫一般的声音来。

车子不住的前行，阿Q在喝彩声中，轮转眼睛去看吴妈，似乎伊一向并没有见他，却只是出神的看着兵们背上的洋炮。

阿Q于是再看那些喝彩的人们。

这刹那中，他的思想又仿佛旋风似的在脑里一回旋了。四年之前，他曾在山脚下遇见一只饿狼，永是不近不远的跟定他，要吃他的肉。他那时吓得几乎要死，幸而手里有一柄斫柴刀，才得仗这壮了胆，支持到未庄；可是永远记得那狼眼睛，又凶又怯，闪闪的像两颗鬼火，似乎远远的来穿透了他的皮肉。而这回他又看见从来没有见过的更可怕的眼睛了，又钝又锋利，不但已经咀嚼了他的话，并且还要咀嚼他皮肉以外的东西，永是不远不近的跟他走。

这些眼睛们似乎连成一气，已经在那里咬他的灵魂。

“救命，……”

然而阿Q没有说。他早就两眼发黑，耳朵里嗡的一声，觉得全身仿佛微尘似的迸散了。

至于当时的影响，最大的倒反在举人老爷，因为终于没有追赃，他全家都号啕了。其次是赵府，非特秀才因为上城去报官，被不好的革命党剪了辫子，而且又破费了二十千的赏钱，所以全家也号啕了。从这一天以来，他们便渐渐的都发生了遗老的气味。

至于舆论，在未庄是无异议，自然都说阿Q坏，被枪毙便是他的坏的证据；不坏又何至于被枪毙呢？而城里的舆论却不佳，他们多半不满足，以为枪毙并无杀头这般好看；而且那是怎样的一个可笑的死囚呵，游了那么久的街，竟没有唱一句戏：他们白跟一趟了。

一九二一年十二月

选自《鲁迅全集》第1卷

人民文学出版社1981年版

作家的话

要画出这样沉默的国民的魂灵来，在中国实在算一件难事，因为，已经说过，我们究竟还是未经革新的古国的人民，所以也还是各不相通，并且连自己的手也几乎不懂自己的足。我虽然竭力想摸索人们的魂灵，但时时总自憾有些隔膜。在将来，围在高墙里面的一切人众，该会自己觉醒，走出，都来开口的罢，而现在还少见，所以我也只得依了自己的觉察，孤寂地姑且将这些写出，作为在我眼里所经过的中国的人生。

《俄文译本〈阿Q正传〉序及著者自叙传略》

评论家的话

阿Q，主要的是一个思想性的典型，是阿Q主义或阿Q精神的寄植者；这是一个集合体，在阿Q这个人物身上集合着各阶级的各式各样的阿Q主义，也就是鲁迅自己在前期所说的“国民劣根性”的体现者。……

我略述了上面这一段经过，是为了说明和《阿Q正传》有关系的几点意思；第一，在《阿Q正传》里面，鲁迅依然在从事挖掘所谓“国民劣根性”，而在人民身上也看到了可痛恨的阿Q主义——

奴隶的失败主义和精神胜利法，于是作为人民自己的弱点，而加以猛烈的批判和斗争，以尽他的改造人民思想的启蒙主义的教育任务。第二，鲁迅在这时期，对于“旧社会的弊害”的揭发已经比对于“国民性”的揭发更着重，所以他对于“阿Q根性”或阿Q主义的历史根源和社会性的揭发，就揭发得非常深远和广阔，非常明确和正确。他所描写出来的人民被压迫的历史和如何会产生阿Q主义的历史，是非常鲜明，非常血淋淋的，而且阶级对立和阶级斗争的反映也很明了的。他对于重重叠叠地骑在人民身上的压迫者和压迫势力的深恶痛绝，是数倍地高于对人民自己的弱点的痛恨的。鲁迅在《阿Q正传》里面，那么迫切地渴望着作为农民，作为一个流浪的雇农的阿Q的自觉，可是他更在鼓动着社会革命。第三，这个现实主义的巨匠，为什么不采取一个别的人，譬如一个普通的官吏或一个外交官，一个地主或一个士大夫的子弟，一个得意的买办或一个能干的西崽，一个什么教授或一个什么学者，这些人都或多或少具有寄植阿Q主义的履历、资格和才具，并有容纳了一个大作家所能概括的东西的容量的，为什么不采取这些人来寄植和概括阿Q主义，而独独采取一个流浪的雇农阿贵或阿桂呢？而且我们相信，采取别的人来概括和塑造，是同样可以写得出色和辉煌的，社会的影响也会很广和很久的，果戈理的《死魂灵》和冈察洛夫的《奥勃洛摩夫》就是前例。我觉得，这和鲁迅的革命思想以及他的启蒙主义的方向就是很密切的关系。鲁迅究竟是面向人民的，尤其因为他敏感到当时革命的问题在于农民身上，在于农民是否觉悟和发动起来，所以这决定了他的眼光注视农村和农民。同时，鲁迅也和农民有更早和更深的因缘，这也使他的心情更关注到农民的运命。

冯雪峰：《论〈阿Q正传〉》

这里重要的还有一个“阿Q”。在未庄这种特有的情势下，阿

Q之成为“革命”的第一批祭品，是必然的。他之受到鲁迅的最高度重视，就在于恰恰是他，最能广泛地反映当时社会群众的思想状况。就他的地位和处境，他是最应该理解革命、理解革命党的，他是最应该争取民主、争取自由的，但假若连他也没有民主、平等的要求，辛亥革命也便毫无成功的希望了。在我们过去的分析中，当谈到革命党无视阿Q的革命要求时，往往流露着这样的思想情绪，似乎革命党到未庄找到的是阿Q而不是“假洋鬼子”和赵太爷，这个革命便不会流产了。实际上，这是不符合鲁迅原意的。《阿Q正传》的深刻之处恰恰在于，它是把阿Q视作辛亥革命之所以失败的最关键的因素的。由于阿Q的不觉悟，“假洋鬼子”才得以以一点外形的新攫取了未庄“革命”的领导权，赵太爷才得以保持着自己的固有社会地位，与此同时，鲁迅还异常明确地表现了，即使阿Q成了“革命”政权的领导者，辛亥革命依然毫无胜利的希望，他将以自己为核心重新组织起一个新的未庄封建等级结构。鲁迅常说：“我觉得革命以前，我是做奴隶；革命以后不多久，就受了奴隶的骗，变成他们的奴隶了。”这里所说的骗人的“奴隶”，实际便是阿Q式的“革命党”。革命前，他们是奴隶；革命后，他们执掌了政权，因为其思想观念仍是封建帝王思想，毫无现代民主、平等思想，便把群众当成自己的奴隶任意驱使了。辛亥革命之后的统治政权，就其实质而言，可以说是赵太爷掌权；就其形式而言，可说是“假洋鬼子”掌权；就其变化而言，又可说是阿Q掌权。前者代表了“革命”前后的封建性质的恒定性、持续性；二者代表了“革命”后政权形式之新与政权实质之旧的统一；后者反映了“革命”后掌权者可能发生的某些变动。所以鲁迅有时也称之为“阿Q”掌权。

王富仁：《中国反封建思想革命的一面镜子
——〈呐喊〉〈彷徨〉综论》

李金发
弃　妇

李金发，曾名淑良、遇安。1900 年生于广东梅县。1919 年到法国学习雕塑。诗集《微雨》《食客与凶年》是 1923 年春初到欧洲时所写，秋天，又写出另一本诗集《为幸福而歌》。前两种投寄私心淑慕但“无一面之缘”的北大教授周作人，奇异的风格颇受周的赏识，被编入《新潮社丛书》出版。因其风格怪异和象征晦涩而引起争议，被称为诗怪。1925 年回国后致力于美术教育和人物雕塑，与文学界无所往来。广州黄花岗烈士陵园的中山先生雕像出自他的手笔。1942 年起出任驻伊朗、伊拉克使馆一秘、代办。1951 年后寄居美国，在新泽西开办农场。1976 年 12 月 25 日在纽约病逝。其一生狂热于写新诗，为时不过一年多。译著还有《异国情调》《意大利艺术概要》《雕刻家米西盎则罗》等。晚年著有回忆录《浮生总记》。还采集、注释民歌《岭东情歌》。

长发披遍我两眼之前，
遂隔断了一切羞恶之疾视，
与鲜血之急流，枯骨之沉睡。
黑夜与蚊虫联步徐来，
越此短墙之角，
狂呼在我清白之耳后，
如荒野狂风怒号：
战栗了无数游牧。

靠一根草儿，与上帝之灵往返在空谷里。
我的哀戚唯游蜂之脑能深印着；
或与山泉长泻在悬崖，
然后随红叶而俱去。

弃妇之隐忧堆积在动作上，
夕阳之火不能把时间之烦闷
化成灰烬，从烟窗里飞去，
长染在游鸦之羽，
将同栖止于海啸之石上，
静听舟子之歌。

衰老的裙裾发出哀吟，
徜徉在丘墓之侧，
永无热泪，
点滴在草地

为世界之装饰。

选自《微雨》

北京新潮社 1925 年版

作家的话

诗人能歌人、咏人，但所言不一定是真理，也许是偏执与歪曲。我平日作诗，不曾存在寻求或表现真理的观念，只当它是一种抒情的推敲，字句的玩意儿。

……相信我诗的题材与人迥异，否则我的诗也可以不必作了。

《诗问答》

评论家的话

他民九就作诗，但《微雨》出版已经是十四年十一月。“导言”里说不顾全诗的体裁，“苟能表现一切”；他要表现的是“对于生命欲揶揄的神秘及悲哀的美丽”①。讲究用比喻，有“诗怪”② 之称；但不将那些比喻放在明白的间架里。他的诗没有寻常的章法，一部分一部分可以懂，合起来却没有意思。他要表现的不是意思而是感觉或情感；仿佛大大小小红红绿绿一串珠子，他却藏起那串儿，你得自己穿着瞧。这就是法国象征诗人的手法；李氏是第一个人介绍它到中国诗里。许多人抱怨看不懂，许多人却在模仿着。他的诗不缺乏想象力，但不知是创造新语言的心太切，还是母舌太生疏，句法过于欧化，教人像读着翻译；又夹杂着些文言里的叹词语助词，更加不像——虽然也可以说是自由诗体制。

朱自清：《中国新文学大系·诗集导言》

① 黄参岛文，《美育杂志》1925 年 2 期。

② 黄参岛文，《美育杂志》1925 年 2 期。

李金发在二十世纪二十年代中期连续出版了三本诗集。在诗集《微雨》的“导言”里，他说：“对于全诗的体裁，或许多少使人不满意，但这不要紧”，他所追求的是“表现一切”。在诗集《食客与凶年》的“自跋”里，他说他的目标是试图沟通和调和中国古诗和西方诗歌之间的“根本处”，他不满意于中国古诗无人过问，而一意向外采集的“荒唐局面”。他认为中、西诗之间随处都有同一的思想、气息、眼光和取材，在二者之间是不敢有所轻重的。在李金发那些难以卒读的“怪诗”背后，这些见解应该说是独到的。李金发着重从艺术“表现”上取法魏尔伦的象征主义，这是他的特色，也是他的偏颇。他的诗如拆碎的七宝楼台，散落的明珠，朦胧恍惚，富于幻觉，带有感伤颓废和异国情调。他所说的中国古典诗歌，主要是晚唐六朝温庭筠、李商隐一类诗词。只有在这种比较上，中国古典与西方象征主义才见出惊人的相似。这正是从所谓“纯粹的诗”的角度看问题，给了后来的现代派以极大的启发。

蓝棣之：《〈现代派诗选〉前言》

闻一多
忆　菊
——重阳前一日作

闻一多，原名闻家骅。1889 年出生于湖北浠水。1922 年赴美留学，先后入芝加哥美术学院、科罗拉多大学美术系学习。此间写了不少爱国思乡的诗作。1925 年回国，任北京艺术专科学校教务长。曾与徐志摩等主编《晨报·诗镌》，致力于新诗格律化的倡导和研究，并在实践中形成凝练、深沉、讲究形式的诗风，被称作“戴着镣铐跳舞”。著有诗集《红烛》《死水》。1928 年加入新月社，与徐志摩等创办《新月》杂志，并先后在武汉大学，青岛大学，清华大学，西南联大等任教授，致力研究古典文学，成就斐然。1944 年加入中国民主同盟，开始参加民主政治活动。1946 年 7 月 15 日遭国民党特务暗杀，成就了诗人、学者、民主斗士三位一体的光辉人格。身后有朱自清主持整理的《闻一多全集》，1948 年开明书店出版，共 8 卷 4 册。现有湖北人民出版社版《闻一多全集》(12 卷)。

插在长颈的虾青瓷的瓶里，
六方的水晶瓶里的菊花，
攒在紫藤仙姑篮里的菊花；
守着酒壶的菊花，
陪着螯盏的菊花；
未放，将放，半放，盛放的菊花。

镶着金边的绛色的鸡爪菊；
粉红色的碎瓣的绣球菊！
懒慵慵的江西腊哟；
倒挂着一饼蜂窠似的黄心，
仿佛是朵紫的向日葵呢。
长瓣抱心，密瓣平顶的菊花；
柔艳的尖瓣攒蕊的白菊
如同美人底蜷着的手爪，
拳心里攫着一撮儿金粟。

檐前，阶下，篱畔，圃心底菊花：
霭霭的淡烟笼着的菊花，
丝丝的疏雨洗着的菊花，——
金底黄，玉底白，春酿底绿，秋山底紫，……

剪秋萝似的小红菊花儿；
从鹅绒到古铜色的黄菊；

带紫茎的微绿色的“真菊”
是些小小的玉管儿缀成的，
为的是好让小花神儿
夜里偷去当了笙儿吹着。

大似牡丹的菊王到底奢豪些，
他的枣红色的瓣儿，铠甲似的，
张张都装上银白的里子了；
星星似的小菊花蕾儿
还拥着褐色的萼被睡着觉呢。

啊！自然美底总收成啊！
我们祖国之秋底杰作啊！
啊！东方底花，骚人逸士底花呀！
那东方底诗魂陶元亮[1]
不是你的灵魂底化身吧？
那祖国底登高饮酒的重九
不又是你诞生底吉辰吗？

你不像这里的热欲的蔷薇，
那微贱的紫萝兰更比不上你。
你是有历史，有风俗的花。
啊！四千年的华胄底名花呀！
你有高超的历史，你有逸雅的风俗！

---

① 陶元亮，即陶潜（365—427），又名陶渊明，字元亮，晋浔阳柴桑（今江西九江）人。东晋大诗人，平生爱菊，有“采菊东篱下，悠然见南山，”的名句。

啊！诗人底花呀！我想起你，
我的心也开成顷刻之花，
灿烂的如同你的一样；
我想起你同我的家乡，
我们的庄严灿烂的祖国，
我的希望之花又开得同你一样。

习习的秋风啊！吹着，吹着！
我要赞美我祖国底花！
我要赞美我如花的祖国！
请将我的字吹成一簇鲜花，
金底黄，玉底白，春酿底绿，秋山底紫，……
然后又统统吹散，吹得落英缤纷，
弥漫了高天，铺遍了大地！

秋风啊！习习的秋风啊！
我要赞美我祖国底花！
我要赞美我如花的祖国！

选自《闻一多诗全编》
浙江文艺出版社 1995 年版

作家的话

我总以为新诗径直是“新”的，不但新于中国固有的诗，而且新于西方固有的诗；换言之，它不要做纯粹的本地诗，但还要保存本地的色彩，它不要做纯粹的外洋诗，但又尽量的吸收外洋诗的长处；它要做中西艺术结婚后产生的宁馨儿。……有人提倡什么世界文学。那么不顾地方色彩的文学就当有了托辞了吗？但这件事能不能是个问题，宜不宜又是个问题。将世界各民族底文学都归成一样的，恐怕文学要失去好多美。一样颜色画不成一幅完全的画，因为色彩是绘画的一样要素。将各种文学并成一种，便等于将各种颜色合成一种黑色，画出一张 sketch 来。我不知道一幅彩画同一幅单色的 sketch 比，哪样美观些。西谚曰“变化是生活的香料”。真是建设一个好的世界文学，只有各国文学充分发展其地方色彩. 同时又贯以一种共同的时代精神，然后并而观之，各种色料虽互相差异，却又互相调和，这便正符那条艺术底金科玉律“变异中之一律”了。

《〈女神〉之地方色彩》

推荐者的话

《忆菊》写于闻一多留美的那段日子，诗以雕金镂玉的工笔，借勾描祖国的名花，寄托浸透骨髓的故国之思。整个诗思和诗境流溢着纯粹的中国美学精神，这一点也喻示着诗人日后的思想学术轨迹。诗人后来沉潜于唐诗、楚辞、诗经乃至周易的研究，追寻中国文化的真正精神源头，其心理动机可以推溯到很早。

李振声

冰　心

寄小读者 · 通讯七

冰心，原名谢婉莹，1900 年生于福州。从 1919 年起，以冰心为笔名发表作品。短篇小说《超人》，短诗集《繁星》《春水》等为文坛注目。冰心早期作品热衷于宣扬母爱、自然、童心为内容的“爱的哲学”，《寄小读者》就是这方面的代表作。冰心在长达七十多年的创作生涯中，留下了许多为读者喜爱的作品，产生了广泛的影响。

亲爱的小朋友：

八月十七的下午，约克逊号邮船无数的窗眼里，飞出五色飘扬的纸带，远远的抛到岸上，任凭送别的人牵住的时候，我的心是如何的飞扬而凄恻！

痴绝的无数的送别者，在最远的江岸，仅仅牵着这终于断绝的纸条儿，放这庞然大物，载着最重的离愁，飘然西去！

船上生活，是如何的清新而活泼。除了三餐外，只是随意游戏散步。海上的头三日，我竟完全回到小孩子的境地中去了，套圈子，抛沙袋，乐此不疲，过后又绝然不玩了。后来自己回想很奇怪，无他，海唤起了我童年的回忆，海波声中，童心和游伴都跳跃到我脑中来。我十分的恨这次舟中没有几个小孩子，使我童心来复的三天中，有无猜畅好的游戏！

我自少住在海滨，却没有看见过海平如镜。这次出了吴淞口，一天的航程，一望无际尽是粼粼的微波。凉风习习，舟如在冰上行。到过了高丽界，海水竟似湖光。蓝极绿极，凝成一片。斜阳的金光，长蛇般自天边直接到阑旁人立处。上自穹苍，下至船前的水，自浅红至于深翠，幻成几十色，一层层，一片片的漾开了来。……小朋友，恨我不能画，文字竟是世界上最无用的东西，写不出这空灵的妙景！

八月十八夜，正是双星渡河之夕。晚餐后独倚阑旁，凉风吹衣。银河一片星光，照到深黑的海上。远远听得楼阑下人声笑语，忽然感到家乡渐远。繁星闪烁着，海波吟啸着，凝立悄然，只有惆怅。

十九日黄昏，已近神户，两岸青山，不时的有渔舟往来。日本的小山多半是圆扁的，大家说笑，便道是“馒头山”。这馒头山沿途点缀，直到夜里，远望灯光灿然，已抵神户。船徐徐停住，便有许多人上岸去。我因太晚，只自己又到最高层上，初次看见这般璀璨的世界，天上微月的光，和星光，岸上的灯光，无声相映。不时的还有一串光明从山上横飞过，想是火车周行。……舟中寂然，今夜没有海潮音，静极心绪忽起：“倘若此时母亲也在这里……”我极清晰的忆起北京来，小朋友，恕我，不能往下再写了。

冰　心

一九二三年八月二十日，神户。

朝阳下转过一碧无际的草坡，穿过深林，已觉得湖上风来，湖波不是昨夜欲睡如醉的样子了。——悄然的坐在湖岸上，伸开纸，拿起笔，抬起头来，四周红叶中，四面水声里，我要开始写信给我久违的小朋友。小朋友猜我的心情是怎样的呢？

水面闪烁着点点的银光，对岸意大利花园里亭亭层列的松树，都证明我已在万里外。小朋友，到此已逾一月了，便是在日本也未曾寄过一字，说是对不起呢，我又不愿！

我平时写作，喜在人静的时候。船上却处处是公共的地方，舱面阑边，人人可以来到。海景极好，心胸却难得清平。我只能在晨间绝早，船面无人时，随意写几个字，堆积至今，总不能整理，也不愿草草整理，便迟延到了今日。我是尊重小朋友的，想小朋友也能尊重原谅我！

许多话不知从哪里说起，而一声声打击湖岸的微波，一层层的没上杂立的潮石，直到我蔽膝的毡边来，似乎要求我将她介绍给我的小朋友。小朋友，我真不知如何的形容介绍她！她现在横在我的眼前。湖上的月明和落日，湖上的浓阴和微雨，我都见过了，真是仪态万千。小朋友，我的亲爱的人都不在这里，便只有她——海的女儿，能慰安我了。Lake Waban，谐音会意，我便唤她作“慰冰”。每日黄昏的游泛，舟轻如羽，水柔如不胜桨。岸上四围的树叶，绿的，红的，黄的，白的，一丛一丛的倒影到水中来，覆盖了半湖秋水。夕阳下极其艳冶，极其柔媚。将落的金光，到了树梢，散在湖面。我在湖上光雾中，低低的嘱咐它，带我的爱和慰安，一同和它到远东去。

小朋友！海上半月，湖上也过半月了，若问我爱哪一个更甚，这却难说。——海好像我的母亲，湖是我的朋友。我和海亲近在童年，和湖亲近是现在。海是深阔无际，不着一字，她的爱是神秘而伟大的，我对她的爱是归心低首的。湖是红叶绿枝，有许多衬托，她的爱是温和妩媚的，我对她的爱是清淡相照的。这也许太抽象，然而我没有别的话来形容了！

小朋友，两月之别，你们自己写了多少，母亲怀中的乐趣，可以说来让我听听么？——这便算是沿途书信的小序，此后仍将那写好的信，按序寄上，日月和地方，都因其旧，“弱游”的我，如何自太平洋东岸的上海绕到大西洋东岸的波士顿来，这些信中说得很清楚，请在那里看罢！

不知这几百个字，何时方达到你们那里，世界真是太大了！

冰　心

一九二三年十月十四日，慰冰湖畔，威尔斯利。

选自《寄小读者》

北新书局 1926 年 5 月版

作家的话

假如文学的创作，是由于不可遏抑的灵感，则我的作品之中，只有这一本是最自由，最不思索的了。

我无有话说，人生就是人生！母亲付与了我以灵魂和肉体，我就以我的灵肉来探索人生。以往的试验和探索的结果，使我写寄了小朋友这些书信。这书中有幼稚的欢乐，也有天真的眼泪！

《〈寄小读者〉四版自序》

评论家的话

以自己稚弱的心，在一切回忆上驰骋，写卑微人物如何纯良具有优美的灵魂，描画梦中月光的美，以及姑娘儿女们生活中的从容，虽处处略带夸张，却因文字的美丽与亲切，冰心女士的作品，以一种奇迹的模样出现，生着翅膀，飞到各个青年男女的心上去，成为无数欢乐的恩物，冰心女士的名字，也成为无人不知的名字了。

沈从文：《论冰心的创作》

朱自清

绿

朱自清，原名朱自华，号秋实；后改名朱自清，字佩弦。原籍浙江。1898 年生于江苏海州，在扬州长大，故自称扬州人。1920 年毕业于北京大学哲学系，在江苏、浙江等地任教，并开始发表诗与散文创作。自传体长诗《毁灭》曾轰动一时，散文以《背影》《荷塘月色》《绿》等传世，用柔软、优美的白话来表达现代人的细腻感情，打破了“白话不能写美文”的说法。这些文章至今仍是现代散文经典。1925 年任清华学校大学部国学教授，开始从事古典文学研究。抗战期间任西南联大教授。抗战胜利后回到清华大学任教授，开始参加民主运动。1948 年病逝于北京。有《朱自清全集》。

我第二次到仙岩的时候，我惊诧于梅雨潭的绿了。

梅雨潭是一个瀑布潭。仙岩有三个瀑布，梅雨瀑最低。走到山边，便听见花花花花的声音；抬起头，镶在两条湿湿的黑边儿里的，一带白而发亮的水便呈现于眼前了。我们先到梅雨亭。梅雨亭正对着那条瀑布；坐在亭边，不必仰头，便可见它的全体了。亭下深深的便是梅雨潭。这个亭踞在突出的一角的岩石上，上下都空空儿的；仿佛一只苍鹰展着翼翅浮在天宇中一般。三面都是山，像半个环儿拥着；人如在井底了。这是一个秋季的薄阴的天气。微微的云在我们顶上流着；岩面与草丛都从润湿中透出几分油油的绿意。而瀑布也似乎分外地响了。那瀑布从上面冲下，仿佛已被扯成大小的几绺；不复是一幅整齐而平滑的布。岩上有许多棱角；瀑流经过时，作急剧的撞击，便飞花碎玉般乱溅着了。那溅着的水花，晶莹而多芒；远望去，像一朵朵小小的白梅，微雨似的纷纷落着。据说，这就是梅雨潭之所以得名了。但我觉得像杨花，格外确切些。轻风起来时，点点随风飘散，那更是杨花了。——这时偶然有几点送入我们温暖的怀里，便倏的钻了进去，再也寻它不着。

梅雨潭闪闪的绿色招引着我们；我们开始追捉她那离合的神光了。揪着草，攀着乱石，小心探身下去，又鞠躬过了一个石穹门，便到了汪汪一碧的潭边了。瀑布在襟袖之间；但我的心中已没有瀑布了。我的心随潭水的绿而摇荡。那醉人的绿呀，仿佛一张极大极大的荷叶铺着，满是奇异的绿呀。我想张开两臂抱住她；但这是怎样一个妄想呀。——站在水边，望到那面，居然觉着有些远呢！这平铺着，厚积着的绿，着实可爱。她松松的皱缬着，像少妇拖着的裙幅；她轻轻的摆弄着，像跳动的初恋的处女的心；她滑滑的明亮着，像涂了“明油”一般，有鸡蛋清那样软，那样嫩，令人想着所曾触过的最嫩的皮肤；她又不杂些儿尘滓，宛然一块温润的碧玉，只清清的一色——但你却看不透她！我曾见过北京什刹海拂地的绿杨，脱不了鹅黄的底子，似乎太淡了。我又曾见过杭州虎跑寺近旁高峻而深密的“绿壁”，重叠着无穷的碧草与绿叶的，那又似乎太浓了。其余呢，西湖的波太明了，秦淮河的又太暗了。可爱的，我将什么来比拟你呢？我怎么比拟得出呢？大约潭是很深的，故能蕴蓄着这样奇异的绿；仿佛蔚蓝的天融了一块在里面似的，这才这般的鲜润呀。——那醉人的绿呀！我若能裁以为带，我将赠给那轻盈的舞女；她必能临风飘举了。我若能挹你以为眼，我将赠给那善歌的盲妹；她必明眸善睐了。我舍不得你；我怎舍得你呢？我用手拍着你，抚摩着你，如同一个十二三岁的姑娘。我又掬你入口，便是吻着她了。我送你一个名字，我从此叫你“女儿绿”，好么？

我第二次到仙岩的时候，我不禁惊诧于梅雨潭的绿了。

二，八，温州作

选自《中国新文学大系·散文二集》

郁达夫编选，良友图书公司 1935 年版

作家的话 ◈

任一些颜色，一些声音，一些香气，一些味道，一些触觉，也都可以有诗。

《诗与感觉》

评论家的话 ◈

朱自清虽则是一个诗人，可是他的散文，仍能够满贮着那一种诗意，文学研究会的散文作家中，除冰心女士外，文字之美，要算他了。以江北人的坚忍的头脑，能写出江南风景似的秀丽的文章来

者，大约是因为他在浙江各地住久了的缘故。

郁达夫：《〈中国新文学大系·散文二集〉导言》

《绿》中活跃着一个艺术的精灵，这便是“女儿绿”的艺术感觉。梅雨潭的绿，像端庄的少妇一般妩媚动人，像矜持的姑娘一般顾盼含情，像童真的女孩一般活泼可爱。于是令作者惊诧，令他追寻，令他陶醉与忘情，忍不住称呼她为“女儿绿”。于是，朱自清带着他的这种突然萌动的灵感，进入了《绿》的审美创造工程，而使这篇作品流漾着奇异、迷幻的色彩。……这篇散文构思的焦点，在于集中表现对“女儿绿”的发现与追捉。为此，作者全凭着主观感觉，展开了发现与追捉过程的叙写。开头总起一笔，说明对梅雨潭的绿的总体感觉：惊诧。然后文章采取移步换景的叙写方法，有步骤、有层次地叙述发现与追捉过程中的内心感觉。第二节，侧重写“发现”“绿”的感觉过程。……《绿》的第三节即作品的主体部分，侧重写对“女儿绿”的“追捉”。关于梅雨潭的叙写几笔带过，只写感觉到那“闪闪的绿色招引着我们”，于是作者怀着急切与渴慕的心情去“追捉”那“汪汪的一碧”。艺术构思的奇异还进一步表现为：作者完整一体地把“绿”当作美人来描写，以奇妙的种种感觉加以多棱多维的透视，以感觉的画笔，一层深一层地写出“绿”的女性美，从而抒写作者内心“追捉”的心理流程。

吴周文　张王飞　林道立：《朱自清散文艺术论》

徐志摩
沙扬娜拉

徐志摩，1897 年出生于浙江海宁一个富商家庭。1918 年 8 月赴美留学，1920 年秋转赴英国留学。他初攻政治经济学，后专事文学创作。1922 年回国后，陆续在上海《时事新报》、北京《晨报》、天津《大公报》和《努力周报》等报刊上发表数量众多的新诗，成为引人注目的诗坛新秀。在艺术上，他首先引进外国诗体并作了多种不同的尝试。1923 年，他与一些欧美留学生在北京共同创办新月社；1925 年任《晨报副刊》编辑，这一期间与闻一多等共同倡导新诗格律化，在新诗坛产生较大影响，为“新月派”代表诗人之一。他还先后在上海、南京、北京等多所大学任教。1931 年 11 月因飞机失事遇难，享年 35 岁。他是一个才华横溢而又早逝的诗人，著有诗集《志摩的诗》《翡冷翠的一夜》《猛虎集》《云游》，散文集《落叶》《巴黎的鳞爪》《自剖》等。

赠日本女郎[1]

最是那一低头的温柔，
　像一朵水莲花不胜凉风的娇羞，
道一声珍重，道一声珍重，
　那一声珍重里有蜜甜的忧愁——
　　沙扬娜拉！[2]

选自《徐志摩诗全集》
学林出版社 1992 年版

作家的话 ◇

美感的记忆，是人生最可珍的产业，认识美的本能是上帝给我们进天堂的一把秘钥。……所以我每次无聊到极点的时候，在层冰般严封的心河底里，突然涌起一股消融一切的热流，顷刻间消融了厌世的结晶，消融了烦闷的苦冻。那热流便是感美感恋最纯粹的一俄顷之回忆。

《曼殊斐儿》

① 此诗是组诗《沙扬娜拉十八首》中最后一首，写于 1924 年 5 月。原收在初版本《志摩的诗》里，再版时，作者删除了前十七首，仅存这一首，并另加“赠日本女郎”为标题。

② 沙扬娜拉：日语“再见”的音译。

评论家的话 ◈

他的诗，永远是愉快的空气，不曾有一些儿伤感或颓废的调子，他的眼泪也闪耀着欢喜的圆光。这自我解放与空灵的飘忽，安放在他柔丽清爽的诗句中，给人总是那舒快的感悟。好像一只聪明玲珑的鸟，是欢喜，是怨，她唱的皆是美妙的歌。

陈梦家：《新月诗选序言》

从某种意义上讲，女性的灵魂是诗人理想人格的最高体现。不过，真正将女性的外在形态美与美的灵魂同时加以体现……《沙扬娜拉》也许算是一次短暂而绝妙的尝试。这首不能再简的小诗，以精确的笔触和色彩，富有质感地再现了日本女郎所特有的温存典雅的举止神态和纯真多情的天性。

毛迅：《徐志摩论稿》

周作人

苍　蝇

周作人，原名周櫆寿，号知堂、药堂等。1885 年生于浙江绍兴，鲁迅之弟。1906 年去日本，相继在政法大学、立教大学学习。1911 年回国，1917 年到北京，长期在北京大学、燕京大学、北京女子师范大学、中法大学等校任教授。五四新文化运动中因发表《人的文学》《平民文学》而著名，1921 年提倡“美文”，并为实践其主张而写作大量小品，于微小生命与庸凡琐事中倾以深厚的同情，于民俗知识与风情中发掘人类野蛮现象的根源，风格苦涩而博雅，影响深远流长，成为新文学创作的重要流派的代表作家。一生结集出版的散文集有《自己的园地》《雨天的书》《谈龙集》《谈虎集》《泽泻集》《看云集》等二十多种。抗战爆发后滞留北京，出任日伪统治下的北京大学文学院院长、华北教育督办等职，抗战胜利后以汉奸罪被捕入狱。1949 年保释出狱，居家从事希腊、日本文学的翻译工作。晚年写作《知堂回想录》。1967 年病故于北京。

苍蝇不是一件很可爱的东西，但我们在做小孩子的时候都有点喜欢他。我同兄弟常在夏天乘大人们午睡，在院子里弃着香瓜皮瓤的地方捉苍蝇——苍蝇共有三种，饭苍蝇太小，麻苍蝇有蛆太脏，只有金苍蝇可用。金苍蝇即青蝇，小儿谜中所谓“头戴红缨帽身穿紫罗袍”者是也。我们把他捉来，摘一片月季花的叶，用月季的刺钉在背上，便见绿叶在桌上蠕蠕而动，东安市场有卖纸制各色小虫者，标题云“苍蝇玩物”，即是同一的用意。我们又把他的背竖穿在细竹丝上，取灯心草一小段放在脚的中间，他便上下颠倒的舞弄，名曰“嬉棍”；又或用白纸条缠在肠上纵使飞去，但见空中一片片的白纸乱飞，很是好看。倘若捉到一个年富力强的苍蝇，用快剪将头切下，他的身子便仍旧飞去。希腊路吉亚诺思（Lukianos）的《苍蝇颂》中说：“苍蝇在被切去了头之后，也能生活好些时光。”大约二千年前的小孩已经是这样的玩耍的了。

我们现在受了科学的洗礼，知道苍蝇能够传染病菌，因此对于他们很有一种恶感。三年前卧病在医院时曾作有一首诗，后半云：

> 大小一切的苍蝇们，
> 美和生命的破坏者，
> 中国人的好朋友的苍蝇们呵，
> 我诅咒你的全灭，
> 用了人力以外的，
> 最黑最黑的魔术的力。

但是实际上最可恶的还是他的别一种坏癖气，便是喜欢在人家的颜面手脚上乱爬乱舔，古人虽美其名曰“吸美”，在被吸者却是极不愉快的事。希腊有一篇传说说明这个缘起，颇有趣味。据说苍蝇本来是一个处女，名叫默亚（Muia），很是美丽，不过太喜欢说话。她也爱那月神的情人恩迭米盎（Endymion），当他睡着的时候，她总还是和他讲话或唱歌，弄得他不能安息，因此月神发怒，使她变成苍蝇。以后她还是纪念着恩迭米盎，不肯叫人家安睡，尤其是喜欢搅扰年青的人。

苍蝇的固执与大胆，引起好些人的赞叹。诃美洛思（Homeros）在史诗中尝比勇士于苍蝇，他说，虽然你赶他去，他总不肯离开你，一定要叮你一口方才罢休。又有诗人云，那小苍蝇极勇敢地跳在人的肢体上，渴欲饮血，战士却躲避敌人的刀锋，真可羞了。我们侥幸不大遇见渴血的勇士，但勇敢地攻上来舐我们的头的却常常遇到。法勃耳（Fabre）的《昆虫记》里说有一种蝇，乘土蜂负虫入穴之时，下卵于虫内，后来蝇卵先出，把死虫和蜂卵一并吃下去。他说这种蝇的行为好像是一个红巾黑衣的暴客在林中袭击旅人，但是他的剽悍敏捷的确也可佩服，倘使希腊人知道，或者可以拿去形容阿迭修思（Odysseus）一流的狡狯英雄吧。

中国古来对于苍蝇似乎没有什么反感。《诗经》里说：“营营青蝇，止于樊。岂弟君子，无信谗言。”又云：“非鸡则鸣，苍蝇之声。”据陆农师说，青蝇善乱色，苍蝇善乱声，所以是这样说法。传说里的苍蝇，即使不是特殊良善，总之决不比别的昆虫更为卑恶。在日本的俳谐中则蝇成为普通的诗料，虽然略带湫秽的气色，但很能表出温暖热闹的境界。小林一茶更为奇特，他同圣芳济一样，以一切生物为兄弟朋友，苍蝇当然也是其一。检阅他的俳句选集，咏蝇的诗有二十首之多，今举两首以见一斑。一云：

笠上的苍蝇，比我更早地飞进去了。

这诗有题曰《归庵》。又一首云：

不要打哪，苍蝇搓他的手，搓他的脚呢。

我读这一句，常常想起自己的诗觉得惭愧，不过我的心情总不能达到那一步，所以也是无法，《埤雅》云："蝇好交其前足，有绞绳之象……亦好交其后足。"这个描写正可作前句的注解。又绍兴小儿谜语歌云："像乌豇豆格乌，像乌豇豆格粗，堂前当中央，坐得拉胡须。"也是指这个现象。（格犹云"的"，坐得即"坐着"之意。）

据路吉亚诺思说，古代有一个女诗人，慧而美，名叫默亚，又有一个名妓也以此为名，所以滑稽诗人有句云："默亚咬他直达他的心房。"中国人虽然永久与苍蝇同桌吃饭，却没有人拿苍蝇作为名字，以我所知只有一二人被用为诨名而已。

一九二四年七月

选自《雨天的书》

北新书局1926年版

作家的话

我卤莽地说一句，小品文是文学发达的极致，它的兴盛必须在王纲解纽的时代。……在朝廷强盛，政教统一的时代，载道主义一定占势力，文学大盛，统是平伯所谓"大的高的正的"，可是又就"差不多总是一堆垃圾，读之昏昏欲睡"的东西。一到了颓废时代，皇帝祖师等要人没有多大力量了，处士横议，百家争鸣，正统家大叹其人心不古，可是我们觉得有许多新思想好文章都在这个时代发生，这自然因为我们是诗言志派的。小品文则在个人的文学之尖端，是言志的散文。它集合叙事说理抒情的分子，都浸在自己的性情里，用了适宜的手法调理起来，所以是近代文学的一个潮头，它站在前头，假如碰了壁时自然也首先碰壁。

《〈近代散文抄〉序》

外国文学里有一种所谓论文，其中大约可以分作两类。一批评的，是学术性的。二记述的，是艺术性的，又称作美文，这里边又可以分出叙事与抒情，但也很多两者夹杂的。这种美文似乎在英语国民里最为发达，如中国所熟知的爱迭生、阑姆、欧文、霍桑诸人都做有很好的美文，近时高尔斯威西、吉欣、契斯透顿也是美文的好手。读好的论文，如读散文诗，因为他实在是诗与散文中间的桥。中国古文里的序，记与说等，也可以说是美文的一类。但在现代的国语文学里，还不曾见有这类文章，治新文学的人为什么不去试试呢？

《美文》

评论家的话

周作人的小品文里，其实也并未塑造什么“苦海十年为亲卖身的游女的绘姿”之类，对于周作人来说，这些都太低了，太廉价感伤主义了。他要塑造的美，还是他自己所宣言的“草木虫鱼”之美。这当然不是当真只限于草木虫鱼四类，凡是平凡、细小、质朴、亲切的东西，都是他进行美的塑造的原料和材料，贯穿其中的就是精练的颓废，或颓废的精练。其精练远非廉价的感伤主义所可及，其颓废却是一脉相通的。

舒芜：《周作人概观》

鲁迅
秋夜

在我的后园，可以看见墙外有两株树，一株是枣树，还有一株也是枣树。

这上面的夜的天空，奇怪而高，我生平没有见过这样的奇怪而高的天空。他仿佛要离开人间而去，使人们仰面不再看见。然而现在却非常之蓝，闪闪地䀹着几十个星星的眼，冷眼。他的口角上现出微笑，似乎自以为大有深意，而将繁霜洒在我的园里的野花草上。

我不知道那些花草真叫什么名字，人们叫他们什么名字。我记得有一种开过极细小的粉红花，现在还开着，但是更极细小了，她在冷的夜气中，瑟缩地做梦，梦见春的到来，梦见秋的到来，梦见瘦的诗人将眼泪擦在她最末的花瓣上，告诉她秋虽然来，冬虽然来，而此后接着还是春，蝴蝶乱飞，蜜蜂都唱起春词来了。她于是一笑，虽然颜色冻得红惨惨地，仍然瑟缩着。

枣树，他们简直落尽了叶子。先前，还有一两个孩子来打他们别人打剩的枣子，现在是一个也不剩了，连叶子也落尽了。他知道小粉红花的梦，秋后要有春；他也知道落叶的梦，春后还是秋。他简直落尽叶子，单剩干子，然而脱了当初满树是果实和叶子时候的弧形，欠伸得很舒服。但是，有几枝还低亚着，护定他从打枣的干梢所得的皮伤，而最直最长的几枝，却已默默地铁似的直刺着奇怪而高的天空，使天空闪闪地鬼䀹眼；直刺着天空中圆满的月亮，使月亮窘得发白。

鬼䀹眼的天空越加非常之蓝，不安了，仿佛想离去人间，避开枣树，只将月亮剩下。然而月亮也暗暗地躲到东边去了。而一无所有的干子，却仍然默默地铁似的直刺着奇怪而高的天空，一意要制他的死命，不管他各式各样地䀹着许多蛊惑的眼睛。

哇的一声，夜游的恶鸟飞过了。

我忽而听到夜半的笑声，吃吃地，似乎不愿意惊动睡着的人，然而四周的空气都应和着笑。夜半，没有别的人，我即刻听出这声音就在我嘴里，我也即刻被这笑声所驱逐，回进自己的房。灯火的带子也即刻被我旋高了。

后窗的玻璃上丁丁地响，还有许多小飞虫乱撞。不多久，几个进来了，许是从窗纸的破孔进来的。他们一进来，又在玻璃的灯罩上撞得丁丁地响。一个从上面撞进去了，他于是遇到火，而且我以为这火是真的。两三个却休息在灯的纸罩上喘气。那罩是昨晚新换的罩，雪白的纸，折出波浪纹的叠痕，一角还画出一枝猩红色的栀子。

猩红的栀子开花时，枣树又要做小粉红花的梦，青葱地弯成弧形了……。我又听到夜半的笑声；我赶紧砍断我的心绪，看那老在白纸罩上的小青虫，头大尾小，向日葵子似的，只有半粒小麦那么大，遍身的颜色苍翠得可爱，可怜。

我打一个呵欠，点起一支纸烟，喷出烟来，对着灯默默地敬奠这些苍翠精致的英雄们。

一九二四年九月十五日

选自《鲁迅全集》第2卷《野草》

人民文学出版社1981年版

作家的话

后来新青年的团伙散掉了，有的高升，有的退隐，有的前进，我又经验了一回同一战阵中的伙伴还是会这么变化，并且落得一个“作家”的头衔，依然在沙漠中走来走去，不过已经逃不出在散漫的刊物上做文字，叫作随便谈谈。有了小感触，就写些短文，夸大点说，就是散文诗。

《〈自选集〉自序》

评论家的话

《野草》表达了一种深刻的焦虑与不安：“我”告别了一切天堂、地狱、黄金世界，却处于一种无家可归的惶惑之中；“我”要反抗，却陷于“无物之阵”；“我”要追求，却不过是走向死亡；“我”渴望理解，却置身于冷漠与“纸糊的假冠”之中；“我”憎恶这个罪恶的世界，却又不得不承认自己与这个世界的联系……但恰恰是这种无可挽回的“绝望”处境唤起了“我”对生命意义的再认识，生命的意义就存在于对这种“绝望”的反抗之中。“反抗绝望”的人生哲学把个体生存的悲剧性理解与赋予生命和世界以意义的思考相联系，从而把价值与意义的创造交给个体承担。《野草》把个人面临复杂世界时的感情、情绪、体验置于思维的出发点，从主观的方面寻找人的自由的、创造性的活动和人的真正存在的基础和原则，在孤独、寂寞、惶惑、死亡、苦闷、焦虑、绝望、反抗等非理性情绪经验中，获得了对生命与世界的理解。施蒂纳、叔本华、尼采、基尔凯廓尔关于个体生命的思想不仅引导了二十世纪生命哲学和存在哲学，而且也深刻影响了鲁迅文化哲学建构。安德列耶夫、厨川白村、陀思妥耶夫斯基恰恰又在人生哲学方面启迪了鲁迅。《野草》的人生哲学作为二十世纪的产物与现代人本主义思潮有着共同文化和思维的背景。

汪晖：《反抗绝望：鲁迅小说的精神特征》

《秋夜》就远远超出一般自然景物咏怀式的抒情传统，用了传统中几乎没有的西方象征派散文诗的方法，通过诗的主述者“我”所感受到的并且都已象征化了的外在景物和内在心理活动的描写，向人们展示了作者内心世界思考的关于同黑暗制度及其代表势力如何进行反抗斗争的主题。这种反抗斗争，又与不同的生命存在形态的哲学思考融合在一起。孤独的反抗和韧性的精神，构成了这一主题的两个重要的旋律。

孙玉石：《关于〈秋夜〉》

徐志摩
毒药·白旗·婴儿

毒　药

今天不是我歌唱的日子，我口边涎着狞恶的微笑，不是我说笑的日子，我胸怀间插着发冷光的利刃；

相信我，我的思想是恶毒的因为这世界是恶毒的，我的灵魂是黑暗的因为太阳已经灭绝了光彩，我的声调是像坟堆里的夜鸮因为人间已经杀尽了一切的和谐，我的口音像是冤鬼责问他的仇人因为一切恩已经让路给一切的怨；

但是相信我，真理是在我的话里虽则我的话像是毒药，真理是永远不含糊的虽则我的话里仿佛有两头蛇的舌，蝎子的尾尖，蜈蚣的触须；只因为我的心里充满着比毒药更强烈，比咒诅更狠毒，比火焰更猖狂，比死更深奥的不忍心与怜悯心与爱心，所以我说的话是毒性的，咒诅的，燎灼的，虚无的；

相信我，我们一切的准绳已经埋没在珊瑚土打紧的墓宫里，最劲冽的祭肴的香味也穿不透这严封的地层：一切的准则是死了的；

我们一切的信心像是顶烂在树枝上的风筝，我们手里擎着这迸断了的鹞线：一切的信心是烂了的；

相信我，猜疑的巨大的黑影，像一块乌云似的，已经笼盖着人间一切的关系：人子不再悲哭他新死的亲娘，兄弟不再来携着他姊妹的手，朋友变成了寇仇，看家的狗回头来咬他主人的腿：是的，猜疑淹没了一切；在路旁坐着啼哭的，在街心里站着的，在你窗前探望的，都是被奸污的处女：池潭里只见些烂破的鲜艳的荷花；

在人道恶浊的涧水里流着，浮荇似的，五具残缺的尸体，它们是仁义礼智信，向着时间无尽的海澜里流去；

这海是一个不安靖的海，波涛猖獗的翻着，在每个浪头的小白帽上分明的写着人欲与兽性；

到处是奸淫的现象：贪心搂抱着正义，猜忌逼迫着同情，懦怯狎亵着勇敢，肉欲侮弄着恋爱，暴力侵凌着人道，黑暗践踏着光明；

听呀，这一片淫猥的声响，听呀，这一片残暴的声响；

虎狼在热闹的市街里，强盗在你们妻子的床上，罪恶在你们深奥的灵魂里……

白　旗

来，跟着我来，拿一面白旗在你们的手里——不是上面写着激动怨毒，鼓励残杀字样的白旗，也不是涂着不洁净血液的标记的白旗，也不是画着忏悔与咒语的白旗（把忏悔画在你们的心里）；

你们排列着，噤声的，严肃的，像送丧的行列，不容许脸上留存一丝的颜色，一毫的笑容，严肃的，噤声的，像一队决死的兵士；

现在时辰到了，一齐举起你们手里的白旗，像举起你们的心一样，仰看着你们头顶的青天，不转瞬的，恐惶的，像看着你们自己的灵魂一样；

现在时辰到了，你们让你们熬着，壅着，迸裂着，滚沸着的眼泪流，直流，狂流，自由的流，痛快的流，尽性的流，像山水出峡似的流，像暴雨倾盆似的流……

现在时辰到了，你们让你们咽着，压迫着，挣扎着，汹涌着的声音嚎，直嚎，狂嚎，放肆的嚎，凶狠的嚎，像飓风在大海波涛间的嚎，像你们丧失了最亲爱的骨肉时的嚎……

现在时辰到了，你们让你们回复了的天性忏悔，让眼泪的滚油煎净了的，让嚎恸的雷霆震醒了的天性忏悔，默默的忏悔，悠久的忏悔，沉彻的忏悔，像冷峭的星光照落在一个寂寞的山谷里，像一个黑衣的尼僧匐伏在一座金漆的神龛前；

……

在眼泪的沸腾里，在嚎恸的酣彻里，在忏悔的沉寂里，你们望见了上帝永久的威严。

婴　儿

我们要盼望一个伟大的事实出现，我们要守候一个馨香的婴儿出世：——

你看他那母亲在她生产的床上受罪！

她那少妇的安详，柔和，端丽，现在在剧烈的阵痛里变形成不可信的丑恶：你看她那遍体的筋络都在她薄嫩的皮肤底里暴涨着，可怕的青色与紫色，像受惊的水青蛇在田沟里急泅似的，汗珠站在她的面额上像一颗颗的黄豆，她的四肢与身体猛烈的抽搐着，畸屈着，奋挺着，纠旋着，仿佛她垫着的席子是用针尖编成的，仿佛她的帐围是用火焰织成的；

一个安详的，镇定的，端庄的，美丽的少妇，现在在绞痛的惨酷里变形成魔鬼似的可怖：她的眼，一时紧紧的阖着，一时巨大的睁着，她那眼，原来像冬夜池潭里反映着的明星，现在吐露着青黄色的凶焰，眼珠像是烧红的炭火，映射出她灵魂最后的奋斗，她的原来朱红色的口唇，现在像是炉底的冷灰，她的口颤着，噘着，扭着，死神的热烈的亲吻不容许她一息的平安，她的发是散披着，横在口边，漫在胸前，像揪乱的麻丝，她的手指间紧抓着几穗拧下来的乱发；

这母亲在她生产的床上受罪：——

但她还不曾绝望，她的生命挣扎着血与肉与骨与肢体的纤微，在危崖的边沿上，抵抗着，搏斗着，死神的逼迫；

她还不曾放手，因为她知道（她的灵魂知道！）这苦痛不是无因的，因为她知道她的胎宫里孕育着一点比她自己更伟大的生命的种子，包涵着一个比一切更永久的婴儿；

因为她知道这苦痛是婴儿要求出世的征候，是种子在泥土里爆烈成美丽的生命的消息，是她完成她自己生命的使命的时机；

因为她知道这忍耐是有结果的，在她剧痛的昏瞀中，她仿佛听着上帝准许人间祈祷的声音，她仿佛听着天使们赞美未来的光明的声音；

因此她忍耐着，抵抗着，奋斗着……她抵拼绷断她统体的纤微，她要赎出在她那胎宫里动荡的生命，在她一个完全，美丽的婴儿出世的盼望中，最锐利，最沉酣的痛感逼成了最锐利最沉酣的快感……

选自《徐志摩诗全集》

学林出版社 1992 年版

作家的话

诗人也是一种痴鸟，他把他的柔软的心宫紧抵着蔷薇的花刺，口里不住的唱着星月的光辉和人类的希望，非到他的心血滴出来把白衣染成大红花他不住口。他的痛苦和快乐是浑成的一片。

《〈猛虎集〉序》

让我们一致的来承认，在太阳普遍的光亮底下承认，我们各个人的罪恶，各个人的不洁净，各个人的苟且与懦怯与卑鄙！我们与最肮脏的一样的肮脏，与最丑陋的一般的丑陋，我们自身就是我们运命的原因。除非我们能起拔了我们灵魂里的大谎，我们就没有救度；我们要把祈祷的火焰把那鬼烧净了去，我们要把忏悔的眼泪把那鬼冲洗了去，我们要有勇敢来承当罪恶；有了勇敢来承当罪恶，方有胆量来决斗罪恶。再没有第二条路走。

《落叶》

爱和平是我的生性。在怨毒、猜忌、残杀的空气中，我的神经每每受一种不可名状的压迫。记得前年直奉战争时，我过的那日子简直是一团漆黑，每晚更深时，独自抱着脑壳伏在书桌上受罪，仿佛整个时代的沉闷盖在我的头顶，一直到写下了《毒药》那几首不成形的咒诅诗以后，我的心头的紧张才渐渐的缓和下去。

《自剖》

推荐者的话

这三首散文诗集中创作于1924年4月前后。它们一反诗人的委婉含蓄，缠绵优雅的诗风，以激烈到近乎狂暴的方式，传达了在时代阴霾的困闭之中，诗人对于混乱的社会现实、堕落的人性现状的决绝宣判和对未来世界的真诚祈望。被诗人朱湘誉为当时散文诗里“最好的一首”的《毒药》，以狂暴的节奏，使用近乎毒性的语言，来鞭挞充满猜疑，一切准则均已死去的现实，这是对黑暗现实的决绝否定；《白旗》则是在另一个极端上，将诅咒转化成类乎白日梦似的祈祷和呓语。诗人真诚地幻想着，呈现着人类“祈祷的火焰”、“忏悔的眼泪”和承当罪恶的情景，与丑陋无情的现实相比，这种真诚的呼唤不免有些无奈，却正因其无奈的真诚而格外动人之情；《婴儿》则是一首以象征手法，站在绝望的边缘唱出的希望之歌。诗中婴儿与产妇的关系，正是理想与时代关系的一种象征。作者在表现理想的馨香儿的诞生时，不再如前两诗那样采用直抒胸臆的方式，而是注意情感的节制与驾驭，并将它转化为艺术情境和氛围，使之产生更大的象征力量和暗示性，那种甚至引起读者生理震颤的细致描写，表面上写的是美的变形扭曲，是以丑写美，其实是写美的转化和升华，安详、柔和、端丽的优美，在炼狱般的受难中升华为一种义无反顾的献身的壮美，具有宗教般的神圣和庄严感。

从诅咒现实到祈祷人性忏悔，再到对理想的热情呼唤，这三首散文诗完整地体现了徐志摩对当时时代状况的概括和对之后历史行程的象征性预言。

宋炳辉

叶圣陶
潘先生在难中

叶圣陶，原名叶绍钧，字秉丞、圣陶，1894 年生于江苏甪直。1912 年于苏州公立第一中学毕业后，在苏州、上海、杭州等地任小学、中学教员，开始文学写作。1919 年参加新潮社，1921 年参与发起成立文学研究会。1923 年至 1930 年在上海商务印书馆国文部任编辑，主编过《文学周报》《诗刊》和《小说月报》，并出版短篇小说集《隔膜》《火灾》《线下》《城中》和长篇小说《倪焕之》，以及童话集《稻草人》等。其创作遵循现实主义的创作方法，冷静真切的谛视人生，以严肃朴实的笔触，从不同角度揭露了社会尤其是教育界的黑暗，反映了广大城镇市民的艰苦生活。1930 年起任开明书店编辑，主编《中学生》杂志和中学语文课本，长期从事语文教学研究工作，在出版、教育等岗位上做出了重要的贡献。1988 年在北京病故。

一

车站里挤满了人，各有各的心事，都现出异样的神色。脚夫的两手插在号衣的袋里，睡着一般地站着；他们知道可以得到特别收入的时间离得还远，也犯不着老早放出精神来。空气沉闷得很，人们略微感到呼吸的受压迫，大概快要下雨了。电灯亮了一歇了，仿佛比平时昏黄一点，望去好像一切的人物都在雾里梦里。

揭示处的黑漆板上标明西来的快车须迟到四点钟。这个报告在几点钟以前早就教人家看熟了，现在便同风化了的戏单一样，没有一个人再望它一眼。像这种报告，在这一个礼拜里，几乎每天每趟的行车都有；所以本来是难得的事情，大家也习以为当然了。

不知几多人心系着的来车居然到了，闷闷的一个车站就一变而为扰扰的境界。来客的安心，候客者的快意，以及脚夫的小小发财，我们且都不提。单讲一位从让里来的潘先生。他当火车没有驶进月台之先，早已调排得十分周妥：他领头，右手提着个黑漆皮包，左手牵着个七岁的孩子；七岁的孩子牵着他哥哥（今年九岁）；哥哥又牵着他的母亲。潘先生说人多照顾不齐，这么牵着，首尾一气，犹如一条蛇，什么地方都好钻了。他又屡次叮嘱，教大家握得紧紧，切勿放手；尚恐大家万一忘了，又屡次摇荡他的左手，意思是教把这警告打电报一般一站站递过去。

首尾一气诚然不错，可是也不能全乎没有弊端。火车将停时，所有的客人和东西都要涌向车门，潘先生一家的一条蛇是有点尾大不掉了。他用黑漆皮包做前锋，胸腹部用力向前抵，居然进展到距车门只两个窗洞的地位。但是他的七岁的孩子还在距车门四个窗洞的地方，被挤在好些客人和坐椅的中间，一动不能动；两臂一前一后，伸得很长，前后的牵引力都很大，似乎快要把臂膀拉了去的样子。他急得直喊：“啊！我的臂膀！我的臂膀！”

一些客人听见了带哭的喊声，方才知道腰下挤着个孩子；留心一看，见他们四个人一串，手联手牵着。一个客人呵斥道：“赶快放手；要不然，把孩子拉做两半了！”

“怎么弄的，孩子不抱在手里！”又一个客人鄙夷的声气自语，他一方面仍注意在攫得向前进行的机会。

“不，”潘先生心想他们的话不对的，牵着自有牵着的妙用；再一转念，妙用岂是人人能够了解的，向他们辩白，也不过徒劳唇舌，不如省些精神吧：就把以下的话咽了下去。而七岁的孩子还是“臂膀！臂膀！”喊着，潘先生前进后退都没有希望，只得自己失约先放了手，随即惊惶地发命令道：“你们看着我！你们看着我！”

车轮一顿，在轨道上站定了；车门里弹出去似的跳下许多人。潘先生觉得前头松动了些；但是后面的力量突然增加，他的脚作不得一点主，只得向前推移；要回转头来招呼自己的队伍，也不得自由，于是对着前头的人的后脑叫喊：“你们跟着我！你们跟着我！”

他居然从车门里被弹出来了。旋转身子看，后面没有他的儿子同夫人。心知他们还挤在车中，守住车门老等总是稳当的办法。又下来了百多人，方才看见脚踏上人丛中现出七岁的孩子的上半身，承着电灯光，面目作哭泣的形相。他走前去，几次被跳下来的客人冲回，才用左臂把孩子抱了下来。再等了一会，潘师母同九岁的孩子也下来了；她吁吁地呼着气，连喊“啊唷，啊唷”，凄然的眼光相着潘先生的脸，似乎乞求抚慰的孩子。

潘先生到底镇定，看见自己的队伍全下来了，重又发命令道：“我们仍旧同刚才这样联起来。你们看月台上的人这么多，收票处又挤得厉害，不是联着，就要走散了！”

七岁的孩子觉得害怕，拦住他的膝头说："爸爸，抱。"

"没用的东西！"潘先生颇有点愤怒，但随即耐住，蹲下身子把孩子抱了起来。同时关照大的孩子拉着他的长衫的后幅，一手要紧紧牵着母亲，因为他自己一只手也没得空了。

潘师母向来不曾受过这样的困累，好容易下了车，却还有可怕的拥挤在前头，不禁发怨道："早知道这样子，宁可死在家里，再也不要逃难的了！"

"悔什么！"潘先生一半发气，一半又觉得怜惜。"到了这里，懊悔也是没用。并且，性命到底安全了。走罢，当心脚下。"于是四个一串向人丛中蹒跚地移过去。

一阵的拥挤，潘先生如在梦里似的，出了收票处的隘口。他仿佛急流里的一滴水滴，没有回旋侧向的余地，只有顺着大众的势，脚不点地地走。一会儿，已经出了车站的铁栅栏，跨过了电车轨道，来到水门汀的旁路上。慌忙地回转身来，只见数不清的给电灯光耀得发白的面孔以及数不清的提箱与包裹，一齐向自己这边涌来。忽然觉得长衫后幅上的小手没有了，不知什么时候放了的；心头怅惘到不可言说，只无意识地把身子乱转。转了几回，一丝影踪也没有。家破人亡之感立时袭进他的心门，禁不住渗出两滴眼泪来，望出去电灯人形都有点模糊了。

幸而抱着的孩子眼光敏锐，他瞥见母亲的疏疏的额发，便认识了，举起手来指点道："妈妈，那边。"

潘先生一喜；但是还有点不大相信，眼睛凑近孩子的衣衫擦了擦，然后望去。搜寻了一歇，果然看见他的夫人呆鼠一般在人丛中瞎撞，前面护着那大的孩子：他们还没有跨过电车轨道呢。他便向前迎上去，连喊着"阿大"，把他们引到刚才站定的旁路上。于是放下手中的孩子，舒畅地吐一口气，一手抹着脸上的汗说："现在好了！"的确好了，只要跨出那一道铁栅栏，就有人保着险，什么兵火焚掠都遭逢不到；而已经散失的一妻一子，又幸福得很，一寻即着；岂不是四条性命，一个皮包，都从毁灭和危难的当中捡了回来么？岂不是“现在好了”？

“黄包车！”潘先生很入调地喊着。

车夫们听见了，一齐拉着车围拢来，问他到什么地方。

他昂起一点头，似乎增加好几分威严，伸出两个指头扬着说：“只消两辆！两辆！”他想了一想，继续说：“十个铜子，四马路，去的就去！”这分明表示他是个“老上海”。

辩论了好一会，终于讲定十二个铜子一辆，潘师母带着大的孩子坐一辆，潘先生带着小的孩子同黑漆皮包坐一辆。

车夫刚欲拔脚前奔，一个背枪的印度巡捕一臂在前面一横，只得缩住了。小的孩子看这个人的形相可怕，不由得回过脸来，贴着父亲的胸际。

潘先生领悟了，连忙解释道：“不要害怕，那就是印度巡捕，你看他的红包头。我们因为本地没有他，所以要逃到这里来；他背着枪保护我们。他的胡子很好玩的，你可以看一看，同罗汉的胡子一个样子。”

孩子总觉得怕，便是同罗汉一样的胡子也不想看，直到听见当当的声音，才从侧边斜睨过去，只见很亮很亮的一个房间一闪就过去了；那边一家家都是花花灿灿的，都点得亮亮的；他于是不再贴着父亲的胸际。

到了四马路，一连问了八九家旅馆，都大大的写着客满的牌子；而且一望而知情商也没有用，因为客堂里都搭起床铺，可知确实是住满了。最后到一家也标着客满，但是一个伙计懒懒地开口道：“找房间么？”

“是找房间，这里还有么？”一缕安慰的心直透潘先生的周身，仿佛到了家的样子。

"有是有一间，客人刚刚搬走，他自己租了房子了。你先生若是迟来一刻，说不定就没有了。"

"那一间就是我们住好了。"他放了小的孩子，回身去扶下夫人同大的孩子来，说："我们总算运气好，居然有房间住了！"随即付车钱，慷慨地照原议价加上一个铜子；他相信运气好的时候多给人一些好处，以后好的运气会继续而来的。但是车夫偏不知足，说跟着他们回来回去走了这多时，非加上五个铜子不可。结果旅馆里的伙计出来调停，潘先生又多破费了四个铜子。

这房间就在楼下，有一个床，一盏电灯，一桌，两椅，此外就只有烟雾一般的一间的空气了。潘先生一家跟着茶房走进去时，立刻闻到刺鼻的油腥味。中间又混着阵阵的尿臭。潘先生不快地自语道："讨厌的气味！"随听见隔壁有食料投下油锅的声音，才知道原是一间厨房。再一思想，气味虽讨厌，究比吃枪子睡露天好多了；也就觉得没有什么，舒舒泰泰在一张椅子上坐下。

"用晚饭吧？"茶房摆下皮包回头问。

"我要吃火腿汤淘饭，"小的孩子咬着指头说。

潘师母马上对他看个白眼，凛然说："火腿汤淘饭！是逃难呢，有得吃就好了，还要这样那样点戏！"

大的孩子也不懂看看风色，央着潘先生说："今天到上海了，你给我吃大菜。"

潘师母竟然发怒了，她回头呵斥道："你们都是没有心肝的，只配什么也没得吃，活活地饿……"

潘先生有点儿窘，却做没事的样子说："小孩子懂得什么。"便吩咐茶房道："我们在路上吃了东西了，现在只消来两客蛋炒饭。"

茶房似答非答地一点头就走，刚出房门，潘先生又把他喊回来："带一斤绍兴，一毛钱熏鱼来。"

茶房的脚声听不见了，潘先生舒快地对潘师母道："这一刻该得乐一乐，喝一杯了。你想，从兵祸凶险的地方，来到这绝无其事的境界，第一件可乐。刚才你们忽然离开了我，找了半天找不见，真把我急得要死了；倒是阿二乖觉（他说着，把阿二拖在身边，一手轻轻地拍着），他一眼便看见了你，于是我迎上来：这是第二件可乐。乐哉乐哉，陶陶酌一杯。”他做举杯就口的样子，迷迷地笑着。

潘师母不响，她正想着家里呢。细软的虽然已经带在皮包里以及寄到教堂里去了。但是留下的东西究竟还不少，不知王妈到底可靠不可靠；又不知隔壁那家穷人家曾不曾知晓他们一家统出来了，只剩个王妈在家里看守；又不知王妈睡觉时，要不要忘记关上一扇门或是一扇窗。她又想起院子里的三只母鸡，没有做完的阿二的裤子，厨房里的一碗白㸆鸭……真同通了电一般，一刻之间，种种的事情都涌上心头，觉得异样地不舒服；便叹口气道：“不知弄到怎样呢！”

两个孩子都怀着失望的心情，茫昧地觉得这样的上海没有平时父亲嘴里的上海来得好玩而有味。

疏疏的雨点从窗外洒进来，潘先生站起来说：“果真下雨了，幸亏在这一刻下。”就把窗关上。突然看见本来给窗子掩没的《旅客须知单》，他便想起一件顶紧要的事情，一眼不眨地直注着那单子看。

“不折不扣，两块！”他惊讶地喊。回转头时，眼珠瞪视着潘师母，一段舌头从嘴里伸了出来。

二

第二天早上，走廊中茶房们正蜷在几条长凳上熟睡，狭得只有一条的天井上面很少有晨光透下来，几许房间里的电灯还是昏黄地亮着。但是潘先生夫妇两个已经在那里谈话了；两个孩子希望今天的上海或许比昨晚的好一点，也醒了一歇了，只因父母教他们再睡一会，所以还躺在床上，彼此呵痒为戏。

“我说你一定不要回去，”潘师母焦心地说，“这报纸上的话，知道它靠得住靠不住的。既然千难万难地逃了出来，哪有立刻又回去的道理！”

“料是我早先也料到的。顾局长的脾气就是一点不肯马虎。‘地方上又没有战事，学自然照常要开的，’这句话确然是他的声口。这个通信员我也认识，就是教育局里的职员，又哪里会靠不住？回去是一定要回去的。”

“你要晓得，回去危险呢！”潘师母凄然地说。“说不定三天两天他们就会打到我们那地方去，你就回去开学，有什么学生来念书？就是不打到我们那地方，将来教育局长怪你为什么不开学时，你也有话回答。你只要问他，到底性命要紧还是学堂要紧？他也是一条性命，想来决不会对你过不去。”

“你懂得什么！”潘先生颇怀着鄙薄的意思。“这种话只配躲在家里，伏在床角里，由你这种女人去说；你道我们也说得出口的么！你切不要拦阻我（这时候他已转为抚慰的声调），回去是一定要回去的；但是决没有一点危险，我自有保全自己的法子。而且（他自喜心思的灵捷，微微笑着），你不是很不放心家里的东西么？我回去了，就可以自己照看，你也得定心定意住在这里了。等到时局平定了，我马上来接你们回去。”

潘师母知道丈夫的回去是万无挽回的了。回去能得照看东西固然很好；但是风声这样地紧，一去之后，犹如珠子抛在海里，谁保得定必能捞回来呢！生离死别的哀感涌上她的心头，再不敢正眼看她的丈夫，眼泪早在眼角边偷偷地想跑出来了。她又立刻想起这不大吉利，现在并没有什么不好的事情，怎么能凄惨地流起泪来。于是勉强忍住，聊作自慰的请求道："那么你去看看情形，假使教育局长并没有照常开学这句话，如还来得及，你就乘了今天下午的车来，不然，乘了明天的早车来。你要知道（她到底忍不住，一滴眼泪落在手背，立刻在衫子上擦去了），我不放心呢！"

潘先生心里也着实有点烦乱。局长的意思照常开学，自己万无主张暂缓开学之理，回去当然是天经地义。但是又怎么放得下这里！看他夫人这样的依依之情，决计一走，未免太没有恩义。又况一个女人两个孩子都是很懦弱的，一无依傍，寄住在外边，怎能断言决没有意外？他这样想时，不禁深深地发恨：恨这人那人调兵遣将，预备作战，恨教育局长主张照常开课，又恨自己没有个已经成年，可以帮助一臂的儿子。

但是他究竟不比女人，他更从利害远近种种方面着想，觉得回去终于是天经地义，便是恼恨搁在一旁，脸上也不露一毫形色，顺着夫人的口气点头道："假若打听明白局长并没有这意思，依你的话，就趁了下午的车来。"

两个孩子约略听得回去和再来的话，小的就伏在床沿作娇道："我也要回去。"

"我同爸爸妈妈回去，剩下你独个儿住在这里。"大的孩子扮着鬼脸说。

小的听着，便迫紧喉咙喊作啼哭的腔调，小手擦着眉眼的部分，但眼睛里实在没有眼泪。

"你们都跟着妈妈留在这里，"潘先生提高了声音说，"再不许胡闹了，好好儿起来待吃早饭吧。"说罢，又嘱咐了潘师母几句，径出雇车，赶往车站。

模糊地听得行人在那里说铁路已断火车不开的话，潘先生想："火车如果不开，倒死了我的心，就是立刻免职也只得由他了。"同时又觉得这消息很使他失望；因想他若是运气好，未必会逢到这等失望的事，那么行人的话也未必可靠。欲决此疑，只希望车夫三步并作一步跑。

他的运气诚然不坏，赶到车站一看，并没有火车不开的通告：揭示处只标明夜车要迟四点钟才到，这一刻还没有到呢。买票处绝不拥挤，时时有一两个人前去买票。聚在站中的人却不少，一半是候客的，一半是为看看来的，也有带着照相器具的，专等夜车到时摄取车站拥挤的情形，好作将来《风云变幻史》的一页。行李房满满地堆着箱子铺盖，各色各样，几乎碰到铅皮的屋顶。

他心中似乎很安慰，又似乎有点儿怅惘，顿了一顿，终于前去买了张三等票，就走入车厢里坐着。晴明的阳光照得一车通亮，温温地不嫌燠热；座位很宽舒，就是勉强要躺躺也可以。他想："这是难得逢到的。倘若心里没有事，真是趟愉快的旅行呢。"

这趟车一路耽搁，听候军人的命令，等待兵车的通过。直到抵达让里，已是下午三点过了。潘先生下了车，急忙赶到家，看见大门紧紧关着，心便一定，原来昨天再四叮嘱王妈的就是这一件。

扣了十几下，王妈方才把门开了。一见潘先生，出惊地说："怎么，先生回来了！不用逃难了么？"

潘先生含糊地回答了她；奔进里面四周一看，便开了房门的锁，闯进去上下左右打量着。没有变更，一点没有变更，什么都同昨天一样。于是他吊起的一半心放下来了。还有一半心没放下，便又锁上房门，回身出门；吩咐王妈道："你照旧好好把门关上了。"

王妈摸不清头绪，关了门进去只是思索。她想主人们一定就住在本地，恐怕她也要跟去，所以骗她说逃到上海去。"不然，怎么先生又回来了？奶奶同两个孩子不一同来，又躲在什么地方呢？但是，他们为什么不让我跟了去？这自然嫌人多了不好。——他们一定就住在那洋人的红房子里，那些兵都讲通的，打起仗来不打那红房子。——其实就是老实告诉我，要我跟了去，我也不高兴呢。我在这里一点也不怕；如果打仗打到这里来，横竖我的老衣早做好了。”她随即想起甥女儿送她的一双绣花鞋真好看，穿了这鞋子上西方，阎王一定另眼相看；于是她感到一种微妙的舒快，不复想那主人究竟在哪里的问题。

潘先生出门，就去访那当通信员的教育局职员，问他局长究竟有没有照常开学的意思。那人回答道：“怎么没有？他还说有一些教员只顾逃难，不顾职务，这就是表示教育的事业不配他们干的；乘此淘汰一下也是好处。”潘先生听了，仿佛觉得一凛；但又赞赏自己的有主意，决定回来到底是不错的。一口气奔到自己的学校里，提起笔来就起草送给学生家属的通告。意思是说兵乱虽然可虑，子弟的教育犹如布帛菽粟，是一天一刻不可废离的，现在暑假期满，我校照常开学。从前欧洲大战的时候，他们天空里布着防御炸弹的网，下面学校里却依然在那里上课；这种非常的精神，我们应当不让他们专美于前，希望家长们能够体谅这一层意思，如无其事地依旧把子弟送来；这不但是家庭和学校的益处，实也是地方和国家的荣誉。

他起完这草，往复看了三遍，觉得再没有可以增损，局长看见了，至少也得说一声“先得我心”。便得意地誊上蜡纸，又自己动手印刷了百多张，命校役向一个个学生家里送去。公事算是完毕了，开始想到私事：既要开学，上海是去不成了，他们母子三个住在旅馆里怎么弄得下去！但也没有办法，唯有教他们一切留意，安心住着。于是蘸着刚才的残墨写寄与夫人的信。

明天，他从茶馆里得到确实的信息，铁路真个不通了！他心头突然一沉，似乎觉得最亲热的一妻两儿忽地乘风飘去，飘得很远，几至于渺茫。没精打采地踱到学校里，校役回报昨天的使命道：“昨天出去派通告，有二十多家是关上大门的，打也打不开，只好从门缝里插了进去，有三十多家只有用人在家里，主人逃到上海去了，孩子当然跟着去，不一定几时才能回来念书。其余的都说知道了；有的又说性命还保不定安全，读书的事情再说吧。”

“哦，知道了。”潘先生并不留心在这些上边，更深的忧虑正萦绕于心曲。抽完了一支香烟以后，应走的路途决定了，便赶到红十字会分会的办事处。

他缴纳会费愿做会员；又宣言自己的学校房屋还宽阔，也愿意作为妇女收容所，到万一的时候收容妇女。这是慈善的举措，当然受热诚的欢迎，更兼潘先生本来是体面的大家知道的人物。办事处就给他红十字的旗子，好在学校门前张起来；又给他红十字的徽章，标明这是红十字会的一员。

潘先生接旗子和徽章在手，像捧着救命的神符，心头起一种神秘的快慰。“现在什么都安全了！但是……”想到这里，便笑向办事处的职员道：“多给我一面旗，几个徽章吧，”他的理由是学校还有个侧门，也得张一面旗，而徽章这东西不很大，恐怕偶尔遗失了，不如多拿几个备在那里。

办事员同他说笑话，这些东西又不好吃的，拿着玩也没什么意思，多拿几份仍旧只作一个会员，不如不要多拿吧，但是终于依他的话给了他。

两面红十字旗立刻在新秋的轻风中招展着：可是学校的侧门上并没有，原来移到潘先生家的大门上去了。一枚红十字徽章早已跳上潘先生的衣襟，闪耀着慈善庄严的光，给予潘先生一种新的勇气。其余几枚呢，潘先生重重包裹着，藏在贴身小衫的一个口袋里。他想：“一个是她的，一个是阿大的．一个是阿二的。”虽然他们离处在那渺茫难接的上海，但是仿佛给他们加保了一重稳当可靠的险，他们也就各各增加一种新的勇气。

三

碧庄地方两军开火了！

让里的人家很少有开门的，店铺自然更不用说，路上时时有兵士经过。他们快要开拔到前方去，觉得最高的权威附灵在自己身上，什么东西都不在眼里，只要高兴提起脚来踏，总可以踏做泥团踏做粉。这就来了拉夫的事情：恐怕被拉的人乘隙脱逃，便用长绳一个联一个缚着臂膀，几个弟兄在前，几个弟兄在后，一串一串牵着走。因此，大家对于出门这事都觉得危惧，万不得已时，也只从小巷僻路走，甚至佩有红十字徽章的如潘先生之辈，也不免怀着戒心，不敢大模大样地踱来踱去。于是让里的街道见得清静且宽阔起来了。

上海的报纸好几天没有来。本地的军事机关却常常有前方的战报公布出来，无非是些"敌军大败，我军进攻若干里"的话。街头巷口贴出一张新鲜的来时，慢慢聚集，也有好些人注目看着。但大家看罢以后依然不能定心，好似这布告背后还伏着许多的话，于是怅怅地各自散了，眉头照旧皱着。

这几天潘先生无聊极了。最难堪的，自然是妻儿远离，而且不通信息，而且似乎有永远难通的朕兆。次之便是自身的问题，"碧庄冲过来只一百多里路，这徽章虽说有用处，可是没有人写过笔据，万一没有用，又向谁去说话？——枪子炮弹劫掠放火都是真家伙，不是耍的，到底要多打听多走门路才行。"他于是这里那里探听前方的消息，只要这消息与外间传说的不同，便觉得真实的分数越多，即根据着盘算对于自身的利害。街上如其有一个人神色仓皇急忙行走时，他便突地一惊，以为这个人一定探得确实而又可怕的消息了；只因与他不相识，“什么！”就在喉际咽住了。

红十字会派人在前方办理救护的事情，常有人附着兵车回来，要打听消息自然最可靠了。潘先生虽然是个会员，却不常到办事处去探听，以为这样就对公众表示胆怯，很不好意思。然而红十字会究竟是可以得到真消息的机关，舍此他求未免有点傻，于是每天傍晚，到姓吴的办事员家里打听去。姓吴的告诉他没有什么，或者说前方抵住在那里，他才透了口气回家。

这一天傍晚，潘先生又到姓吴的家里；等了好久，姓吴的才从外面走进来。

“没有什么罢？”潘先生急切地问。“照布告上说，昨天正向对方总攻击呢。”

“不行，”姓吴的忧愁地说；但随即咽住了，捻着唇边仅有的几根二三分长的胡须。

“什么！”潘先生心头突地跳起来，周身有一种拘牵不自由的感觉。

姓吴的悄悄地回答，似乎防着人家偷听了去的样子，“确实的消息，正安（距碧庄八里的一个镇）今天早上失守了！”

“啊！”潘先生发狂似的喊出来。顿了一顿，回身就走，一壁说道：“我回去了！”

路上的电灯似乎特别昏暗，背后又仿佛有人追赶着的样子，惴惴地，歪斜的急步赶到了家，叮嘱王妈道：“你关着门就可安睡，我今夜有事，不回来住了。”他看见衣橱里有件绉纱的旧棉袍，当时没有收拾在寄出去的箱子里，丢了也可惜；又有孩子的几件布夹衫，仔细看实在还可以穿穿；又有潘师母的一条旧绸裙，她不一定舍得便不要它，便胡乱包在一起，提着出门。

“车！车！福星街红房子，一毛钱。”

“哪里有一毛钱的?”车夫懒懒地说。“你看这几天路上有几辆车?不是拼死寻饭去的，早就躲起来了。随你要不要，三毛钱。”

“就是三毛钱，”潘先生迎上去，跨上脚踏坐稳了，“你也得依着我，跑得快一点!”

“潘先生，你到哪里去?”一个姓黄的同业在途中瞥见了他，立定了问。

“哦，先生，到那边……”潘先生失措地回答，也不辨这是谁的声音；忽然想起回答他实是多事，——车轮滚得绝快，那个人决不至于赶上来再问，——便缩住了。

红房子里早已住满了人，大都是十天以前就搬来的，儿啼人语，灯火这边那边亮着，颇有点热闹的气象。主人翁相见之后，说:“这里实在没有余屋了。但是先生的东西都寄在这里，却也不好拒绝。刚才有几位匆忙地赶来，也因不好拒绝，权且把一间做饭吃的厢房给他们安顿。现在去同他们商量，总可以多插你先生一个。”

“商量商量总可以，”潘先生到了家一般地安慰。“况且在这么的时候，我也不预备睡觉，随便坐坐就得了。”

他提着包裹跨进厢房的当儿，疑惑自己受惊太厉害了，眼睛生了翳，因而引起错觉。但是闭了一闭再张开来时，所见依然如前，这靠窗坐着，在那里同对面的人谈话，上唇翘起两笔浓须的，不就是教育局长么?

他顿时踌躇起来，已跨进去的一只脚想要缩出来，又似乎不大好。那局长也望见了他，尴尬的脸上故作笑容说:“潘先生，你来了，进来坐坐。”主人翁听了，知道他们是相识的，转身自去。

“局长先在这里了。还方便吧，再容一个人?”

“我们只三个人，当然还可以容你。我们带着席子；好在天气不很凉，可以轮流躺着歇歇。”

潘先生觉得今晚的局长特别可亲，全不同平日那副庄严的神态，便忘形地直跨进去说："那么不客气，就要陪三位先生过一夜了。"

这厢房不很宽阔。地上铺着一张席，一个戴眼镜的中年人坐在上面，略微有疲倦的神色，但绝无欲睡的意思。锅灶等东西贴着一壁。靠窗一排摆着三只凳子，局长坐一只，头发梳得很光的二十多岁的人，局长的表弟，坐一只，一只空着。那边的墙角有一只柳条箱，三个衣包，大概就是三位先生带来的。仅仅这些，房里已没有空地了。电灯的光本来很弱，又蒙上了一层灰尘，照得房间里的人物都昏暗模糊。

潘先生也把衣包摆在那边的墙角，与三位的东西合伙。回过来谦逊地坐上那只空凳子。局长给他介绍了自己的同伴，随说："你也听到了正安的消息么？"

"是呀，正安，正安失守，碧庄未必靠得住呢。"

"大概这方面对于南路很疏忽，正安失守，便是明证。那方面从正安袭取碧庄是最便当的，说不定此刻已被他们得手了。要是这样，不堪设想！"

"要是这样，这里非糜烂不可！"

"但是，这方面的杜统帅不是庸碌无能的人，他是著名善于用兵的，大约见得到这一层，总有方法抵挡得住。也许就此反守为攻，势如破竹，直捣那方面的巢穴呢。"

"但得这样，战事便收场了，那就好了！——我们办学的就可以开起学来，照常进行。"

局长一听到办学，立刻感到自己的尊严，捻着浓须叹道："别的不要讲，这一场战争，大大小小的学生吃亏不小呢！"他把坐在这间小厢房里的局促不舒的感觉遗忘了，仿佛堂皇地坐在教育局的办公室里。

坐在席上的中年人仰起头来含恨似的说："那方面的朱统帅实在可恶！这方面打过去，他抵抗些什么，——他没有不终于吃败仗的。他若肯漂亮点儿让了，战事早就没有了。”

“他是傻子，”局长的表弟顺着说，“不到尽头不肯死心的，只是连累了我们，这当儿坐在这又暗又窄的房间里。”他带着玩笑的神气。

潘先生却想念起远在上海的妻儿来了。他不知道他们可安好，不知他们出了什么乱子没有，不知他们此刻已经睡了不曾，抓既抓不到，想象也极模糊；因而想自己的被累要算最深重了，凄然望着窗外的小院子默不作声。

“不知到底怎样呢！”他又转想到那个可怕的消息以及意料所及的危险，不自主地吐露了这一句。

“难说，”局长表示富有经验的样子说，“用兵全在乎趁一个机，机是刻刻变化的，也许竟不被我们所料，此刻已……所以我们……”他对着中年人一笑。

中年人，局长的表弟同潘先生三个已经领会局长这一笑的意味；大家想坐在这地方总不至于有什么，也各安慰地一笑。

小院子里长满了草，是蚊子同各种小虫的安适的国土。厢房里灯光亮着，它们齐向那里飞去。四位怀着惊恐的先生就够受用了；扑头扑面的全是那些小东西，蚊虫突然一针，痛得直跳起来。又时时停语侧耳，惶惶地听外边有没有枪声或人众的喧哗。睡眠当然是无望了，只实做了局长所说的轮流躺着歇歇。

明天清晨，潘先生的眼球上添了几缕红丝；风吹过来，觉得身上很冷。他急欲知道外面的情形，独个儿闪出红房子的大门。路上同平时的早晨一样，街犬竖起了尾巴高兴地这头那头望，偶尔走过一两个睡眼惺忪的人。他走过去，转入又一条街，也不听见什么特别的风声。回想昨夜的匆忙情形，不禁心里好笑。但是再转一念，又觉得实在并无可笑，小心一点总比冒险好。

二十余天之后，战事停止了。大众点头自慰道：“这就好了！只要不打仗，什么都平安了！”但是潘先生还不大满意，铁路还没有通，不能就把避居上海的妻儿接回来。信是来过两封了，但简略得很，比较不看更教他想念。他又恨自己到底没有先见之明；不然，这一笔冤枉的逃难费可以省下，又免得几十天的孤单。

他知道教育局里一定要提到开学的事情了，便前去打听。跨进招待室，看见局里的几个职员在那里裁纸磨墨，像是办喜事的样子。

一个职员喊出来道："巧得很，潘先生来了！你写得一手好颜字，这个差就请你当了罢。"

"这么大的字，非得潘先生写不可，"其余几个人附和着。

"写什么东西？我完全茫然。"

"我们这里正筹备欢迎杜统帅凯旋的事务。车站的两头要搭起对对的四个彩牌坊，让统帅的花车在中间通过。现在要写的就是牌坊上的几个字。"

"我哪里配写这上边的字？"

"当仁不让，""一致推举，"几个人一哄地说：笔杆便送到潘先生手里。

潘先生觉得这当儿很有点滋味，接了笔便在墨盆里蘸墨汁。凝想一下，提起笔来在蜡笺上一并排写"功高岳牧"四个大字。第二张写的是"威镇东南"。又写第三张，是"德隆恩溥"。——他写到"溥"字，仿佛觉得许多的影片，拉夫，开炮，烧房屋，淫妇人，菜色的男女，腐烂的死尸，在眼前一闪。

旁边看写字的一个人赞叹说："这一句更见恳切，字也越来越好了。"

"看他对上一句什么，"又一个说。

一九二四年十一月二十七日

选自《线下》

商务印书馆 1925 年 10 月版

作家的话

我做过将近十年的小学教员，对于小学教育界的情形比较知道得清楚点。……用了我的尺度去看小学教育界，满意的事情实在太少了。我又没有什么力量把那些不满意的事情改过来，我也不能苦口婆心地向人家劝说——因为我完全没有口才，于是自然而然走到用文字来讽他一下的路上去。我有几篇小说，讲到学校、教员和学生的，就是这样产生的。……某一事像我觉得它不对，就提起笔来讽它一下。

《随便谈谈我的写小说》

评论家的话

冷静地谛视人生，客观的地，写实的地，描写着灰色人生的，是叶绍钧。……他的“人物”写得最好的，是小镇里的醉生梦死的灰色人，如《晨》内赵太爷和黄老太这一伙；是一些心脏麻木的然而却又张皇敏感的怯弱者，如《潘先生在难中》的潘先生以及他的同事，他们在虚惊来了时最先张皇失措，而在略感得安全的时候他们又是最先哈哈地笑的。

茅盾《中国新文学大系（1917—1927）·小说一集·导言》

凌淑华
绣　枕

凌叔华，原名凌瑞棠，广东番禺人。1904 年生于北京一个官僚家庭，从小受家庭熏陶，酷爱丹青，绘画成了她最初的艺术训练。1923 年入燕京大学学习，又倾心于文学写作。1924 年发表短篇小说《酒后》，第一部小说集《花之寺》1928 年由新月书店出版，引起了文坛的注目。其绘画兼善工笔与写意，墨迹淡远；其小说擅长描写旧家庭中柔顺的女性，心理刻画细腻，笔致秀逸。1929 年随丈夫陈源（西滢）赴武汉，主编《现代文艺》，努力于文学创作。抗战期间曾在武汉大学、燕京大学任教职。1947 年随丈夫去法国，后旅居英、美、法、加拿大、新加坡等国 30 余年。晚年回国，1990 年病逝于北京。

大小姐正在低头绣一个靠垫，此时天气闷热，小巴狗只有躺在桌底伸出舌头喘气的分儿，苍蝇热昏昏的满玻璃窗打转，张妈站在背后打扇子，脸上一道一道的汗渍，她不住用手巾擦，可总擦不干。鼻尖刚才干了，嘴边的又点点凸出来。她瞧着她主人的汗虽然没有她那样多，可是脸热的浆红，白细夏布褂汗湿了一背脊，忍不住说道：

“大小姐，歇会儿，凉快凉快吧。老爷虽说明天得送这靠垫去，可是没定规早上或晚上呢。”

“他说了明儿早上十二点以前，必得送去才好，不能不赶了，你站过来扇扇。”小姐答完仍旧低头做活。

张妈走过左边，打着扇子，眼看着绣的东西，不住的啧啧称叹：

“我从前听人家讲故事，我总想那上头长得俊的小姐，也聪明灵巧，必是说书人信嘴编的，那知道就真有，这样一个水葱儿似的小姐，还会这一手活计！这鸟绣的真爱死人！”大小姐嘴边轻轻的显露一弧笑窝，但刹那便止。张妈话兴不断，接着说：

“哼，这一对靠枕儿送到白总长那里，大家看了，别提有多少人来说亲呢。门也得挤破了。……听说白总长的二少爷二十多岁还没找着合式亲事，唔，我懂得老爷的意思，上回算命的告诉太太今年你是红莺星照命主……”

“张妈，少胡扯吧。”大小姐停针打住说，她的脸上微微红起来。

此时屋内又是很寂静，只听见绣花针噗噗的一上一下穿缎子的声音和扶扶轻微的风响，忽然竹帘外边有一个十三四的女孩子叫道：

“妈，我来了。”

“小妞儿吗？这样大热的天来干什么？”张妈赶紧问。小妞儿穿着一身毛蓝布裤褂，满头汗珠，一张窝瓜脸热得紫涨，此时已经闪身入到帘内房门口边，只望着大小姐出神。她喘着气说：

“妈，昨儿四嫂子告诉我这里大小姐用了半年工夫绣了一对靠垫，光是那只鸟已经用了三四十样线，我不信有这样多颜色，四嫂子说，不信你赶快去看看，过两天还要送人呢。我今儿吃了饭就进城，妈，我到那边儿看看行吗？”

张妈听完连忙赔笑问：

“大小姐，小妞儿想看看你的活计行吗？”

大小姐抬头望望小妞儿，见她的衣服很脏，拿住一条灰色手巾只擦脸上的汗，嘴咧开极阔，露出两排黄板牙，瞪直了眼望里看，她不觉皱眉答：

“叫她先出去，等会儿再说吧。”

张妈会意这因为嫌她的女儿脏，不愿使她看的话，立刻对小妞说：

“瞧瞧你鼻子上的汗，还不擦把脸去。我屋里有脸水。大热天的这汗味儿可别熏着大小姐。”

小妞儿脸上显出非常失望的神气，听她妈说完还不想走出去。张妈见她不动，很不忍的瞪了她一眼，说：

“去我屋洗脸去吧。我就来。”

小妞儿噘着嘴掀帘出去。大小姐换线时偶尔抬起头往窗外看，只见小妞拿起前襟擦额上的汗，大半块衣襟都湿了。院子里盆栽的石榴吐着火血的花，直照着日光，更叫人觉得暑热，她低头看见自己的胳肢窝，汗湿了一大片了。

光阴一恍便是两年，大小姐还在深闺做针线活，小妞儿已经长成和她妈一样粗细，衣服也懂得穿干净的了，现在她妈告假回家，她居然能做替工。

夏天夜上，小妞儿正在下房坐近灯旁缝一对枕头顶儿，忽听见大小姐喊她，放下针线，就跑到上房。

她与大小姐捶脚时，便有一搭没一搭的说闲话：

“大小姐，前天干妈送我一对很好看的枕头顶儿，一边是一只翠鸟，一边是一只凤凰。”

“怎么还有绣半只鸟的吗？”大小姐似乎取笑她说。

“说起我这对枕头顶儿，话长哪。咳，为了它，我还和干姐姐怄了回子气，那本来是王二嫂子给我干妈的，她说这是从两个弄脏了的大靠垫子上剪下来的。新的时候好看极哪。一个绣的是荷花和翠鸟，那一个是绣的一只凤凰站在石山上，头一天，人家送给她们老爷，就放在客厅的椅子上，当晚便被吃醉了的客人吐脏了一大片；另一个给打牌的人，挤掉在地上，便有人拿来当作脚蹈垫子用，好好的缎地子，满是泥脚印。少爷看见就叫王二嫂捡了去。干妈后来就和王二嫂要了给我，那晚上，我拿回家来足足看了好一会子，真爱死人咧，只那凤凰尾巴就用了四十多样线。那翠鸟的眼睛望着池子里的小鱼儿真要绣活了，那眼睛真个发亮，不知用什么线绣的。”

大小姐听到这里忽然心中一动，小妞儿还往下说：

“真可惜，这样好看东西毁了。干妈前天见了我，教我剪去脏的地方拿来缝一对枕头顶儿。那知道干姐姐真小气，说我看见干妈好东西就想法子讨了去。”

大小姐没有理会她们怄气的话，却只在回想她在前年的伏天曾绣过一对很精细的靠垫——上头也有翠鸟与凤凰的。那时白天太热，拿不得针，常常留到晚上绣，完了工，还害了十多天眼病。她

想看看这鸟比她的怎样，吩咐小妞儿把那对枕顶儿立刻拿来，

小妞儿把枕顶片儿拿来说：

“大小姐你看看这样好的黑青云霞缎的地子都脏了。这鸟听说从前都是凸出来的，现在已经蹈凹了。您看！这鸟的冠子，这鸟的红嘴，颜色到现在还很鲜亮，王二嫂说那翠鸟的眼珠子，从前还有两颗真珠子镶在里头，这荷花不行了，都成灰色了。荷叶太大，做枕顶儿用不着，……这个山石旁还有小花朵儿……”

大小姐只管对着这两块绣花片子出神，小妞儿末了说的话，一句听不清了。她只回忆起她做那鸟冠子曾拆了又绣，足足三次，一次是汗污了嫩黄的线，绣完才发见；一次是配错了石绿的线，晚上认错了色；末一次记不清了。那荷花瓣上的嫩粉色的线她洗完手都不敢拿，还得用爽身粉擦了手，再绣，……荷叶太大块更难绣，用一样绿色太板滞，足足配了十二色绿线，……做完那对靠垫以后，送了给白家，不少亲戚朋友对她的父母进了许多谀辞，她的闺中女伴，取笑了许多话，她听到常常自己红着脸微笑，还有，她夜里也曾梦到她从来未经历过的娇羞傲气，穿戴着此生未有过的衣饰，许多小姑娘追她看，很羡慕她，许多女伴面上显出嫉妒颜色。那种是幻境，不久她也懂得，所以她永永不愿再想起它来撩乱心思。今天却碰到了，便一一想起来。

小妞儿见她默默不言，直着眼，只管看那枕顶片儿，说：

“大小姐也喜欢她不是？这样针线活，真爱死人呢。明儿也照样绣一对儿不好吗？”

大小姐没有听见小妞儿问的是什么，只能摇了摇头算答复了。

选自 1925 年 3 月《现代评论》第 15 期

评论家的话

凌叔华的小说，却发祥于这一种期刊（《现代评论》）的，她恰

和冯沅君的大胆、敢言不同，大抵很谨慎的，适可而止的描写了旧家庭中的婉顺的女性。即使间有出轨之作，那是为了偶受着文酒之风的吹拂，终于也回复了她的故道了。这是好的，——使我们看见和冯沅君、黎锦明、川岛、汪静之所描写的绝不相同的人物，也就是世态的一角，高门巨族的精魂。

鲁迅：《中国新文学大系·小说二集·序》

凌叔华创作的好处倒不在这一方面，她的特色是在描写资产阶级的太太们的生活和各种有趣的心理。她的取材是出入于太太，小姐，官僚，以及女学生，以及老爷少爷之间，也兼写到不长进堕落的青年。

她应用绘画上素描的方法，来表现以上的种种人物，风格朴素，笔致秀逸。她的态度，当然是对这种种的生活表示不满，她表现了她们的丑恶和不堪的内里，以及她们的枯燥的灵魂。……从《花之寺》里，同时我们也可以看到被旧礼教所损害的女性的性爱渴求的发展。除开了《等》，像《吃茶》，像《茶会以后》，都是描写这种事实，而以《绣枕》一篇为最有成就，描写为旧礼教所损害的资产阶级女性的性爱渴求最为得体。

钱杏邨：《关于凌叔华创作的考察》

鲁　迅
灯下漫笔

一

有一时，就是民国二三年时候，北京的几个国家银行的钞票，信用日见其好了，真所谓蒸蒸日上。听说连一向执迷于现银的乡下人，也知道这既便当，又可靠，很乐意收受，行使了。至于稍明事理的人，则不必是“特殊知识阶级”，也早不将沉重累坠的银圆装在怀中，来自讨无谓的苦吃。想来，除了多少对于银子有特别嗜好和爱情的人物之外，所有的怕大都是钞票了罢，而且多是本国的。但可惜后来忽然受了一个不小的打击。

就是袁世凯想做皇帝的那一年，蔡松坡先生溜出北京，到云南去起义。这边所受的影响之一，是中国和交通银行的停止兑现。虽然停止兑现，政府勒令商民照旧行用的威力却还有的；商民也自有商民的老本领，不说不要，却道找不出零钱。假如拿几十几百的钞票去买东西，我不知道怎样，但倘使只要买一支笔，一盒烟卷呢，难道就付给一元钞票么？不但不甘心，也没有这许多票。那么，换铜圆，少换几个罢，又都说没有铜圆。那么，到亲戚朋友那里借现钱去罢，怎么会有？于是降格以求，不讲爱国了，要外国银行的钞票。但外国银行的钞票这时就等于现银，他如果借给你这钞票，也就借给你真的银圆了。

我还记得那时我怀中还有三四十元的中交票，可是忽而变了一个穷人，几乎要绝食，很有些恐慌。俄国革命以后的藏着纸卢布的富翁的心情，恐怕也就这样的罢；至多，不过更深更大罢了。我只得探听，钞票可能折价换到现银呢？说是没有行市。幸而终于，暗暗地有了行市了：六折几。我非常高兴，赶紧去卖了一半。后来又涨到七折了，我更非常高兴，全去换了现银，沉甸甸地坠在怀中，似乎这就是我的性命的斤两。倘在平时，钱铺子如果少给我一个铜圆，我是决不答应的。

但我当一包现银塞在怀中，沉甸甸地觉得安心，喜欢的时候，却突然起了另一思想，就是：我们极容易变成奴隶，而且变了之后，还万分喜欢。

假如有一种暴力，“将人不当人”，不但不当人，还不及牛马，不算什么东西；待到人们羡慕牛马，发生“乱离人，不及太平犬”的叹息的时候，然后给予他略等于牛马的价格，有如元朝定律，打死别人的奴隶，赔一头牛，则人们便要心悦诚服，恭颂太平的盛世。为什么呢？因为他虽不算人，究竟已等于牛马了。

我们不必恭读《钦定二十四史》，或者入研究室，审察精神文明的高超。只要一翻孩子所读的《鉴略》，——还嫌繁重，则看《历代纪元编》，就知道“三千余年古国古”的中华，历来所闹的就不过是这一个小玩意。但在新近编纂的所谓“历史教科书”一流东西里，却不大看得明白了，只仿佛说：咱们向来就很好的。

但实际上，中国人向来就没有争到过“人”的价格，至多不过是奴隶，到现在还如此，然而下于奴隶的时候，却是数见不鲜的。中国的百姓是中立的，战时连自己也不知道属于那一面，但又属于无论那一面。强盗来了，就属于官，当然该被杀掠；官兵既到，该是自家人了罢，但仍然要被杀掠，仿佛又属于强盗似的。这时候，百姓就希望有一个一定的主子，拿他们去做百姓，——不敢，是拿他们去做牛马，情愿自己寻草吃，只求他决定他们怎样跑。

假使真有谁能够替他们决定，定下什么奴隶规则来，自然就“皇恩浩荡”了。可惜的是往往暂时没有谁能定。举其大者，则如五胡十六国的时候，黄巢的时候，五代时候，宋末元末时候，除了老例的服役纳粮以外，都还要受意外的灾殃。张献忠的脾气更古怪了，不服役纳粮的要杀，服役纳粮的也要杀，敌他的要杀，降他的也要杀：将奴隶规则毁得粉碎。这时候，百姓就希望来一个另外的主子，较为顾及他们的奴隶规则的，无论仍旧，或者新颁，总之是有一种规则，使他们可上奴隶的轨道。

“时日曷丧，予及汝偕亡！”愤言而已，决心实行的不多见。实际上大概是群盗如麻，纷乱至极之后，就有一个较强，或较聪明，或较狡猾，或是外族的人物出来，较有秩序地收拾了天下。厘定规则：怎样服役，怎样纳粮，怎样磕头，怎样颂圣。而且这规则是不像现在那样朝三暮四的。于是便“万姓胪欢”了；用成语来说，就叫作“天下太平”。

任凭你爱排场的学者们怎样铺张，修史时候设些什么“汉族发祥时代”“汉族发达时代”“汉族中兴时代”的好题目，好意诚然是可感的，但措辞太绕弯子了。有更其直截了当的说法在这里——

一，想做奴隶而不得的时代；

二，暂时做稳了奴隶的时代。

这一种循环，也就是“先儒”之所谓“一治一乱”；那些作乱人物，从后日的“臣民”看来，是给“主子”清道辟路的，所以说：“为圣天子驱除云尔。”

现在入了那一时代，我也不了然。但看国学家的崇奉国粹，文学家的赞叹固有文明，道学家的热心复古，可见于现状都已不满了。然而我们究竟正向着那一条路走呢？百姓是一遇到莫名其妙的战争，稍富的迁进租界，妇孺则避入教堂里去了，因为那些地方都比较的“稳”，暂不至于想做奴隶而不得。总而言之，复古的，避难的，无智愚贤不肖，似乎都已神往于三百年前的太平盛世，就是“暂时做稳了奴隶的时代”了。

但我们也就都像古人一样，永久满足于“古已有之”的时代么？都像复古家一样，不满于现在，就神往于三百年前的太平盛世么？

自然，也不满于现在的，但是，无须反顾，因为前面还有道路在。而创造这中国历史上未曾有过的第三样时代，则是现在的青年的使命！

二

但是赞颂中国固有文明的人们多起来了，加之以外国人。我常常想，凡有来到中国的，倘能疾首蹙额而憎恶中国，我敢诚意地捧献我的感谢，因为他一定是不愿意吃中国人的肉的！

鹤见祐辅氏在《北京的魅力》中，记一个白人将到中国，预定的暂住时候是一年，但五年之后，还在北京，而且不想回去了。有一天，他们两人一同吃晚饭——

> 在圆的桃花心木的食桌前坐定，川流不息地献着山海的珍味，谈话就从古董，画，政治这些开头。电灯上罩着支那式的灯罩，淡淡的光洋溢于古物罗列的屋子中。什么无产阶级呀，

Proletariat 呀那些事，就像不过在什么地方刮风。

我一面陶醉在支那生活的空气中，一面深思着对于外人有着‘魅力’的这东西。元人也曾征服支那，而被征服于汉人种的生活美了；满人也征服支那，而被征服于汉人种的生活美了。现在西洋人也一样，嘴里虽然说着 Democracy 呀，什么什么呀，而却被魅于支那人费六千年而建筑起来的生活的美。一经住过北京，就忘不掉那生活的味道。大风时候的万丈的沙尘，每三月一回的督军们的开战游戏，都不能抹去这支那生活的魅力。

这些话我现在还无力否认他。我们的古圣先贤既给予我们保古守旧的格言，但同时也排好了用子女玉帛所做的奉献于征服者的大宴。中国人的耐劳，中国人的多子，都就是办酒的材料，到现在还为我们的爱国者所自诩的。西洋人初入中国时，被称为蛮夷，自不免个个蹙额，但是，现在则时机已至，到了我们将曾经献于北魏，献于金，献于元，献于清的盛宴，来献给他们的时候了。出则汽车，行则保护：虽遇清道，然而通行自由的；虽或被劫，然而必得赔偿的；孙美瑶掳去他们站在军前，还使官兵不敢开火。何况在华屋中享用盛宴呢？待到享受盛宴的时候，自然也就是赞颂中国固有文明的时候；但是我们的有些乐观的爱国者，也许反而欣然色喜，以为他们将要开始被中国同化了罢。古人曾以女人作苟安的城堡，美其名以自欺曰“和亲”，今人还用子女玉帛为作奴的贽敬，又美其名曰“同化”。所以倘有外国的谁，到了已有赴宴的资格的现在，而还替我们诅咒中国的现状者，这才是真有良心的真可佩服的人！

但我们自己是早已布置妥帖了，有贵贱，有大小，有上下。自己被人凌虐，但也可以凌虐别人；自己被人吃，但也可以吃别人。一级一级的制驭着，不能动弹，也不想动弹了。因为倘一动弹，虽或有利，然而也有弊。我们且看古人的良法美意罢——

> “天有十日，人有十等。下所以事上，上所以共神也。故王臣公，公臣大夫，大夫臣士，士臣皁，皁臣舆，舆臣隶，隶臣僚，僚臣仆，仆臣台。”（《左传》昭公七年）

但是“台”没有臣，不是太苦了么？无须担心的，有比他更卑的妻，更弱的子在。而且其子也很有希望，他日长大，升而为“台”，便又有更卑更弱的妻子，供他驱使了。如此连环，各得其所，有敢非议者，其罪名曰不安分！

虽然那是古事，昭公七年离现在也太辽远了，但“复古家”尽可不必悲观的。太平的景象还在：常有兵燹，常有水旱，可有谁听到大叫唤么？打的打，革的革，可有处士来横议么？对国民如何专横，向外人如何柔媚，不犹是差等的遗风么？中国固有的精神文明，其实并未为共和二字所埋没，只有满人已经退席，和先前稍不同。

因此我们在目前，还可以亲见各式各样的筵宴，有烧烤，有翅席，有便饭，有西餐。但茅檐下也有淡饭，路傍也有残羹，野上也有饿莩；有吃烧烤的身价不资的阔人，也有饿得垂死的每斤八文的孩子（见《现代评论》二十一期）。所谓中国的文明者，其实不过是安排给阔人享用的人肉的筵宴。所谓中国者，其实不过是安排这人肉的筵宴的厨房。不知道而赞颂者是可恕的，否则，此辈当得永远的诅咒！

外国人中，不知道而赞颂者，是可恕的；占了高位，养尊处优，因此受了蛊惑，昧却灵性而赞叹者，也还可恕的。可是还有两种，其一是以中国人为劣种，只配悉照原来模样，因而故意称赞中国的旧物。其一是愿世间人各不相同以增自己旅行的兴趣，到中国看辫子，到日本看木屐，到高丽看笠子，倘若服饰一样，便索然无味了，因而来反对亚洲的欧化。这些都可憎恶。至于罗素在西湖见轿夫含笑，便赞美中国人，则也许别有意思罢。但是，轿夫如果能对坐轿的人不含笑，中国也早不是现在似的中国了。

这文明，不但使外国人陶醉，也早使中国一切人们无不陶醉而且至于含笑。因为古代传来而至今还在的许多差别，使人们各各分离，遂不能再感到别人的痛苦；并且因为自己各有奴使别人，吃掉别人的希望，便也就忘却自己同有被奴使被吃掉的将来。于是大小无数的人肉的筵宴，即从有文明以来一直排到现在，人们就在这会场中吃人，被吃，以凶人的愚妄的欢呼，将悲惨的弱者的呼号遮掩，更不消说女人和小儿。

这人肉的筵宴现在还排着，有许多人还想一直排下去。扫荡这些食人者，掀掉这筵席，毁坏这厨房，则是现在的青年的使命！

1925 年 4 月 25 日

选自《鲁迅全集》第 1 卷

人民文学出版社 1981 年版

作家的话

我的作品，太黑暗了，因为我常觉得唯"黑暗与虚无"乃是"实有"，却偏要向这些作绝望的抗战，所以多着偏激的声音。

《两地书　四》

评论家的话

鲁迅的文体简练得像一把匕首，能以寸铁杀人，一刀见血。重要之点，抓住了之后，只消三言两语就可以把主题道破——这是鲁迅作文的秘诀，……鲁迅的性喜疑人——这是他自己说的话——所看到的都是社会或人性的黑暗面，故而语多刻薄，发出来的尽是诛心之论：这与其说他的天性使然，还不如说是环境造成的来得恰对，因为他受青年受学者受社会的暗箭，实在受得太多了，伤弓之鸟惊曲木，岂不是当然的事情么？在鲁迅的刻薄的表皮上，人只见到他的一张冷冰冰的青脸，可是皮下一层，在那里潮涌发酵的，却正是一腔沸血，一股热情；这一种弦外之音，可以在他的小说，尤其是《两地书》里面，看得出来。

郁达夫：《〈中国新文学大系·散文二集〉导言》

鲁迅杂文是鲁迅切身的生命体验与中国人的生命病态的肉搏，是鲁迅改良这人生的理想对于病态社会的不幸人们的病苦的揭露、解剖与救治。鲁迅“立人”的目的和批评“国民性”的手段，使鲁迅杂文对现代中国各阶级和阶层的社会地位、状况、行为规范、性质、人情和心理作了精确的描绘和批评，使他的杂文成为一部迄今无与伦比的中国民情和民心的历史。

王得后　钱理群：《鲁迅杂文全编·前言》

朱自清
背　影

我与父亲不相见已二年余了，我最不能忘记的是他的背影。那年冬天，祖母死了，父亲的差使也交卸了，正是祸不单行的日子，我从北京到徐州，打算跟着父亲奔丧回家。到徐州见着父亲，看见满院狼藉的东西，又想起祖母，不禁簌簌地流下眼泪。父亲说，“事已如此，不必难过，好在天无绝人之路！”

回家变卖典质，父亲还了亏空；又借钱办了丧事。这些日子，家中光景很是惨淡，一半为了丧事，一半为了父亲赋闲。丧事完毕，父亲要到南京谋事，我也要回北京念书，我们便同行。

到南京时，有朋友约去游逛，勾留了一日；第二日上午便须渡江到浦口，下午上车北去。父亲因为事忙，本已说定不送我，叫旅馆里一个熟识的茶房陪我同去。他再三嘱咐茶房，甚是仔细。但他终于不放心，怕茶房不妥帖；颇踌躇了一会。其实我那年已二十岁，北京已来往过两三次，是没有什么要紧的了。他踌躇了一会，终于决定还是自己送我去。我两三回劝他不必去；他只说，“不要紧，他们去不好！”

我们过了江，进了车站。我买票，他忙着照看行李。行李太多了，得向脚夫行些小费，才可过去。他便又忙着和他们讲价钱。我那时真是聪明过分，总觉他说话不大漂亮，非自己插嘴不可。但他终于讲定了价钱；就送我上车。他给我拣定了靠车门的一张椅子；我将他给我做的紫毛大衣铺好座位。他嘱我路上小心，夜里要警醒些，不要受凉。又嘱托茶房好好照应我。我心里暗笑他的迂：他们只认得钱，托他们真是白托！而且我这样大年纪的人，难道还不能料理自己么？唉，我现在想想，那时真是太聪明了！

我说道，“爸爸，你走吧。”他望车外看了看，说，“我买几个橘子去。你就在此地，不要走动。”我看那边月台的栅栏外有几个卖东西的等着顾客。走到那边月台，须穿过铁道，须跳下去又爬上去。父亲是一个胖子，走过去自然要费事些。我本来要去的，他不肯，只好让他去。我看见他戴着黑布小帽，穿着黑布大马褂，深青布棉袍，蹒跚地走到铁道边，慢慢探身下去，尚不大难。可是他穿过铁道，要爬上那边月台，就不容易了。他用两手攀着上面，两脚再向上缩；他肥胖的身子向左微倾，显出努力的样子。这时我看见他的背影，我的泪很快地流下来了。我赶紧拭干了泪，怕他看见，也怕别人看见。我再向外看时，他已抱了朱红的橘子往回走了。过铁道时，他先将橘子散放在地上，自己慢慢爬下，再抱起橘子走。到这边时，我赶紧去搀他。他和我走到车上，将橘子一股脑儿放在我的皮大衣上。于是拍拍衣上的泥土，心里很轻松似的，过一会说，“我走了；到那边来信！”我望着他走出去。他走了几步，回过头看见我，说，“进去吧，里边没人。”等他的背影混入来来往往的人里，再找不着了，我便进来坐下，我的眼泪又来了。

近几年来，父亲和我都是东奔西走，家中光景是一日不如一日。他少年出外谋生，独力支持，做了许多大事。那知老境却如此颓唐！他触目伤怀，自然情不能自已。情郁于中，自然要发之于外；家庭琐屑便往往触他之怒。他待我渐渐不同往日。但最近两年的不见，他终于忘却我的不好，只是惦记着我，惦记着我的儿子。我北来后，他写了一信给我，信中说道，“我身体平安，唯膀子疼痛厉害，举箸提笔，诸多不便，大约大去之期不远矣。”我读到此处，在晶莹的泪光中，又看见那肥胖的，青布棉袍，黑布马褂的背影。唉！我不知何时再能与他相见！

一九二五年十月在北京

选自《中国新文学大系·散文二集》

良友图书公司 1935 年版

作家的话

我是大时代中一名小卒，是个平凡不过的人。才力的单薄是不用说的，所以一向写不出什么好东西。我写过诗，写过小说，写过散文。……我自己是没有什么定见的，只是当时觉得要怎么写，便怎样写了。我意在表现自己，尽了自己的力便行；仁智之见，是在读者。

《背影·序》

评论家的话

我常常想，他这样的经验，他这样的想头，不是我也有过吗？在我只不过一闪而逝，他却紧紧抓住了。他还能表达得恰如其分，或淡或浓，味道极正而且醇厚。只有早期的几篇，如《桨声灯影里的秦淮河》《温州的踪迹》，不免有点儿着意为文，并非不好，略嫌文胜于质；稍后的《背影》《给亡妇》就做到了文质并茂，全凭真感受真性情取胜。

叶圣陶：《朱自清选集·序》

作品所写的题材是父亲对儿子的爱，是父为子送行。那是1917年的事情。因祖母去世，在北京大学读书的作者与在徐州任烟酒公卖局长的父亲，一个请假、一个交卸公差，双双回到扬州老家治丧。办完丧事后，父亲去南京谋事，“我”回校念书，便同行至南京。他一路对“我”关怀照顾，一直把“我”送到车厢里，再买来橘子才算完事。作者写父亲是深刻的、有力度的，而且处理得很有层次，由表及里、由浅入深地切入父爱的内心世界。首先，文章点出父爱的特殊的心理情境。失母的悲哀、家败的忧伤、失业的怅惘，这一切构成了他内心的巨大痛苦，在这特定的时候，精神颓唐的父亲更需要在天伦人性的港湾稍事精神的抚慰。……第二，作者用白描的手法，粗线条勾画父亲的一言一行，以实现他深藏于内心的舐犊之情。……在他的心目中，十九岁的“我”，还是一个乳臭未干、未出远门的“孩子”。如此周详照看，左叮咛右嘱托，简直比细心的母亲还要细微备至。第三，在白描父亲的言行之后，又工笔细描父亲为“我”买橘子的细节和他的背影。……背影的特写非常传神，体态的肥胖、穿着的臃肿、步履的蹒跚中间，透露出父亲宽厚、仁爱、平和和善良的品格，也隐隐透露出他在人生道路上左冲右突的疲惫和颓唐。那过铁道、爬月台时十分艰难而又奋力忘情的动作里，燃烧着父亲对儿子的爱！

吴周文　张玉飞　林道立：《朱自清散文艺术论》

鲁迅
孤独者

一

我和魏连殳相识一场，回想起来倒也别致，竟是以送殓始，以送殓终。

那时我在S城，就时时听到人们提起他的名字，都说他很有些古怪：所学的是动物学，却到中学堂去做历史教员；对人总是爱理不理的，却常喜欢管别人的闲事；常说家庭应该破坏，一领薪水却一定立即寄给他的祖母，一日也不拖延。此外还有许多零碎的话柄；总之，在S城里也算是一个给人当作谈助的人。有一年的秋天，我在寒石山的一个亲戚家里闲住；他们就姓魏，是连殳的本家。但他们却更不明白他，仿佛将他当作一个外国人看待，说是"同我们都异样的"。

这也不足为奇，中国的兴学虽说已经二十年了，寒石山却连小学也没有。全山村中，只有连殳是出外游学的学生，所以从村人看来，他确是一个异类；但也很妒羡，说他挣得许多钱。

到秋末，山村中痢疾流行了；我也自危，就想回到城中去。那时听说连殳的祖母就染了病，因为是老年，所以很沉重；山中又没有一个医生。所谓他的家属者，其实就只有这一个祖母，雇一名女工简单地过活；他幼小失了父母，就由这祖母抚养成人的。听说她先前也曾经吃过许多苦，现在可是安乐了。但因为他没有家小，家中究竟非常寂寞，这大概也就是大家所谓异样之一端罢。

寒石山离城是旱道一百里，水道七十里，专使人叫连殳去，往返至少就得四天。山村僻陋，这些事便算大家都要打听的大新闻，第二天便轰传她病势已经极重，专差也出发了；可是到四更天竟咽了气，最后的话，是："为什么不肯给我会一会连殳的呢？……"

族长，近房，他的祖母的母家的亲丁，闲人，聚集了一屋子，预计连殳的到来，应该已是入殓的时候了。寿材寿衣早已做成，都无须筹划；他们的第一大问题是在怎样对付这"承重孙"，因为逆料他关于一切丧葬仪式，是一定要改变新花样的。聚议之后，大概商定了三大条件，要他必行。一是穿白，二是跪拜，三是请和尚道士做法事。总而言之：是全都照旧。

他们既经议妥，便约定在连殳到家的那一天，一同聚在厅前，排成阵势，互相策应，并力作一回极严厉的谈判。村人们都咽着唾沫，新奇地听候消息：他们知道连殳是"吃洋教"的"新党"，向来就不讲什么道理，两面的争斗，大约总要开始的，或者还会酝成一种出人意料的奇观。

传说连殳的到家是下午，一进门，向他祖母的灵前只是弯了一弯腰。族长们便立刻照预定计划进行，将他叫到大厅上，先说过一大篇冒头，然后引入本题，而且大家此唱彼和，七嘴八舌，使他得不到辩驳的机会。但终于话都说完了，沉默充满了全厅，人们全数悚然地紧看着他的嘴。只见连殳神色也不动，简单地回答道——

"都可以的。"

这又很出于他们的意外，大家的心的重担都放下了，但又似乎反加重，觉得太“异样”，倒很有些可虑似的。打听新闻的村人们也很失望，口口相传道，“奇怪！他说‘都可以’哩！我们看去罢！”都可以就是照旧，本来是无足观了，但他们也还要看，黄昏之后，便欣欣然聚满了一堂前。

我也是去看的一个，先送了一份香烛；待到走到他家，已见连殳在给死者穿衣服了。原来他是一个短小瘦削的人，长方脸，蓬松的头发和浓黑的须眉占了一脸的小半，只见两眼在黑气里发光。那穿衣也穿得真好，井井有条，仿佛是一个大殓的专家，使旁观者不觉叹服。寒石山老例，当这些时候，无论如何，母家的亲丁是总要挑剔的；他却只是默默地，遇见怎么挑剔便怎么改，神色也不动。站在我面前的一个花白头发的老太太，便发出羡慕感叹的声音。

其次是拜；其次是哭，凡女人们都念念有词。其次入棺；其次又是拜；又是哭，直到钉好了棺盖。沉静了一瞬间，大家忽而扰动了，很有惊异和不满的形势。我也不由的突然觉到：连殳就始终没有落过一滴泪，只坐在草荐上，两眼在黑气里闪闪地发光。

大殓便在这惊异和不满的空气里面完毕。大家都怏怏地，似乎想走散，但连殳却还坐在草荐上沉思。忽然，他流下泪来了，接着就失声，立即又变成长嚎，像一匹受伤的狼，当深夜在旷野中嗥叫，惨伤里夹杂着愤怒和悲哀。这模样，是老例上所没有的，先前也未曾预防到，大家都手足无措了，迟疑了一会，就有几个人上前去劝止他，愈去愈多，终于挤成一大堆。但他却只是兀坐着号咷，铁塔似的动也不动。

大家又只得无趣地散开；他哭着，哭着，约有半点钟，这才突然停了下来，也不向吊客招呼，径自往家里走。接着就有前去窥探的人来报告：他走进他祖母的房里，躺在床上，而且，似乎就睡熟了。

隔了两日，是我要动身回城的前一天，便听到村人都遭了魔似的发议论，说连殳要将所有的器具大半烧给他祖母，余下的便分赠生时侍奉，死时送终的女工，并且连房屋也要无期地借给她居住了。亲戚本家都说到舌敝唇焦，也终于阻当不住。

恐怕大半也还是因为好奇心，我归途中经过他家的门口，便又顺便去吊慰。他穿了毛边的白衣出见，神色也还是那样，冷冷的。我很劝慰了一番；他却除了唯唯诺诺之外，只回答了一句话，是——

“多谢你的好意。”

二

我们第三次相见就在这年的冬初，S城的一个书铺子里，大家同时点了一点头，总算是认识了。但使我们接近起来的，是在这年底我失了职业之后。从此，我便常常访问连殳去。一则，自然是因为无聊赖；二则，因为听人说，他倒很亲近失意的人的，虽然素性这么冷。但是世事升沉无定，失意人也不会长是失意人，所以他也就很少长久的朋友。这传说果然不虚，我一投名片，他便接见了。两间连通的客厅，并无什么陈设，不过是桌椅之外，排列些书架，大家虽说他是一个可怕的“新党”，架上却不很有新书。他已经知道我失了职业；但套话一说就完，主客便只好默默地相对，逐渐沉闷起来。我只见他很快地吸完一支烟，烟蒂要烧着手指了，才抛在地面上。

“吸烟罢。”他伸手取第二支烟时，忽然说。

我便也取了一支，吸着，讲些关于教书和书籍的话，但也还觉得沉闷。我正想走时，门外一阵喧嚷和脚步声，四个男女孩子闯进来了。大的八九岁，小的四五岁，手脸和衣服都很脏，而且丑得可以。但是连殳的眼里却即刻发出欢喜的光来了，连忙站起，向客厅间壁的房里走，一面说道——

“大良，二良，都来！你们昨天要的口琴，我已经买来了。”

孩子们便跟着一齐拥进去，立刻又各人吹着一个口琴一拥而出，一出客厅门，不知怎的便打将起来。有一个哭了。

“一人一个，都一样的。不要争呵！”他还跟在后面嘱咐。

“这么多的一群孩子都是谁呢？”我问。

“是房主人的。他们都没有母亲，只有一个祖母。”

“房东只一个人么？”

“是的。他的妻子大概死了三四年了罢，没有续娶。——否则，便要不肯将余屋租给我似的单身人。”他说着，冷冷地微笑了。

我很想问他何以至今还是单身，但因为不很熟，终于不好开口。

只要和连殳一熟识，是很可以谈谈的。他议论非常多，而且往往颇奇警。使人不耐的倒是他的有些来客，大抵是读过《沉沦》的罢，时常自命为“不幸的青年”或是“零余者”，螃蟹一般懒散而骄傲地堆在大椅子上，一面唉声叹气，一面皱着眉头吸烟。还有那房主的孩子们，总是互相争吵，打翻碗碟，硬讨点心，乱得人头昏。但连殳一见他们，却再不像平时那样的冷冷的了，看得比自己的性命还宝贵。听说有一回，三良发了红斑痧，竟急得他脸上的黑气愈见其黑了；不料那病是轻的，于是后来便被孩子们的祖母传作笑柄。

“孩子总是好的。他们全是天真……。”他似乎也觉得我有些不耐烦了，有一天特地乘机对我说。

“那也不尽然。”我只是随便回答他。

“不。大人的坏脾气，在孩子们是没有的。后来的坏，如你平日所攻击的坏，那是环境教坏的。原来却并不坏，天真……。我以为中国的可以希望，只在这一点。”

“不。如果孩子中没有坏根苗，大起来怎么会有坏花果？譬如一粒种子，正因为内中本含有枝叶花果的胚，长大时才能够发出这些东西来。何尝是无端……。”我因为闲着无事，便也如大人先生们一下野，就要吃素谈禅一样，正在看佛经。佛理自然是并不懂得的，但竟也不自检点，一味任意地说。

然而连殳气忿了，只看了我一眼，不再开口。我也猜不出他是无话可说呢，还是不屑辩。但见他又显出许久不见的冷冷的态度来，默默地连吸了两支烟；待到他再取第三支时，我便只好逃走了。

这仇恨是历了三月之久才消释的。原因大概是一半因为忘却，一半则他自己竟也被“天真”的孩子所仇视了，于是觉得我对于孩子的冒渎的话倒也情有可原。但这不过是我的推测。其时是在我的寓里的酒后，他似乎微露悲哀模样，半仰着头道——

“想起来真觉得有些奇怪。我到你这里来时，街上看见一个很小的小孩，拿了一片芦叶指着我道：杀！他还不很能走路……。”

“这是环境教坏的。”

我即刻很后悔我的话。但他却似乎并不介意，只竭力地喝酒，其间又竭力地吸烟。

“我倒忘了，还没有问你，”我便用别的话来支吾，“你是不大访问人的，怎么今天有这兴致来走走呢？我们相识有一年多了，你到我这里来却还是第一回。”

“我正要告诉你呢：你这几天切莫到我寓里来看我了。我的寓里正有很讨厌的一大一小在那里，都不像人！”

“一大一小？这是谁呢？”我有些诧异。

“是我的堂兄和他的小儿子。哈哈，儿子正如老子一般。”

“是上城来看你，带便玩玩的罢？”

“不。说是来和我商量，就要将这孩子过继给我的。”

“呵！过继给你？”我不禁惊叫了，“你不是还没有娶亲么？”

“他们知道我不娶的了。但这都没有什么关系。他们其实是要过继给我那一间寒石山的破房子。我此外一无所有，你是知道的；钱一到手就化完。只有这一间破屋子。他们父子的一生的事业是在逐出那一个借住着的老女工。”

他那词气的冷峭，实在又使我悚然。但我还慰解他说——

“我看你的本家也还不至于此。他们不过思想略旧一点罢了。譬如，你那年大哭的时候，他们就都热心地围着使劲来劝你……。”

“我父亲死去之后，因为夺我屋子，要我在笔据上画花押，我大哭着的时候，他们也是这样热心地围着使劲来劝我……。”他两眼向上凝视，仿佛要在空中寻出那时的情景来。

“总而言之：关键就全在你没有孩子。你究竟为什么老不结婚的呢？”我忽而寻到了转舵的话，也是久已想问的话．觉得这时是最好的机会了。

他诧异地看着我，过了一会，眼光便移到他自己的膝髁上去了，于是就吸烟，没有回答。

三

但是，虽在这一种百无聊赖的境地中，也还不给连殳安住。渐渐地，小报上有匿名人来攻击他，学界上也常有关于他的流言，可是这已经并非先前似的单是话柄，大概是于他有损的了。我知道这是他近来喜欢发表文章的结果，倒也并不介意。S城人最不愿意有人发些没有顾忌的议论，一有，一定要暗暗地来叮他，这是向来如此的，连殳自己也知道。但到春天，忽然听说他已被校长辞退了。这却使我觉得有些兀突；其实，这也是向来如此的，不过因为我希望着自己认识的人能够幸免，所以就以为兀突罢了，S城人倒并非这一回特别恶。

其时我正忙着自己的生计，一面又在接洽本年秋天到山阳去当教员的事，竟没有工夫去访问他。待到有些余暇的时候，离他被辞退那时大约快有三个月了，可是还没有发生访问连殳的意思。有一天，我路过大街，偶然在旧书摊前停留，却不禁使我觉到震悚，因为在那里陈列着的一部汲古阁初印本《史记索隐》，正是连殳的书。他喜欢书，但不是藏书家，这种本子，在他是算作贵重的善本，非万不得已，不肯轻易变卖的。难道他失业刚才两三月，就一贫至此么？虽然他向来一有钱即随手散去，没有什么贮蓄。于是我便决意访问连殳去，顺便在街上买了一瓶烧酒，两包花生米，两个熏鱼头。

他的房门关闭着，叫了两声，不见答应。我疑心他睡着了，更加大声地叫，并且伸手拍着房门。

“出去了罢！”大良们的祖母，那三角眼的胖女人，从对面的窗口探出她花白的头来了，也大声说，不耐烦似的。

“那里去了呢？”我问。

“那里去了？谁知道呢？——他能到那里去呢，你等着就是，一会儿总会回来的。”

我便推开门走进他的客厅去。真是“一日不见，如隔三秋”，满眼是凄凉和空空洞洞，不但器具所余无几了，连书籍也只剩了在S城决没有人会要的几本洋装书。屋中间的圆桌还在，先前曾经常常围绕着忧郁慷慨的青年，怀才不遇的奇士和腌臜吵闹的孩子们的，现在却见得很闲静，只在面上蒙着一层薄薄的灰尘。我就在桌上放了酒瓶和纸包，拖过一把椅子来，靠桌旁对着房门坐下。

的确不过是“一会儿”，房门一开，一个人悄悄地阴影似的进来了，正是连殳。也许是傍晚之故罢，看去仿佛比先前黑，但神情却还是那样。

“阿！你在这里？来得多久了？”他似乎有些喜欢。

“并没有多久。”我说，“你到那里去了？”

“并没有到那里去，不过随便走走。”

他也拖过椅子来，在桌旁坐下；我们便开始喝烧酒，一面谈些关于他的失业的事。但他却不愿意多谈这些；他以为这是意料中的事，也是自己时常遇到的事，无足怪，而且无可谈的。他照例只是一意喝烧酒，并且依然发些关于社会和历史的议论。不知怎地我此时看见空空的书架，也记起汲古阁初印本的《史记索隐》，忽而感到一种淡漠的孤寂和悲哀。

“你的客厅这么荒凉……。近来客人不多了么？”

“没有了。他们以为我心境不佳，来也无意味。心境不佳，实在是可以给人们不舒服的。冬天的公园，就没有人去……。”他连喝两口酒，默默地想着，突然，仰起脸来看着我问道，“你在图谋的职业也还是毫无把握罢？……”

我虽然明知他已经有些酒意，但也不禁愤然，正想发话．只见他侧耳一听，便抓起一把花生米，出去了。门外是大良们笑嚷的声音。

但他一出去，孩子们的声音便寂然，而且似乎都走了。他还追上去，说些话，却不听得有回答。他也就阴影似的悄悄地回来，仍将一把花生米放在纸包里。

“连我的东西也不要吃了。”他低声，嘲笑似的说。

“连殳，”我很觉得悲凉，却强装着微笑，说，“我以为你太自寻苦恼了。你看得人间太坏……。”

他冷冷的笑了一笑。

“我的话还没有完哩。你对于我们，偶而来访问你的我们，也以为因为闲着无事，所以来你这里，将你当作消遣的资料的罢？”

“并不。但有时也这样想，或者寻些谈资。”

“那你可错误了。人们其实并不这样。你实在亲手造了独头茧，将自己裹在里面了。你应该将世间看得光明些。”我叹惜着说。

“也许如此罢。但是，你说：那丝是怎么来的？——自然，世上也尽有这样的人，譬如，我的祖母就是。我虽然没有分得她的血液，却也许会继承她的命运。然而这也没有什么要紧，我早已预先一起哭过了……。”

我即刻记起他祖母大殓时候的情景来，如在眼前一样。

“我总不解你那时的大哭……。”于是鹘突地问了。

“我的祖母入殓的时候罢？是的，你不解的。”他一面点灯，一面冷静地说，“你的和我交往，我想，还正因为那时的哭哩。你不知道，这祖母，是我父亲的继母；他的生母，他三岁时候就死去了。”他想着，默默地喝酒，吃完了一个熏鱼头。

“那些往事，我原是不知道的。只是我从小时候就觉得不可解。那时我的父亲还在，家景也还好，正月间一定要悬挂祖像，盛大地供养起来。看着这许多盛装的画像，在我那时似乎是不可多得的眼福。但那时，抱着我的一个女工总指了一幅像说：‘这是你自己的祖母。拜拜罢，保佑你生龙活虎似的大得快。’我真不懂得我明明有着一个祖母，怎么又会有什么‘自己的祖母’来。可是我爱这‘自己的祖母’，她不比家里的祖母一般老；她年青，好看，穿着描金的红衣服，戴着珠冠，和我母亲的像差不多。我看她时，她的眼睛也注视我，而且口角上渐渐增多了笑影：我知道她一定也是极其爱我的。

“然而我也爱那家里的，终日坐在窗下慢慢地做针线的祖母。虽然无论我怎样高兴地在她面前玩笑，叫她，也不能引她欢笑，常使我觉得冷冷地，和别人的祖母们有些不同。但我还爱她。可是到后来，我逐渐疏远她了；这也并非因为年纪大了，已经知道她不是我父亲的生母的缘故，倒是看久了终日终年的做针线，机器似的，自然免不了要发烦。但她却还是先前一样，做针线；管理我，也爱护我，虽然少见笑容，却也不加呵斥。直到我父亲去世，还是这样；后来呢，我们几乎全靠她做针线过活了，自然更这样一直到我进学堂……。”

灯火销沉下去了，煤油已经将涸，他便站起，从书架下摸出一个小小的洋铁壶来添煤油。

“只这一月里，煤油已经涨价两次了……。”他旋好了灯头，慢慢地说。“生活要日见其困难起来。——她后来还是这样，直到我毕业，有了事做，生活比先前安定些；恐怕还直到她生病，实在打熬不住了，只得躺下的时候罢……。

“她的晚年，据我想，是总算不很辛苦的，享寿也不小了，正无须我来下泪。况且哭的人不是多着么？连先前竭力欺凌她的人们也哭，至少是脸上很惨然。哈哈！……可是我那时不知怎地，将她的一生缩在眼前了，亲手造成孤独，又放在嘴里去咀嚼的人的一生。而且觉得这样的人还很多哩。这些人们，就使我要痛哭，但大半也还是因为我那时太过于感情用事……。

“你现在对于我的意见，就是我先前对于她的意见。然而我的那时的意见，其实也不对的。便是我自己，从略知世事起，就的确逐渐和她疏远起来了……。”

他沉默了，指间夹着烟卷，低了头，想着。灯火在微微地发抖。

“呵，人要使死后没有一个人为他哭，是不容易的事呵。”他自言自语似的说；略略一停，便仰起脸来向我道，“想来你也无法可想。我也还得赶紧寻点事情做……。”

“你再没有可托的朋友了么？”我这时正是无法可想，连自己。

“那倒大概还有几个的，可是他们的境遇都和我差不多……。”

我辞别连殳出门的时候，圆月已经升在中天了，是极静的夜。

四

山阳的教育事业的状况很不佳。我到校两月，得不到一文薪水，只得连烟卷也节省起来。但是学校里的人们，虽是月薪十五六元的小职员，也没有一个不是乐天知命的，仗着逐渐打熬成功的铜筋铁骨，面黄肌瘦地从早办公一直到夜，其间看见名位较高的人物，还得恭恭敬敬地站起，实在都是不必“衣食足而知礼节”的人民。我每看见这情状，不知怎的总记起连殳临别托付我的话来。他那时生计更其不堪了，窘相时时显露，看去似乎已没有往时的深沉，知道我就要动身，深夜来访，迟疑了许久，才吞吞吐吐地说道——

“不知道那边可有法子想？——便是钞写，一月二三十块钱的也可以的。我……。”

我很诧异了，还不料他竟肯这样的迁就，一时说不出话来。

“我……，我还得活几天……。”

“那边去看一看，一定竭力去设法罢。”

这是我当日一口承当的答话，后来常常自己听见，眼前也同时浮出连殳的相貌，而且吞吞吐吐地说道“我还得活几天”。到这些时，我便设法向各处推荐一番；但有什么效验呢，事少人多，结果是别人给我几句抱歉的话，我就给他几句抱歉的信。到一学期将完的时候，那情形就更加坏了起来。那地方的几个绅士所办的《学理周报》上，竟开始攻击我了，自然是决不指名的，但措辞很巧妙，使人一见就觉得我是在挑剔学潮，连推荐连殳的事，也算是呼朋引类。

我只好一动不动，除上课之外，便关起门来躲着，有时连烟卷的烟钻出窗隙去，也怕犯了挑剔学潮的嫌疑。连殳的事，自然更是无从说起了。这样地一直到深冬。

下了一天雪，到夜还没有止，屋外一切静极，静到要听出静的声音来。我在小小的灯火光中，闭目枯坐，如见雪花片片飘坠，来增补这一望无际的雪堆；故乡也准备过年了，人们忙得很；我自己还是一个儿童，在后园的平坦处和一伙小朋友塑雪罗汉。雪罗汉的眼睛是用两块小炭嵌出来的，颜色很黑，这一闪动，便变了连殳的眼睛。

“我还得活几天！”仍是这样的声音。

“为什么呢？”我无端地这样问，立刻连自己也觉得可笑了。

这可笑的问题使我清醒，坐直了身子，点起一支烟卷来；推窗一望，雪果然下得更大了。听得有人叩门；不一会，一个人走进来，但是听熟的客寓杂役的脚步。他推开我的房门，交给我一封六寸多长的信，字迹很潦草，然而一瞥便认出“魏缄”两个字，是连殳寄来的。

这是从我离开S城以后他给我的第一封信。我知道他疏懒，本不以杳无消息为奇，但有时也颇怨他不给一点消息。待到接了这信，可又无端地觉得奇怪了，慌忙拆开来。里面也用了一样潦草的字体，写着这样的话——

“申飞……。

“我称你什么呢？我空着。你自己愿意称什么，你自己添上去罢，我都可以的。

“别后共得三信，没有复。这原因很简单：我连买邮票的钱也没有。

“你或者愿意知道些我的消息，现在简直告诉你罢：我失败了。先前，我自以为是失败者，现在知道那并不，现在才真是失败者了。先前，还有人愿意我活几天，我自己也还想活几天的时候，活不下去；现在，大可以无须了，然而要活下去……。

“然而就活下去么？

“愿意我活几天的，自己就活不下去。这人已被敌人诱杀了。谁杀的呢？谁也不知道。

“人生的变化多么迅速呵！这半年来，我几乎求乞了，实际，也可以算得已经求乞。然而我还有所为，我愿意为此求乞，为此冻馁，为此寂寞，为此辛苦。但灭亡是不愿意的。你看，有一个愿意我活几天的，那力量就这么大。然而现在是没有了，连这一个也没有了。同时，我自己也觉得不配活下去；别人呢？也不配的。同时，我自己又觉得偏要为不愿意我活下去的人们而活下去；好在愿意我好好地活下去的已经没有了，再没有谁痛心。使这样的人痛心，我是不愿意的，然而现在是没有了，连这一个也没有了。快活极了，舒服极了；我已经躬行我先前所憎恶，所反对的一切，拒斥我先前所崇仰，所主张的一切了。我已经真的失败，——然而我胜利了。

“你以为我发了疯么？你以为我成了英雄或伟人了么？不，不的。这事情很简单；我近来已经做了杜师长的顾问，每月的薪水就有现洋八十元了。

“申飞……。

“你将以我为什么东西呢，你自己定就是，我都可以的。

“你大约还记得我旧时的客厅罢，我们在城中初见和将别时候的客厅。现在我还用着这客厅。这里有新的宾客，新的馈赠，新的颂扬，新的钻营，新的磕头和打拱，新的打牌和猜拳，新的冷眼和恶心，新的失眠和吐血……。

“你前信说你教书很不如意。你愿意也做顾问么？可以告诉我，我给你办。其实是做门房也不妨，一样地有新的宾客和新的馈赠，新的颂扬……

“我这里下大雪了。你那里怎样？现在已是深夜，吐了两口血，使我清醒起来。记得你竟从秋天以来陆续给了我三封信，这是怎样的可以惊异的事呵。我必须寄给你一点消息，你或者不至于倒抽一口冷气罢。

“此后，我大约不再写信的了，我这习惯是你早已知道的。何时回来呢？倘早，当能相见。——但我想，我们大概究竟不是一路的；那么，请你忘记我罢。我从我的真心感谢你先前常替我筹划生计。但是现在忘记我罢；我现在已经‘好’了。

连殳。十二月十四日。”

这虽然并不使我“倒抽一口冷气”，但草草一看之后，又细看了一遍，却总有些不舒服，而同时可又夹杂些快意和高兴；又想，他的生计总算已经不成问题，我的担子也可以放下了，虽然在我这一面始终不过是无法可想，忽而又想写一封信回答他，但又觉得没有话说，于是这意思也立即消失了。

我的确渐渐地在忘却他。在我的记忆中，他的面貌也不再时常出现。但得信之后不到十天，S城的学理七日报社忽然接续着邮寄他们的《学理七日报》来了。我是不大看这些东西的，不过既经寄到，也就随手翻翻。这却使我记起连殳来，因为里面常有关于他的诗文，如《雪夜谒连殳先生》，《连殳顾问高斋雅集》等；有一回，《学理闲谭》里还津津地叙述他先前所被传为笑柄的事，称作“逸闻”，言外大有“且夫非常之人，必能行非常之事”的意思。

不知怎地虽然因此记起，但他的面貌却总是逐渐模糊；然而又似乎和我日加密切起来，往往无端感到一种连自己也莫明其妙的不安和极轻微的震颤。幸而到了秋季，这《学理七日报》就不寄来了；山阳的《学理周刊》上却又按期登起一篇长论文：《流言即事实论》。里面还说，关于某君们的流言，已在公正士绅间盛传了。这是专指几个人的，有我在内；我只好极小心，照例连吸烟卷的烟也谨防飞散。小心是一种忙的苦痛，因此会百事俱废，自然也无暇记得连殳。总之：我其实已经将他忘却了。

但我也终于敷衍不到暑假，五月底，便离开了山阳。

五

从山阳到历城，又到太谷，一总转了大半年，终于寻不出什么事情做，我便又决计回S城去了。到时是春初的下午，天气欲雨不雨，一切都罩在灰色中；旧寓里还有空房，仍然住下。在道上，就想起连殳的了，到后，便决定晚饭后去看他。我提着两包闻喜名产的煮饼，走了许多潮湿的路，让道给许多拦路高卧的狗，这才总算到了连殳的门前。里面仿佛特别明亮似的。我想，一做顾问，连寓里也格外光亮起来了，不觉在暗中一笑。但仰面一看，门旁却白白的，分明贴着一张斜角纸。我又想，大良们的祖母死了罢；同时也跨进门，一直向里面走。

微光所照的院子里，放着一具棺材，旁边站一个穿军衣的兵或是马弁，还有一个和他谈话的，看时却是大良的祖母；另外还闲站着几个短衣的粗人。我的心即刻跳起来了。她也转过脸来凝视我。

“阿呀！您回来了？何不早几天……。”她忽而大叫起来。

“谁……谁没有了？”我其实是已经大概知道的了，但还是问。

“魏大人，前天没有的。”

我四顾，客厅里暗沉沉的，大约只有一盏灯；正屋里却挂着白的孝帏，几个孩子聚在屋外，就是大良二良们。

“他停在那里，”大良的祖母走向前，指着说，“魏大人恭喜之后，我把正屋也租给他了；他现在就停在那里。”

孝帏上没有别的，前面是一张条桌，一张方桌；方桌上摆着十来碗饭菜。我刚跨进门，当面忽然现出两个穿白长衫的来拦住了，瞪了死鱼似的眼睛，从中发出惊疑的光来，盯住了我的脸。我慌忙说明我和连殳的关系，大良的祖母也来从旁证实，他们的手和眼光这才逐渐弛缓下去，默许我近前去鞠躬。

我一鞠躬，地下忽然有人呜呜的哭起来了，定神看时，一个十多岁的孩子伏在草荐上，也是白衣服，头发剪得很光的头上还络着一大绺苎麻丝。

我和他们寒暄后，知道一个是连殳的从堂兄弟，要算最亲的了；一个是远房侄子。我请求看一看故人，他们却竭力拦阻，说是“不敢当”的。然而终于被我说服了，将孝帏揭起。

这回我会见了死的连殳。但是奇怪！他虽然穿一套皱的短衫裤，大襟上还有血迹，脸上也瘦削得不堪，然而面目却还是先前那样的面目，宁静地闭着嘴，合着眼，睡着似的，几乎要使我伸手到他鼻子前面，去试探他可是其实还在呼吸着。

一切是死一般静，死的人和活的人。我退开了，他的从堂兄弟却又来周旋，说“舍弟”正在年富力强，前程无限的时候，竟遽尔“作古”了，这不但是“衰宗”不幸，也太使朋友伤心。言外颇有替连殳道歉之意；这样地能说，在山乡中人是少有的。但此后也就沉默了，一切是死一般静，死的人和活的人。

我觉得很无聊，怎样的悲哀倒没有，便退到院子里，和大良们的祖母闲谈起来。知道入殓的时候是临近了，只待寿衣送到；钉棺材钉时，“子午卯酉”四生肖是必须躲避的。她谈得高兴了，说话滔滔地泉流似的涌出，说到他的病状，说到他生时的情景，也带些关于他的批评。

“你可知道魏大人自从交运之后，人就和先前两样了，脸也抬高起来，气昂昂的。对人也不再先前那么迂。你知道，他先前不是像一个哑子，见我是叫老太太的么？后来就叫‘老家伙’。唉唉，真是有趣。人送他仙居术，他自己是不吃的，就摔在院子里，——就是这地方，——叫道，‘老家伙，你去吃罢。’他交运之后，人来人往，我把正屋也让给他住了，自己便搬在这厢房里。他也真是一走红运，就与众不同，我们就常常这样说笑。要是你早来一个月，还赶得上看这里的热闹，三日两头的猜拳行令，说的说，笑的笑，唱的唱，作诗的作诗，打牌的打牌……。

“他先前怕孩子们比孩子们见老子还怕，总是低声下气的。近来可也两样了，能说能闹，我们的大良们也很喜欢和他玩，一有空，便都到他的屋里去。他也用种种方法逗着玩；要他买东西，他就要孩子装一声狗叫，或者磕一个响头。哈哈，真是过得热闹。前两月二良要他买鞋，还磕了三个响头哩，哪，现在还穿着，没有破呢。”

一个穿白长衫的人出来了，她就住了口。我打听连殳的病症，她却不大清楚，只说大约是早已瘦了下去的罢，可是谁也没理会，因为他总是高高兴兴的。到一个多月前，这才听到他吐过几回血，但似乎也没有看医生；后来躺倒了；死去的前三天，就哑了喉咙，说不出一句话。十三大人从寒石山路远迢迢地上城来，问他可有存款，他一声也不响。十三大人疑心他装出来的，也有人说有些生痨病死的人是要说不出话来的，谁知道呢……。

“可是魏大人的脾气也太古怪，”她忽然低声说，“他就不肯积蓄一点，水似的化钱。十三大人还疑心我们得了什么好处。有什么屁好处呢？他就冤里冤枉糊里糊涂地化掉了。譬如买东西，今天买进，明天又卖出，弄破，真不知道是怎么一回事。待到死了下来，什么也没有，都糟掉了。要不然，今天也不至于这样地冷静……。

“他就是胡闹，不想办一点正经事。我是想到过的，也劝过他，这么年纪了，应该成家；照现在的样子，结一门亲很容易；如果没有门当户对的，先买几个姨太太也可以；人是总应该像个样子的。可是他一听到就笑起来，说道，‘老家伙，你还是总替别人惦记着这等事么？’你看，他近来就浮而不实，不把人的好话当好话听。要是早听了我的话，现在何至于独自冷清清地在阴间摸索，至少，也可以听到几声亲人的哭声……。”

一个店伙背了衣服来了。三个亲人便检出里衣，走进帏后去。不多久，孝帏揭起了，里衣已经换好，接着是加外衣。这很出我意外。一条土黄的军裤穿上了，嵌着很宽的红条，其次穿上去的是军衣，金闪闪的肩章，也不知道是什么品级，那里来的品级。到入棺，是连殳很不妥帖地躺着，脚边放一双黄皮鞋，腰边放一柄纸糊的指挥刀，骨瘦如柴的灰黑的脸旁，是一顶金边的军帽。

三个亲人扶着棺沿哭了一场，止哭拭泪；头上络麻线的孩子退出去了，三良也避去，大约都是属“子午卯酉”之一的。

粗人扛起棺盖来，我走近去最后看一看永别的连殳。

他在不妥帖的衣冠中，安静地躺着，合了眼，闭着嘴，口角间仿佛含着冰冷的微笑，冷笑着这可笑的死尸。

敲钉的声音一响，哭声也同时迸出来。这哭声使我不能听完，只好退到院子里；顺脚一走，不觉出了大门了。潮湿的路极其分明，仰看太空，浓云已经散去，挂着一轮圆月，散出冷静的光辉。

我快步走着，仿佛要从一种沉重的东西中冲出，但是不能够。耳朵中有什么挣扎着，久之，久之，终于挣扎出来了，隐约像是长嗥，像一匹受伤的狼，当深夜在旷野中嗥叫，惨伤里夹杂着愤怒和悲哀。

我的心地就轻松起来，坦然地在潮湿的石路上走，月光底下。

一九二五年十月十七日毕

选自《鲁迅全集》第2卷

人民文学出版社1981年版

作家的话

中国的人们，遇见带有会使自己不安的朕兆的人物，向来就用两样法：将他压下去，或者将他捧起来。

压下去就用旧习惯和旧道德，或者凭官力，所以孤独的精神的战士，虽然为民众战斗，却往往反为这"所为"而灭亡。到这样，他们这才安心了。压不下时，则于是乎捧，以为抬之使高，厌之使足，便可以于己稍稍无害，得以安心。

《这个与那个》

评论家的话

从表面上看，作者描述魏连殳的态度，和对吕纬甫一样，他设置了一个"我"，它在小说叙事结构中的位置，和《在酒楼上》里的"我"完全相同。甚至结尾也一样，而且更直截了当："我快步走着，仿佛要从一种沉重的东西中冲出，但是不能够。耳朵中有什么挣扎着，久之，终于挣扎出来了，隐约像是长嗥，像一匹受伤的狼，当深夜在旷野中嗥叫，惨伤里夹杂着愤怒和悲哀。我的心境就轻松起来，坦然地在潮湿的石路上走，月光底下。"但是，你再仔细看进去，就会发现，他的态度其实远不像这结尾表现的这样明确。他把魏连殳描写成那样一个刚强的人。他对人生有幻想，可一旦看穿了，却又比谁都看得透彻，譬如对那“一大一小”的评论，就显示了对人心的异乎寻常的深察，一个人对亲戚都能看得如此透彻，还有什么人心的卑劣能惊骇他呢？对待社会的压迫，他的抵抗更是十分坚决，绝不像吕纬甫那样软弱，那样缺乏承受力，就连最后的自戕式的毁灭，也是对黑暗的报复，大有一种以自己的腐烂来加剧社会腐烂的意味。你看他已经被放进棺材了，还是“很不妥帖地躺着”，到死都不是一个顺民。作者的这样的描写，势必会促人发问：连魏连殳最后都失败了，难道面对中国的黑暗，吕纬甫那样软弱的人要颓唐，魏连殳式的刚硬的人也同样要绝望？在这样的问题面前，无论结尾如何强调“我”的快步逃脱，都难以转移读者的视线吧。与《在酒楼上》相比，作者对“鬼气”的探究是大大深化了。

作者态度上的暧昧尤其表现在小说的第三节中。“我”当面批评魏连殳：“那你可错误了。人们其实并不这样。你实在亲手造了独头茧，将自己裹在里面了，你应该将世间看得光明些。”这其实是作者对自己说的话，虚无感也好，怀疑心也好，都是从一个根子上长出来的，那就是对人世的不信任。中国的社会也确实可怕，一个人稍微有一点悟性，又有一点记性，便很容易陷入这种心境。鲁迅一直想要摆脱这种心境，他对自己最常说的一句话，就是“人们其实并不这样”。可你听魏连殳的回答：“也许如此罢。但是，你说：那丝是怎么来的？”在整篇小说中，这是最令人震撼的一句话。它不但把“我”的全部责难都击得粉碎，而且把小说的标题一下子放大，将它直推到读者面前，使你无法回避作者选取这个标题时的悲苦用心。是的，一个被虚无感缠绕住的人，正是一个最孤独的人，鲁迅在十年前就饱尝过这分孤独，现在又发现自己再一次深深地陷入其中。

王晓明：《无法直面的人生——鲁迅传》

鲁迅

伤逝

——涓生的手记

如果我能够，我要写下我的悔恨和悲哀，为子君，为自己。

会馆里的被遗忘在偏僻里的破屋是这样地寂静和空虚。时光过得真快，我爱子君，仗着她逃出这寂静和空虚，已经满一年了。事情又这么不凑巧，我重来时，偏偏空着的又只有这一间屋。依然是这样的破窗，这样的窗外的半枯的槐树和老紫藤，这样的窗前的方桌，这样的败壁，这样的靠壁的板床。深夜中独自躺在床上，就如我未曾和子君同居以前一般，过去一年中的时光全被消灭，全未有过，我并没有曾经从这破屋子搬出，在吉兆胡同创立了满怀希望的小小的家庭。

不但如此。在一年之前，这寂静和空虚是并不这样的，常常含着期待；期待子君的到来。在久待的焦躁中，一听到皮鞋的高底尖触着砖路的清响，是怎样地使我骤然生动起来呵！于是就看见带着笑涡的苍白的圆脸，苍白的瘦的臂膊，布的有条纹的衫子，玄色的裙。她又带了窗外的半枯的槐树的新叶来，使我看见，还有挂在铁似的老干上的一房一房的紫白的藤花。

然而现在呢，只有寂静和空虚依旧，子君却决不再来了。而且永远，永远地！……

子君不在我这破屋里时，我什么也看不见。在百无聊赖中，随手抓过一本书来，科学也好，文学也好，横竖什么都一样；看下去，看下去，忽然自己觉得，已经翻了十多页了，但是毫不记得书上所说的事。只是耳朵却分外地灵，仿佛听到大门外一切往来的履声，从中便有子君的，而且橐橐地逐渐临近，——但是，往往又逐渐渺茫，终于消失在别的步声的杂沓中了。我憎恶那不像子君鞋声的穿布底鞋的长班的儿子，我憎恶那太像子君鞋声的常常穿着新皮鞋的邻院的搽雪花膏的小东西！

莫非她翻了车么？莫非她被电车撞伤了么？……

我便要取了帽子去看她，然而她的胞叔就曾经当面骂过我。

蓦然，她的鞋声近来了，一步响于一步，迎出去时，却已经走过紫藤棚下，脸上带着微笑的酒窝。她在她叔子的家里大约并未受气；我的心宁帖了，默默地相视片时之后，破房里便渐渐充满了我的语声，谈家庭专制，谈打破旧习惯，谈男女平等，谈伊孛生，谈泰戈尔，谈雪莱……。她总是微笑点头，两眼里弥漫着稚气的好奇的光泽。壁上就钉着一张铜板的雪莱半身像。是从杂志上裁下来的，是他的最美的一张像。当我指给她看时，她却只草草一看，便低了头，似乎不好意思了。这些地方，子君就大概还未脱尽旧思想的束缚，——我后来也想，倒不如换一张雪莱淹死在大海里的纪念像或是伊孛生的罢；但也终于没有换，现在是连这一张也不知那里去了。

“我是我自己的，他们谁也没有干涉我的权利！”

这是我们交际了半年，又谈起她在这里的胞叔和在家的父亲时，她默想了一会之后，分明地，坚决地，沉静地说了出来的话。

其时是我已经说尽了我的意见，我的身世，我的缺点，很少隐瞒；她也完全了解的了。这几句话很震动了我的灵魂，此后许多天还在耳中发响，而且说不出的狂喜，知道中国女性，并不如厌世家所说那样的无法可施，在不远的将来，便要看见辉煌的曙色的。

送她出门，照例是相离十多步远；照例是那鲇鱼须的老东西的脸又紧贴在脏的窗玻璃上了，连鼻尖都挤成一个小平面；到外院，照例又是明晃晃的玻璃窗里的那小东西的脸，加厚的雪花膏。她目不邪视地骄傲地走了，没有看见；我骄傲地回来。

"我是我自己的，他们谁也没有干涉我的权利！"这彻底的思想就在她的脑里，比我还透澈，坚强得多。半瓶雪花膏和鼻尖的小平面，于她能算什么东西呢？

我已经记不清那时怎样地将我的纯真热烈的爱表示给她。岂但现在，那时的事后便已模糊，夜间回想，早只剩了一些断片了；同居以后一两月，便连这些断片也化作无可追踪的梦影。我只记得那时以前的十几天，曾经很仔细地研究过表示的态度，排列过措辞的先后，以及倘或遭了拒绝以后的情形。可是临时似乎都无用，在慌张中，身不由己地竟用了在电影上见过的方法了。后来一想到，就使我很愧恧，但在记忆上却偏只有这一点永远留遗，至今还如暗室的孤灯一般，照见我含泪握着她的手，一条腿跪了下去……。

不但我自己的，便是子君的言语举动，我那时就没有看得分明；仅知道她已经允许我了。但也还仿佛记得她脸色变成青白，后来又渐渐转作绯红，——没有见过，也没有再见的绯红；孩子似的眼里射出悲喜，但是夹着惊疑的光，虽然力避我的视线，张皇地似乎要破窗飞去。然而我知道她已经允许我了，没有知道她怎样说或是没有说。

她却是什么都记得：我的言辞，竟至于读熟了的一般，能够滔滔背诵；我的举动，就如有一张我所看不见的影片挂在眼下，叙述得如生，很细微，自然连那使我不愿再想的浅薄的电影的一闪。夜阑人静，是相对温习的时候了，我常是被质问，被考验，并且被命复述当时的言语，然而常须由她补足，由她纠正，像一个丁等的学生。

这温习后来也渐渐稀疏起来。但我只要看见她两眼注视空中，出神似的凝想着，于是神色越加柔和，笑窝也深下去，便知道她又在自修旧课了，只是我很怕她看到我那可笑的电影的一闪。但我又知道，她一定要看见，而且也非看不可的。

然而她并不觉得可笑，即使我自己以为可笑，甚而至于可鄙的，她也毫不以为可笑。这事我知道得很清楚，因为她爱我，是这样地热烈，这样地纯真。

去年的暮春是最为幸福，也是最为忙碌的时光。我的心平静下去了，但又有别一部分和身体一同忙碌起来。我们这时才在路上同行，也到过几回公园，最多的是寻住所。我觉得在路上时时遇到探索，讥笑，猥亵和轻蔑的眼光，一不小心，便使我的全身有些瑟缩，只得即刻提起我的骄傲和反抗来支持。她却是大无畏的，对于这些全不关心，只是镇静地缓缓前行，坦然如入无人之境。

寻住所实在不是容易事，大半是被托辞拒绝，小半是我们以为不相宜。起先我们选择得很苛酷，——也非苛酷，因为看去大抵不像是我们的安身之所；后来，便只要他们能相容了。看了二十多处，这才得到可以暂且敷衍的处所，是吉兆胡同一所小屋里的两间南屋；主人是一个小官，然而倒是个明白人，自住着正屋和厢房。他只有夫人和一个不到周岁的女孩子，雇一个乡下的女工，只要孩子不啼哭，是极其安闲幽静的。

我们的家具很简单，但已经用去了我的筹来的款子的大半；子君还卖掉了她唯一的金戒指和耳环。我拦阻她，还是定要卖，我也就不再坚持下去了；我知道不给她加入一点股份去，她是住不舒服的。

和她的叔子，她早经闹开，至于使他气愤到不再认她做侄女；我也陆续和几个自以为忠告，其实是替我胆怯，或者竟是嫉妒的朋友绝了交。然而这倒很清静。每日办公散后，虽然已近黄昏，车夫又一定走得这样慢，但究竟还有二人相对的时候。我们先是沉默的相视，接着是放怀而亲密的交谈，后来又是沉默。大家低头沉思着，却并未想着什么事。我也渐渐清醒地读遍了她的身体，她的灵魂，不过三星期，我似乎于她已经更加了解，揭去许多先前以为了解而现在看来却是隔膜，即所谓真的隔膜了。

子君也逐日活泼起来。但她并不爱花，我在庙会时买来的两盆小草花，四天不浇，枯死在壁角了，我又没有照顾一切的闲暇。然而她爱动物，也许是从官太太那里传染的罢，不一月，我们的眷属便骤然加得很多，四只小油鸡，在小院子里和房主人的十多只在一同走。但她们却认识鸡的相貌，各知道那一只是自家的。还有一只花白的叭儿狗，从庙会买来，记得似乎原有名字，子君却给它另起了一个，叫作阿随。我就叫它阿随，但我不喜欢这名字。

这是真的，爱情必须时时更新，生长，创造。我和子君说起这，她也领会地点点头。

唉唉，那是怎样的宁静而幸福的夜呵！

安宁和幸福是要凝固的，永久是这样的安宁和幸福。我们在会馆里时，还偶有议论的冲突和意思的误会，自从到吉兆胡同以来，连这一点也没有了；我们只在灯下对坐的怀旧谭中，回味那时冲突以后的和解的重生一般的乐趣。

子君竟胖了起来，脸色也红活了；可惜的是忙。管了家务便连谈天的工夫也没有，何况读书和散步。我们常说，我们总还得雇一个女工。

这就使我也一样地不快活，傍晚回来，常见她包藏着不快活的颜色，尤其使我不乐的是她要装作勉强的笑容。幸而探听出来了，也还是和那小官太太的暗斗，导火线便是两家的小油鸡。但又何必硬不告诉我呢？人总该有一个独立的家庭。这样的处所，是不能居住的。

我的路也铸定了，每星期中的六天，是由家到局，又由局到家。在局里便坐在办公桌前钞，钞，钞些公文和信件；在家里是和她相对或帮她生白炉子，煮饭，蒸馒头。我的学会了煮饭，就在这时候。

但我的食品却比在会馆里时好得多了。做菜虽不是子君的特长，然而她于此却倾注着全力；对于她的日夜的操心，使我也不能不一同操心，来算作分甘共苦。况且她又这样地终日汗流满面，短发都粘在脑额上；两只手又只是这样地粗糙起来。

况且还要饲阿随，饲油鸡，……都是非她不可的工作。

我曾经忠告她：我不吃，倒也罢了；却万不可这样地操劳。她只看了我一眼，不开口。神色却似乎有点凄然；我也只好不开口。然而她还是这样地操劳。

我所预期的打击果然到来。双十节的前一晚，我呆坐着，她在洗碗。听到打门声，我去开门时，是局里的信差，交给我一张油印的纸条。我就有些料到了，到灯下去一看，果然，印着的就是——

> 奉
>
> 局长谕史涓生着毋庸到局办事
>
> 秘书处启　十月九号

这在会馆里时，我就早已料到了；那雪花膏便是局长的儿子的赌友，一定要去添些谣言，设法报告的。到现在才发生效验，已经要算是很晚的了。其实这在我不能算是一个打击，因为我早就决定，可以给别人去钞写，或者教读，或者虽然费力，也还可以译点书，况且《自由之友》的总编辑便是见过几次的熟人，两月前还通过信。但我的心却跳跃着。那么一个无畏的子君也变了色，尤其使我痛心；她近来似乎也较为怯弱了。

“那算什么。哼，我们干新的。我们……”她说。

她的话没有说完；不知怎地，那声音在我听去却只是浮浮的；灯光也觉得格外黯淡。人们真是可笑的动物，一点极微末的小事情，便会受着很深的影响。我们先是默默地相视。逐渐商量起来，终于决定将现有的钱竭力节省，一面登“小广告”去寻求钞写和教读，一面写信给《自由之友》的总编辑，说明我目下的遭遇，请他收用我的译本，给我帮一点艰辛时候的忙。

“说做，就做罢！来开一条新的路！”

我立刻转身向了书案，推开盛香油的瓶子和醋碟，子君便送过那黯淡的灯来。我先拟广告；其次是选定可译的书，迁移以来未曾翻阅过，每本的头上都满漫着灰尘了；最后才写信。

我很费踌躕，不知道怎样措辞好，当停笔凝思的时候，转眼去一瞥她的脸，在昏暗的灯光下，又很见得凄然。我真不料这样微细的小事情，竟会给坚决的，无畏的子君以这么显著的变化。她近来实在变得很怯弱了，但也并不是今夜才开始的。我的心因此更加缭乱，忽然有安宁的生活的影像——会馆里的破屋的寂静，在眼前一闪，刚刚想定睛凝视，却又看见了昏暗的灯光。

许久之后，信也写成了，是一封颇长的信；很觉得疲劳，仿佛近来自己也较为怯弱了。于是我们决定，广告和发信，就在明日一同实行。大家不约而同地伸直了腰肢，在无言中，似乎又都感到彼此的坚忍倔强的精神，还看见从新萌芽起来的将来的希望。

外来的打击其实倒是振作了我们的新精神。局里的生活，原如鸟贩子手里的禽鸟一般，仅有一点小米维系残生，决不会肥胖；日子一久，只落得麻痹了翅子，即使放出笼外，早已不能奋飞。现在总算脱出这牢笼了，我从此要在新的开阔的天空中翱翔，趁我还未忘却了我的翅子的扇动。

小广告是一时自然不会发生效力的；但译书也不是容易事，先前看过，以为已经懂得的，一动手，却疑难百出了，进行得很慢。然而我决计努力地做，一本半新的字典，不到半月，边上便有了一大片乌黑的指痕，这就证明着我的工作的切实。《自由之友》的总编辑曾经说过，他的刊物是决不会埋没好稿子的。

可惜的是我没有一间静室，子君又没有先前那样幽静，善于体贴了，屋子里总是散乱着碗碟，弥漫着煤烟，使人不能安心做事，但是这自然还只能怨我自己无力置一间书斋。然而又加以阿随，加以油鸡们。加以油鸡们又大起来了，更容易成为两家争吵的引线。

加以每日的“川流不息”的吃饭；子君的功业，仿佛就完全建立在这吃饭中。吃了筹钱，筹来吃饭，还要喂阿随，饲油鸡；她似乎将先前所知道的全都忘掉了，也不想到我的构思就常常为了这催促吃饭而打断。即使在坐中给看一点怒色，她总是不改变，仍然毫无感触似的大嚼起来。

使她明白了我的作工不能受规定的吃饭的束缚，就费去五星期。她明白之后，大约很不高兴罢，可是没有说。我的工作果然从此较为迅速地进行，不久就共译了五万言，只要润色一回，便可以和做好的两篇小品，一同寄给《自由之友》去。只是吃饭却依然给我苦恼。菜冷，是无妨的，然而竟不够；有时连饭也不够，虽然我因为终日坐在家里用脑，饭量已经比先前要减少得多。这是先去喂了阿随了。有时还并那近来连自己也轻易不吃的羊肉。她说，阿随实在瘦得太可怜，房东太太还因此嗤笑我们了，她受不住这样的奚落。

于是吃我残饭的便只有油鸡们。这是我积久才看出来的，但同时也如赫胥黎的论定“人类在宇宙间的位置”一般，自觉了我在这里的位置：不过是叭儿狗和油鸡之间。

后来，经多次的抗争和催逼，油鸡们也逐渐成为肴馔，我们和阿随都享用了十多日的鲜肥；可是其实都很瘦，因为它们早已每日只能得到几粒高粱了。从此便清静得多。只有子君很颓唐，似乎常觉得凄苦和无聊，至于不大愿意开口。我想，人是多么容易改变呵！

但是阿随也将留不住了。我们已经不能再希望从什么地方会有来信，子君也早没有一点食物可以引它打拱或直立起来。冬季又逼近得这么快，火炉就要成为很大的问题；它的食量，在我们其实早是一个极易觉得的很重的负担。于是连它也留不住了。

倘使插了草标到庙市去出卖，也许能得几文钱罢，然而我们都不能，也不愿这样做。终于是用包袱蒙着头，由我带到西郊去放掉了，还要追上来，便推在一个并不很深的土坑里。

我一回寓，觉得又清静得多多了；但子君的凄惨的神色，却使我很吃惊。那是没有见过的神色，自然是为阿随。但又何至于此呢？我还没有说起推在土坑里的事。

到夜间，在她的凄惨的神色中，加上冰冷的分子了。

“奇怪。——子君，你怎么今天这样儿了？”我忍不住问。

“什么？”她连看也不看我。

“你的脸色……。”

“没有什么，——什么也没有。”

我终于从她言动上看出，她大概已经认定我是一个忍心的人。

其实，我一个人，是容易生活的，虽然因为骄傲，向来不与世交来往，迁居以后，也疏远了所有旧识的人，然而只要能远走高飞，生路还宽广得很。现在忍受着这生活压迫的苦痛，大半倒是为她，便是放掉阿随，也何尝不如此。但子君的识见却似乎只是浅薄起来，竟至于连这一点也想不到了。

我拣了一个机会，将这些道理暗示她；她领会似的点头。然而看她后来的情形，她是没有懂，或者是并不相信的。

天气的冷和神情的冷，逼迫我不能在家庭中安身。但是往那里去呢？大道上，公园里，虽然没有冰冷的神情，冷风究竟也刺得人皮肤欲裂。我终于在通俗图书馆里觅得了我的天堂。

那里无须买票；阅书室里又装着两个铁火炉。纵使不过是烧着不死不活的煤的火炉，但单是看见装着它，精神上也就总觉得有些温暖。书却无可看：旧的陈腐；新的是几乎没有的。

好在我到那里去也并非为看书。另外时常还有几个人，多则十余人，都是单薄衣裳，正如我，各人看各人的书，作为取暖的口实。这于我尤为合式。道路上容易遇见熟人，得到轻蔑的一瞥，但此地却决无那样的横祸，因为他们是永远围在别的铁炉旁，或者靠在自家的白炉边的。

那里虽然没有书给我看，却还有安闲容得我想。待到孤身枯坐，回忆从前，这才觉得大半年来，只为了爱，——盲目的爱，——而将别的人生的要义全盘疏忽了。第一，便是生活。人必生活着，爱才有所附丽。世界上并非没有为了奋斗者而开的活路；我也还未忘却翅子的扇动，虽然比先前已经颓唐得多……。

屋子和读者渐渐消失了，我看见怒涛中的渔夫，战壕中的兵士，摩托车中的贵人，洋场上的投机家，深山密林中的豪杰，讲台上的教授，昏夜的运动者和深夜的偷儿……。子君，——不在近旁。她的勇气都失掉了，只为着阿随悲愤，为着做饭出神；然而奇怪的是倒也并不怎样瘦损……。

冷了起来，火炉里的不死不活的几片硬煤，也终于烧尽了，已是闭馆的时候。又须回到吉兆胡同，领略冰冷的颜色去了。近来也间或遇到温暖的神情，但这却反而增加我的苦痛。记得有一夜，子君的眼里忽而又发出久已不见的稚气的光来，笑着和我谈到还在会馆时候的情形，时时又很带些恐怖的神色。我知道我近来的超过她的冷漠，已经引起她的忧疑来，只得也勉力谈笑，想给她一点慰藉。然而我的笑貌一上脸，我的话一出口，却即刻变为空虚，这空虚又即刻发生反响，回向我的耳目里，给我一个难堪的恶毒的冷嘲。

子君似乎也觉得的，从此便失掉了她往常的麻木似的镇静，虽然竭力掩饰，总还是时时露出忧疑的神色来，但对我却温和得多了。

我要明告她，但我还没有敢，当决心要说的时候，看见她孩子一般的眼色，就使我只得暂且改作勉强的欢容。但是这又即刻来冷嘲我，并使我失却那冷漠的镇静。

她从此又开始了往事的温习和新的考验，逼我做出许多虚伪的温存的答案来，将温存示给她，虚伪的草稿便写在自己的心上。我的心渐被这些草稿填满了，常觉得难于呼吸。我在苦恼中常常想，说真实自然须有极大的勇气的；假如没有这勇气，而苟安于虚伪，那也便是不能开辟新的生路的人。不独不是这个，连这人也未尝有！

子君有怨色，在早晨，极冷的早晨，这是从未见过的，但也许是从我看来的怨色。我那时冷冷地气愤和暗笑了；她所磨炼的思想和豁达无畏的言论，到底也还是一个空虚，而对于这空虚却并未自觉。她早已什么书也不看，已不知道人的生活的第一着是求生，向着这求生的道路，是必须携手同行，或奋身孤往的了，倘使只知道捶着一个人的衣角，那便是虽战士也难于战斗，只得一同灭亡。

我觉得新的希望就只在我们的分离；她应该决然舍去，——我也突然想到她的死，然而立刻自责，忏悔了。幸而是早晨，时间正多，我可以说我的真实。我们的新的道路的开辟，便在这一遭。

我和她闲谈，故意地引起我们的往事，提到文艺，于是涉及外国的文人，文人的作品：《诺拉》《海的女人》。称扬诺拉的果决……也还是去年在会馆的破屋里讲过的那些话，但现在已经变成空虚，从我的嘴传入自己的耳中，时时疑心有一个隐形的坏孩子，在背后恶意地刻毒地学舌。

她还是点头答应着倾听，后来沉默了。我也就断续地说完了我的话，连余音都消失在虚空中了。

“是的。”她又沉默了一会，说，“但是，——涓生，我觉得你近来很两样了。可是的？你，——你老实告诉我。”

我觉得这似乎给了我当头一击，但也立即定了神，说出我的意见和主张来：新的路的开辟，新的生活的再造，为的是免得一同灭亡。

临末，我用了十分的决心，加上这几句话——

“……况且你已经可以无须顾虑，勇往直前了。你要我老实说；是的，人是不该虚伪的。我老实说罢：因为，因为我已经不爱你了！但这于你倒好得多，因为你更可以毫无挂念地做事……。”

我同时预期着大的变故的到来，然而只有沉默。她脸色陡然变成灰黄，死了似的；瞬间便又苏生，眼里也发了稚气的闪闪的光泽。这眼光射向四处，正如孩子在饥渴中寻求着慈爱的母亲，但只在空中寻求，恐怖地回避着我的眼。

我不能看下去了，幸而是早晨，我冒着寒风径奔通俗图书馆。

在那里看见《自由之友》，我的小品文都登出了。这使我一惊，仿佛得了一点生气。我想，生活的路还很多，——但是，现在这样也还是不行的。

我开始去访问久已不相闻问的熟人，但这也不过一两次；他们的屋子自然是暖和的，我在骨髓中却觉得寒冽。夜间，便蜷伏在比冰还冷的冷屋中。

冰的针刺着我的灵魂，使我永远苦于麻木的疼痛。生活的路还很多，我也还没有忘却翅子的扇动，我想。——我突然想到她的死，然而立刻自责，忏悔了。

在通俗图书馆里往往瞥见一闪的光明，新的生路横在前面。她勇猛地觉悟了，毅然走出这冰冷的家，而且，——毫无怨恨的神色。我便轻如行云，漂浮空际，上有蔚蓝的天，下是深山大海，广厦高楼，战场，摩托车，洋场，公馆，晴明的闹市，黑暗的夜……。

而且，真的，我预感得这新生面便要来到了。

我们总算度过了极难忍受的冬天，这北京的冬天；就如蜻蜓落在恶作剧的坏孩子的手里一般，被系着细线，尽情玩弄，虐待，虽然幸而没有送掉性命，结果也还是躺在地上，只争着一个迟早之间。

写给《自由之友》的总编辑已经有三封信，这才得到回信，信封里只有两张书券：两角的和三角的。我却单是催，就用了九分的邮票，一天的饥饿，又都白挨给于己一无所得的空虚了。

然而觉得要来的事，却终于来到了。

这是冬春之交的事，风已没有这么冷，我也更久地在外面徘徊；待到回家，大概已经昏黑。就在这样一个昏黑的晚上，我照常没精打采地回来，一看见寓所的门，也照常更加丧气，使脚步放得更缓。但终于走进自己的屋子里了，没有灯火；摸火柴点起来时，是异样的寂寞和空虚！

正在错愕中，官太太便到窗外来叫我出去。

“今天子君的父亲来到这里，将她接回去了。”她很简单地说。

这似乎又不是意料中的事，我便如脑后受了一击，无言地站着。

“她去了么？”过了些时，我只问出这样一句话。

“她去了。”

“她，——她可说什么？”

“没说什么。单是托我见你回来时告诉你，说她去了。”

我不信；但是屋子里是异样的寂寞和空虚。我遍看各处，寻觅子君；只见几件破旧而黯淡的家具，都显得极其清疏，在证明着它们毫无隐匿一人一物的能力。我转念寻信或她留下的字迹，也没有；只是盐和干辣椒，面粉，半株白菜，却聚集在一处了，旁边还有几十枚铜圆。这是我们两人生活材料的全副，现在她就郑重地将这留给我一个人，在不言中，教我借此去维持较久的生活。

我似乎被周围所排挤，奔到院子中间，有昏黑在我的周围；正屋的纸窗上映出明亮的灯光，他们正在逗着孩子玩笑。我的心也沉静下来，觉得在沉重的迫压中，渐渐隐约地现出脱走的路径：深山大泽，洋场，电灯下的盛筵，壕沟，最黑最黑的深夜，利刃的一击，毫无声响的脚步……。

心地有些轻松，舒展了，想到旅费，并且嘘一口气。

躺着，在合着的眼前经过的预想的前途，不到半夜已经现尽；暗中忽然仿佛看见一堆食物，这之后，便浮出一个子君的灰黄的脸来，睁了孩子气的眼睛，恳托似的看着我。我一定神，什么也没有了。

但我的心却又觉得沉重。我为什么偏不忍耐几天，要这样急急地告诉她真话的呢？现在她知道，她以后所有的只是她父亲——儿女的债主——的烈日一般的严威和旁人的赛过冰霜的冷眼。此外便是虚空。负着虚空的重担，在严威和冷眼中走着所谓人生的路，这是怎么可怕的事呵！而况这路的尽头，又不过是——连墓碑也没有的坟墓。

我不应该将真实说给子君，我们相爱过，我应该永久奉献她我的说谎。如果真实可以宝贵，这在子君就不该是一个沉重的空虚。谎语当然也是一个空虚，然而临末，至多也不过这样地沉重。

我以为将真实说给子君，她便可以毫无顾虑，坚决地毅然前行，一如我们将要同居时那样。但这恐怕是我错误了。她当时的勇敢和无畏是因为爱。

我没有负着虚伪的重担的勇气，却将真实的重担卸给她了。她爱我之后，就要负了这重担，在严威和冷眼中走着所谓人生的路。

我想到她的死……。我看见我是一个卑怯者，应该被摈于强有力的人们，无论是真实者，虚伪者。然而她却自始至终，还希望我维持较久的生活……。

我要离开吉兆胡同，在这里是异样的空虚和寂寞。我想，只要离开这里，子君便如还在我的身边；至少，也如还在城中，有一天，将要出人意表地访我，像住在会馆时候似的。

然而一切请托和书信，都是一无反响；我不得已，只好访问一个久不问候的世交去了。他是我伯父的幼年的同窗，以正经出名的拔贡，寓京很久，交游也广阔的。

大概因为衣服的破旧罢，一登门便很遭门房的白眼。好容易才相见，也还相识，但是很冷落。我们的往事，他全都知道了。

“自然，你也不能在这里了，”他听了我托他在别处觅事之后，冷冷地说，“但那里去呢？很难。——你那，什么呢，你的朋友罢，子君，你可知道，她死了。”

我惊得没有话。

“真的？”我终于不自觉地问。

“哈哈。自然真的。我家的王升的家，就和她家同村。”

“但是，——不知道是怎么死的？”

“谁知道呢。总之是死了就是了。”

我已经忘却了怎样辞别他，回到自己的寓所。我知道他是不说谎话的；子君总不会再来的了，像去年那样。她虽是想在严威和冷眼中负着虚空的重担来走所谓人生的路，也已经不能。她的命运，已经决定她在我所给予的真实——无爱的人间死灭了。

自然，我不能在这里了；但是，“那里去呢？”

四围是广大的空虚，还有死的寂静。死于无爱的人们的眼前的黑暗，我仿佛一一看见，还听得一切苦闷和绝望的挣扎的声音。

我还期待着新的东西到来，无名的，意外的。但一天一天，无非是死的寂静。

我比先前已经不大出门，只坐卧在广大的空虚里，一任这死的寂静侵蚀着我的灵魂。死的寂静有时也自己战栗，自己退藏，于是在这绝续之交，便闪出无名的，意外的，新的期待。

一天是阴沉的上午，太阳还不能从云里面挣扎出来，连空气都疲乏着。耳中听到细碎的步声和咻咻的鼻息，使我睁开眼。大致一看，屋子里还是空虚；但偶然看到地面，却盘旋着一匹小小的动物，瘦弱的，半死的，满身灰土的……。

我一细看，我的心就一停，接着便直跳起来。

那是阿随。它回来了。

我的离开吉兆胡同，也不单是为了房主人们和他家女工的冷眼，大半就为着这阿随。但是，“那里去呢?”新的生路自然还很多，我约略知道，也间或依稀看见，觉得就在我面前，然而我还没有知道跨进那里去的第一步的方法。

经过许多回的思量和比较，也还只有会馆是还能相容的地方。依然是这样的破屋，这样的板床，这样的半枯的槐树和紫藤，但那时使我希望，欢欣，爱，生活的，却全都逝去了，只有一个虚空，我用真实去换来的虚空存在。

新的生路还很多，我必须跨进去，因为我还活着。但我还不知道怎样跨出那第一步。有时，仿佛看见那生路就像一条灰白的长蛇，自己蜿蜒地向我奔来，我等着，等着，看看临近，但忽然便消失在黑暗里了。

初春的夜，还是那么长。长久的枯坐中记起上午在街头所见的葬式，前面是纸人纸马，后面是唱歌一般的哭声。我现在已经知道他们的聪明了，这是多么轻松简截的事。

然而子君的葬式却又在我的眼前，是独自负着虚空的重担，在灰白的长路上前行，而又即刻消失在周围的严威和冷眼里了。

我愿意真有所谓鬼魂，真有所谓地狱，那么，即使在孽风怒吼之中，我也将寻觅子君，当面说出我的悔恨和悲哀，祈求她的饶恕；否则，地狱的毒焰将围绕我，猛烈地烧尽我的悔恨和悲哀。

我将在孽风和毒焰中拥抱子君，乞她宽容，或者使她快意……。

但是，这却更虚空于新的生路；现在所有的只是初春的夜，竟还是那么长。我活着，我总得向着新的生路跨出去，那第一步，——却不过是写下我的悔恨和悲哀，为子君，为自己。

我仍然只有唱歌一般的哭声，给子君送葬，葬在遗忘中。

我要遗忘；我为自己，并且要不再想到这用了遗忘给子君送葬。

我要向着新的生路跨进第一步去，我要将真实深深地藏在心的创伤中，默默地前行，用遗忘和说谎做我的前导……。

一九二五年十月二十一日毕

选自《鲁迅全集》第2卷

人民文学出版社1981年版

作家的话

娜拉走后怎样？……从事理上推想起来，娜拉或者也实在只有两条路：不是堕落，就是回来。因为如果是一匹小鸟，则笼子里固然不自由，而一出笼门，外面便又有鹰，有猫，以及别的什么东西之类；倘使已经关得麻痹了翅子，忘却了飞翔，也诚然是无路可以走。还有一条，就是饿死了，但饿死已经离开了生活，更无所谓问题，所以也不是什么路。……

所以为娜拉计，钱，——高雅的说罢，就是经济，则最要紧的了。自由固不是钱所能买到的，但能够为钱而卖掉。人类有一个大缺点，就是常常要饥饿。为补救这缺点起见，为准备不做傀儡起见，在目下的社会里，经济权见得最要紧了。第一，在家应该先获得男女平均的分配；第二，在社会应该获得男女相等的势力。可惜我不知道这权柄如何取得，单知道仍然要战斗；或者也许比要求参政权更要用剧烈的战斗。

《娜拉走后怎样》

评论家的话

特定的社会处境造成了涓生的特定的生活需要，特定的生活需要造成了特定的感情情绪。感情一经产生，便成了不能完全由理智，由道义责任感完全控制的东西。涓生尽管从理智上的人道主义人生原则一直压抑着内心的个性主义要求，但他的困难处境不变，这种由真实的生活需要所决定的个性要求还是逐渐生长着。个性主义这个“隐形的坏孩子”越来越有力地反抗着人道主义同情心对它的压抑，由潜意识走向意识领域，由意识领域走向外部的行动。涓生不是没有压抑过它，也不是对它施加的压力不够，实在因为它对于涓生是太有力了，正像封建传统势力对他是太有力了一样。……在这时，涓生是没有一条十全的道路可走的。因为只有下列两条充满痛苦的道路：

人道主义＝虚伪＝涓生与子君的双双毁灭＝放弃反封建斗争的大目标＝涓生个性的泯灭＝放弃个性解放的思想原则＝对个性主义人生原则的否定。

个性主义＝残酷＝毁灭子君，救出自己＝保留自我的个性．毁灭他人的个性＝放弃人道主义的人生原则。

但第二条道路，确也为涓生留下了一条可能生存下去，斗争下去的生路。他畏葸着选择了后者，但这也就毁灭了子君。

王富仁：《中国反封建思想革命的一面镜子
——〈呐喊〉〈彷徨〉综合论》

闻一多

死　水

这是一沟绝望的死水，
清风吹不起半点漪沦。
不如多扔些破铜烂铁，
爽性泼你的剩菜残羹。

也许铜的要绿成翡翠，
铁罐上锈出几瓣桃花；
再让油腻织一层罗绮，
霉菌给他蒸出些云霞。

让死水酵成一沟绿酒，
飘满了珍珠似的白沫；
小珠们笑声变成大珠，
又被偷酒的花蚊咬破。

那么一沟绝望的死水，
也就夸得上几分鲜明。
如果青蛙耐不住寂寞，
又算死水叫出了歌声。

这是一沟绝望的死水，
这里断不是美的所在，
不如让给丑恶来开垦，
看他造出个什么世界。

选自《闻一多诗全编》
浙江文艺出版社 1995 年版

作家的话

我只觉得自己是座没有爆发的火山，火烧得我痛，却始终没有能力（就是技巧）炸开那禁锢我的地壳，放射出光和热来。只有少数跟我很久的朋友（如梦家）才知道我有火，并且就在《死水》里感觉出我的火来。说郭沫若有火，而不说我有火，不说戴望舒，卞之琳是技巧专家而说我是，这样的颠倒黑白，人们说，你也说，那就让你们说去，我插什么嘴呢？

1943 年 11 月 25 日致臧克家信

评论家的话

《诗镌》里闻一多氏影响最大。徐志摩氏虽在努力于“体制的输入与试验”，却只顾了自家，没有想到用理论来领导别人。闻氏才是“最有兴味探讨诗的理论和艺术的”①；徐氏说他们几个写诗的

---

① 徐志摩《猛虎集》序。

朋友多少都受到《死水》作者的影响。《死水》前还有《红烛》，讲究用比喻，又喜欢用别的新诗人用不到的中国典故，最为繁丽，真教人有艺术至上之感。《死水》转向幽玄，更为严谨；他作诗有点像李贺的雕锼而出，是靠理智的控制比情感的驱遣多些。但他的诗不失其为情诗。另一面他又是个爱国诗人，而且几乎可以说是唯一的爱国诗人。

朱自清：《〈中国新文学大系〉诗集·导言》

他是一个斗士。但是他又是一个诗人和学者。这三重人格集合在他身上，因时期的不同而或隐或现。……学者的时期最长，斗士的时期最短，然而他始终不失为一个诗人，而在诗人和学者的时期，他也始终不失一个斗士……

这不是“恶之华”的赞颂，而是索兴让“丑恶”早些“恶贯满盈”，“绝望”里才有希望。……那时跟他的青年们很多，他领着他们作诗，也领着他们从“绝望”里向一个理想挣扎着，那理想就是“咱们的中国”（《一句话》）。

朱自清：《闻一多全集·序》

废名
菱荡

废名，本名冯文炳，字蕴仲，1901 年出生，湖北黄梅人。1922 年考进北京大学预科，后转入本科英国文学系，1929 年毕业留校任讲师。学习期间开始文学创作，并参加语丝社。1925 年起相继出版小说集《竹林的故事》《桃园》《枣》以及长篇小说《桥》《莫须有先生传》等；作品多编织和复述有关童年和故乡的生活经验．集中表达了对宗族社会下的田园生活的依恋．使其成为资深的京派作家。抗日战争爆发后返回故里任小学教师多年，1946 年重回北京大学，任副教授、教授。其间发表自传体长篇小说《莫须有先生坐飞机以后》十七章。1952 年后任东北人民大学中文系教授、中文系系主任。1963 年起任吉林省文联副主席。1967 年去世。

陶家村在菱荡圩的坝上，离城不过半里，下坝过桥，走一个沙洲，到城西门。

一条线排着，十来重瓦屋，泥墙，石灰画得砖块分明，太阳底下更有一种光泽，表示陶家村总是兴旺的。屋后竹林，绿叶堆成了台阶的样子，倾斜至河岸，河水沿竹子打一个弯，潺潺流过。这里离城才是真近，中间就只有河，城墙的一段正对了竹子临水而立。竹林里一条小路，城上也窥得见，不当心河边忽然站了一个人，——陶家村人出来挑水。落山的太阳射不过陶家村的时候（这时游城的很多），少不了有人攀了城垛子探首望水，但结果城上人望城下人，仿佛不会说水清竹叶绿，——城下人亦望城上。

陶家村过桥的地方有一座石塔，名叫洗手塔。人说，当初是没有桥的，往来要“摆渡”，摆渡者，是指以大乌竹做成的筏载行人过河。一位姓张的老汉，专在这里摆渡过日，头发白得像银丝。一天何仙姑下凡来，度老汉升天，老汉说：“我不去。城里人如何下乡？乡下人如何进城？”但老汉这天晚上死了。清早起来，河有桥，桥头有塔。何仙姑一夜修了桥。修了桥洗一洗手，成洗手塔。这个故事陶家村的陈聋子独不相信，他说“张老头子摆渡，不是要渡钱吗？”摆渡依然要人家给他钱，同聋子“打长工”是一样，所以决不能升天。

塔不高，一棵大枫树高高的在塔之上，远路行人总要歇住乘一乘荫。坐在树下，菱荡圩一眼看得见，——看见的也仅仅只有菱荡圩的天地了，坝外一重山，两重山，虽知道隔得不近，但树林在山腰。菱荡圩算不得大圩，花篮的形状，花篮里却没有装一朵花，从底绿起，——若是荞麦或油菜花开的时候，那又尽是花了。稻田自然一望而知，另外树林子堆的许多球，哪怕城里人时常跑到菱荡圩来玩，也不能一一说出，那是村，那是园，或者水塘四围栽了树。坝上的树叫菱荡圩的天比地更来得小，除了陶家村以及陶家村对面的一个小庙，走路是在树林里走了一圈。有时听得斧头斫树响，一直听到不再响了还是一无所见。那个小庙，从这边望去，露出一面白墙，虽是深藏也逃不了是一个小庙。到了晚半天，这一块儿首先没有太阳，树色格外深。有人想，这庙大概是村庙，因为那么小，实在同它背后山腰里的水竹寺差不多大小，不过水竹寺的林子是远山上的竹林罢了。城里人有终其身没有向陶家村人问过这庙者，终其身也没有再见过这么白的墙。

陶家村门口的田十年九不收谷的，本来也就不打算种谷，太低，四季有水，收谷是意外的丰收。（按，陶家村的丰年是岁旱。）水草连着菖蒲，菖蒲长到坝脚，树荫遮得这一片草叫人无风自凉。陶家村的牛在这坝脚下放，城里的驴子也在这坝脚下放。人又喜欢伸开他的手脚躺在这里闭眼向天。环着这水田的一条沙路环过菱荡。

菱荡圩是以这个菱荡得名。

菱荡属陶家村，周围常青树的矮林，密得很。走在坝上，望见白水的一角。荡岸，绿草散着野花，成一个圈圈。两个通口，一个连菜园。陈聋子种的几畦园也在这里。

菱荡的深，陶家村的二老爹知道，二老爹是七十八岁的老人，说，道光十九年，剩了他们的菱荡没有成干土，但也快要见底了。网起来的大小鱼真不少，鲤鱼大的有二十斤。这回陶家村可热闹，六城的人来看，洗手塔上是人，荡当中人挤人，树都挤得稀疏了。

菱叶差池了水面，约半荡，余则是白水。太阳当顶时，林茂无鸟声，过路人不见水的过去。如果是熟客，绕到进口的地方进去玩，一眼要上下闪，天与水。停了脚，水里唧唧响，——水仿佛是这一个一个的声音填的！偏头，或者看见一人钓鱼，钓鱼的只看他的一根线。一声不响的你又走出来了。好比是进城去，到了街上你还是菱荡的过客。

这样的人，总觉得有一个东西是深的，碧蓝的，绿的，又是那么圆。

城里人并不以为菱荡是陶家村的，是陈聋子的。大家都熟识这个聋子，喜欢他，打趣他，尤其是那般洗衣的女人，——洗衣的多半住在西城根，河水涸了到菱荡来洗。菱荡的深，这才被她们搅动了。太阳落山以及天刚刚破晓的时候，坝上也听得见她们喉咙叫，甚至，衣篮太重了坐在坝脚下草地上“打一栈”的也与正在捶捣杵的相呼应。野花做了她们的蒲团，原来青青的草被他们踏成了路。

陈聋子，平常略去了陈字，只称聋子。他在陶家村打了十几年长工，轻易不见他说话，别人说话他偏肯听，大家都嫉妒他似的这样叫他。但这或者不始于陶家村，他到陶家村来似乎就没有带来别的名字了。二老爹的园是他种，园里出的菜也要他挑上街去卖。二老爹相信他一人，回来一文一文的钱向二老爹手上数。洗衣女人问他讨萝卜吃——好比他正在萝卜田里，他也连忙拔起一个大的，连叶子给她。不过问萝卜他就答应一个萝卜，再说他的萝卜不好，他无话回，笑是笑的。菱荡圩的萝卜吃在口里实在甜。

菱荡满菱角的时候，菱荡里不时有一个小划子（这划子一个人背得起），坐划子菱叶上打回旋的常是陈聋子。聋子到哪里去了，二老爹也不知道。二老爹或者在坝脚下看他的牛吃草，没有留心他的聋子进菱荡。聋子挑了菱角回家——聋子是在菱荡摘菱角！

聋子总是这样的去摘菱角，恰如菱荡在菱荡圩不现其水。

有一回聋子送一篮菱角到石家井去，——石家井是城里有名的巷子，石姓所居，两边院墙夹成一条深巷，石铺的道，小孩子走这里过，故意踏得响，逗回声。聋子走到石家大门，站住了，抬了头望院子里的石榴，仿佛这样望得出人来。两条狗朝外一奔，跳到他的肩膀上叫。一条是黑的，一条白的，聋子分不开眼睛，尽站在一块石上转，两手紧握篮子，一直到狗叫出了石家的小姑娘，替他喝住狗。石家姑娘见了一篮红菱角，笑道："是我家买的吗？"聋子被狗呆住了的模样，一言没有发，但他对了小姑娘牙齿都笑出来了。小姑娘引他进门，一会儿又送他出门。他连走路也不响。

以后逢着二老爹的孙女儿吵嘴，聋子就咕噜一句：

"你看街上的小姑娘是多么好！"

他的话总是这样的说。

一日，太阳已下西山，青天罩着菱荡圩照样的绿，不同的颜色，坝上庙的白墙，坝下聋子人一个，他刚刚从家里上园来，挑了水桶，挟了锄头。他要挑水浇一浇园里的青椒。他一听——菱荡洗衣的有好几个。风吹得很凉快。水桶歇下畦径，荷锄沿畦走，眼睛看一个一个的茄子。青椒已经有了红的，不到跟前看不见。

走回了原处，扁担横在水桶上，他坐在扁担上，拿出烟杆来吃，他的全副家伙都在腰边。聋子这个脾气厉害，倘是别个，二老爹一天少不了啰唆几遍，但是他的聋子（圩里下湾的王四牛却这样说：一年四吊毛钱，不吃烟做什么？何况聋子挑了水，卖菜卖菱角！）

打火石打得火喷，——这一点是陈聋子替菱荡圩添的。

吃烟的聋子是一个驼背。

衔了烟偏了头，听——

是张大嫂，张大嫂讲了一句好笑的话。聋子也笑。

烟杆系上腰。扁担挑上肩。

"今天真热！"张大嫂的破喉咙。

"来了人看怎么办？"

"把人热死了怎么办？"

两边的树还遮了挑水桶的，水桶的一只已经进了菱荡。

“嗳呀——”

“哈哈哈，张大嫂好大奶!”

这个绰号鲇鱼，是王大妈的第三的女儿，刚刚洗完衣同张大嫂两人坐在岸上。张大嫂解开了她的汗湿的褂子兜风。

“我道是谁——聋子。”

聋子眼睛望了水，笑着自语——

“聋子!”

一九二七年十月

选自《桃园》

上海开明书店1928年2月版

作家的话

就表现的手法说，我分明地受了中国诗词的影响，我写小说同唐人写绝句一样，绝句二十个字，或二十八个字，成功一首诗，我的一篇小说，篇幅当然长得多，实是用写绝句的方法写的，不肯浪费语言。……到了《桃园》，就写得熟些了。到了《菱荡》，真有唐人绝句的特点，虽然它是五四以后的小说。

《废名小说选·序》

评论家的话

（废名的小说）像一道清水，大约总得灌注潆洄一番，有什么岩石水草，总要披拂抚弄一下子，才再往前去，这都不是它的行程的主脑，但除了这些也就别无行程了。

周作人：《莫须有先生传·序》

作者的作品，是充满了一切农村寂静的美。差不多每篇都可以看得到一个我们所熟悉的农民，在一个我们所生长的乡村，如我们同样生活过来那样活到那片土地上。不但那农村少女动人清朗的笑声，那聪明的姿态，小小的一条河，一株孤零零长在菜园一角的葵树，我们可以从作品中接近，就是那略带牛粪气味与略带稻草气味的乡村空气，也是仿佛把书拿来就可以嗅出的。

作者所显示的神奇，是静中的动，与平凡的人性的美。用淡淡的文字，画出一切风物姿态轮廓。

沈从文：《论冯文炳》

丁　玲

莎菲女士的日记

丁玲，原名蒋祎，字冰之，1904 年生于湖南临澧。1922 年起在上海平民女子学校、上海大学学习。1927 年起发表小说，《莎菲女士的日记》以大胆的描写和细腻的心理刻画引起文坛的注意。1930 年参加左翼作家联盟，其丈夫胡也频牺牲，为继承夫志，投入到左翼文化运动中，担任左联党团书记，主编左联机关刊物《北斗》，并创作了《韦护》《水》《母亲》等小说。1933 年出狱，逃离南京，赴陕北抗日民主根据地，领导西北战地服务团，从事抗日救亡的宣传工作。后在延安主编《解放日报》文艺版，因发表《三八节有感》《在医院中》等作品，在延安文艺整风时受到批评。但其描写土地改革的长篇小说《太阳照在桑乾河上》1951 年获斯大林文学奖二等奖。1955 年起先后被错误地打成“反党集团”主要成员、“右派分子”等，送北大荒劳动十二年，“文革”中进一步遭到迫害，被送入监狱。1979 年冤案得到平反，重返文坛，主编《中国》杂志，1986 年病故于北京。

十二月二十四

今天又刮风！天还没亮，就被风刮醒了。伙计又跑进来生炉。我知道，这是怎样都不能再睡得着了的。我也知道，不起来，便会头昏。睡在被窝里是太爱想到一些奇奇怪怪的事上去。医生说顶好能多睡，多吃，莫看书，莫想事，偏这就不能，夜晚总得到两三点才能睡着，天不亮又醒了。像这样刮风天，真不能不令人想到许多使人焦躁的事。并且一刮风，就不能出去玩，关在屋子里没有书看，还能做些什么？一个人能呆呆的坐着，等时间的过去吗？我是每天都在等着，挨着，只想这冬天快点过去；天气一暖和，我咳嗽总可好些，那时候，要回南便回南，要进学校便进学校，但这冬天可太长了。

太阳照到纸窗上时，我在煨第三次的牛奶。昨天煨了四次。次数虽煨得多，却不定是要吃，这只不过是一个人在刮风天为免除烦恼的养气法子。这固然可以混去一小点时间，但有时却又不能不令人更加生气，所以上星期整整的有七天没玩它，不过在没有想出别的法子时，是又不能不借重它来像一个老年人耐心着消磨时间。

报来了，便看报，顺着次序看那大号字标题的国内新闻，然后又看国外要闻，本埠琐闻……把教育界，党化教育，经济界，九六公债盘价……全看完，还要再去温习一次昨天前天已看熟了的那些招男女编辑新生的广告，那些为分家产起诉的启事，连那些什么六〇六，百灵机，美容药水，开明戏，真光电影……都熟习了过后才懒懒的丢开报纸。自然，有时是会发现点新的广告，但也除不了是些绸缎铺五年六年纪念的减价，恕讣不周的讣闻之类。

报看完，想不出能找点出什么事做，只好一人坐在火炉旁生气。气的事，也是天天气惯了的。天天一听到从窗外走廊上传来的那些住客们喊伙计的声音，便头痛，那声音真是又粗，又大，又嗄，又单调："伙计，开壶!"或是"脸水，伙计!"这是谁也可以想象出来的一种难听的声音。还有，那楼下电话也不断的有人在那电机旁大声的说话。没有一些声息时，又会感到寂沉沉的可怕，尤其是那四堵粉垩的墙。它们呆呆的把你眼睛挡住，无论你坐在哪方：逃到床上躺着吧，那同样的白垩的天花板，便沉沉的把你压住。真找不出一件事是能令人不生嫌厌的心的；如同那麻脸伙计，那有抹布味的饭菜，那扫不干净的窗格上的沙土，那洗脸台上的镜子——这是一面可以把你的脸拖到一尺多长的镜子，不过只要你肯稍微一偏你的头，那你的脸又会扁的使你自己也害怕……这都是可以令人生气了又生气。也许只我一人如是。但我宁肯能找到些新的不快活，不满足；只是新的，无论好坏，似乎都隔得我太远了。

吃过午饭，苇弟便来了。我一听到他那特有的急遽的皮鞋声从走廊的那端传来时，我的心似乎便从一种窒息中透出一口气来感到舒适。但我却不会表示，所以当苇弟进来时，我只能默默的望着他；他反以为我又在烦恼，握紧我一双手，"姊姊，姊姊"那样不断的叫着。我，我自然笑了！我笑的什么呢，我知道！在那两颗只望到我眼睛下面的跳动的眸子中，我准懂得那收藏在眼帘下面，不愿给人知道的是些什么东西！这有多么久了，你，苇弟，你在爱我！但他捉住过我吗？自然，我是不能负一点责，一个女人是应当这样。其实，我算够忠厚了；我不相信会有第二个女人这样不捉弄他的，并且我还在确确实实的可怜他，竟有时忍不住想去指点他："苇弟，你不可以换个方法吗？这样只能反使我不高兴的……"对的，假使苇弟能够再聪明一点，我是可以比较喜欢他些，但他却只能如此忠实的去表现他的真挚！

苇弟看见我笑了，便很满足。跳过床头去脱大氅，还脱下他那顶大皮帽来。假使他这时再掉过头来望我一下，我想他一定可以从我的眼睛里得些不快活去。为什么他不可以再多的懂得我些呢？

我总愿意有那么一个人能了解得我清清楚楚的，如若不懂得我，我要那些爱，那些体贴做什么？偏偏我的父亲，我的姊姊，我的朋友都能如此盲目的爱惜我，我真不知他们所爱惜我的是些什么；爱我的骄纵，爱我的脾气，爱我的肺病吗？有时我为这些生气，伤心，但他们却都更容让我，更爱我，说一些错到更使我想打他们的一些安慰话。我真愿意在这种时候会有人懂得我，便骂我，我也可以快乐而骄傲了。

没有人来理我，看我，我会想念人家，或恼恨人家，但有人来后，我不觉得又会给人一些难堪，这也是无法的事。近来为要磨炼自己，常常话到口边便咽住，怕又在无意中竟刺着了别人的隐处，虽说是开玩笑。因为如此，所以可以想象出来的，我是拿一种什么样的心情在陪苇弟坐。但苇弟若站起身来喊走时，我又会因怕寂寞而感到怅惘，而恨起他来。这个，苇弟是早就知道了的，所以他一直到晚上十点钟才回去。不过我却不骗人，并不骗自己，我清白，苇弟不走，不特于他没有益处，反只能让我更觉得他太容易支使，或竟更可怜他的太不会爱的技巧了。

十二月二十八

今天我请毓芳同云霖看电影。毓芳却邀了剑如来。我气得只想哭，但我却纵声的笑了。剑如，她是多么可以损害我自尊之心的；因为她的容貌，举止，无一不像我幼时所最投洽的一个朋友，所以我竟不觉的时常在追随她，她又特意给了我许多敢于亲近她的勇气。但后来，我却遭受了一种不可忍耐的待遇，无论什么时候想起，我都会痛恨我那过去的，已不可追悔的无赖行为：在一个星期中我曾足足的给了她八封长信，而未曾给人理睬过。毓芳真不知想的那一股劲，明知我不愿再提起从前的事，却故意要邀着她来，像有心要挑逗我的愤恨一样，我真气了。

我的笑，毓芳和云霖是不会留意这有什么变异，但剑如，她是能感觉得；可是她会装，装糊涂，同我毫无芥蒂的说话。我预备骂她几句，不过话只到口边便想到我为自己定下的戒条。并且做得太认真，反令人越得意。所以我又忍下心去同她们玩。

到真光时，还很早，在门口又遇着一群同乡的小姐们，我真厌恶那些惯做的笑靥，我不去理她们，并且我无缘无故的生气到那许多去看电影的人。我乘毓芳同她们说到热闹中，我丢下我所请的客，悄悄回来了。

除了我自己，没有人会原谅我的。谁也在批评我，谁也不知道我在人前所忍受的一些人们给我的感触。别人说我怪僻，他们哪里知道我却时常在讨人好，讨人欢喜，不过人们太不肯鼓励我去说那太违心的话，常常给我机会，让我反省到我自己的行为，让我离人们却更远了。

夜深时，全公寓都静静的，我躺在床上好久了。我清清白白的想透了一些事，我还能伤心什么呢？

十二月二十九

一早毓芳就来电话。毓芳是好人，她不会扯谎，大约剑如是真病。毓芳说，起病是为我，要我去，剑如将向我解释。毓芳错了，剑如也错了，莎菲不是欢喜听人解释的人。根本我就否认宇宙间要解释。朋友们好，便好；合不来时，给别人点苦头吃，也是正大光明的事。我还以为我够大量，太没报复人了。剑如既为我病，我倒快活，我不会拒绝听别人为我而病的消息。并且剑如病，还可以减少点我从前自怨自艾的烦恼。

我真不知应怎样才能分析出我自己来。有时为一朵被风吹散了的白云，会感到一种渺茫的，不可捉摸的难过，但看到一个二十多岁的男子（苇弟其实还大我四岁）把眼泪一颗一颗掉到我手背时，却像野人一样在得意的笑了。苇弟从东城买了许多信纸信封来我这里玩，为了他很快乐，在笑，我便故意去捉弄，看到他哭了，我却快意起来，并且说："请珍重点你的眼泪吧，不要以为姊姊是像别的女人一样脆弱得受不起一颗眼泪……""还要哭，请你转家去哭，我看见眼泪就讨厌……"自然，他不走，不分辩，不负气，只蜷在椅角边老老实实无声的去流那不知从哪里得来的那么多的眼泪。我，自然，得意够了，是又会惭愧起来，于是用着姊姊的态度去喊他洗脸，抚摩他的头发。他镶着泪珠又笑了。

在一个老实人面前，我已尽自己的残酷天性去磨折了他，但当他走后，我真想能抓回他来，只请求他："我知道自己的罪过，请不要再爱这样一个不配承受那真挚的爱的女人了吧！"

一月一号

我不知道那些热闹的人们是怎样的过年法，我是在牛奶中加了一个鸡子，鸡子还是昨天苇弟拿来的，一共是二十个，昨天煨了七个茶卤蛋，剩下的十三个，大约总够我两星期来吃它。若吃午饭时，苇弟会来，则一定有两个罐头的希望。我真希望他来。因为想到苇弟来，所以我便上单牌楼去买了四盒糖，两包点心，一篓橘子和苹果，是预备他来时给他吃的。我是准断定在今天只有他才能来。

但午饭吃过了，苇弟却没来。

我一共写了五封信，都是用前几天苇弟买来的好纸好笔。但我想能接得几个美丽的画片，却不能。连几个最爱弄这个玩意儿的姊姊们都把我这应得的一份儿忘了。不得画片，不稀罕，单单只忘了我，却是可气的事。不过为了自己从不曾给人拜过一次年，算了，这也是应该的。

晚饭还是我一人独吃。我烦恼透了。

夜晚毓芳云霖却来了，还引来一个高个儿少年，我想他们才真算幸福；毓芳有云霖爱她，她满意，他也满意。幸福不是在有爱人，是在两人都无更大的欲望，商商量量平平和和的过日子。自然，也有人将不屑于这平庸，但那只是另外人的，却与我的毓芳无关。

毓芳是好人，因为她有云霖，所以她“愿天下有情人皆成眷属”。她去年曾替玛丽作过一次恋爱婚姻介绍者。她又希望我能同苇弟好。因此她一来便问苇弟。但她却和云霖及那高个儿把我给苇弟买的东西吃完了。

那高个儿可真漂亮，这是我第一次感觉到男人的美，从来我是没有留心到。只以为一个男人的本行是在会说话，会看眼色，会小心就够了。今天我看了这高个儿，才懂得男人是另铸有一种高贵的模型，我看出那衬在他面前的云霖显得多么委琐，多么呆拙，……我直要可怜云霖，假使他知道了他在这个人前所衬出的不幸时，他将怎样伤心他那些所有的粗丑的眼神，举止。我更不知当毓芳拿着这一高一矮的男人相比时，是会起一种什么情感！

他，这生人，我将怎样去形容他的美呢？固然，他的颀长的身躯，白嫩的面庞，薄薄的小嘴唇，柔软的头发，都足以闪耀人的眼睛，但他却还另外有一种说不出，捉不到的丰仪来煽动你的心。如同，当我请问他的名字时，他是会用那种我想不到的不急遽的态度递过那只擎有名片的手来。我抬起头去，呀，我看见那两个鲜红的，嫩腻的，深深凹进的嘴角了。我能告诉人吗？我是用一种小儿要糖果的心情在望着那惹人的两个小东西？但我知道在这个社会里面是不会准许任我去取得我所要的来满足我的冲动，我的欲望，无论这是于人并没有损害的事；所以我只得忍耐着，低下头去，默默的去念那名片上的字：

“凌吉士，新加坡……”

凌吉士，他是能那样毫无拘束的在我这儿谈笑，像是在一个很熟的朋友处，难道我能说他这是有意来捉弄一个胆小的人？我为要强迫的去拒绝引诱，从不敢把眼光抬平去一望那可爱慕的火炉的一角。并且害得两只从不知羞惭的破烂拖鞋，也逼着我不准走到桌前的灯光处。我气我自己：怎么会那样拘束，不会调皮的应对？平日看不起别人的交际，今天才知道自己是显得又呆，又傻气。唉，他一定以为我是一个乡下才出来的姑娘了！

云霖同毓芳两人看见我木木的，以为我不欢喜这生人，常常去打断他的说话，不久带着他走了。这个我也能感激他们的好意吗？我望着那一高两矮的影子在楼下院子中消失时，我真不愿再回到这留得有那人的靴印，那人的声音，和那人吃剩的饼屑的屋子。

一月三号

这两夜通宵通宵的咳嗽。对于药，简直就不会有信仰，药与病不是已毫无关系吗？我明明厌烦那苦水，但却又按时去吃它，假使连药也不吃，我能拿什么来希望我的病呢？神要人忍耐着生活，便安排许多痛苦在死的前面，使人不敢走近死亡。我呢，我是更为了我这短促的不久的生，所以我越求生得厉害；不是我怕死，是我总觉得我还没有享有得我生的一切。我要，我要使我快乐。无论在白天，在夜晚，我都在梦想可以使我没有什么遗憾在我死的时候的一些事情。我想我能睡在一间极精致的卧房的睡榻上，有我的姊姊们跪在榻前的熊皮毡子上为我祈祷，父亲悄悄的朝着窗外叹息，我读着许多封从那些爱我的人儿们寄来的长信，朋友们都纪念我流着忠实的眼泪……我迫切的需要这人间的感情，想占有许多不可能的东西。但人们给我的是什么呢？整整两天，又一人幽囚在公寓里，没有一个人来，也没有一封信来，我躺在床上咳嗽，坐在火炉旁咳嗽，走到桌子前也咳嗽，还想念这些可恨的人们……其实还是收到一封信的，不过这除了更加我一些不快外，也只不过是加我不快。这是一年前曾骚扰过我的一个安徽粗壮男人所寄来，我没看完就扯了。我真肉麻那满纸的“爱呀爱的！”我厌恨我不喜欢的人们的亹献……

我，我能说得出我真实的需要，是些什么呢？

一月四号

事情不知错到什么地方去了。我为什么会想到搬家，并且在糊里糊涂中欺骗了云霖，好像扯谎也是本能一样，所以在今天能毫不费力的便使用了。假使云霖知道了莎菲也会哄骗他，他不知应如何伤心；莎菲是他们那样爱惜的一个小妹妹。自然我不是安心的，并且我现在在后悔。但我能决定吗，搬呢，还是不搬？

我不能不向我自己说：“你是在想念那高个儿的影子呢！”是的，这几天几夜我是无时不神往到那些足以诱惑我的。为什么他不在这几天中单独来会我呢？他应当知道他是不该让我如此的去思慕他。他应当来看我，说他也想念我才对。假使他来，我是不会拒绝去听他所说的一些爱慕我的话，我还将令他知道我所要的是些什么。但他却不来。我估定这像传奇中的事是难实现了。难道我去找他吗？一个女人这样放肆，是不会得好结果的。何况还要别人能尊敬我呢。我想不出好法子来，只好先去到云霖处试一试，所以吃过午饭，我便冒风向东城去。

云霖是京都大学的学生，他的住房便租在一家间于京都大学一院和二院之间青年胡同里。我到他那里时，幸好他没出去，毓芳也没来。云霖当然很诧异我在大风天出来，我说是到德国医院看病，顺便来这里。他也就毫不疑惑的，又来问我的病状，我却把话头故意引到那天晚上。不费一点气力，我便已打探得那人儿是住在第四寄宿舍，位置是在京都大学二院隔壁。不久，我又叹起气来，我用了许多言辞把在西城公寓里的生活，描摹得怎样的寂寞，黯淡，我又扯谎，说我唯一只想能贴近毓芳（我知道毓芳已预备搬来云霖处）。我要求云霖同我往近处找房。云霖是当然高兴这差事，不会迟疑的。

在找房的时候，凑巧竟碰着了凌吉士。他也陪着我们。我真高兴，高兴使我胆大了，我狠狠的望了他几次，他没有觉得，他问我的病，我说全好了，他不信似的在笑。

我看上了一间又低，又小，又霉的东房，这是在云霖的隔壁一家叫大元的公寓里。他和云霖都说太湿，我却执意要在第二天便搬来，理由是那边太使我厌倦，而我急切的要依着毓芳。云霖无法，就答应了。还说好第二天一早他和毓芳便过来替我帮忙。

我能告诉人，我单单选上这房子的用意吗？它位置在第四寄宿舍和云霖住所之间。

他不曾向我告别，我又转云霖处，尽我所有的大胆在谈笑。我把他什么细小处都审视遍了。我觉得都有我嘴唇放上去的需要。他不会也想到我是在打量他，盘算他吗？后来我特意说我想请他替我补英文，云霖笑，他听后却受窘了，不好意思的含含糊糊的回答，于是我向心里说，这还不是一个坏蛋呢，那样高大的一个男人却还会红脸？因此我的狂热更炎炽了。但我不愿让人懂得我，看得我太容易，所以我就驱遣我自己，很早的就回来了。

现在仔细一想，我唯恐我的任性，将把我送到更坏的地方去，暂时且住在这有洋炉的房里吧，难道我能说得上我是爱上了那南洋人吗？我还一丝一毫都不知道他呢。什么那嘴唇，那眉梢，那眼角，那指尖……多无意识！这并不是一个人所应须的，我着魔了，会想到那上面。我决计不搬，一心一意来养病。

我决定了。我懊悔，我懊悔我白天所做的一些不是，一个正经女人所做不出来的。

一月六号

都奇怪我，听说我搬了家，南城的金英，西城的江周，都来到我这低湿的小房里。我笑着，有时在床上打滚，她们都说我越小孩气了，我更大笑起来，我只想告诉她们我想的是什么。下午苇弟也来了。苇弟最不快活我搬家，因为我未曾同他商量，并且离他更远了。他见着云霖时，竟不理他，云霖摸不着他为什么生气，望着他。他却更板起脸孔。我好笑，我向自己说："可怜，冤枉他了，一个好人!"

毓芳不再向我说剑如。她决定两三天便搬来云霖处，因为她觉得我既这样想傍着她住，她不能让我一人寂寂寞寞的住在这里。她和云霖待我比以前更亲热。

一月十号

这几天我都见着凌吉士，但我从没同他多说过几句话，我决不先提到补英文事。我看见他一天要两次的往云霖处跑，我发笑，我断定他以前一定不会同云霖如此亲密的。我没有一次邀请他来我那儿去玩，虽说他问了几次搬了家如何，我都装出不懂的样儿笑一下便算回答。我是把所有的心计都放在这上面用，好像同着什么东西搏斗一样。我要那样东西，我还不愿意去取得，我务必想方设计的让他自己送来。是的，我了解我自己，不过是一个女性十足的女人，女人只把心思放到她要征服的男人们身上。我要占有他，我要他无条件的献上他的心，跪着求我赐给他的吻呢。我简直癫了，反反复复的只想着我所要施行的手段的步骤，我简直癫了！

毓芳、云霖看不出我的兴奋来，只说我病快好了。我也正不愿他们知道，说我病好，我就假装着高兴。

一月十二

毓芳已搬来，云霖却又搬走了。宇宙间竟会生出这样一对人来，为怕生小孩，便不肯住在一起。我猜想他们连自己也不敢断定：当两人抱在一床时是不会另外干出些别的事来，所以只好预先防范，不给那肉体接触的机会。至于那单独在一房时的拥抱和亲嘴，是不会发生危险，所以悄悄表演几次，便不在禁止之列。我忍不住嘲笑他们了，这禁欲主义者！为什么会不需要拥抱那爱人的裸露的身体？为什么要压制住这爱的表现？为什么在两人还没睡在一个被窝里以前，会想到那些不相干足以担心的事？我不相信恋爱是如此的理智，如此的科学！

他俩不生气我的嘲笑，他俩还骄傲着他们的纯洁，而笑我小孩气呢。我体会得出他们的心情，但我不能解释宇宙间所发生的许许多多奇怪的事。

这夜我在云霖处（现在要说毓芳处了）坐到夜晚十点钟才回来，说了许多关于鬼怪的故事。

鬼怪这东西，我是在一点点大的时候就听惯了，坐在姨妈怀里听姨爹讲《聊斋》是常事，并且一到夜里就爱听。至于怕，又是另外一件不愿告人的。因为一说怕，准就听不成，姨爹便会踱过对面书房去，小孩就不准下床了。到进了学校，又从先生口里得知点科学常识，为了信服那位周麻子二先生，所以连书本也信服，从此鬼怪便不屑于害怕了。近来人是更在长高长大，说起来，总是否认有鬼怪的，但鸡粟却不肯因为不信便不出来，毫毛一根根也会竖起的。不过每次同人一说到鬼怪时，别人是不知道我想拗开些说到别的闲话上去，为的怕夜里一个人睡在被窝里时想到死去了的姨爹姨妈就伤心。

回来时，看到那黑魆魆的小胡同，真有点胆悸。我想，假使在哪个角落里露出一个大黄脸，或伸来一只毛手，又是在这样像冻住了的冷巷里，我不会以为是意外。但看到身边的这高大汉子（凌吉士）做镖手，大约总可靠，所以当毓芳问我时，我只答应“不怕，不怕。”

云霖也同我们出来，他回他的新房子去，他向南，我们向北，所以只走了三四步，便听不清那橡皮鞋底在泥板上发出的声音。

他伸来一只手，拢住了我的腰：

“莎菲，你一定怕哟!”

我想挣，但挣不掉。

我的头停在他的胁前，我想，如若在亮处，看起来，我会像个什么东西，被挟在比我高一个头还多的人腕中。

我把身一蹲，便窜出来了，他也松了手陪我站在大门边打门。

小胡同里黑极了，但他的眼睛望到何处，我却能很清楚的看见。心微微有点跳，等着开门。

“莎菲，你怕哟!”

门闩已在响，是伙计在问谁。我朝他说：

“再——”

他猛的却握住我的手，我也无力再说下去。

伙计看到我身后的大人，露着诧异。

到单独只剩两人在一房时，我的大胆，已经变得毫无用处了。想故意说几句客套语，也不会，只说："请坐吧！"自己便去洗脸。

鬼怪的事，已不知忘到什么地方去了。

"莎菲！你还高兴读英文吗？"他忽然问。

这是他来找我，提到英文，自然他未必欢喜白白牺牲时间去替人补课，这意思，在一个二十岁的女人面前，怎能瞒过，我笑了（这是只在心里笑）。我说：

"蠢得很，怕读不好，丢人。"

他不说话，把我桌上摆的照片拿来玩弄着，这照片是我姊姊的一个刚满一岁的女儿的。

我洗完脸，坐在桌子那头。

他望望我，便又去望那小女孩，然后又望我。是的，这小女孩长的真像我，于是我问他：

"好玩吗？你说像我不像？"

"她，谁呀！"显然，这声音就表示着非常之认真。

"你说可爱不可爱？"

他只追问着是谁。

忽的，我明白了他意思，我又想扯谎了。

"我的。"于是我把相片抢过来吻着。

他信了。我竟愚弄了他，我得意我的不诚实。

这得意，似乎便能减少他的妩媚，他的英爽。要不，为什么当他显出那天真的诧愕时，我会忽略了他那眼睛，我会忘掉了他那嘴唇？否则，这得意一定将冷淡下我的热情。

然而当他走后，我却懊悔了。那不是明明安放着许多机会吗？我只要在他按住我手的当儿，另做出一种眼色，让他懂得他是不会遭拒绝，那他一定可以还会做出一些比较大胆的事。这种两性间的大胆，我想只要不厌烦那人，会像把肉体来融化了的感到快乐无疑。但我为什么要给人一些严厉，一些端庄呢？唉，我搬到这破房子里来，到底为的是些什么呢？

一月十五

近来我是不算寂寞了，白天便在隔壁玩，晚上又有一个新鲜的朋友陪我谈话。但我的病却越深了。这真不能不令我灰心，我要什么呢，什么也于我无益。难道我有所眷恋吗？一切又是多么的可笑，但死却不期然的会让我一想到便伤心。每次看见那克利大夫的脸色，我便想：是的，我懂得，你尽管说吧，是不是我已没希望了？但我却拿笑代替了我的哭。谁能知道我在夜深流出的眼泪的分量！

几夜凌吉士都接着接着来，他告人说是在替我补英文，云霖问我，我只好不答应。晚上我拿一本“Poor People”放在他面前，他真个便教起我来。我只好又把书丢开，我说：“以后你不要再向人说在替我补英文吧，我病，谁也不会相信这事的。”他赶忙便说：“莎菲，我不可以等你病好些就教你吗？莎菲，只要你喜欢。”

这新朋友似乎是来得如此够人爱，但我却不知怎的，反而懒于注意到这些事。我每夜看到他丝毫得不着高兴的出去，心里总觉得有点歉仄：我只好在他穿大氅的当儿向他说：“原谅我吧，我有病！”他会错了我的意思，以为我同他客气。“病有什么要紧呢，我是不怕传染的。”后来我仔细一想，也许这话是另含得有别的意思，我真不敢断定人的所作所为是像可以想象出来的那样单纯。

一月十六

今天接到蕴姊从上海来的信，更把我引到百无可望的境地。我哪里还能找得几句话去安慰她呢？她信里说："我的生命，我的爱，都于我无益了……"那她是更不需要我的安慰，我为她而流的眼泪了。唉！从她信中，我可以揣想得出她婚后的生活，虽说她未肯明明的表白出来。神为什么要去捉弄这些在爱中的人儿？蕴姊是最神经质，最热情的人，自然她更受不住那渐渐的冷淡，那遮饰不住的虚情……我想要蕴姊来北京，不过这是做得到的吗？这还是疑问。

苇弟来的时候，我把蕴姊的信给他看：他真难过，因为那使我蕴姊感到生之无趣的人，不幸便是苇弟的哥哥。于是我又向他说了我许多新得的"人生哲学"的意义；他又尽他唯一的本能在哭。我只是很冷静的去看他怎样使眼睛变红，怎样拿手去擦干，并且我在他那些举动中，加上许多残酷的解释。我未曾想到在人世中，他是一个例外的老实人，不久，我一个人悄悄的跑出去了。

为要躲避一切的熟人，深夜我才独自从冷寂寂的公园里转来，我不知怎样的度过那些时间，我只想："多无意义啊！倒不如早死了干净……"

一月十七

我想：也许我是发狂了！假使是真发狂，我倒愿意。我想，能够得到那地步，我总可以不会再感这人的麻烦了吧……

足足有半年为病而禁绝了的酒，今天又开始痛饮了。明明看到那吐出来的是比酒还红的血，但我心却像有什么别的东西主宰一样，似乎这酒便可在今晚致死我一样，我不愿再去细想到那些纠纠葛葛的事……

一月十八

现在我还睡在这床上，但不久就将与这屋分别了，也许是永别，我断得定我还能再亲我这枕头，这棉被……的幸福吗？毓芳，云霖，苇弟，金夏都守着一种沉默围绕着我坐着，焦急的等着天明了好送我进医院去。我是在他们忧愁的低语中醒来的，我不愿说话，我细想昨天下午的事，我闻到屋子中所遗留下来的酒气和腥气，才觉得心正在剧烈的痛，于是眼泪便汹涌了。因了他们的沉默，因了他们脸上所显现出来的凄惨和暗淡，我似乎感到这便是我死的预兆。假设我便如此长睡不醒了呢，是不是他们也将是如此沉默的围绕着我僵硬的尸体？他们看见我醒了，便都走拢来问我。这时我真感到了那可怕的死别！我握着他们，仔细望着他们每个的脸，似乎要将这记忆永远保存着。他们便把眼泪滴到我手上，好像觉得我就要长远离开他们而走向死之国一样。尤其是苇弟，哭得现出丑脸。唉，我想：朋友呵，请给我一点快乐吧……于是我反而笑了。我请他们替我清理一下东西，他们便在床铺底下拖出那口大藤箱来，在箱子里有几捆花手绢的小包，我说："这我要的，随着我进'协和'吧。"他们便递给我，我给他们看，原来都满满是信札，我又向他们笑："这，你们的也在内！"他们才似乎也快乐些了。苇弟又忙着从抽屉里递给我一本照片，是要我也带去的样子，我更笑了。这里面有七八张是苇弟的单像。我又容许了苇弟吻在我手上，并握着我的手在他脸上摩擦，于是这屋子才不至于像真有个僵尸停着的一样。天光这时也慢慢显出了鱼肚白。他们又忙乱了，慌着在各处找洋车。于是我病院的生活便开始了。

三月四号

接蕴姊死电是二十天以前的事，而我的病却一天好一天了。所以在一号又由送我进院的几人把我送转公寓来，房子已打扫得干干净净。又因为怕我冷，特生了一个小小的洋炉。我真不知应怎样才能表示我的感谢，尤其是苇弟和毓芳。金和周又在我这儿住了两夜才走，都充当我的看护，我是每日都躺着，简直舒服得不像住公寓，同在家里也差不了什么了！毓芳还决定再陪我住几天，等天气暖和点便替我上西山去找房子，我便好专心去养病，我也真想能离开北京，可恨阳历三月了，还如是之冷！毓芳硬要住在这儿，我也不好十分拒绝，所以前两天为金和周搭的一个小铺又不能撤了。

近来在病院却把我自己的心又医转了，这实实在在是这些朋友们的温情把它又重暖了起来，觉得这宇宙还充满着爱呢。尤其是凌吉士，当他走到医院看我时，我便觉得很骄傲，我想他那种丰仪才够去看一个在病院女友的病，并且我也懂得，那些看护妇都在羡慕着我呢。有一天，那个很漂亮的密司杨问我：

“那高个儿，是你的什么人呢?”

“朋友!”我忽略了她问的无礼。

“同乡吗?”

“不，他是南洋的华侨。”

“那么是同学?”

“也不是。”

于是她狡猾的笑了，“就仅是朋友吗?”

自然，我可以不必脸红，并且还可以警诫她几句，但我却惭愧了。她看到我闭着眼装要睡的狼狈样儿，便很得意的笑着走去。后来我一直都恼着她。并且为了躲避麻烦，有人问起苇弟时，我便扯谎说是我的哥哥。有一个同周很好的小伙子，我便说是同乡，或是亲戚的乱扯。

当毓芳上课去后，我一个人留在房里时，我就去翻在一月多中所收到的信，我又很快活，很满足，还有许多人在纪念我呢。我是需要别人纪念的，总觉得能多得点好意就好。父亲是更不必说，又寄了一张像来，只是白头发似乎又多了几根。姊姊们都好，可惜就为小孩们忙得很，不能多替我写信。

信还没看完，凌吉士又来了。我想站起来，但他却把我按住。他握着我的手时，我快活得真想哭了。我说：

“你想没想到我又会回转这屋子呢?”

他只瞅着那侧面的小铺，表示一种不高兴的样子，于是我告诉他从前的那两位客已走了，这是特为毓芳预备的。

他听了便向我说他今晚不愿再来，怕毓芳会厌烦他。于是我的心里更充满乐意了，便说：“难道你就不怕我厌烦吗?”

他坐在床头更长篇的述说他这一个多月中的生活，怎样和云霖冲突，闹意见，因为他赞成我早些出院，而云霖执着说不能出来。毓芳也附着云霖，他懂得他认识我的时间太少，说话自然不会起影响，所以以后他不管这事了，并且在院中一和云霖碰见，自己便先回来了。

我懂得他的意思，但我却装着说：

“你还说云霖，不是云霖我还不会出院呢，住在里面真舒服多了。”

于是我又看见他默默的把头掉到一边去，不答应我的话。

他算着毓芳快来时，便走了，还悄悄告诉我说等明天再来。果然，不久毓芳便回来了。毓芳不曾问，我也不告诉她，并且她为我的病，不愿同我多说话，怕我费神，我更乐得借此可以多去想些另外的小闲事。

三月六号

当毓芳上课去后，把我一人撂在房里时，我便会想起这所谓男女间的怪事；其实，在这上面，不是我爱自夸，我所受的训练，至少也有我几个朋友们的相加或相乘，但近来我却非常之不能了解了。当独自同着那高个儿时，我的心便会跳起来，又是羞惭，又是害怕，而他呢，他只是那样随便的坐着，近乎天真的讲他过去的历史，有时握着我的手，不过非常之自然，然而我的手便不会很安静的被握在那大手中，慢慢的会发烧。一当他站起身预备走时，不由的我心便慌张了，好像我将跌入那可怕的不安中，于是我盯着他看，真说不清那眼光是求怜，还是怨恨；但他却忽略了我这眼光，偶尔懂得了，也只说：“毓芳要来了哟！”我应当怎样说呢？他是在怕毓芳！自然，我也不愿有人知道我暗地所想的一些不近情理的事，不过近来我又感到有别人了解我感情的必要，几次我向毓芳含糊的说起我的心境，她还是那样忠实的替我盖被子，留心到我的药，我真不能不有点烦闷了。

三月八号

毓芳已搬回去，苇弟却又想代替那看护的差事。我知道，如若苇弟来，一定比毓芳还好，夜晚若想茶吃时，总不至于因听到那浓睡中的鼾声而不愿搅扰人而把头缩进被窝里算了；但我自然拒绝他这好意，他固执着，我只好说："你在这里，我有许多不方便，并且病呢，也好了。"他还要证明间壁的屋子空着，他可以住间壁；我正在无法时，凌吉士却来了，我以为他们还不认识，而凌吉士已握着苇弟的手，说是在医院见过两次。苇弟冷冷的不理他，我笑着对凌吉士说："这是我的弟弟，小孩子，不懂交际，你常来同他玩罢。"苇弟真的变成了小孩子，丧着脸站起身就走了。我因为有人在面前便感得不快，也只好掩藏住，并且觉得有点对凌吉士不住，但他却毫没介意，反问我："不是他姓白吗，怎会变成你的弟弟?"于是我笑了："那么你是只准姓凌的人叫你做哥哥弟弟的!"于是他也笑了。

近来青年人在一处时，老喜欢研究到这一个"爱"字，虽说有时我也似乎懂得点，不过终究还是不很说得清。至于男女间的一些小动作，似乎我又太看得明白了。也许是因为我懂得了这些小动作，于"爱"才反迷糊，才没有勇气鼓吹恋爱，才不敢相信自己还是一个纯洁的够人爱的小女子，并且才会怀疑到世人所谓的"爱"，以及我所接受的“爱”……

在我刚稍微有点懂事的时候，便给爱我的人把我苦够了，给许多无事的人以诬蔑我，凌辱我的机会，以至我顶亲密的小伴侣们也疏远了。后来又为了爱的胁迫，使我害怕得离开了我的学校。以后，人虽说一天天大了，但总常常感到那些无味的纠缠，因此有时不特怀疑到所谓“爱”，竟会不屑于这种亲密。苇弟他说他爱我，为什么他只会常常给我一些难过呢？譬如今晚，他又来了，来了便哭，并且似乎带了很浓的兴味来哭一样，无论我说：“你怎么了，说呀！”“我求你，说话呀，苇弟！……”他都不理会。这是从未有的事，我尽我的脑力也猜想不出他所骤遭的这灾祸。我应当把不幸朝哪一方去揣测呢？后来，大约他是哭够了，才大声说：“我不喜欢他！”“这又是谁欺侮了你呢，这样大嚷大闹的？”“我不喜欢那高个子！那同你好的！”哦，我这才知道原来还是怄我的气。我不觉地笑了。这种无味的嫉妒，这种自私的占有，便是所谓爱吗？我发笑，而这笑，自然不会安慰到那有野心的男人的。并且因我不屑的态度，更激起他那不可抑制的怒气。我看着他那放亮的眼光，我以为他要噬人了，我想：“来吧！”但他却又低下头去哭了，还揩着眼泪，踉跄的又走出去。

这种表示，也许是称为狂热的，真率的爱的表现吧，但苇弟却不加思索地用在我面前，自然是只会失败；并不是我愿意别人虚伪，做作，我只觉得想靠这种小孩般举动来打动我的心，全是无用。或者因为我的心生来便如此硬；那我之种种不惬于人意而得来烦恼和伤心，也是应该的。

苇弟一走，自自然然我把我自己的心意去揣摩，去仔细回忆那一种温柔的，大方的，坦白而又多情的态度上去，光这态度已够人欣赏得像吃醉一般的感到那融融的蜜意，于是我拿了一张画片，写了几个字，命伙计即刻送到第四寄宿舍去。

三月九号

我看见安安闲闲坐在我房里的凌吉士，不禁又可怜到苇弟，我祝祷世人不要像我一样，忽略了蔑视了那可贵的真诚而把自己陷到那不可拔的渺茫的悲境里；我更愿有那么一个真诚纯洁的女郎去饱领苇弟的爱，并填实苇弟所感得的空虚啊！

三月十三

好几天又不提笔，不知是因为我心情不好，或是找不出所谓的情绪。我只知道，从昨天来我是更只想哭了。别人看到我哭，便以为我在想家，想到病，看见我笑呢，又以为我快乐了，还欣庆着这健康的光芒……但所谓朋友皆如是，我能告谁以我的不屑流泪，而又无力笑出的痴呆心境？因我看清了自己在人间的种种不愿舍弃的热望以及每次追求而得来的懊丧，所以连自己也不愿再同情这未能悟彻所引起的伤心。更哪能捉住一管笔去详细写出自怨和自恨呢！

是的，我好像又在发牢骚了。但这只是隐忍在心头而反复向自己说，似乎还无碍。因为我未曾有过那种胆量，给人看我的蹙紧眉头，和听我的叹气，虽说人们早已无条件的赠送过我以“狷傲”“怪僻”等好字眼。其实，我并不是要发牢骚，我只想哭，想有那么一个人来让我倒在他怀里哭，并告诉他：“我又糟蹋我自己了！”不过谁能了解我，抱我，抚慰我呢？是以我只能在笑声中咽住“我又糟蹋我自己了”的哭声。

我到底又为了什么呢，这真难说！自然我未曾有过一刻私自承认我是爱恋上那高个儿了的，但他在我的心心念念中又蕴蓄着一种分析不清的意义。虽说他那颀长的身躯，嫩玫瑰般的脸庞，柔软的眼波，惹人的嘴角，是可以诱惑许多爱美的女子，并以他那娇贵的态度倾倒那些还有情爱的。但我岂肯为了这些无意识的引诱而迷恋到一个十足的南洋人！真的，在他最近的谈话中，我懂得了他的可怜的思想；他需要的是什么？是金钱，是在客厅中能应酬买卖中朋友们的年轻太太，是几个穿得很标致的白胖儿子。他的爱情是什么？是拿金钱在妓院中，去挥霍而得来的一时肉感的享受，和坐在软软的沙发上，拥着香喷喷的肉体，抽着烟卷，同朋友们任意谈笑，还把左腿叠压在右膝上；不高兴时，便拉倒，回到家里老婆那里去。热心于演讲辩论会，网球比赛，留学哈佛，做外交官、公使大臣，或继承父亲的职业，做橡树生意，成资本家……这便是他的志趣！他除了不满于他父亲未曾给他过多的钱以外，便什么都是可使他在一夜不会做梦的睡觉；如有，便也只是嫌北京好看的女人太少，让他有时也会厌腻起游艺园，戏场，电影院，公园来……唉，我能说什么呢？当我明白了那使我爱慕的一个高贵的美型里，是安置着如此的一个卑劣灵魂，并且无缘无故还接受过他的许多亲密，这亲密自然是还值不了在他从妓院中挥霍里剩余下的一半多！想起那落在我发际的吻来，真又使我悔恨到想哭了！我岂不是把我献给他任他来玩弄来比拟到卖笑的姊妹中去！这只能责备我自己使我更难受，假设只要我自己肯，肯把严厉的拒绝放到我眸子中去，我敢相信他不会那样大胆，并且我也敢相信他之所以不会那样大胆，是由于他还未曾有过那恋爱的火焰燃炽，……唉！我应该怎样来诅咒我自己了！

三月十四

这是爱吗，也许爱才具有如此的魔力，要不，为什么一个人的思想会变幻得如此不可测！当我睡去的时候，我看不起美人，但刚从梦里醒来，一揉开睡眼，便又思念那市侩了。我想：他今天会来吗？什么时候呢？早晨，过午，晚上？于是我跳下床来，急忙忙的洗脸，铺床，还把昨夜丢在地上的一本大书捡起，不住的在边缘处摩挲着，这是凌吉士昨夜遗忘在这儿的一本《威尔逊演讲录》。

三月十四晚上

我有如此一个美的梦想，这梦想是凌吉士所给我的。然而同时又为他而破灭。我因了他才能满饮着青春的醇酒，在爱情的微笑中度过了清晨；但因了他，我认识了“人生”这玩意，而灰心而又想到死；至于痛恨到自己甘于堕落，所招来的，简直只是最轻的刑罚！真的，有时我为愿保存我所爱的，我竟想到“我有没有力去杀死一个人呢?”

我想遍了，我觉得为了保存我的美梦，为了免除使我生活的力一天天减少，顶好是即刻上西山去，但毓芳告诉我，说她所托找房子的那位住在西山的朋友还没有回信来，我又怎好再去询问或催促呢？不过我决心了，我决心让那高个子来尝一尝我的不柔顺，不近情理的倨傲和侮弄。

三月十七

那天晚上苇弟赌着气回去，今天又小小心心的自己来和解，我不觉笑了。并感到他的可爱。如若一个女人只要能找得一个忠实的男伴，做一身的归落，我想谁也没有我苇弟可靠。我笑问："苇弟，还恨姊姊不呢?"他羞惭的说："不敢。姊姊，你了解我罢！我是除了希冀你不会摈弃我以外不敢有别的念头的。一切只要你好，你快乐就够了!"这还不真挚吗？这还不动人吗？比起那白脸庞红嘴唇的如何？但是后来我说："苇弟，你好，你将来一定是一切都会很满意的。"他却露出凄然的一笑。"永世也不会！——但愿如你所说……"这又是什么呢？又是给我难受一下！我恨不得跪在他面前求他只赐我以弟弟或朋友的爱罢！单单为了我的自私，我愿我少些纠葛，多点快乐。苇弟爱我，并会说那样好听的话，但他忽略了：第一他应当真的减少他的热望，第二他也应隐藏起他的爱来。我为了这一个老实男人，感到无能的抱歉，也够受了。

三月十八

我又托夏在替我往西山找房了。

三月十九

凌吉士居然已几日不来我这里了。自然，我不会打扮，不会应酬，不会治理家事，我有肺病，无钱，他来我这里做什么！我本无须乎要他来，但他真的不来了却又更令我伤心，更证实他以前的轻薄。难道他也是如苇弟一样老实，当他看到我写给他的字条："我有病，请不要再来扰我，"就信为是真话，竟不敢违背，而果真不来么？我只想再见他一面，审看一下这高大的怪物到底是怎样的在觑看我。

三月二十

今天我往云霖处跑了三次，都未曾遇见我想见的人，似乎云霖也有点疑惑，所以他问我这几天见着凌吉士没有。我只好又怅怅的跑回来。我实在焦烦得很，我敢自己欺自己说我这几日没有思念到他吗？

晚上七点钟的时候，毓芳和云霖来邀我到京都大学第三院去听英语辩论会，乙组的组长便是凌吉士。我一听到这消息，心就立刻怦怦的跳起来。我只得拿病来推辞了这善意的邀请。我这无用的弱者，我没有胆量去承受那激动，我还是希望我能不见着他。不过在他俩走时，我却又请他俩致意到凌吉士，说我问候他。唉，这又是多无意识啊！

三月二十一

在我刚吃过鸡子牛奶，一种熟习的叩门声便响着，纸格上还映上一个颀长的黑影。我只想跳过去开门，但不知为一种什么情感所支使，我咽着气，低下头去了。

“莎菲，起来没有？”这声音是如此柔嫩，令我一听到会想哭。

为了知道我已坐在椅子上吗？为了知道我无能发气和拒绝吗？他轻轻的推开门便走进来了。我不敢仰起我滋润的眼皮来。

“病好些没有，刚起来吗？”

我答不出一句话。

“你真在生我的气啊。莎菲，你厌烦我，我只好走了。莎菲！”

他走，于我自然很合适，但我又猛然抬起头拿眼光止住了他开门的手。

谁说他不是一个坏蛋呢，他懂得了。他敢于把我的双手握得紧紧的。他说：

“莎菲，你捉弄我了。每天我走你门前过，都不敢进来，不是云霖告我说你不会生我气，那我今天还不敢来。你，莎菲，你厌烦我不呢？”

谁都可以体会得出来，假使他这时敢于拥抱住我，狂乱的吻我，我一定会倒在他手腕上哭了出来：“我爱你呵！我爱你呵！”但他却如此的冷淡，冷淡得我又恨他了。然而我心里又在想：“来呀，抱我，我要接吻在你脸上咧！”自然，他依旧还握着我的手，把眼光紧盯在我脸上，然而我搜遍了，在他的各种表示中，我得不着我所等待于他的赐予。为什么他仅仅只懂得我的无用，我的不可轻侮，而不够了解他在我心中所占的是一种怎样的地位！我恨不得用脚尖踢他出去，不过我又为了另一种情绪所支配，我向他摇头，表示不厌烦他的来到。

于是我又很柔顺的接受了他许多浅薄的情意，听他说着那些使他津津有回味的卑劣享乐，以及“赚钱和花钱”的人生意义。并承认他暗示我许多做女人的本分。这些又使我看不起他，暗骂他，嘲笑他，我拿我的拳头，隐隐痛击我的心，但当他扬扬的走出我房时，我受逼得又想哭了。因为我压制住我那狂热的欲念，我未曾请求他多留一会儿。

唉，他走了！

三月二十一夜

去年这时候，我过的是一种什么生活！为了有蕴姊千依百顺的疼我，我便装病躺在床上不肯起来。为了想蕴姊抚摩我，我伏在桌上想到一些小不满意的事而哼哼唧唧的哭。有时因在整日静寂的沉思里得了点哀戚，但这种淡淡的凄凉，更令我舍不得去扰乱这情调，似乎在这里面我也可以味出一缕甜意一样的。至于在夜深的法国公园，听躺在草地上的蕴姊唱《牡丹亭》，那是更不愿想到的事了。假使她不会被神捉弄般的去爱上那苍白脸色的男人，她一定不会死去的这样快，我当然不会一人漂流到北京，无亲无爱的在病中挣扎，虽说有几个朋友，他们也很体惜我，但在我所感应得出的我和他们的关系能和蕴姊的爱在一个天平上相称吗？想起蕴姊，我是真应当像从前在蕴姊面前撒娇一样的纵声大哭，不过这一年来，因为多懂得了一些事，虽说时时想哭却又咽住了，怕让人知道了厌烦。近来呢，我更是不知为了什么只能焦急。而想得点空闲去思虑一下我所做的，我所想的，关于我的身体，我的名誉，我的前途的好处和歹处的时间也没有，整天把紊乱的脑筋只放到一个我不愿想到的去处，因为是我想逃避的，所以越把我弄成焦烦苦恼得不堪言说！但我除了说“死了也活该！”是不能再希冀什么了。我能求得一些同情和慰藉吗？然而我似乎在向人乞怜了。

晚饭一吃过，毓芳便和云霖来我这儿坐，到九点我还不肯放他俩走。我知道，毓芳碍住面子只好又坐下来，云霖借口要预备明天的课，执意一人走回去了。于是我隐隐的向毓芳吐露我近来所感得的窘状，我只想她能懂得这事，并且能硬自做主来把我的生活改变一下，做我自己所不能胜任的。但她完全把话听到反面去了。她忠实的告诫我：“莎菲，我觉得你太不老实，自然你不是有意，你可太不留心你的眼波了。你要知道，凌吉士他们比不得在上海同我们玩耍的那群孩子，他们很少机会同女人接近，受不起一点好意的，你不要令他将来感到失望和痛苦。我知道，你哪里会爱他呢？”这错误是不是又该归到我，假设我不想求助于她而向她饶舌，是不是她不会说出这更令我生气，更令我伤心的话来？我噎着气又笑了：“芳姊，不要把我说得太坏了吓！”

毓芳愿意留下住一夜时，我又赶着她走了。

像那些才女们，因得了一点点不很受用，便能“我是多愁善感呀”，“悲哀呀我的心……”“……”做出许多新旧的诗。我呢，没出息的，白白被这些诗境困着，连想以哭代替诗句来表现一下我的情感的搏斗都不能。光在这上面，为了不如人，也应撂开一切去努力做人才对，便退一千步说，为了自己的热闹，为了得一群浅薄眼光之赞颂，我也不该不拿起笔或枪来。真的便把自己陷到比死还难忍的苦境里，单单为了那男人的柔发，红唇……

我又梦想到欧洲中古的骑士风度，这拿来比拟是不会有错，如其有人看到凌吉士过的。他把那东方特长的温柔保留着。神把什么好的，都慨然赐给他了，但神为什么不再给他一点聪明呢？他还不懂得真的爱情呢，他确实不懂得，虽说他有了妻（今夜毓芳告我的），虽说他，曾在新加坡乘着脚踏车追赶坐洋车的女人，因而恋爱过一小段时间，虽说他曾在“韩家潭”住过夜。但他真得到一个女人的爱过么？他爱过一个女人么？我敢说不曾！

一种奇怪的思想又在我脑中燃炽了。我决定来教教这大学生。这宇宙并不是像他所懂的那样简单的啊！

三月二十二

在心的忙乱中，我勉强竟写了这些日记了。早先是因为蕴姊写信来要，再三再四的，我只好开始来写。现在是蕴姊又死了好久，我还舍不得不继续下去，心想便为了蕴姊在世时所谆谆向我说的一些话而便永远写下去做纪念蕴姊也好。所以无论我那样不愿提笔，也只得胡乱画下一页半页的字来。本来是睡了的，但望到挂在壁上蕴姊的像，忍不住又爬起为免掉想念蕴姊的难受而提笔了。自然，这日记，我是除了蕴姊不愿给任何人看。第一是因为这是特为了蕴姊要知道我的生活而记下的一些琐琐碎碎的事，二来我也怕别人给一些理智的面孔给我看，好更刺透我的心；似乎我自己也会因了别人所尊崇的道德而真的也感到像犯了罪一样的难受。所以这黑皮的小本子我是许久以来都安放在枕头底下的垫被的下层。今天不幸我却违背我的初意了，然而也是不得已，虽说似乎是出于毫未思考，原因是苇弟近来非常误解我，以致常常使得他自己不安，而又常常波及我。我相信在我平日的一举一动中，我都能表示出我的态度来。为什么他懂不了我的意思呢？难道我能直接的说明，和阻止他的爱吗？我常常想，假设这不是苇弟而是另外一人，我将会知道怎样处置是最合法的。偏偏又是如此令我忍不下心去的一个好人！我无法了，我只好把我的日记给他看，让他知道他在我的心里是怎样的无希望，并知道我是如何凉薄的反反复复的不足爱的女人。假设苇弟知道我，我自然是会将他当作我唯一可诉心肺的朋友，我会热诚的拥着他同他接吻。我将替他愿望那世界上最可爱，最美的女人……日记，苇弟是看过一遍，又一遍了，虽说他曾经哭过，但态度非常镇静，是出我意料之外的。我说：

“懂得了姊姊吗？”

他点头。

“相信姊姊吗？”

“关于哪方面的？”

于是我懂得那点头的意义。谁能懂得我呢，便能懂得了这只能表现我万分之一的日记，也只令我看到这有限的而伤心哟！何况，希求人了解，以想方设计用文字来反复说明的日记给人看，是多么可伤心的事！并且，后来苇弟还怕我以为他未曾懂得我，于是不住的说：

“你爱他！你爱他！我不配你！”

我真想一赌气扯了这日记。我能说我没有糟蹋这日记吗？我只好向苇弟说：“我要睡了，明天再来罢。”

在人里面，真不必求什么！这不是顶可怕的吗？假设蕴姊在，看见我这日记，我知道，她是会抱着我哭：“莎菲，我的莎菲！我为什么不再变得伟大点，让我的莎菲不至于这样苦啊……”但蕴姊已死了，我拿着这日记应怎样的来痛哭才对！

三月二十三

凌吉士向我说："莎菲！你真是一个奇怪的女子。"我了解这并不是懂得了我的什么而说出的一句赞叹。他所以为奇怪的，无非是看见我的破烂了的手套，搜不出香水的抽屉，无缘无故扯碎了的新棉袍，保存着一些旧的小玩具，……还有什么？听见些不常的笑声，至于别的，他便无能去体会了，我也从未向他说过一句我自己的话。譬如他说："我以后要努力赚钱呀。"我便笑；他说到邀起几个朋友在公园追着女学生时，"莎菲，那真有趣"，我也笑。自然，他所说的奇怪，只是一种在他生活习惯上不常见的奇怪。并且我也很伤心，我无能使他了解我而敬重我。我是什么也不希求了，除了往西山去。我想到我过去的一切妄想，我好笑！

三月二十四

当他单独在我面前时，我觑着那脸庞，聆着那音乐般的声音，我心便在忍受那感情的鞭打！为什么不扑过去吻住他的嘴唇，他的眉梢，他的……无论什么地方？真的，有时话都到口边了："我的王！准许我亲一下吧！"但又受理智，不，我就从没有过理智，是受另一种自尊的情感所裁制而又咽住了。唉！无论他的思想是怎样坏，而他使我如此癫狂的动情，是曾有过而无疑，那我为什么不承认我是爱上了他咧？并且，我敢断定，假使他能把我紧紧的拥抱着，让我吻遍他全身，然后他把我丢下海去，丢下火去，我都会快乐的闭着眼等待那可以永久保藏我那爱情的死的来到。唉！我竟爱他了，我要他给我一个好好的死就够了……

三月二十四夜深

我决心了。我为拯救我自己被一种色的诱惑而堕落，我明早便会到夏那儿去，以免看见凌吉士又痛苦，这痛苦已缠缚我如是之久了！

三月二十六

为了一种纠缠而去，但又遭逢着另一种纠缠，使我不得不又急速的转来了。在我去夏那儿的第二天，梦如便也去了。虽说她是看另一人去的，但使我很感到不快活。夜晚，她大发其对感情的一种新近所获得的议论，隐隐的含着讥刺向我，我默然。为不愿让她更得意，我睁着眼，睡在夏的床上等到了天明，我才又忍着气转来……

毓芳告诉我，说西山房子已找好了，并且又另外替我邀了一个女伴，也是养病的，而这女伴同毓芳又算是一个很好的朋友，听到这消息，应该是很欢喜吧，但我刚刚在眉头舒展了一点喜色，而一种黯然的凄凉便罩上了。虽说我从小便离开家，在外面混，但都有我的亲戚朋友随着我。这次上西山，固然说起来离城只有几十里，但在我，一个活了二十岁的人，开始一人跑到陌生的地方去，还是第一次，假使我竟无声无息的死在那山上，谁是第一个发现我死尸的？我能担保我不会死在那里吗？也许别人会笑我担忧到这些小事，而我却真的哭过，当我问毓芳舍不舍得我时，毓芳却笑，笑我问小孩话，说是这一点点路有什么舍不得，直到毓芳准许了我每礼拜上山一次，我才不好意思的揩干眼泪。

下午我到苇弟那儿去了，苇弟也说他一礼拜上山一次，填毓芳不去的空日。

回来已夜了，我一人寂寂寞寞的在收拾东西，想到我要离开北京的这些朋友们，我又哭了。但一想到朋友们都未曾向我流泪，我又擦去我脸上的泪痕。我是将一人寂寂寞寞的离开这古城了。

在寂寞里，我又想到凌吉士了，其实，话不是这样说，凌吉士简直不能说“想起”，“又想起”，完全是整天都在系念到他，只能说：“又来讲我的凌吉士吧。”这几天我故意造成的离别，在我是不可计的损失，我本想放松了他，而我把他捏得更紧了。我既不能把他从我心里压根儿拔去，我为什么要躲避着不见他的面呢？这真使我懊恼，我不能便如此同他离别，这样寂寂寞寞的走上西山……

三月二十七

一早毓芳便上西山去了，去替我布置房子，说好明天我便去。我为她这番盛情，我应怎样去找得那些没有的字来表示我的感谢。我本想再待一天在城里，便也不好说出了。

我正焦急的时候，凌吉士才来，我握紧他双手，他说：

“莎菲！几天没见你了！”

我很愿意在这时我能哭得出来，抱着他哭，但眼泪只能噙在眼里，我只好又笑了。他听见明天我要上山时，显出的那惊诧和一种嗟叹，又很安慰到我，于是我真的笑了。他见到我笑，便把我的手反捏得紧紧的，紧得使我生痛。他怨恨似的说：

“你笑！你笑！”

这痛，是我从未有过的舒适，好像心里也正锥下去一个什么东西，我很想倒下他的手腕去，而这时苇弟却来了。

苇弟知道我恨他来，而他偏不走。我向着凌吉士使眼色，我说：“这点钟有课吧？”于是我送凌吉士出来。他问我明早什么时候走，我告他；我问他还来不来呢，他说回头便来；于是我望着他快乐了，我忘了他是怎样可鄙的人格，和美的相貌了，这时他在我的眼里，是一个传奇中的情人。哈，莎菲有了一个情人了！……

三月二十七晚

自从我赶走苇弟到这时已是整整五个钟头了。在这五点钟里，我应怎样才想得出一个恰合的名字来称呼它？像热锅上的蚂蚁在这小房子里不安的坐下，又躺下，又站起，又跑到门缝边瞧，但是——他一定不来了，他一定不来了，于是我又想哭，哭我走得这样凄凉，北京城就没有一个人陪我一哭吗？是的，我是应该离开这冷酷的北京的，为什么我要舍不得这板床，这油腻的书桌，这三条腿的椅子……是的，明早我就要走了，北京的朋友们不会再腻烦莎菲的病。为了朋友们轻快的舒适，莎菲便为朋友们死在西山也是该的！但如此让莎菲一人得不着一点热情孤孤寂寂的上山去，想来莎菲便不死，也不会有损害或激动于人心吧……不想了！不想！有什么可想的？假使莎菲不如此贪心在攫取感情，那莎菲不是便很可满足于那些眉目间的同情了吗？……

关于朋友，我不说了。我知道永世也不会使莎菲感到满足这人间的友谊的！

但我能满足些什么呢？凌吉士答应我来，而这时已晚上九点了。纵是他来了，我会很快乐吗？他会给我所需要的吗？……

想起他不来，我又该痛恨我自己了！在很早的从前，我懂得对付哪一种男人便应用哪一种态度，而到现在反蠢了。当我问他还来不来时，我怎能显露出那希求的眼光，在一个漂亮人面前，是不应老实，让人瞧不起……但我爱他，为什么我要使用技巧？我不能直接向他表明我的爱吗？并且我觉得只要于人无损，便吻人一百下，为什么便不可以被准许呢？

他既答应来，而又失信，显见得是在戏弄我。朋友，留点好意在莎菲走时，总不至于是一种损失吧。

今夜我简直狂了。语言，文字是怎样在这时显得无用！我心像被许多小老鼠啃着一样，又像一盆火在心里燃烧。我想把什么东西都摔破，又想冒着夜气在外面乱跑去，我无法制止我狂热的感情的激荡，我便躺在这热情的针毡上，反过去也刺着，翻过来也刺着，似乎我又是在油锅里听到那油沸的响声，感到浑身的灼热……为什么我不跑出去呢？我等着一种渺茫的无意义的希望到来！哈……想到那红唇，我又癫了！假使这希望是可能的话——我独自又忍不住笑，我再三再四反复问我自己："爱他吗？"我更笑了。莎菲不会傻到如此地步去爱上那南洋人。难道因了我不承认我的爱，便不可以被人准许做一点儿于人也无损的事？

假使今夜他竟不来，我怎能甘心便恝然上西山去……

唉！九点半了！

九点四十分了！

三月二十八晨三时

莎菲生活在世上，所要人们的了解她体会她的心太热烈太恳切了，所以长远的沉溺在失望的苦恼中，但除了自己，谁能够知道她所流出的眼泪的分量？

在这本日记里，与其说是莎菲生活的一段记录，不如直接算为莎菲眼泪的每一个点滴，是在莎菲心上，才觉得更切实。然而这本日记现在是要收束了，因为莎菲已无须乎此——用眼泪来泄愤和安慰，这原因是对于一切都觉得无意识，流泪更是这无意识的极深的表白。可是在这最后一页的日记上，莎菲应该用快乐的心情来庆祝，她从最大的那失望中，蓦然得到了满足，这满足似乎要使人快乐得到死才对。但是我，我只从那满足中感到胜利，从这胜利中得到凄凉，而更深的认识使我自己的可怜处，可笑处，因此把我这几月来所萦萦于梦想的一点“美”反缥缈了，——这个美便是那高个儿的丰仪！

我应该怎样来解释呢？一个完全癫狂于男人仪表上的女人的心理！自然我不会爱他，这不会爱，很容易说明，就是在他丰仪的里面是躲着一个何等卑丑的灵魂！可是我又倾慕他，思念他，甚至于没有他，我就失掉一切生活意义的保障了；并且我常常想，假使有那么一日，我和他的嘴唇合拢来，密密的，那我的身体就从这心的狂笑中瓦解去，也愿意。其实，单单能获得骑士一般的那人儿的温柔的一抚摩，随便他的手尖触到我身上的任何部分，因此就牺牲一切，我也肯。

我应当发癫，因为像这些幻想中的异迹，梦似的，终于毫无困难的都给我得到了。但是从这中间，我所感得的是我所想象的那些会醉我灵魂的幸福么？不啊！

当他——凌吉士——在晚间十点钟来到时候，开始向我嗫嚅的表白，说他是如何的在想我……还使我心动过好几次；但不久我看到他那被情欲在燃烧的眼睛，我就害怕了。于是从他那卑劣的思想中所发出的更丑的誓语，又振起我的自尊心来！假使他把这串浅薄肉麻的情话去对别个女人说，一定是很动听的，可以得一个所谓的爱的心吧。但他却向我，就由这些话语的力，把我推得隔他更远了。唉，可怜的男子！神既然赋予你这样的一副美形，却又暗暗的捉弄你，把那样一个毫不相称的灵魂放到你人生的顶上！你以为我所希望的是“家庭”吗？我所欢喜的是“金钱”吗？我所骄傲的是“地位”吗？“你，在我面前，是显得多么可怜的一个男子啊！”我真要为他不幸而痛苦，然而他依样把眼光镇住我脸上，是被情欲之火燃烧得如何的怕人！倘若他只限于肉感的满足，那么他倒可以用他的色来摧残我的心；但他却哭声的向我说：“莎菲，你信我，我是不会负你的！”啊，可怜的人！他还不知道在他面前的这女人，是用如何的轻蔑去可怜他的使用这些做作，这些话！我竟忍不住而笑出声来，说他也知道爱，会爱我，这只是近于开玩笑！那情欲之火的巢穴——那两双灼闪的眼睛，不正在宣布他除了可鄙的浅薄的需要，别的一切都不知道么？

“喂，聪明一点，走开吧，‘韩家潭’那个地方才是你寻乐的场所！”我既然认清他，我就应该这样说，教这个人类中最劣种的人儿滚开去。然而，虽说我暗暗地在嘲笑他，但当他大胆地贸然伸开手臂来拥我时，我竟又忘记了一切，我临时失掉了我所有的一些自尊和骄傲，我是完全被那仅有的一副好丰仪迷住了，在我心中，我只想：“紧些！多抱我一会儿吧，明早我便走了！”假使我那时还有一点自制力，我该会想到他的美形以外的那东西，而把他像一块石头般，丢到房外去。

唉！我能用什么言语或心情来痛悔？他，凌吉士，这样一个可鄙的人，吻我了！我静静默默的承受着！但那时，在一个温润的软热的东西放到我脸上，我心中得到的是些什么呢？我不能像别的女人一样会晕倒在她那爱人的臂膀里！我是张大着眼睛望他，我想："我胜利了！我胜利了！"因为他所以使我迷恋的那东西，在吻我时，我已知道是如何的滋味——我同时鄙夷我自己了！于是我忽然伤心起来，我把他用力推开，我哭了。

他也许忽略了我的眼泪，以为他的嘴唇是给我如何的温软，如何的嫩腻，是把我的心融醉到发迷的状态里吧，所以他又挨我坐着，继续的说了许多所谓爱情表白的肉麻话。

"何必把你那令人惋惜处暴露得无余呢？"我真这样的又可怜起他来。

我说："不要乱想吧，说不定明天我便死去了！"

他听着，谁知道他对于这话是得到怎样的感触？他又吻我，但我躲开了，于是那嘴唇便落到我的手上……

我决心了，因为这时我有的是充足的清晰的脑力，我要他走，他带点抱怨颜色，缠着我。我想，"为什么你也是这样傻劲呢？"他于是直挨到夜十二点半钟才走。

他走后，我想起适间的事情。我就用所有的力量，来痛击我的心！为什么呢，给一个如此我看不起的男人接吻？既不爱他，还嘲笑他，又让他来拥抱？真的，单凭了一种骑士般的风度，就能使我堕落到如此地步么？

总之，我是给我自己糟蹋了，凡一个人的仇敌就是自己，我的天，这有什么法子去报复而偿还一切的损失？

好在在这宇宙间，我的生命只是我自己的玩品，我已浪费得尽够了，那么因这一番经历而使我更陷到极深的悲境里去，似乎也不成一个重大的事件。

但是我不愿留在北京，西山更不愿去了，我决计搭车南下，在无人认识的地方，浪费我生命的余剩；因此我的心从伤痛中又兴奋起来，我狂笑的怜惜我自己：

“悄悄地活下来，悄悄地死去，啊，我可怜你，莎菲！”

选自《丁玲选集》第二卷

四川人民出版社 1982 年版

作家的话 ◈

关于“莎菲”，我以为还是茅盾说得对，茅盾说莎菲女士是“心灵上负着时代苦闷创伤的青年女性的叛逆的绝叫者”。她是一个叛逆女性，她有着一种叛逆女性的倔强。有人说那是性爱，莎菲没有什么性的要求嘛，她就是看不起那些人，这种人她看不起，那种人她也看不起，她是孤独的，她认为这个社会里的人都不可靠。那么她是不是就这样活下去呢？她得活下去，必得活下去，还是要活，怎么办呢？最后，她说：悄悄地活下来，悄悄地死去吧！但她的精神，她的心灵并不甘心，所以她是苦闷的。她叫喊：我要死啊，我要死！其实她不一定死，这是一种反抗。那时候，这种女性，这种情感还是有代表性的。她们要同家庭决裂，又要同旧社会决裂，新的东西到哪里去找呢？她眼睛里看到的尽是黑暗，她对旧社会实在不喜欢，连同生活在这个社会中的人她也都不喜欢、不满意。她想寻找光明，但她看不到一个真正理想的东西，一个真正理想的人。她的全部不满是对着这个社会而发的。

引自冬晓：《走访丁玲》

评论家的话

她的莎菲女士是心灵上负着时代苦闷的创伤的青年女性的叛逆的绝叫者。莎菲女士是一位个人主义，旧礼教的叛逆者；她要求一些热烈的痛快的生活；她热爱着又蔑视她的怯弱的矛盾的灰色的求爱者，然而在游戏式的恋爱过程中，她终于从腼腆拘束的心理摆脱，从被动的地位到主动的，在一度吻了那青年学生的富有诱惑性的红唇以后，她就一脚踢开了她的不值得恋爱的卑琐的青年。这是大胆的描写，至少在中国那时的女性作家中是大胆的。莎菲女士是五四以后解放的青年女子在性爱上的矛盾心理的代表者！

茅盾：《女作家丁玲》

石评梅

墓畔哀歌

石评梅，本名汝壁，笔名评梅、波微、漱雪、冰华等。山西平定人。1902 年出生于清末举人之家，1919 年考入北京女子高等师范学校（后改名为北京女子师范大学）体育系，不久开始发表诗歌、散文和小说。1923 年大学毕业后，任北京女子师范大学附中女子部主任，教授体育和国文。1925 年因其恋人高君宇病逝，连续写作十多篇散文，倾诉心中悲哀。1928 年，因患脑膜炎在北京去世。她涉猎的文学体裁多样，成就最大的是散文。其散文风格柔婉凄艳，擅长托物寄情，笔调雅致。

一

我由冬的残梦里惊醒，春正吻着我的睡靥低吟！晨曦照上了窗纱，望见往日令我醺醉的朝霞，我想让丹彩的云流，再认认我当年的颜色。

披上那件绣着蛱蝶的衣裳，姗姗地走到尘网封锁的妆台旁。呵！明镜里照见我憔悴的枯颜，像一朵颤动在风雨中苍白凋零的梨花。

我爱，我原想追回那美丽的姣容，祭献在你碧草如茵的墓旁，谁知道青春的残蕾已和你一同殉葬。

二

假如我的眼泪真凝成一粒一粒珍珠，到如今我已替你缀织成绕你玉颈的围巾。

假如我的相思真化作一颗一颗的红豆，到如今我已替你堆集永久勿忘的爱心。

哀愁深埋在我心头。

我愿燃烧我的肉身化成灰烬，我愿放浪我的热情怒涛汹涌，天呵！这蛇似的蜿蜒，蚕似的缠绵，就这样悄悄地偷去了我生命的青焰。

我爱，我吻遍了你墓头青草在日落黄昏；我祷告，就是空幻的梦吧，也让我再见见你的英魂。

三

明知道人生的尽头便是死的故乡，我将来也是一座孤冢，衰草斜阳。有一天呵！我离开繁华的人寰，悄悄入葬，这悲艳的爱情一样是烟消云散，昙花一现，梦醒后飞落在心头的都是些残泪点点。

然而我不能把记忆毁灭，把埋我心墟上的残骸抛却，只求我能永久徘徊在这垒垒荒冢之间，为了看守你的墓茔，祭献那茉莉花环。

我爱，你知否我无言的忧衷，怀想着往日轻盈之梦。梦中我低低唤着你小名，醒来只是深夜长空有孤雁哀鸣！

四

黯淡的天幕下，没有明月也无星光，这宇宙像数千年的古墓；皑皑白骨上，飞动闪映着惨绿的磷花。我匍匐哀泣于此残锈的铁栏之旁，愿烘我愤怒的心火，烧毁这黑暗丑恶的地狱之网。

命运的魔鬼有意捉弄我弱小的灵魂，罚我在冰雪寒天中，寻觅那凋零了的碎梦。求上帝饶恕我，不要再残害我这仅有的生命，剩得此残躯在，容我杀死那狞恶的敌人！

我爱，纵然宇宙变成烬余的战场，野烟都腥；在你给我的甜梦里，我心长系驻于虹桥之中，赞美永生！

五

我整天踯躅于垒垒荒冢，看遍了春花秋月不同的风景，抛弃了一切名利虚荣，来到此无人烟的旷野，哀吟缓行。我登了高岭，向云天苍茫的西方招魂，在绚烂的彩霞里，望见了我沉落的希望之陨星。

远处是烟雾冲天的古城，火星似金箭向四方飞游！隐约的听见刀枪搏击之声，那狂热的欢呼令人震惊！在碧草萋萋的墓头，我举起了胜利的金觥，饮吧，我爱，我奠祭你静寂无言的孤冢！

星月满天时，我把你遗我的宝剑纤手轻擎，宣誓向长空：愿此生永埋了英雄儿女的热情。

六

假如人生只是虚幻的梦影，那我这些可爱的映影，便是你赠予我的全生命。我常觉你在我身后的树林里，骑着马轻轻地走过去。常觉你停息在我的窗前，徘徊着等我的影消灯熄。常觉你随着我唤你的声音悄悄走近了我，又含泪退到了墙角。常觉你站在我低垂的雪帐外，哀哀地对月光而叹息！

在人海尘途中，偶然逢见个像你的人，我停步凝视后，这颗心呵！便如秋风横扫落叶般冷森凄零！我默思我已经得到爱之心，如今只是荒草夕阳下，一座静寂无语的孤冢。

我的心是深夜梦里，寒光闪烁的残月，我的情是青碧冷静，永不再流的湖水。残月照着你的墓碑，湖水环绕着你的坟，我爱，这是我的梦，也是你的梦，安息吧，敬爱的灵魂！

七

我自从混迹到尘世间，便忘却了我自己；在你的灵魂中我才知是谁。

记得也是这样夜里。我们在河堤的柳丝中走过来，走过去。我们无语，心海的波浪也只有月儿能领会。你倚在树上望明月沉思，我枕在你胸前听你的呼吸。抬头看见黑翼飞来掩遮住月儿的清光，你抖颤着问我：假如这苍黑的翼是我们的命运时，应该怎样？

我认识了欢乐，也随来了悲哀，接受了你的热情，同时也随来了冷酷的秋风。往日，我怕恶魔的眼睛凶，白牙如利刃；我总是藏伏在你的腋下趑趄不敢进，你一手执宝剑，一手扶着我践踏着荆棘的途径，投奔那如花的前程！

如今，这道上还留着你斑斑血痕，恶魔的眼睛和牙齿再是那样凶狠。但是我爱，你不要怕我孤零，我愿用这一纤细的弱玉腕，建设那如意的梦境。

八

春来了，催开桃蕾又飘到柳梢，这般温柔慵懒的天气真使人恼！她似乎躲在我眼底有意缭绕，一阵阵风翼，吹起了我灵海深处的波涛。

这世界已换上了装束，如少女般那样娇娆，她披拖着浅绿的轻纱，蹁跹在她那姹紫嫣红中舞蹈。伫立于白杨下，我心如捣，强睁开模糊的泪眼，细认你墓头，萋萋芳草。

满腔辛酸与谁道？愿此恨吐向青空将天地包。它纠结围绕着我的心，像一堆枯黄的蔓草，我爱，我待你用宝剑来挥扫，我待你用火花来焚烧。

九

垒垒荒冢上，火光熊熊，纸灰缭绕，清明到了。这是碧草绿水的春郊。墓畔有白发老翁，有红颜年少，向这一抔黄土致不尽的怀忆和哀悼，云天苍茫处我将魂招；白杨萧条，暮鸦声声，怕孤魂归路迢迢。

逝去了，欢乐的好梦，不能随墓草而复生，明朝此日，谁知天涯何处寄此身？叹漂泊我已如落花浮萍，且高歌，且痛饮，拼一醉浇熄此心头余情。

我爱，这一杯苦酒细细斟，邀残月与孤星和泪共饮，不管黄昏，不论夜深，醉卧在你墓碑旁，任霜露侵凌罢！我再不醒。

1927 年清明节陶然亭畔

选自《偶然草》

北平华严书店 1929 年版

作家的话

我是信仰恋爱专一有永久性的，我是愿意在一个杯里沉醉或一个梦里不醒的。……我是崇拜悲剧的。我愿大文学家大艺术家的成就，是源于他生命中有深的缺陷。惨痛苦恼中，描写着过去，又追求着未来的。

《再读〈兰生弟的日记〉》

评论家的话

评梅的作品，有一种清妙的文风，她所采用的字句都是很美丽的。在她短篇的文章里，往往含有诗意。

庐隐：《石评梅略传》

周作人
闭户读书论

自唯物论兴而人心大变。昔者世有所谓灵魂等物，大智固亦以轮回为苦，然在凡夫则未始不是一种慰安，风流士女可以续未了之缘，壮烈英雄则曰："二十年后又是一条好汉。"但是现在知道人的性命只有一条，一失足成千古恨，再回头已百年身，只有上联而无下联，岂不悲哉！固然，知道人生之不再，宗教的希求可以转变为社会运动，不求未来的永生，但求现世的善生，勇猛地冲上前去，造成恶活不如好死之精神，那也是可能的。然而在大多数凡夫却有点不同，他的结果不但不能砭顽起懦，恐怕反要使得懦夫有卧志了吧。

"此刻现在"，无论在相信唯物或是有鬼论者都是一个危险时期。除非你是在做官，你对于现时的中国一定会有好些不满或是不平。这些不满和不平积在你的心里，正如噎隔患者肚里的"痞块"一样，你如没有法子把它除掉，总有一天会断送你的性命。那么，有什么法子可以除掉这个痞块呢？我可以答说，没有好法子。假如激烈一点的人，且不要说动，单是乱叫乱嚷起来，想出出一口鸟气，那就容易有共党朋友的嫌疑，说不定会同逃兵之流一起去正了法。有鬼论者还不过白折了二十年光阴，只有一副性命的就大上其当了。忍耐着不说呢，恐怕也要变成忧郁病，倘若生在上海，迟早总跳进黄浦江里去，也不管公安局钉立的木牌说什么死得死不得。结局是一样，医好了烦闷就丢掉了性命，正如门板夹直了驼背。那么怎么办好呢？我看，苟全性命于乱世是第一要紧，所以最好是从头就不烦闷。不过这如不是圣贤，只有做官的才能够，如上文所述，所以平常下级人民是不能仿效的。其次是有了烦闷去用方法消遣。抽大烟，讨姨太太，赌钱，住温泉场等，都是一种消遣法，但是有些很要用钱，有些很要用力，寒士没有力量去做。我想了一天才算想到了一个方法，这就是“闭户读书”。

记得在没有多少年前曾经有过一句很行时的口号，叫作“读书不忘救国”。其实这是很不容易的。西儒有言，二鸟在林不如一鸟在手，追两兔者并失之。幸而近来“青运”已经停止，救国事业有人担当，昔日辘轳体的口号今成截上的小题，专门读书，此其时矣，闭户云者，聊以形容，言其专一耳，非真辟札则不把卷，二者有必然之因果也。

但是，敢问读什么呢？《经》，自然，这是圣人之典，非读不可的。而且听说三民主义之源盖出于“四书”，不特维礼教既为应考试计，亦在所必读之列，这是无可疑的了。但我所觉得重要的还是在于乙部，即是四库之史部。老实说，我虽不大有什么历史癖，却是很有点历史迷的。我始终相信《二十四史》是一部好书，他很诚恳地告诉我们过去曾如此，现在是如此，将来要如此。历史所告诉我们的在表面的确只是过去，但现在与将来也就在这里面了：正史好似人家祖先的神像，画得特别庄严点，从这上面却总还看得出子孙的面影，至于野史等更有意思，那是行乐图小照之流，更充足地保存真相，往往令观者拍案叫绝，叹遗传之神妙。正如獐头鼠目再生于十世之后一样，历史的人物亦常重现于当世的舞台，恍如夺舍重来，慑人心目，此可怖的悦乐为不知历史者所不能得者也。通历史的人如太乙真人目能见鬼，无论自称为什么，他都能知道这是谁的化身，在古卷上找得他的原形，自盘庚时代以降一一具在，其一再降凡之迹若示诸掌焉。浅学者流妄生分别，或以 20 世纪，或以北伐成功，或以农军起事划分时期，以为从此是另一世界，将大有改变，与以前绝对不同，仿佛是旧人霎时死绝，新人自天落下，自地涌出，或从空桑中跳出来，完全是两种生物的样子：此正是不学之过也。宜趁现在不甚适宜于说话做事的时候，关起门来努力读书，翻开故纸，与活人对照，死书就变成活书，可以得道，可以养生，岂不懿欤？——喔，我这些话真说得太抽象而不得要领了。但是，具体的又如何说呢？我又还缺少学问，论理还应少说闲话，多读经史才对，现在赶紧打住吧。

一九二八年十一月吉日

选自《永日集》

岳麓书社 1988 年版

作家的话 ◈

有些事情固然我本人不要说，然而也有些是想说的，而现在实在无从说起。不必说到政治大事上去，即使偶然谈谈儿童或妇女身上的事情，也难保不被看出反动的痕迹，其次是落伍的证据来，得到古人所谓笔祸。……我对于文学如此不敬，曾称之曰不革命，今又说它无用，真是太不应当了，不过我的批评全是好意的，我想文学的要素是诚与达，然而诚有障碍，达不容易，那么留下来的，试问还有些什么？老实说，禅的文学做不出，咒的文学不想做，普通的文学克服不下文字的纠缠的可做可不做，总结起来与“无一可言”这句话岂不很有同意么？话虽如此，文章还是可以写，想写，关键只在这一点，即知道了世间无一可言，自己更无做出真文学来之可能，随后随便找来一个题目，认真去写一篇文章，却也未始不可，到那时候或者简直说世间无一不可言，……我在此刻还觉得有许多事不想说，或是不好说，只可挑选一下再说，现在便姑且择定了草木虫鱼，为什么呢？第一，这是我所喜欢，第二，他们也是生物，与我们很有关系，但又到底是异类，由得我们说话。万一讲草木虫鱼还有不行的时候，那么这也不是没有办法，我们可以讲讲天气罢。

《〈草木虫鱼〉小引》

评论家的话

周作人头脑比鲁迅冷静，行动比鲁迅夷犹，遭了三一八的打击以后，他知道空喊革命，多负牺牲，是无益的，所以就走进了十字街头的塔，在那里放散红绿的灯光，悠闲地，但也不息地负起了他的使命；他以为思想上的改革，基本的工作当然还是要做的，红的绿的灯光的放送，便是给路人的指示；可是到了夜半清闲，行人稀少的当儿，自己赏玩赏玩这灯光的色彩，玄想玄想那天上的星辰，装聋作哑，喝一口苦茶以润润喉舌，倒也是于世无损，于己有益的玩意儿。这一种态度，废名说他有点像陶渊明。可是“陶潜诗喜说荆轲”，他在东篱下采菊的时候，当然也忘不了社会的大事，“少时壮且厉，抚剑独行游”的气概，还可以在他的作反语用的平淡中想见得到。

郁达夫：《〈中国新文学大系·散文二集〉导言》

徐志摩

再别康桥[1]

轻轻的我走了，
　正如我轻轻的来；
我轻轻的招手，
　作别西天的云彩。

那河畔的金柳，
　是夕阳中的新娘；
波光里的艳影，
　在我的心头荡漾。

软泥上的青荇，
　油油的在水底招摇；

---

① 康桥：即剑桥，英国东南部城市，伦敦之北约八十公里，著名的剑桥大学所在地。

在康河的柔波里，
　我甘心做一条水草！

那榆荫下的一潭，
　不是清泉，是天上虹；
揉碎在浮藻间，
　沉淀着彩虹似的梦。

寻梦？撑一支长篙，
　向青草更青处漫溯；
满载一船星辉，
　在星辉斑斓里放歌。

但我不能放歌，
　悄悄是别离的笙箫；
夏虫也为我沉默，
　沉默是今晚的康桥！

悄悄的我走了，
　正如我悄悄的来；
我挥一挥衣袖，
　不带走一片云彩。

十一月六日　中国海上

选自《徐志摩诗全集》

学林出版社 1992 年版

作家的话

我在康桥的日子可真是享福，深怕这辈子再也得不到那样甜蜜的机会了。我不敢说康桥给了我多少学问或是教会了我什么。我不敢说受了康桥的洗礼，一个人就会变气息，脱凡胎。我敢说的是——就我个人说，我的眼是康桥教我睁的，我的就知欲是康桥给我拨动的，我的自我意识是康桥给我胚胎的。

《吸烟与文化（牛津）》

推荐者的话

这是一首出神入化的抒情诗，它飘逸，洒脱，美妙，动听，似天国之音乐，充满了优美的韵律。全诗充盈着诗人告别剑桥时的缠绵低徊的情感，轻轻的来，轻轻的走，轻轻的招手，宛若与梦中情人作别，万般柔情，温馨静谧。诗歌巧妙地选取了夜幕降临时的康桥这一震撼人心的戏剧性场景。康桥在诗人的笔下愈是美不胜收，离别而生的伤情便愈是深切，这是一种美与美的消逝之间的无法超越的冲突；而且，因夜幕降临而生的朦胧暗淡色调，格外强化了惜别的悲凉感，把一种甜蜜的哀愁推向了极致；更有甚者，诗人没有把离别的愁绪放到离别前的不安或离别后的追思之中来表达，而是有意选择了离别的一刹那来表现，可见诗人构思的精巧夺人……

这情感的冲动与自我控制的紧张冲突，都被诗人巧妙地凝聚在潇洒而看似平静的姿势中："我挥一挥衣袖，不带走一片云彩"，潇洒中交织着淡淡的忧郁和怅惘。

全诗语言似禅界般空灵，含蓄凝练，情景相融，音节抑扬顿挫，声调回环往复，诗行长短错落有致，把性灵、意象、音乐和建筑之美和谐地结合在一起，是徐志摩潇洒、飘逸诗风的典型体现。

宋炳辉

戴望舒
雨　巷

戴望舒，1905 年生于杭州，祖籍南京。1923 年入上海大学文学系，1925 年转入上海震旦大学。1922 年开始写诗。曾受法国象征派诗人影响，前期的诗轻盈流丽，重象征、意象，情调惆怅，诗意迷茫，代表作有《雨巷》《我的记忆》《乐园鸟》等。是 20 世纪 30 年代“现代”派代表性诗人。抗战爆发后南下香港，任《星岛日报》《珠江日报》《大众日报》副刊主编。日军占领香港后被捕入狱，备受折磨。此期诗风变为厚重，刚健，代表作《我用残损的手掌》等，洗练沉郁，爱国之情深挚感人。1949 年 3 月到北平，任华北大学第三院研究员。1950 年死于哮喘病。

撑着油纸伞，独自
彷徨在悠长、悠长
又寂寥的雨巷，
我希望逢着
一个丁香一样地
结着愁怨的姑娘。

她是有
丁香一样的颜色，
丁香一样的芬芳，
丁香一样的忧愁，
在雨中哀怨，
哀怨又彷徨；

她彷徨在这寂寥的雨巷，
撑着油纸伞
像我一样，
像我一样地
默默彳亍着，
冷漠，凄清，又惆怅。

她静默地走近
走近，又投出
太息一般的眼光，

她飘过
像梦一般地，
像梦一般地凄婉迷茫。

像梦中飘过
一枝丁香地，
我身旁飘过这女郎；
她静默地远了，远了。
到了颓圮的篱墙，
走尽这雨巷。

在雨的哀曲里，
消了她的颜色，
散了她的芬芳，
消散了，甚至她的
太息般的眼光，
她丁香般的惆怅

撑着油纸伞，独自
彷徨在悠长，悠长
又寂寥的雨巷，
我希望飘过
一个丁香一样地
结着愁怨的姑娘。

选自《戴望舒诗全编》
浙江文艺出版社1988年版

作家的话

新诗最重要的是诗情上的 nuance 而不是字句上的 nuance。（编者按：nuance，法文，意为细微的差异。）

新的诗应该有新的情绪和表现这情绪的形式。所谓形式，决非表面上的字的排列，也决非新的字眼的堆积。

不必一定拿新的事物来做题材（我不反对拿新的事物来做题材），旧的事物中也能找到新的诗情。

诗是由真实经过想象而出来的，不单是真实，亦不单是抽象。

《望舒诗论》

评论家的话

说起《雨巷》，我们是不容易把叶圣陶先生的奖掖忘记的。《雨巷》写成后差不多有一年，在圣陶先生代理编辑《小说月报》的时候，望舒才想起把它投寄出去。圣陶先生一看到这首诗就有信来，称许他替新诗的音节开了一个新的纪元。这封信，大概望舒自己至今还保存着，我现在却没有可能直接引用了。圣陶先生的有力的推荐使望舒得到了“雨巷诗人”这称号，一直到现在。

然而我们自己几个比较接近的朋友却并不对这首《雨巷》有什么特殊的意见；等到知道了圣陶特别欣赏这一篇之后，似乎才发现了一些以前所未曾发现的好处来。就是望舒自己，对《雨巷》也没有像对比较迟一点的作品那样地珍惜。望舒自己不喜欢《雨巷》的原因比较得简单，就是他在写成《雨巷》的时候，已经开始对诗歌的他所谓“音乐的成分”勇敢地反叛了。

苏汶：《望舒草·序》

《雨巷》读起来好像旧诗名句“丁香空结雨中愁”的现代白话版的扩充或者“稀释”。一种回荡的旋律和一种流畅的节奏，确乎在每节六行，各行长短不一，大体在一定间隔重复一个韵的一共七节诗里，贯彻始终。用惯了的意象和用滥了的辞藻，却更使这首诗的成功显得浅易、浮泛。

卞之琳：《戴望舒诗集·序》

梁遇春
谈“流浪汉”

梁遇春，1904 年生于福建闽侯（今福州市西北），1922 年进北京大学预科学习，1928 年毕业，至上海暨南大学任教，后回北大图书馆工作，1932 年病逝。梁遇春短短的一生主要从事散文随笔写作和外国文学的翻译，著有《春醪集》（1930 年）、《泪与笑》（1934 年）等，显示出博学睿智、深受英国随笔影响的特点。

当人生观论战[①]已经闹个满城风雨，大家都谈厌烦了不想再去提起时候，我一天忽然写一篇短文，叫作《人死观》。这件事实在有些反动嫌疑，而且该挨思想落后的罪名，后来仔细一想，的确很追悔。前几年北平有许多人讨论 Gentleman[②] 这字应该要怎么样子翻译才好，现在是几乎谁也不说这件事了，我却又来喋喋，谈那和“君子”Gentleman 正相反的“流浪汉”Vagabond，将来恐怕免不了自悔。但是想写文章时候，哪能够顾到那么多呢？

Gentleman 这字虽然难翻，可是还不及 Vagabond 这字那样古怪，简直找不出适当的中国字眼来。普通的英汉字典都把它翻作“走江湖者”“流氓”“无赖之徒”“游手好闲”……，但是我觉得都失丢这个字的原意。Vagabond 既不像走江湖的卖艺为生，也不是流氓那种一味敲诈，“无赖之徒”“游手好闲者”都带有贬骂的意思，Vagabond 却是种可爱的人儿。在此无可奈何时候，我只好暂用“流浪汉”三字来翻，自然也不是十分合适的。我以为 Gentleman，Vagabond 这些字所以这么刁钻古怪，是因为它们被人们活用得太久了，原来的意义早已消失，于是每个人用这个字时候都添些自己的意思，这字的涵义越大，更加好活用了。因此在中国寻不出一个能够引起那么多的联想的字来。本来 Gentleman，Vagabond 这二个字和财产都有关系的，一个是拥有财产，丰衣足食的公子，一个是毫无恒产，四处飘零的穷光蛋。因为有钱，自然能够受良好的教育，行动举止也温文尔雅，谈吐也就蕴藉不俗，更不至于跟人铢

① 20 世纪 20 年代初期，文化界曾掀起一场关于“人生观”论战，参见作者《人死观》一文。

② 这个词通常译作“绅士”。

锱必较，言语冲撞了。Gentleman 这字的意义就由世家子弟一变变作斯文君子，所以现在我们不管一个人出身的贵贱，财产的有无，只要他的态度是温和，做人很正直，我们都把他当作 Gentleman。一班穷酸的人们被人冤枉时节，也可以答辩道："我虽然穷，却是个 Gentleman。" Vagabond 这个字意义的演化也经过了同样的历程。本来只指那班什么财产也没有，天天随便混过去的人们。他们既没有一定的职业，有时或者也干些流氓的勾当。但是他们整天随遇而安，倒也无忧无虑，他们过惯了放松的生活，所以就是手边有些钱，也是糊里糊涂地用光，对人们当然是很慷慨的。他们没有身家之虑，做事也就痛痛快快，并不像富人那种畏首畏尾，瞻前顾后。酒是大杯地喝下去，话是随便地顺口开河，有时也胡诌些有趣味的谎语。他们万事不关怀，天天笑呵呵，规矩的人们背后说他们没有责任心。他们与世无忤，既不会桌上排着一斗黄豆，一斗黑豆，打算盘似的整天数自己的好心思和坏心思，也不会皱着眉头，弄出连环巧计来陷害人们。他们的行为是糊涂的，他们的心肠是好的。他们是大个顽皮小孩，可是也带了小孩的天真。他们脑里存了不少奇奇怪怪的幻想，满脸春风，老是笑眯眯的，一些机心也没有。……我们现在把凡是带有这种心情的人们都叫作 Vagabond，就是他们是王侯将相的子孙，生平没有离开家乡过也不碍事。他们和中国古代的侠客有些相像，可是他们又不像侠客那样朴刀横腰，给夸大狂迷住，一脸凶气，走遍天下专为打不平。他们对于伦理观念，没有那么死板地痴痴执着。我不得已只好翻作"流浪汉"，流浪是指流浪的心情，所以我所赞美的流浪汉或者同守深闺的小姐一样，终身未出乡里一步。

英国 19 世纪末叶诗人和小品文作家斯密士[①] Alexander Smith

① 今译史密斯。

对于流浪汉是无限地颂扬。他有一段描写流浪汉的文章，说得很妙。他说：“流浪汉对于许多事情的确有他的特别意见。比如他从小是同密尼表妹一起养大，心里很爱她，而她小孩时候对于他的感情也是跟着年龄热烈起来，他俩结合后大概也可以好好地过活，他一定把她娶来，并没有考虑到他们收入将来能够不能够允许他请人们来家里吃饭或者时髦地招待朋友。这自然是太鲁莽了。可是对于流浪汉你是没法子说服他。他自己有他一套再古怪不过的逻辑（他自己却以为是很自然的推论），他以为他是为自己娶亲的，并不是为招待他的朋友的缘故；他把得到一个女人的真心同纯洁的胸怀比袋里多一两镑钱看得重得多。规矩的人们不爱流浪汉。那班膝下有还未出嫁姑娘的母亲特别怕他——并不是因他为子不孝，或者将来不能够做个善良的丈夫，或者对朋友不忠，但是他的手不像别人的手，总不会把钱牢牢地握着。他对于外表丝毫也不讲究。他结交朋友，不因为他们有华屋美酒，却是爱他们的性情，他们的好心肠，他们讲笑话听笑话的本领，以及许多别人看不出的好处。因此他的朋友是不拘一类的，在富人的宴会里却反不常见到他的踪迹。我相信他这种流浪态度使他得到许多好处。他对于人生的稀奇古怪的地方都有接触过。他对于人性晓得更透彻，好像一个人走到乡下，有时舍开大路，去凭吊荒墟古冢，有时在小村逆旅休息，路上碰到人们也攀谈起来，这种人对于乡下自然比那坐在四轮马车里骄傲地跑过大道的知道得多。我们因为这无理的骄傲，失丢了不少见识。一点流浪汉的习气都没有的人是没有什么价值的。”斯密士说到流浪汉的成家立业的法子，可见现在所谓的流浪汉并不限于那无家可归，脚跟如蓬转的人们。斯密士所说的只是一面，让我再由另一个观察点——流浪汉和 Gentleman 的比较——来论流浪汉，这样子一些一些凑起来或者能够将流浪汉的性格描摹得很完全，而且流浪汉的性格复杂万分（汉既以流浪名，自不是安分守己，方正简单的人们），绝不能一气说清。

英国文学里分析 Gentleman 的性格最明晰深入的文章，公推是那位叛教分子纽门 J. H. Newman[①] 的《大学教育的范围同性质》。纽门说："说一个人他从来没有给别人以苦痛，这句话几乎可以做'君子'的定义……'君子'总是从事于除去许多障碍，使同他接近的人们能够自然地随意行动；'君子'对于他人行动是取赞同合作态度，自己却不愿开首主动……真正的'君子'极力避免使同他在一块的人们心里感到不快或者震颤，以及一切意见的冲突或者感情的碰撞，一切拘束，猜疑，沉闷，怨恨；他最关心的是使每个人都很随便安逸像在自己家里一样。"这样小心翼翼的君子我们当然很愿意和他们结交，但是若使天下人都是这么我让你，你体贴我，扭扭捏捏地，谁也都是捧着同情等着去附和别人的举动，可是谁也不好意思打头阵；你将就我，我将就你，大家天天只有个互相将就的目的，此外是毫无成见的，这种的世界和平固然很和平，可惜是死国的和平。迫得我们不得不去欢迎那豪爽英迈，勇往直前的流浪汉。他对于自己一时兴到想干的事趣味太浓厚了，只知道口里吹着调子，放手做去，既不去打算这事对人是有益是无益，会成功还是容易失败，自然也没有虑及别人的心灵会不会被他搅乱，而且"君子"们袖手旁观，本是无可无不可的，大概总会穿着白手套轻轻地鼓掌。流浪汉干的事情不一定对社会有益，造福于人群，可是他那股天不怕，地不怕，不计得失，不论是非的英气总可以使这麻木的世界呈现些许生气，给"君子"们以赞助的材料，免得"君子"们整天掩着手打哈欠（流浪汉才会痛快地打哈欠，"君子"们总是像林黛玉那样子抿着嘴儿）找不出话讲，我承认偷情的少女，再嫁的寡妇都是造福于社会的，因为没有她们，那班贞洁的小姐，守节的

---

① 今译纽曼（1801—1890），英国宗教领袖、作家。他由基督教改为天主教。

孀妇就失丢了谈天的材料，也无从来赞美自己了。并且流浪汉整天瞎闹过去，不仅目中无人，简直把自己都忘却了。真正的流浪汉所以不会引起人们的厌恶，因为他已经做到无人无我的境地，那一刹那间的冲动是他唯一的指导，他自己爱笑，也喜欢看别人的笑容，别的他什么也不管了。“君子”们处处为他人着想，弄得不好，反使别人怪难受，倒不如流浪汉的有饭大家吃，有酒大家喝，有话大家说，先无彼此之分，人家自然会觉得很舒服，就是有冲撞地方，也可以原谅，而且由这种天真的冲撞更可以见流浪汉的毫无机心。真是像中国旧文人所爱说文章天成，妙手偶得之，流浪汉任性顺情，万事随缘，丝毫没有想到他人，人们却反觉得他是最好的伴侣，在他面前最能够失去世俗的拘束，自由地行动。许多人爱留连在乌烟瘴气的酒肆小茶店里，不愿意去高攀坐在王公大人们客厅的沙发上，一班公子哥儿喜欢跟马夫下流人整天打伙，不肯到他那客气温和的亲戚家里走走，都是这种道理。纽门又说：“君子知道得很清楚，人类理智的强处同弱处，范围同限制。若使他是个不信宗教的人，他是太精明太雅量了，绝不会去嘲笑或者反宗教；他太智慧了，不会武断地或者热狂地反教。他对于虔敬同信仰有相当的尊敬；有些制度他虽然不肯赞同，可是他还以为这些制度是可敬的良好的或者有用的；他礼遇牧师，自己仅仅是不谈宗教的神秘，没有去攻击否认。他是信教自由的赞助者，这并不只是因为他的哲学教他对于各种宗教一视同仁，一半也是由于他的性情温和近于女性，凡是有文化的人们都是这样。”这种人修养功夫的确很到家，可谓火候已到，丝毫没有火气，但是同时也失去活气，因为他所磨炼去的火是 Prometheus[①] 由上天偷来做人们灵魂用的火。18 世纪第一

① 普罗米修斯，古希腊神话中盗圣火造福人类者。

画家 Reynolds[1] 是位脾气顶好的人，他的密友约翰生[2]（就是那位麻脸的胖子）一天对他说："Reynolds 你对于谁也不恨，我却爱那善于恨人的人。"约翰生伟大的脑袋蕴蓄有许多对于人生微妙的观察，他通常冲口而出的牢骚都是入木三分的慧话。恨人恨得好（A good hater）真是一种艺术，而且是人人不可不讲究的。我相信不会热烈地恨人的人也是不知道怎地热烈地爱人。流浪汉是知道如何恨人，如何爱人。他对于宗教不是拼命地相信，就是尽力地嘲笑。Donne[3]，Herrick[4]，Cellini[5] 都是流浪汉气味十足的人们，他们对于宗教都有狂热；Voltaire[6]，Nietzsche[7] 这班流浪汉就用尽俏皮的词句，热嘲冷讽，掉尽枪花，来讥骂宗教。在人生这幕悲剧的喜剧或者喜剧的悲剧里，我们实在应该旗帜分明地对于一切不是打倒，就是拥护，否则到处妥协，灰色地独自踯躅于战场之上，未免太单调了，太寂寞了。我们既然知道人类理智的能力是有限的，那么又何必自作聪明，僭居上帝的地位，盲目地对于一切主张都持个大人听小孩说梦话态度，保存一种白痴的无情脸孔，暗地里自夸自己的眼力不差，晓得可怜同原谅人们低弱的理智。真真对于人类理智力的薄弱有同情的人是自己也加入跟着人们胡闹，大家一起乱来，对人们自然会有无限同情。和人们结伙走上错路，大家当然能够不言而喻地互相了解。当浊酒三杯过后，大家拍桌高歌，莫名其妙地相视而笑，莫逆于心，那时人们才有真正的同情，对于人们的弱点有愿意的谅解，并不像"君子"们的同情后面常带有我佛如来怜悯众

① 雷诺兹（1723—1792），英国画家。
② 约翰逊。
③ 多恩（1572—1631），英国玄学派诗人、散文家。
④ 赫里克。
⑤ 切利尼（1500—1571），意大利佛罗伦萨金匠、雕刻家、著作家。
⑥ 伏尔泰。
⑦ 尼采（1844—1900），德国哲学家。

生的冷笑。我最怕那人生的旁观者，所以我对于厚厚的约翰生传①会不倦地温读，听人提到 Addison 的旁观报②就会皱眉，虽然我也承认他的文章是珠圆玉润，修短适中，但是我怕他那像死尸一般的冰冷。纽门自己说“君子”的性情温和近于女性（The gentleness and effeminacy of feeling），流浪汉虽然没有这类在台上走 S 式步伐的旖旎风光，他却具有男性的健全。他敢赤身露体地和生命肉搏，打个你死我活。不管流浪汉的结果如何，他的生活是有力的，充满趣味的，他没有白过一生，他尝尽人生的各种味道，然后再高兴地去死的国土里遨游。这样在人生中的趣味无穷翻身打滚的态度，已经值得我们羡慕，绝不是女性的“君子”所能晓得的。

耶稣说过：“凡想要保全生命的，必丧掉生命。凡丧掉生命的，必救活生命。”流浪汉无时不是只顾目前的痛快，早把生命的安全置之度外，可是他却无时不尽量地享受生之乐。守己安分的人们天天守着生命，战战兢兢，只怕失丢了生命，反把生命真正的快乐完全忽略，到了盖棺论定，自己才知道白宝贵了一生的生命，却毫无受到生命的好处，可惜太迟了，连追悔的时候都没有。他们对于生命好似守财奴的念念不忘于金钱，不过守财奴还有夜夜关起门来，低着头数血汗换来的钱财的快乐，爱惜生命的人们对于自己的生命，只有刻刻不忘的担心，连这种沾沾自喜的心情也没有，守财奴为了金钱缘故还肯牺牲了生命，比那什么想头也消失了，光会顾惜自己皮肤的人们到底是高一等，所以上帝也给他那份应得的快乐。用句罗素的老话，流浪汉对于自己生命不取占有冲动，是被创造冲动的势力鼓舞着。实在说起来，宇宙间万事万物流动不息，哪里真有常住的东西。只有灭亡才是永存不变的，凡是存在的天天总脱不

① 《约翰逊传》，为鲍斯韦尔所著。

② 艾迪生 1711 年与斯梯尔合办英国《旁观者》报，每周六期。

了变更，这真是“法轮常转”。Walter Pater[①] 在他的《文艺复兴研究》的结论曾将这个意思说得非常美妙，可惜写得太好了，不敢翻译。尤其生命是瞬刻之间，变幻万千的，不跳动的心是属于死人的。所以除非顺着生命的趋势，高兴地什么也不去管往前奔，人们绝不能够享受人生。近代小品文家 Jackson[②] 在他那篇论“流浪汉”文里说：“流浪汉如入生命的波涛汹涌的狂潮里生活。”他不把生命紧紧地拿着，（普通人将生命握得太紧，反把生命弄僵化死了）却做生命海中的弄潮儿，伸开他的柔软身体，跟着波儿上下，他感觉到处处触着生命，他身内的热血也起共鸣。最能够表现流浪汉这种精神的是美国放口高歌，不拘韵脚的惠提曼 Walt Whitman[③] 他那本诗集《草之叶》[④] Leaves of Grass 里句句诗都露出流浪汉的本色，真可说是流浪汉的圣经。流浪汉生活所以那么有味，一半也由于他们的生活是很危险的。踢足球，当兵，爬悬崖峭壁……所以会那么饶有趣味，危险性也是一个主因。在这个单调寡趣，平淡无奇的人生里凡有血性的人们常常觉到不耐烦，听到旷野的呼声，猿人时代啸游山林，到处狩猎的自由化做我们的本能，潜伏在黑礼服的里面，因此我们时时想出外涉险，得个更充满的不羁生活。万顷波涛的大海谁也知道覆灭过无千无数的大船，可是年年都有许多盎格罗萨格逊[⑤]的小孩恋着海上危险的生涯，宁愿抛弃家庭的安逸，违背父母的劝谕，跑去过碧海苍天中辛苦的水手生涯。海所以会有那么大的魔力就是因为它是世上最危险的地方，而身心健全的好汉哪个不爱冒险，爱慕海洋的生活，不仅是一“海上夫人”而已也。所以

---

① 佩特。

② 杰克逊（1892—1954），美国散文家。

③ 今译惠特曼。

④ 今译《草叶集》。

⑤ 今译盎格鲁撒克逊。原指自公元 5 世纪至诺曼人 1066 年征服止，移居并统治英格兰的日耳曼民族。现泛指英格兰人。

海洋能够有小说家们像 Marryat[①]，Cooper[②]，Loti[③]，Conrad[④]，等等去描写它，而他们的名著又能够博多数人的同情。蔼理斯[⑤]曾把人生比作跳舞，若使世界真可说是个跳舞场，那么流浪汉是醉眼蒙胧，狂欢地跳二人旋转舞的人们。规矩的先生们却坐在小桌边无精打采地喝无聊的咖啡，空对着似水的流年惘怅。

流浪汉在无限量地享受当前生活之外，他还有丰富的幻想做他的伴侣。Dickens[⑥] 的《块肉余生述》里面的 Micawber[⑦] 在极穷困的环境中不断地说“我们快交好运了”，这确是流浪汉的本色。他总是乐观的，走的老是蔷薇的路。他相信前途一定会光明，他的将来果然会应了他的预测，因为他一生中是没有一天不是欣欣向荣的；就是悲哀时节，他还是肯定人生，痛痛快快地哭一阵后，他的泪珠已滋养大了希望的根苗。他信得过自己，所以他在事情还没有做出之前，就先口说莲花，说完了，另一个新的冲动又来了，他也忘却自己讲的话，那事情就始终没有干好。这种言行不能一致，孔夫子早已反对在前，可是这类英气勃勃的矛盾是多么可爱！蔼理斯在他名著《生命的跳舞》里说：“我们天天变更，世界也是天天变更，这是顺着自然的路，所以我们表面的矛盾有时就全体来看却是个深一层的一致。”（他的话大概是这样，一时记不清楚。）流浪汉跟着自然一团豪兴。想到哪里就说到哪里，他的生活是多么有力。行为不一定是天下一切主意的唯一归宿，有些微妙的主张只待说出

---

① 马里亚特（1792—1848），英国冒险小说家。

② 库珀（1789—1851），美国作家，擅长写冒险小说。

③ 洛蒂（1856—1923），法国小说家，写海外题材著名。

④ 康拉德。

⑤ 旧亦译霭理士，今译埃利斯（Ellis. Havelock 1859—1939），英国医师，散文作家，以性心理研究著称于世。

⑥ 狄更斯。

⑦ 米考伯，《块肉余生述》中的人物。狄更斯所著的此书今译《大卫·科波菲尔》。

已是值得赞美了，做出来或者反见累赘。神话同童话里的世界哪个不爱，虽然谁也知道这是不能实现的。流浪汉的快语在惨淡的人生上布一层彩色的虹，这就很值得我们谢谢了。并且有许多事情起先自己以为不能胜任，若使说出话来，因此不得不努力去干，倒会出乎意料地成功；倘然开头先怕将来不好，连半句话也不敢露，一碰到障碍，就随它去，那么我们的做事能力不是一天天退化了？一定要言先乎事，做我们努力的刺激，生活才有兴味，才有发展。就是有时失败，富有同情的人们定会原谅，尖酸刻薄人们的同情是得不到的，并且是不值一文的。我们的行为全借幻想来提高，所以 Masefield① 说“缺乏幻想能力的人民是会灭亡的”。幻想同矛盾是良好生活的经纬，流浪汉心里想出七古八怪的主意，干出离奇矛盾的事情。什么传统正道也束缚他不住，他真可说是自由的骄子，在他的眼睛里，世界变作天国，因为他过的是天国里的生活。

若使我们翻开文学史来细看，许多大文学家全带有流浪汉气味。Shakespeare② 偷过人家的鹿，Ben Jonson③，Marlowe④ 等都是 Mermaid Tavern⑤ 这家酒店的老主顾，Goldsmith⑥ 吴市吹箫，靠着他的口笛遍游大陆，Steele⑦ 整天忙着躲债，Charles Lamb⑧，Leigh Hdnt⑨ 颠头颠脑，吃大烟的 Coleridge⑩，De Quincey⑪ 更不用讲了，

---

① 梅斯菲尔德（1878—1967），英国桂冠诗人、小说家、剧作家。
② 莎士比亚。
③ 本·琼森。
④ 马洛（1564—1593），英国诗人、剧作家。
⑤ 可译为：美人鱼酒店，从前伦敦街上的一家酒店。
⑥ 哥尔德斯密斯。
⑦ 斯梯尔。
⑧ 兰姆。
⑨ 亨特。
⑩ 柯尔律治。
⑪ 德·昆西。

拜伦，雪莱，济茨[1]那是谁也晓得的。就是 Wordsworth[2] 那么道学先生神气，他在法国时候，也有过一个私生女，他有一首有名的十四行诗就是说这个女孩。目光如炬专说精神生活的塔果尔[3]，小孩时候最爱的是逃学。Browning[4] 带着人家的闺秀偷跑，Mrs. Browning[5] 违着父亲淫奔，前数年不是有位好事先生考究出 Dickens[6] 年轻时许多不轨的举动，其他如 Swinburne[7]，Stevenson[8] 以及《黄书》杂志[9]那班唯美派作家那是更不用说了。为什么偏是流浪汉才会写出许多不朽的书，让后来“君子”式的大学生整天整夜按部就班地念呢？头一下因为流浪汉敢做敢说，不晓得掩饰求媚，委曲求全，所以他的话真挚动人。有时加上些瞒天大谎，那谎却是那样子大胆子地杜撰的，一般拘谨人和假君子所绝对不敢说的，谎言因此有谎言的真实在，这真实是扯谎者的气魄所逼成的。而且文学是个性的结晶，个性越显明，越能够坦白地表现出来，那作品就更有价值。流浪汉是具有出类拔萃的个性的人物，他们的思想同行事全有他们的特别性格的色彩，他们豪爽直截的性情使他们能够把这种怪异的性格跃跃地呈现于纸上。斯密士[10]说得不错“天才是个流浪汉”，希腊哲学家讲过知道自己最难，所以在世界文学里写得好的自传很少，可是世界中所流传几本不朽的自传全是流浪汉写

---

① 今译济慈。

② 华兹华斯。

③ 疑为 T·莫尔（Thomas More 1478—1535），英国政治家、作家。反对宗教偏见。对人类精神解放十分注目。著有《乌托邦》等。

④ 布朗宁。

⑤ 布朗宁夫人（1806—1861），英国女诗人。

⑥ 狄更斯。

⑦ 斯温伯恩（1837—1909），英国诗人、文学批评家。

⑧ 斯蒂文森。

⑨ 今译《黄色杂志》，英国唯美主义作家、艺术家的刊物。

⑩ 即上文史密士。

的。Cellini[①] 杀人不眨眼，并且敢明明白白地记下，他那回忆录（Memoirs）过了几千年还没有失去光辉。Augustine[②] 少年时放荡异常，他的忏悔录却同托尔斯泰（他在莫斯科纵欲的事迹也是不可告人的）的忏悔录，卢骚[③]的忏悔录同垂不朽。富兰克林[④]也是有名的流浪汉，不管他怎样假装做正人君子，他那浪子的骨头总常常露出，只要一念 Cobbett[⑤] 攻击他的文章就知道他是个多么古怪一个人。De Quincey[⑥] 的《英国一个吃鸦片人的忏悔录》，这个名字已经可以告诉我们那内容了。做《罗马衰亡史》的 Gibbon[⑦]，他年轻时候爱同教授捣乱，他那本薄薄的自传也是个愉快的读物。Jeffries[⑧] 一心全在自然的美上面，除开游荡山林外，什么也不注意，他那《心史》是本冰雪聪明，微妙无比的自白。记得从前美国一位有钱老太太希望她的儿子成个文学家，写信去请教一位文豪，这位文豪回信说："每年给他几千镑，让他自己鬼混去罢。"这实在是培养创造精神的无上办法。我希望想写些有生气的文章的大学生不死滞在文科讲堂里，走出来当一当流浪汉罢。最近半年北大的停课对于中国将来文坛大有裨益，因为整天没有事只好逛市场跑前门的文科学生免不了染些流浪汉气息。这种千载一时的机会，希望我那些未毕业的同学们好好地利用，免贻后悔。

前几年才死去的一位英国小说家 Conrad 在他的散文集《人生与文学》内，谈到一位有流浪汉气的作家 Luffmann[⑨]，说起有许多

---

① 切利尼。
② 奥古斯丁（希波的）（354—430），古代基督教思想家。
③ 今译卢梭（1712—1778），法国著名思想家。
④ 富兰克林（1706—1790），美国政治家、哲学家、科学家。
⑤ 科贝特（1763—1835），英国平民政治家、散文作家。
⑥ 德·昆西。
⑦ 吉本。
⑧ 杰弗里斯。
⑨ 未详。

小女子读他的书以后，写信去向他问好，不禁醋海生波，顾影自怜地（虽然他是老舟子出身）叹道：“我平生也写过几本故事（我不愿意无聊地假假自谦），既属纪实，又很有趣。可是没有女人用温柔的话写信给我。为什么呢？只是因为我没有他那种流浪汉气。家庭中可爱的专制魔王对于这班无法无天的人物偏动起怜惜的心肠。”流浪汉确是个可爱的人儿，他具有完全男性，情怀潇洒，磊落大方，哪个怀春的女儿见他不会倾心。俗语说：“痴心女子负心汉”。就是因为负心汉全是处处花草颠连的浪子，什么事情都不放在心头，他那痛快淋漓的气概自然会叫那老被人拘在深闺里的女孩儿一见心倾，后来无论他怎地负心总是痴心地等待着。中古的贵女爱骑士，中国从前的美人爱英雄总是如花少女对于风尘中飘荡人的一往情深的表现。红拂的夜奔李靖①，乌江军帐里的虞姬②，随着范蠡飘荡五湖的西施③……这些例子也不知道有多少。清朝上海窑子爱姘马夫，现在电影明星姘汽车夫，姨太太跟马弁偷情也是同样的道理。总之流浪汉天生一种叫人看着不得不爱的情调，他那种古怪莫测的行径刚中女人爱慕热情的易感心灵。岂只女人的心见着流浪汉会熔，我们不是有许多瞎闹胡乱用钱行事乖张的朋友，常常向我们借钱捣乱，可是我们始终恋着他们率直的态度，对他们总是怜爱帮忙。天下最大的流浪汉是基督教里的魔鬼。可是哪个人心里不喜欢魔鬼。在莎士比亚以前英国神话剧盛行时候，丑角式的魔鬼一上场，大家都忙着拍手欢迎，魔鬼的一举一动看客必定跟着捧腹大笑。Robert Lynd④ 在他的小品文集《橘树》里《论魔鬼》那篇中说

---

① 隋末贵族杨素的家妓红拂，见李靖具英雄才略，私奔相从。后李靖成为唐初著名将领。

② 虞姬为项羽宠妾。项羽兵败垓下，突围至乌江自刎，虞姬始终跟随在身边。

③ 范蠡为春秋楚国大夫，助越王勾践灭吴后，传说偕吴王妃西施归隐五湖。

④ 林德。

“《失乐园》诗所说的撒但[1]在我们想象中简直等于儿童故事里面伟大英猛的海盗。”凡是儿童都爱海盗，许多人念了密尔敦[2]史诗觉得诡谲的撒但比板板的上帝来得有趣得多。魔鬼的堪爱地方太多了，不是随便说得完，留得将来为文细论。

清末有几位王公贝勒常在夏天下午换上叫花子的打扮，偷跑到什刹海路旁口唱莲花[3]向路人求乞，黄昏时候才解下百衲衣回王府去。我在北京住了几年，心中很羡慕旗人知道享乐人生，这事也是一个证明。大热天气里躺在柳荫底下，顺口唱些歌儿，自在地饱看来往的男男女女；放下朝服，着半件轻轻的破衫，尝一尝暂时流浪汉生活的滋味，这是多么知道享受人生。戏子的生活也是很有流浪汉的色彩，粉墨登场，去博人们的笑和泪，自己仿佛也变作戏中人物，清末宗室有几位很常上台串演，这也是他们会寻乐地方。白浪滔天[4]半生奔走天下，最后入艺者之家，做一个门弟子，他自己不胜感慨，我却以为这真是浪人应得的涅槃。不管中外，戏子女优必定是人们所喜欢的人物，全靠着他们是社会中最显明的流浪汉。Dickens 的小说所以会那么出名，每回出版新书时候，要先通知警察到书店门口守卫，免得购书的人争先恐后打起架来，也是因为他书内大角色全是流浪汉，Pickwick[5] 俱乐部那四位会员和他们周游中所遇的人们，《双城记》中的 Carton[6] 等全是第一等的流浪汉。《儒林外史》的杜少卿，《水浒》的鲁智深，《红楼梦》的柳二郎，《老残游记》的补残老是深深地刻在读者的心上，变成模范的流浪汉。

---

① 今译撒旦。

② 今译弥尔顿。

③ 指莲花落，民间曲艺。

④ 未详。

⑤ 匹克威克，狄更斯的小说《匹克威克外传》中的人物名。

⑥ 卡顿，狄更斯的小说《双城记》中的人物。

流浪汉自己一生快活，并且凭空地布下快乐的空气，叫人们看到他们也会高兴起来，说不出地喜欢他们，难怪有人说“自然创造我们时候，我们个个都是流浪汉，是这俗世把我们弄成个讲究体面的规矩人”。在这点我要学着卢骚，高呼“返于自然”。无论如何，在这麻木不仁的中国，流浪汉精神是一服极好的兴奋剂，最需要的强心针。就是把什么国家，什么民族一笔勾销，我们也希望能够过个有趣味的一生，不像现在这样天天同不好不坏，不进不退的先生们敷衍。写到这里，忽然记起东坡一首《西江月》，觉得很能道出流浪汉的三昧，就抄出做个结论吧！

照野弥弥浅浪，
横空隐隐层霄，
障泥未解玉骢骄，
我欲醉眠芳草。

可惜一溪风月，
莫教踏碎琼瑶，
解鞍攲枕绿杨桥，
杜宇一声春晓。

顷在黄州，春夜行蕲水中，过酒家，饮酒醉。乘月至一溪桥上，解鞍曲肱，醉卧少休。及觉已晓，乱山攒拥，流水锵锵，疑非尘世也。书此语桥柱上。

十八年除夕之前二日于福州

选自《春醪集》

北新书局1936年版

作家的话

小品文是用轻松的文笔，随随便便地来谈人生，因为好像只是茶余酒后，炉旁床侧的随便谈话，并没有俨然地排出冠冕堂皇的神气，所以这些漫话絮语很能够分明地将作者的性格烘托出来，小品文的妙处也全在于我们能够从一个具有美妙性格的作者眼睛里去看一看人生。许多批判家拿抒情诗同小品文相比，这的确是一对很可喜的孪生兄弟，不过小品文是更洒脱，更胡闹些吧！

《〈小品文选〉序》

评论家的话

英国散文的影响于中国，系有两件历史上的事情，做它的根据的：第一，中国所最发达也最有成绩的笔记之类，在性质和趣味上，与英国的 Essay 很有气脉相通的地方，不过少一点在英国散文里是极普遍的幽默味而已；第二，中国人的吸收西洋文化，与日本的最初由荷兰文为媒介者不同，大抵是借用英文的力量的，但看欧洲人的来我国者，都以第三国语的英文为普通语，与中国人的翻外国人名地名，大半以英语为据的两点，就可以明白；故而英国散文的影响，在我们的知识阶级中间，是再过十年二十年也决不会消灭的一种根深蒂固的潜势力。像已故的散文作家梁遇春先生等，且已有人称之为中国的爱利亚了，即此一端，也可以想见得英国散文对我们的影响之大且深。

郁达夫：《〈中国新文学大系·散文二集〉·导言》

周作人

水里的东西

——草木虫鱼之五

我是在水乡生长的，所以对于水未免有点情分。学者们说，人类曾经做过水族，小儿喜欢弄水，便是这个缘故。我的原因大约没有这样远，恐怕这只是一种习惯罢了。

水。有什么可爱呢？这件事是说来话长，而且我也有点儿说不上来。我现在所想说的单是水里的东西。水里有鱼虾，螺蛑，茭白，菱角，都是值得记忆的，只是没有这些工夫来一一记录下来，经了好几天的考虑，决心将动植物暂且除外。——那么，是不是想来谈水底里的矿物类么？不，决不。我所想说的，连我自己也不明白它是哪一类，也不知道它究竟是死的还是活的，它是这么一种奇怪的东西。

我们乡间称它作 Ghosychiü，写出字来就是“河水鬼”。它是溺死的人的鬼魂。既然是五伤之一，——五伤大约是水、火、刀、绳、毒罟，但我记得又有虎伤似乎在内，有点弄不清楚了，总之水死是其一，这是无可疑的，所以它照例应“讨替代”。听说吊死鬼时常骗人从圆窗伸出头去，看外面的美景，（还是美人?）倘若这人该死，头一伸时可就上了当，再也缩不回来了。河水鬼的法门也就差不多是这一类，它每幻化为种种物件，浮在岸边，人如伸手想去捞取，便会被拉下去，虽然看来似乎是他自己钻下去的。假如吊死鬼是以色迷，那么河水鬼可以说是以利诱了。它平常喜欢变什么东西，我没有打听清楚，我所记得的只是说变“花棒槌”，这是一种玩具，我在儿时听见所以特别留意，至于所以变这玩具的用意，或者是专以引诱小儿亦未可知。但有时候它也用武力，往往有乡人游泳，忽然沉了下去，这些人都是像虾蟆一样地“识水”的，论理决不会失足，所以这显然是河水鬼的勾当，只有外道才相信是由于什么脚筋拘挛或心脏麻痹之故。

照例，死于非命的应该超度，大约总是念经拜忏之类，最好自然是“翻九楼”，不过翻的人如不高妙，从七七四十九张桌子上跌了下来的时候，那便别样地死于非命，又非另行超度不可了。翻九楼或拜忏之后，鬼魂理应已经得度，不必再讨替代了，但为防万一危险计，在出事地点再立一石幢，上面刻南无阿弥陀佛六字，或者也有刻别的文句的罢，我却记不起来了。在乡下走路，突然遇见这样的石幢，不是一件很愉快的事，特别是在傍晚，独自走到渡头，正要下四方的渡船亲自拉船索渡过去的时候。

话虽如此，此时也只是毛骨略略有点悚然，对于河水鬼却压根儿没有什么怕，而且还简直有点儿可以说是亲近之感。水乡的住民对于别的死或者一样地怕，但是淹死似乎是例外，实在怕也怕不得许多，俗语云，瓦罐不离井上破，将军难免阵前亡，如住水乡而怕水，那么只好搬到山上去，虽然那里又有别的东西等着，老虎、马熊。我在大风暴中渡过几回大树港，坐在二尺宽的小船内在白鹅似的浪上乱滚，转眼就可以沉到底去，可是像烈士那样从容地坐着，实在觉得比大元帅时代在北京还要不感到恐怖。还有一层，河水鬼的样子也很有点爱娇。普通的鬼保存它死时的形状，譬如虎伤鬼之一定大声喊阿唷，被杀者之必用一只手提了它自己的六斤四两的头之类，唯独河水鬼则不然，无论老的小的村的俊的，一掉到水里去就都变成一个样子，据说是身体矮小，很像是一个小孩子，平常三五成群，在岸上柳树下“顿铜钱”，正如街头的野孩子一样，一被惊动便跳下水去，有如一群青蛙，只有这个不同，青蛙跳时“不东”的有水响，有波纹，它们没有。为什么老年的河水鬼也喜欢摊钱之戏呢？这个，乡下懂事的老辈没有说明给我听过，我也没有本领自己去找到说明。

我在这里便联想到了在日本的它的同类。在那边称作“河童”，读如 Kappa，说是 Kawawappa 之略，意思即是川童二字，仿佛芥川龙之介有过这样名字的一部小说，中国有人译为“河伯”，似乎不大妥帖。这与河水鬼有一个极大的不同，因为河童是一种生物，近于人鱼或海和尚。它与河水鬼相同要拉人下水，但也喜欢拉马，喜欢和人角力。它的形状大概如猿猴，色青黑，手足如鸭掌，头顶下凹如碟子，碟中有水时其力无敌，水涸则软弱无力，顶际有毛发一圈，状如前刘海，日本儿童有蓄此种发者至今称作河童发云。柳田国男在《山岛民谭集》（1914）中有一篇《河童驹引》的研究，冈田建文的《动物界灵异志》（1927）第三章也是讲河童的，他相信河童是实有的动物，引《幽明录》云，“水蝹一名蝹童，一名水精，裸形人身，长三五升，大小不一，眼耳鼻舌唇皆具，头上戴一盆，受水三五尺，只得水勇猛，失水则无勇力，”以为就是日本的河童。关于这个问题我们无从考证，但想到河水鬼特别不像别的鬼的形状，却一律地状如小儿，仿佛也另有意义，即使与日本河童的迷信没有什么关系，或者也有水中怪物的分子混在里边，未必纯粹是关于鬼的迷信了罢。

十八世纪的人写文章，末后常加上一个尾巴，说明寓意，现在觉得也有这个必要，所以添写几句在这里。人家要怀疑，即使如何有闲，何至于谈到河水鬼去呢？是的，河水鬼大可不谈，但是河水鬼的信仰以及有这信仰的人却是值得注意的。我们平常只会梦想，所见的或是天堂，或是地狱，但总不大愿意来望一望这凡俗的人世，看这上边有些什么人，是怎么想。社会人类学与民俗学是这一角落的明灯，不过在中国自然还不发达，也还不知道将来会不会发达。我愿意使河水鬼来做个先锋，引起大家对于这方面的调查与研究之兴趣。我想恐怕喜欢顿铜钱的小鬼没有这样力量，我自己又不能做研究考证的文章，便写了这样一篇闲话，要想去抛砖引玉实在有点惭愧。但总之关于这方面是“伫候明教”。

十九年五月

选自《看云集》

岳麓书社 1988 年版

作家的话 ◈

我本来是无信仰的，不过以前还凭了少年的勇气，有时候要高谈阔论地讲话，亦无非是自骗自罢了，近几年来却有了进步，知道自己的真相，由信仰而归于怀疑，这是我的“转变方向”了。不过我并不倚老卖老地消极，我还是很虚心地想多知道一点事情，无论这是关于生活或艺术以至微末到如“河水鬼”这类东西。我现在没有什么要宣传，我只要听要知道。

《〈艺术与生活〉序二》

评论家的话 ◈

这里的文字，真像是水浸润过似的，明净之下又蕴含着温厚的情趣；周作人曾评森鸥外与夏目漱石的文章“清淡而腴润”，如用以自评，是再合适不过的。通常是狰狞的鬼，到了周作人的笔下，为什么却只会引出“温熙的微笑”呢？且看周作人如何“篇末显其旨”：“人家要怀疑，即使如何有闲，何至于谈到河水鬼去呢？是的，河水鬼大可不谈，但是河水鬼的信仰以及有这信仰的人却是值得注意的。我们平常只会梦想，所见的或是天堂，或是地狱，但总不大愿意来望一望这凡俗的人世，看这上边有些什么人，是怎么想，社会人类学与民俗学是这一角落的明灯，……我愿意使河水鬼来做个先锋，引起大家对于这方面的调查与研究之兴趣。”原来周作人谈“鬼”是为了说“人”，他笔下的“鬼趣”实则更是“人情”：平凡、普通，没有任何“光环”，也就没有任何外在掩饰与束缚因而也是更自然的“人”，才是周作人关注的中心——周作人仍然继续着五四开始的“人的研究”；但已不带任何“启蒙”的目的与动机，带有更强烈的“个人兴趣”的色彩，任意写来，别有一番轻快与洒脱。

钱理群：《周作人传》

施蛰存
石　秀

施蛰存，1905 年生于浙江杭州，少年时代迁居松江。1923 年起，相继在上海大学、大同大学、上海震旦大学学习，开始文学创作，并与戴望舒、穆时英、刘呐鸥等人一起从事文学活动，参加编辑《无轨列车》和《新文艺》，创办一线书店和水沫书店等；1932 年又主编大型文艺月刊《现代》，形成了一个以借鉴和吸收西方现代主义手法为特色的文学思潮。著有小说集《上元灯》《将军底头》《梅雨之夕》《善女人行品》等，其中《将军底头》中四篇小说，有意识地用精神分析学来解释历史上的种种事件和人物，着意挖掘人物的潜意识，引起文学的关注。1937 年抗战爆发后，先后在云南昆明大学、厦门大学任教；1947 年回沪，曾在暨南大学、光华大学、沪江大学等校任教。1952 年起执教于华东师范大学中文系。1957 年反右运动时曾被错划成右派，平反后致力于古典文学的研究工作。2003 年 11 月 19 日去世。

一

却说石秀这一晚在杨雄家里歇宿了，兀自的翻来覆去睡不着。隔着青花布帐眼睁睁的看着床面前小桌子上的一盏燃着独股灯芯的矮灯檠，微小的火焰在距离不到五尺的靠房门的板壁上直是乱晃。石秀的心情，也正如这个微小的火焰一般的在摇摇不定了。其实，与其说石秀的心情是和这样的一个新朋友家里的灯檠上的火焰一样地晃动，倒不如说它是被这样的火焰所诱惑着，率领着的，更为惬当。因为上床之后的石秀起先是感觉到了一阵白昼的动武，交际，谈话，所构合成的疲倦，如果那时就闭上眼纳头管自己睡觉，他是无疑地立即会得呼呼的睡个大鼢的。叵耐石秀是个从来就没有在陌生人家歇过夜的人，况且自己在小客店里每夜躺的是土炕，硬而且冷，那有杨雄家这样的软绵绵的铺陈，所以石秀在这转换环境的第一夜，就觉得一时不容易入睡了。

躺在床上留心看着这个好像很神秘的晃动着的火焰，石秀心里便不禁给勾引起一大片不尽的思潮了。当时的石秀，一点不夸张地说，虽则没有睡熟，也昏昏然的好像自己是已经入了梦境一般了。他回想起每天挑了柴担在蓟州城里做买卖的生涯，更回想起七年前随同了叔父路远迢迢的从金陵建康府家乡来此贩买牛羊牲口的情形，叔父怎样死在客店里，自己又怎样的给牛贩子串同了小泼皮做下了圈套，哄骗得自己折蚀完了本钱，回去不得。自己想想自己的生世，真是困厄险巇之至。便是今天的事情，当初是只为了路见不平，按捺不下一股义侠之气。遂尔帮衬了杨节级，把张保这厮教训了一顿拳脚，却不想和杨节级结成了异姓兄弟，从此住到他家里来；更不想中间又认识了梁山水泊里天下闻名的人物，算算这一日里的遭际，又简直有些疑真疑幻起来。

猛可地，石秀又想起了神行太保递给他的十两纹银。伸手向横在脚边的钱袋里一摸，兀不是冷冰冰的一锭雪白花银吗？借着隔了一重青花布帐的微弱的灯光，石秀把玩着这个寒光逼眼，宝气射人的银锭，不觉得心中一动，我石秀手头竟有三五年没拿到这样沉重的整块银子了。当那神行太保递给我银锭的时候，一气的夸说着梁山泊里怎样的人才众多，怎样的讲义气，怎样的论秤分金银，换套穿衣服，自己想想正在无路投奔的当儿，正可托他们去说项说项，投奔入伙，要不是杨节级哥哥撞入店中来，这时候恐怕早已和他们一路儿向梁山泊去了，这样想着的石秀，颇有些后悔和杨雄结识这回事了。想想现在虽则住在杨雄家里，听潘公的口气，很想要我帮他开设一爿肉铺子，这虽然比在蓟州城中挑柴担要强的多，可终究也不是大丈夫出头之所。于是，这个年轻的武士石秀不由的幻想着那些在梁山水泊里等待着他的一切名誉，富有，和英雄的事业。“哎！今番是错走了道儿了也。”石秀瞪视着帐顶，轻声地对自己说着这样后悔的话。

可是，正如他的脾气的急躁一样，他的思想真也变换得忒快。好似学习了某种新的学问似的，石秀忽然又悟到了一个主意：啐！那戴宗杨林这两个东西，简直的说得天花乱坠，想骗我石秀入伙，帮同他们去干打家劫舍的不义的勾当。须知我石秀虽则贫贱，也有着清清白白的祖宗家世，难道一时竟熬不住这一点点的苦楚，自愿上山入伙，给祖宗丢脸不成。他们所说朝廷招安等话，全是胡说，谁个不知道现今各处各城张挂着榜文图像，捉拿那个山东及时雨宋江，难道朝廷还会得招安他们给他们官儿做么？我石秀怎地一时糊涂，险些儿钻进了圈套，将来犯了杀头开腔之苦还没什么打紧，倒是还蒙了一个强盗的名声可不是什么香的。哎！哎！看来我石秀大概是穷昏了，免不得要见财起意，这可是真丢脸了。罢了，别稀罕这个捞什子了。倒还不如先开起肉铺子来，积蓄几个盘缠，回家乡去谋个出头的日子罢。这样想着的石秀，随手突的一声，将那个银锭抛在床角边去了。

思绪暂时沉静了下去之后，渐渐地又集中到杨雄身上。这时，在坦白的，纯粹的石秀的心上，追慕着他所得到了杨雄的印象了。那个黄面孔，细长眉毛，两只胳膊上刺满了青龙花纹的杨雄的形貌，是他在没有和杨雄相识的前就早已认熟了的，他这时所追想的是日间的杨雄的谈吐和对待他的仪态，“到底是一个爽直慷慨的英雄啊!”思索了一番之后，用着英雄惜英雄的情意，石秀得到了这样的结案。但是，忽地又灵光一闪，年轻的石秀眼前又浮上一个靓艳的人形来，这是杨雄的妻小潘巧云了。不知怎地，石秀脑筋里分明记得刚才被杨雄叫出堂前来见礼的时候的她的一副袅袅婷婷的姿态，一袭回文卍字镂空细花的杏黄濮绸袷衫，轻轻地束着一副绣花如意翠绿抹地丝绦，斜领不掩，香肩微亸，隐隐的窥得见当胸一片乳白的肌肤，映照着对面杨雄穿着的一件又宽又大的玄色直裰，越发娇滴滴地显出红白。先前，当她未曾打起布帘儿出来的时候，石秀就听见了一声永远也忘不了它的娇脆的“大哥，你有甚叔叔?”石秀正在诧异这声音恁地软又恁地婉转，她却已经点动着花簇簇的鞋儿走了出来。直害得石秀慌了手脚，迎上前去，正眼儿不敢瞧一下，行礼不迭。却又吃她伸出五指尖尖的左手来对他眼前一摆，如像一匹献媚的百灵鸟似的说着:“奴家年轻，那敢受此大礼。”石秀分明记得，那个时候，真是窘乱得不知如何是好，自己是从来没有和这样的美妇人觌面交话过，要不是杨雄接下话去，救了急，真个不知要显出怎样的村蠢相来呢。想着这样的情形，虽然是在幽暗的帐子里，石秀也自觉得脸上一阵的臊热起来，心头也不知怎的像有小鹿儿在内乱撞了。想想自己年纪又轻，又练就得一副好身手，脸蛋儿又生得不算不俊俏，却是这样披风带雪的流落在这个举目无亲的蓟州城里干那低微的卖柴勾当，生活上的苦难已是今日不保明日，哪里还能够容许他有如恋爱之类的妄想；而杨雄呢，虽说他是个伉爽的英雄，可是也未必便有什么了不得的处所，却是在这个蓟州城里，便要算到数一数二的人物，而且尤其要叫人短气的，却是如他这样的一尊黄皮胖大汉，却搂着恁地一个国色天香的赛西施在家里，正是天下最不平的事情。那石秀愈想愈闷，不觉的莽莽苍苍地叹了一口浩气。

这时，石秀眼前忽觉倏的一暗，不禁吃了一吓，手扶着头，疑心自己想偏了心，故而昏晕了。但自己委实好端端地没有病，意识仍然很清楚，回头向帐外一望，不期扑哧一笑，原来灯盏里的灯芯短了，光焰遂往下一沉。石秀便撩起帐子，探身出来剔着灯芯。忽听得房门外窸窸窣窣的起着一阵轻微的声音，好像有人在外面行动。石秀不觉停住了剔灯芯的那只手，扶在床边的小桌子上，侧耳倾听，却再也听不出什么来。石秀心下思忖，想是杨雄他们夫妇还未睡觉，正在外面拿什么东西进房去呢。当下那年少热情的石秀，正如一个擅长着透视术的魔法师，穿过了闩闭着的房门，看出了外面秉着风胫灯檠的穿着晚装的潘巧云，正在趿着紫绢的拖鞋翻身闪进里面去，而且连她当跨过门的时候，因为拖鞋卸落在地上，回身将那只没有穿袜子的光致的脚去勾取拖鞋的那个特殊的娇艳的动作，也给他看见了。是的，这样素洁的，轮廓很圆浑的，肥而不胖的向后伸着的美脚，这样的一种身子向着前方，左手秉着灯檠，右手平伸着，以保重她底体重的平衡的教人代为担忧的特殊的姿势，正是最近在挑着柴担打一条小巷里经过的时候，一个美丽的小家女子所曾使石秀吃惊过的。但是，现在，石秀却仿佛这样的姿态和美脚是第一度才看见，而且是属于义兄杨雄的妻子，那个美丽的潘巧云的。

对于石秀，这显然是一种不可思议的奇迹。但石秀却并不就对于这样的奇迹之显现有一些阐明的欲求。非特如此，石秀甚至已完全忘记了当他看见那个美艳的妇人的短促的一时间，她究竟是否跣露着脚。这是，因为在他目前的记忆中，不知怎地，却再也想不起她底鞋袜是恁样的形式来。非特如此，使年轻的石秀陷于重压的苦闷之中的，是他底记忆，已经更进一步，连得当时所见的那个美艳的妇人底衣带裙裤的颜色和式样都遗失了。他所追想得到的潘巧云，只是一个使他眼睛觉着刺痛的活的美体底本身，是这样地充满着热力和欲望的一个可亲的精灵，是明知其含着剧毒而又自甘于被它底色泽和醇郁所魅惑的一盏鸩酒。非特如此，时间与空间底隔绝对于这时候的石秀，又已不起什么作用，所以，在板壁上晃动着的庞大的黑影是杨雄底玄布直裰，而在这黑影前面闪着光亮的，便是从虚幻的记忆中召来的美妇人潘巧云了。

也没有把灯芯剔亮，石秀底战抖的手旋即退缩入帐中，帐门便掩下了。石秀靠坐在床上，一瞑目，深自痛悔起来。为什么有了这样的对于杨雄是十分不义的思想呢？自己是绝不曾和一个妇人有过关涉，也绝不曾有过这样的企求；——是的，从来也没有意识地生过这种恋望。然则何以会得在第一天结义的哥哥家里，初见了嫂子一面，就生着这样不经的妄念呢？这又岂不是很可卑的吗？对于自己的谴责，就是要先鞠问这是不是很可卑的呢？

觉醒了之后又自悔自艾着的石秀，这样地一层一层的思索着。终于在这样的自己检讨之下发生了疑问。看见了一个美妇人而生了痴恋，这是不是可卑的呢？当然不算得什么可卑的。但看见了义兄的美妇人而生痴恋，这却是可卑的事了。这是因为这个妇人是已经属于了义兄的，而凡是义兄的东西，做义弟的是不能有据为己有的希望的。这样说来，当初索性没有和杨雄结义，则如果偶然见着了这样的美妇人，倒不妨设法结一重因缘的。于是石秀又后悔着早该跟戴宗杨林两人上梁山去的。但是，一上梁山恐怕又未必会看见这样美艳的妇人了。从这方面说来，事情倒好像也是安排就了的。这里，是一点也不容许石秀有措手之余裕的。然则，现在既已知道了这是杨雄所有的美妇人之后，不存什么别的奢望，而徒然像回忆一弯彩虹似的生着些放诞的妄想，或者也是可以被允许的吧，或者未必便是什么大不了的可卑的事件吧。

这样地宽慰着自己的石秀，终于把新生的苦闷的纠纷暂时解决了。但是，在这样的解决之中，他觉到牺牲得太大了。允许自己尽量的耽于对潘巧云的妄想，而禁抑着这个热情底奔泄，石秀自己也未尝不觉到，这是一重危险。但为了自己底小心，守礼，和谨饬，便不得不用最强的自制力执行了这样的决断。

二

次日，石秀一觉醒来，听听窗外已是鸟声琐碎，日影扶苏，虽然还不免有些疲倦，只因为是在别人家里，客客气气的不好放肆，便赶紧起身，穿着停当，把房门开了。外面早已有一个丫鬟伺候着，见石秀起来，她就走进房来，把桌上的灯檠收过。石秀觉得没有话说，只眼看着那个丫鬟的行动。那丫鬟起先是嘿嘿地低着头进房来，待到一手掌着灯檠，不觉自顾自的微笑着，石秀看在眼里，心中纳罕，便问：

“喂，敢是有什么好笑的事看见了么?”

那丫鬟抬起头来对石秀瞅了一眼，当下石秀不觉又吃一惊。心想杨节级哥哥倒有这门福气，有了个艳妻不算，还养着这样一个美婢。你看她微红的俏脸儿，左唇边安着不大不小，不浓不淡的一点美人痣，鬓发蓬松，而不觉得粗乱，眼睛直瞅着你，好像要从她底柔薄的嘴唇里说出什么密恋的或狠毒的话来似的，又何尝有一丝一毫地方像一个丫鬟呢。眩惑着的石秀正在这样沉思着，忽然听见她说：

“爷好像昨儿晚上害怕了，没有熄得火睡。”

神志不属的石秀随嘴回答道：

“唔，没有害怕，睡觉得早，忘掉了吹火。”

直到那丫鬟拿了灯檠走出去了好一会儿，石秀还呆呆的站在衣桁边。刚才不是形容过这时的石秀是神志不属似的吗？石秀究竟怎样想着呢，难道看见了这样美艳的丫鬟，石秀又抑制不住自己底热情之挑诱了吗？还是因为这个丫鬟而又被唤起了昨夜的对于潘巧云的不义的思绪呢？……不是，都不是！石秀意识很清楚，既然对于潘巧云的态度是已经过了一番郑重的考虑而决定了，则当然对于潘巧云底丫鬟同样的不便有什么妄念，因为这也对于杨雄是很不义的事。然则，倘若要问，这时候的石秀受了怎样的感想而神志不属着的呢？这个，是可以很简单地阐明了的：原来石秀底感情，在与这个美艳的丫鬟照面的一刹那顷，是与其说是迷眩，不如说是恐怖，更为惬当些。虽然，明知潘巧云是潘巧云，而丫鬟是丫鬟，显然地她们两个人，在容貌和身份两方面，都有着判别，但石秀却恍惚觉得这个丫鬟就是潘巧云自己了。潘巧云就是这个丫鬟，这个丫鬟就是潘巧云；而不管她是丫鬟欤，潘巧云欤，又同时地在石秀底异常的视觉中被决断为剧毒和恐怖底原素了。通常说着“最毒妇人心”这等成语的，大都是曾经受到过妇人底灾祸的衰朽的男子，而石秀是从来连得与妇人的交际都不曾有过，决没有把妇人认为恶毒的可能。然则说是因为石秀看出来的潘巧云和丫鬟底容貌，都是很奸刁，很凶恶的缘故么？这也不是。石秀所看见的潘巧云和那丫鬟，正如我们所看见的一样，是在蓟州城里不容易找得到的两个年龄相差十一岁的美女子。这样讲起来，说石秀所感到的感情是恐怖的话，是应当怎样解释的呢？这是仍旧应当从石秀所看见的她俩的美艳中去求解答的。原来石秀好像在一刹那间觉得所有的美艳都就是恐怖雪亮的钢刀，寒光射眼，是美艳的，杀一个人，血花四溅，是美艳的，但同时也就得被称为恐怖；在黑夜中焚烧着宫室或大树林的火焰，是美艳的，但同时也就是恐怖；鸩酒泛着嫣红的颜色，饮了之后，醉眼酡然，使人歌舞弹唱，何尝不是很美艳的，但其结果也得说是一个恐怖。怀着这样的概念，石秀所以先迷眩于潘巧云和那丫鬟，而同时又呆呆地预感着未见的恐怖，而颇觉得有“住这样的门户里，恐怕不是什么福气罢”的感想。

呆气地立在衣桁边的石秀，刚想移步，忽听得外面杨雄底声音：

“大嫂，石秀叔叔快要起来，你也得替他安排好一套衣服巾帻，让他好换。停会儿再着人到街上石叔叔住过的客店里，把石叔叔的行李包裹拿了来。千万不要忘了。”

接着院子里一阵脚步响，石秀晓得是杨雄出去到官府里画卯去了。稍停了一会，石秀一个人在房里直觉得闲的慌，心想如果天天这样的住在杨雄家里没事做，杨雄又每天要去承应官府，不闷死，也得要闲死，这却应当想个计较才是，这样思索着，不觉的踱了出来。刚走到院子里，恰巧杨雄底妻子潘巧云，身后跟着那丫鬟，捧着一堆衣服，打上房里出来。那妇人眼快，一看见石秀，便陪着笑脸迎上来：

“叔叔起来得恁地早，昨夜安歇得晏了，何不多睡一瞈？刚才大哥吩咐了替叔叔安排衣服，正要拿来给叔叔更换哩。”

石秀抬头一看，只见她又换了一身衣服。是一袭满地竹枝纹的水红夹衫，束着一副亮蓝丝绦，腰边佩着一双古玉，走路时叮叮当当的直响，好像闪动着万个琅玕。鬓脚边斜插着一支珠凤。衣服好像比昨天的紧小一些，所以胸前浮起着的曲线似乎格外勾画得清楚了。当着这样的巧笑倩兮的艳色，虽说胸中早已有了定见，石秀也不禁脸上微红，一时有些不知怎样回答才是的失措了。

而潘巧云是早已看出了石秀是怎样地窘困着了。不等他想出回答的话，便半回身地对着那丫鬟说：

“迎儿，你自去把这些衣裳放在石爷房里。”

石秀正待谦让，迎儿早已捧着衣裳走向他房里去了，只剩了石秀和潘巧云两个对立在屋檐下。石秀左思右想，委实想不出什么话来应付潘巧云，只指望潘巧云快些进去，让自己好脱身出去。无奈这美妇人却好像识得他底心理似的，偏不肯放松他。好妇人，看着这样吃嫩的石秀，越发卖弄起风骚来。石秀眼看她把眉头一轩，秋波一转，樱唇里又迸出戛玉的声音：

“叔叔好像怪气闷的，可不是？其实叔叔住在这里，也就和住在自己家里一样，休要客气。倘气闷时，不妨到后园里去，那边小屋里见放着家伙，可以随便练练把式。倘有什么使唤，就叫迎儿，大哥每天价出外时多，在家时少，还要仰仗叔叔帮帮门户，叔叔千万不要把我们当作外人看待，拘束起来，倒叫我们大哥得知了，说我们服侍的不至诚。”

石秀看着这露出了两排贝玉般的牙齿倩笑着，旋又将手中的香罗帕抿着嘴唇的潘巧云，如中了酒似的昏眩着答道：

“嫂嫂说哪里话来，俺石秀多承节级哥哥好意，收容在这里居住，哪里还会气闷。俺石秀是个粗狂的人，不懂礼教，倘有什么不到之处，还得嫂嫂照拂。倘有用到俺的地方，也请嫂嫂差遣。……”

石秀话未说完，早见潘巧云伸出了右手的纤纤食指，指着石秀，快要接触着石秀底面颊，眼儿也斜着，朗朗地笑着，说道：

“却又来了！叔叔嘴说不会客气，却偏是恁地客气。以后休要这样，叫奴家担受不起……”

被她这样说着，石秀益发窘急，一时却答不上话。这时，迎儿已走了回来，站在潘巧云身旁。趁着潘巧云询问迎儿怎样将衣服放在石爷房里的间隙，石秀才得有定一定神，把踧踖的仪态整顿一下的余裕。对于这样殷勤的女主人，石秀底私心是甚为满意了。石秀所得到的印象，潘巧云简直不仅是一个很美艳的女人，而且还是一个很善于交际，很洒脱，认真地说起来，又是对于自己很有好感的女人了。对于女人，石秀虽然并不曾有过交际的经验，但自知是决不至于禁受不住女人底谈笑而感觉到窘难的。所以，对于当前的潘巧云，继续地显现了稚气的困恼者，这是为了什么呢？在石秀，自己又何尝不明白，是为了一种秘密的羞惭。这种羞惭，就是对于昨天晚上所曾费了许多抑制力而想定了的决断而发生的。自从与潘巧云很接近地对立在屋檐下，为时虽然不过几分钟，而石秀却好像经过了几小时似的，继续地感觉到自己底卑贱。但愈是感得自己卑贱，却愈清晰地接受了潘巧云底明艳和爽朗。是的，这在石秀自己，当时也不可思议地诧异着潘巧云底声音容貌何以竟会得这样清晰地深印在官感中。还是他底官感已变成为异常的敏锐了呢？还是潘巧云底声音容貌已经像一个妖妇所有的那样远过于真实了？这是谁也不能解释的。

这种不由自主的喜悦克服了石秀，虽然感到自己之卑贱，虽然又因此感到些羞惭，但在这时候，却并不急于想离开潘巧云了。并且，甚至已经可以说是，下意识地，怀着一种希望和她再多厮近一会儿的欲念了。石秀假意咳了一声，调了个嗓子，向堂屋里看望了一眼。

“叔叔里面去坐罢，停会儿爷爷起来之后，就要和叔叔商量开设屠宰作坊的事情哩。”潘巧云闪了闪身子，微笑地说。

石秀就移步走进堂屋中，潘巧云和迎儿随后便跟着进来。彼此略略地谦逊了一会，各自坐定了。迎儿依旧侍立在潘巧云背后。石秀坐在靠窗的一只方椅上，心中暗自烦躁。很想和潘巧云多交谈几句，无奈自己又一则好像无话可说，再则即使有话，也不敢说。明知和潘巧云说几句平常的话是不算得什么的，但却不知怎的，总好像这是很足以使自己引起快感而同时是有罪眚的事。石秀将正在对着院子里的剪秋罗凝视着的眼光懦怯地移向潘巧云看去，却刚与她底一向就凝看着他的眼光相接。石秀不觉得心中一震，略俯下头去，又微微地咳嗽了一声。

"嫂嫂有事，请便，待我在这里等候大人。"

"奴家有什么事？还不是整天地闲着。街坊上又不好意思去逛，爷爷又是每天价上酒店去，叔叔没有来的时候，这里真是怪冷静的呢。"

这样说着的潘巧云，轻婉地立了起来。

"哎哟！真是糊涂，叔叔还没有用早点呢。迎儿，你去到巷口替石爷做两张炊饼来，带些蒜酱。"

迎儿答应着便走了出去。屋子里又只剩了潘巧云和石秀两个。石秀本待谦辞，叵耐迎儿走得快，早已唤不住了，况且自己肚子里也真有些饿得慌，便也随她。这时，潘巧云笑吟吟地走近来：

"叔叔今年几岁了？"

"俺今年二十八岁。"

"奴家今年二十六岁，叔叔长奴家两岁了。不知叔叔来到蓟州城里几年了？"

"唔，差不多要七年了。"

"这样说来，叔叔是二十一岁上出门的。不知叔叔在家乡可娶了媳妇没有？"

受了这样冒昧和大胆的问话底袭击，石秀不禁耳根上觉得一阵热。用了一个英爽多情的少年人底羞涩的眼光停瞩着潘巧云，轻声地说：

“没有。”

而出乎石秀意料之外的，是在这样答话之后，这样美艳的妇人却并不接话下去。俯视着的石秀抬起头来。分明地看出了浮显在她美艳的脸上的是一痕淫亵的，狎昵的倩笑。从她底眼睛里透露了石秀所从来未曾接触过的一种女性的温存，而在这种温存底背后，却又显然隐伏着一种欲得之而甘心的渴望。同时，在她底容貌上，又尽情地泄露了最明润，最昳丽，最幻想的颜色。而在这一瞬间的美质底呈裸之时，为所有的美质之焦点者，是石秀所永远没有忘记了的她底将舌尖频频点着上唇的这种精致的表情。

这是一种神秘的暴露，一弯幻想的彩虹之实现。在第一刹那间，未尝不使石秀神魂震荡，目定口呆；而继续着的，对于这个不曾被热情遮蔽了理智的石秀，却反而是一重沉哀的失望。石秀颤震着，把眼光竭力从她脸上移开，蒙眬地注视着院子里飘飏在秋风中的剪秋罗。

“嫂嫂烦劳你给一盏茶罢，俺口渴呢。”

而这时，趿着厚底的鞋子，阁阁地走下扶梯出来的，是刚才起身的潘公。

三

是屠宰作坊开张后约莫一个多月的一个瑟爽的午后，坐在小屋的檐下，出神地凝视着墙角边的有十数头肥猪蠢动着的猪圈，石秀又开始耽于他底自以为可以得到些快感的幻想了。

因为每天要赶黎明时候起身，帮着潘公宰猪，应接买卖，砍肥剁瘦，直到傍午才得休停，这样的疲劳，使石秀对于潘巧云的记忆，浅淡了好久，虽然有时间或从邻舍家听到些关于她的话。

这一天，因为收市得早了些，况且又听见了些新鲜的关于潘巧云的话，独自个用过了午饭，杨雄又没有回来，潘公是照例地拖了他底厚底鞋子到茶坊酒肆中和他相与着的几个闲汉厮混去了。石秀这才悠然地重新整理起忘却了许久的对于潘巧云的憧憬。是刚才来买了半斤五花肉的那个住在巷口的卖馄饨的底妻子，告诉他的，说潘巧云嫁给杨雄是二婚了，在先她是嫁给的一个本府的王押司，两年前王押司患病死了，才改嫁给杨雄的，便是迎儿也是从王押司家里带来的。

想着新近听到的这样的话，又想起曾经有过一天，偶然地听得人说潘巧云是勾栏里出身的，石秀不觉对于潘巧云的出身有些怀疑起来了。莫不是真的她家里开过勾栏，然后嫁给了王押司的吗？不知节级哥哥知道不知道这底细？如果知道的，想必不会就把她娶来吧。

如果所听到的话都不是撒谎的，然则……这样的推料着的石秀，不禁又想起了那来到杨雄家里的第二天早晨的她底神情了。不仅是这一次，以后，在肉店开张的头几天，她也时常很亲密地来相帮在肉案子里面照料一切，每次都有着一种特别的神情使石秀底神经颤震过，而这些异常清晰的印象一时间又浮在眼前了。这无异于将她底完全的仪态展示在石秀面前。幻想着的石秀，. 开始微喟着："即使不是勾栏里出身的，看着这种举止，也免不得要给人家说闲话了。"

然则石秀是在轻蔑她了？……并非！这是因为石秀虽然为人英武正直，究竟还是个热情的少年汉子，所以此时的石秀，其心境却是两歧的，而这两歧的心境，都与轻蔑的感情相去极远，为杨雄底义弟的石秀，以客观的立场来看潘巧云，只感觉到她未免稍微不庄肃一点。而因为对于她底以前的历史有了一些似乎确实的智识，便觉得这种不庄肃的所以然，也不是什么不可恕的了。总之，无论她怎样，现在总是杨雄底妻子了，就这一点，石秀已经有了足够的理由应当看重她了。但是，同时，在另一方面，为一个热情的石秀自己，却是正因为晓得了潘巧云曾经是勾栏里的人物而有所喜悦着。这是在石秀底意识之深渊内，缅想着潘巧云历次的对于自己的好感之表示，不禁有着一种认为很容易做到的自私的奢望。倘若真是勾栏里的人呢，万一她这种亲昵的表情又是故意的，那么，在我这方面，只要以为对于杨雄哥哥没有什么过不去，倒是不能辜负她底好意的，如像她这样的纤弱和美貌，对于如杨雄哥哥这样的一个黄胖大汉，照人情讲起来，也实在是厮配不上的。而俺石秀，不娶浑家便罢，要娶浑家，既已看见过世上有这等美貌的女人，却非娶这等女人不可了。

这样思索着的石秀，对于潘巧云的暗秘的情热，又急突地在他心中蠢动起来了。这一次的情热，却在第一次看见了潘巧云而生的情热更猛烈了。石秀甚至下意识地有了“虽然杨雄是自己底义兄，究竟也不是什么了不得的关系，便爱上了他底浑家又有甚打紧”的思想。

石秀对于以前的以谨饬，正直，简单的态度拒绝潘巧云底卖弄风骚，开始认为是傻气的而后悔着了。潘巧云已有好几天不到作坊里来了，便是迎儿在点茶递饭的当儿，平时总有说有笑的，而近来却也不知怎的，似乎收敛了色笑。莫不是那女人见勾搭不上自己，有些不悦意了么？莫不是她曾经告诫过迎儿休得再来亲近么？石秀底后悔随着推想底进展而变作一种自愧的歉仄了。是的，是好像自己觉得辜负了潘巧云底盛情的抱歉。

由于很清晰地浮动在眼前的美妇人潘巧云底种种爱娇的仪态，和熊熊地炽热于胸中的一个壮年男子底饥饿着的欲望，石秀不自主地离去了宰猪的作坊和猪圈，走向杨雄夫妇们住着的正屋中去了。这时候，石秀底心略微有些飘荡了。从此一走进室内去，倘若又看见了她，那实在是恋慕着的美艳的女人，将装着怎么样的态度呢？石秀也很了解自己，所以会得心中忐忑不宁而生着这样的难于自决的疑问者，质直地说起来，也就是早有了不甘再做傻子的倾向了。但是，事实又是逼迫着他在两条路中间选择一条的，既不甘再做傻子，对于潘巧云底风流的情意有所抱歉，则这一脚踏进室内去，其结果自然是不必多说的了。而石秀是单为了对于这样的结果，终究还有些疑虑，所以临时又不免有“看见了她，将装着怎样的态度呢？”这种不很适当的踌躇。

但是他终于怀着这样飘荡忐忑的心而走进了潘巧云正在那儿坐着叫迎儿捶腿的那间耳房了。一眼看见石秀倏然走进来，潘巧云底神色倒好像有些出于不意似的稍微吃惊了一下。但这是不过是一瞬间的事，甚至连搁在矮凳上的两条腿也没有移动一下，潘巧云随即装着讽刺的笑脸说：

“哎哟！今天是甚好风儿把叔叔吹了进来。一向只道叔叔忙着照料买卖，虽说是同住在一个宅子里，再也休想叔叔进来看望我们的。”

说了这样俏皮话的潘巧云，向石秀瞟了一眼，旋即往下望着那屈膝了蹲在旁边，两个拳头停在她小腿上的迎儿，左腿对着迎儿一耸，说道：

“怎么啦？为什么停着不捶呀，石爷又不是外人，也没有什么害臊的。”

迎儿一抿嘴，接着又照前的将两个拳头向潘巧云底裹着娇红的袴子的大腿上捶上来了。

石秀不觉的脚下趑趄，进又不是，退又不是，没个安排处。心里不住地怯荡，好像已经做下了什么不端的事情了。对着这样放肆的，淫佚相的美妇人，如果怀着守礼谨饬的心，倒反而好像是很寒酸相了。展现在自己眼前的，是纯粹的一场淫猥的，下流的飨宴，唯有沉醉似的去做一个享用这种佚乐的主人公，才是最最漂亮而得体的行为。石秀虽然没有到过什么勾栏里去，但常常从旁人底述说及自己底幻想中推料到勾栏里姐儿们底行径：纤小的脚搁在朱漆的一凳上，斜拖了曳地的衣衫，诱惑似的显露了裹膝或袴子，或许更露出了细脆的袴带。瘦小的手指，如像拈着一枝蔷薇花似的擎着一个细窑的酒盏，而故意地做着斜睨的姿态的眼睛，又老是若即若离的流盼着你，泄露了临睡前的感情的秘密。这种情形，是常常不期然而然地涌现在石秀底眼前，而旋即被一种英雄底庄严所诃叱了的。

预先就怀了一种不稳重的思想的石秀，看了这故意显现着捶腿的姿态的潘巧云，仿佛间好像自己是走进在一家勾栏里了似的，潘巧云是个娼妇，这思想又在石秀底心中明显地抬头了。从什么地方再可以判别出这是杨雄底家里，而不是勾栏里呢？好了，现在一切都已经安排好了，所等待着的就是石秀底一句话，一个举动。只要一句话或一个举动就尽够解决一切了。

石秀沉吟地凝看着潘巧云底裹着艳红色袴子的上腿部，嘴里含满了一口黏腻的唾沫。这唾沫，石秀是曾几次想咽下去，而终于咽不下；几次想吐出来，而终于吐不出来的。而在这样的当儿，虽然没有正眼儿地瞧见，石秀却神经似的感觉到潘巧云底锐利的眼光正在迎候着他。并且，更进一步地，石秀能预感到她这样的眼光将怎样地跟着他底一句话或一个举动而骤然改变了。

“今天有大半天空闲，所以特地来望望嫂嫂，却不道嫂嫂倒动怒了。”石秀终于嗫嚅地说。

潘巧云把肩膀一耸，冷然一笑，却带着三分喜色：

“叔叔倒也会挖苦人。谁个和叔叔动怒来？既然承叔叔美意，没有把奴家忘了，倒教奴家过意不去了。”

一阵寒噤直穿透石秀底全身。

接着是一阵烦热，一阵狎亵的感觉。

“嫂嫂，这一身衣服倒怪齐整的……”

准备着用轻薄的口吻说出了这样的调笑的话，但猛一转眼，恰巧在那美妇人底背后，浮雕着回纹的茶儿上，冷静地安置着那一条的杨雄底皂色头巾，讽刺地给石秀瞥见了。

“迎儿，你去替石爷点一盏香茶来。”这美丽的淫妇向迎儿丢了个眼色。

但她没有觉得背后的杨雄底敝头巾却已经有着这样的大力把她底自以为满意的胜利劫去了。在石秀心里，爱欲的苦闷和烈焰所织成了的魔网，这全部毁灭了。呆看着这通身发射出淫亵的气息来的美艳的妇人，石秀把牙齿紧啮着下唇，突然地感觉到一阵悲哀了。

“迎儿快不要忙，俺还得先出去走一趟，稍停一会儿再来这里打搅。”

匆匆地说着这样的话，石秀终于对潘巧云轻蔑地看了一眼，稍微行了半个礼，决心一回身，大踏步走了出来了。在窗外，他羞惭地分明听得了潘巧云底神秘的，如银铃一般的朗笑。

次日早，起五更把买卖托给了潘公一手经管，石秀出发到外县买猪去了。

四

是在买猪回来的第三天，买卖完了，回到自己房中，石秀洗了手，独自个呆坐着。

寻思着前天夜里所看见和听见的种种情形，又深悔着自己那天没有决心把账目交代清楚，动身回家乡去了。那天买猪回来的时候，店门关闭，虽然潘公说是为了家里要奉经，怕得没人照管，但又安知不是这个不纯良的妇人因为对于自己有了反感而故意这样表示的呢？石秀自以为是很能够懂得一个妇人的心理的，当她爱好你的时候，她是什么都可以牺牲给你的，但反之，当她怀恨你的时候，她是什么都吝啬的了。推想起来，潘巧云必然也有着这样的心，只为了那天终于没有替她实现了绮艳的白日梦，不免取恨于他，所以自己在杨雄家里，有了不能安身之势了。

但如果仅仅为了这样的缘故，而不能再久住在杨雄家里，这在石秀，倒也是很情愿的。因为如果再住下去，说不定自己会真的做出什么对不住杨雄的下流事情来，那时候倒连得懊悔也太迟了。

然而，使石秀底心奋激着，而终于按捺不下去者，是自己所深自引恨着以为不该看见的前天夜里的情形。其实，自己想想，如果早知要看见这种惊心怵目的情形，倒是应该趁未看见之前洁身远去的。而现在，是既已清清楚楚目击着了，怀疑着何以无巧不巧地偏要给自己看见这种情形呢？这算是报仇么？还是一种严重的诱引呢？于是，石秀底心奋激着，即使要想走，也不甘心走了。

同时，对于杨雄，却有些悲哀或怜悯了。幻想着那美妇人对于那个报恩寺里的和尚海阇黎裴如海的殷勤的情状，更幻想着杨雄底英雄的气概，石秀不觉得慨叹着女人底心理的不可索解了。冒着生命之险，违负了英雄的丈夫，而去对一个粗蠢的秃驴结好，这是什么理由呢？哎！虽然美丽，但杨雄哥哥却要给这个美丽误尽了一世英名了。

这样想着的石秀，在下意识中，却依旧保留着一重自己的喜悦。无论如何，杨雄之不为这个美妇人潘巧云所欢迎，是无可否认的了。但自己呢，如果不为了杨雄的关系，而简直就与她有了苟且，那么，像裴如海这种秃驴恐怕不会得再被潘巧云所赏识罢。这样说来，潘巧云之要有外遇，既已是不可避免之事，则与其使她和裴如海发生关系，恐怕倒还是和自己发生关系为比较的可恕罢。

石秀从板凳上站了起来，结束了一下腰带，诧异着竟有这样诙谐的思想钻入他底头脑里，真是不可思议的。石秀失笑了。再一想，如果此刻去到潘巧云那儿，依着自然的步骤，去完成那天的喜剧，则潘巧云对于自己又将取何等态度呢？……但是，一想到今天潘公因为要陪伴女儿到报恩寺去还愿，故而早晨把当日的店务交托给石秀，则此时是不消说得，潘巧云早已在报恩寺里了。虽然无从揣知他们在报恩寺里的情况，但照大局看来，最后的决胜，似乎已经让那个和尚占上风了。

嫉妒戴着正义的面具在石秀底失望了的热情的心中起着作用，这使石秀感到了异常的纷乱，因此有了懊悔不早些脱离此地的愤激的思想了。而同时，潘巧云底美艳的，淫亵的姿态，却在他眼前呈显得愈加清楚。石秀不得不承认自己是眷恋着她的，而现在是等于失恋了一样地悲哀着。但愿她前天夜里对于那个海阇黎的行径是一种故意做给自己看见的诱引啊，石秀私心中怀着这样谬误的期望。

对于杨雄的怜悯和歉意，对于自己底思想的虚伪的诃责，下意识的嫉妒，炽热着的爱欲，纷纷地蹂躏着石秀底无主见的心。这样地到了日色西偏的下午。石秀独自个走向前院，见楼门，耳房门，统统都下着锁，寂静没一个人，知道他们都尚在寺里，没有回来，不觉得通身感到了寂寞。这寂寞，是一个飘泊的孤独的青年人所特有的寂寞。

石秀把大门反锁了，信步走上街去。打大街小巷里胡乱逛了一阵，不觉有些乏起来，但兀自不想回去，因为料想起来，潘公他们准还没有回家，自己就使回家去，连夜饭也不见得能吃着，左右也是在昏暮的小屋里枯坐，岂不无聊。因此石秀虽则脚力有些乏了，却仍是望着闹市口闲步过去。

不一会，走到一处，大门外挂满了金字帐额，大红彩绣，一串儿八盏大宫灯，照耀得甚为明亮。石秀仔细看时，原来是本处出名的一家大勾栏。里面鼓吹弹唱之声，很是热闹。石秀心想，这等地方，俺从来没有闯进去过。今日闲闷，何不就去睃一睃呢。当下石秀就慢步踱了进去，揭起大红呢幕，只见里面已是挤满了人山人海。正中戏台上，有一个粉头正在说唱着什么话本，满座客人不停地喝着彩。石秀便去前面几排上觑个空位儿坐了。

接连的看了几回戏舞，听了几场话本之后，管弦响处，戏台上慢步轻盈地走出一个姑娘来，未开言先就引惹得四座客人们喝了一声满堂大彩。石秀借着戏台口高挂着的四盏玻璃灯光，定睛看时，这个姑娘好像是在什么地方看见过的，只是偏记不清楚。石秀两眼跟定着她底嘴唇翕动，昏昏沉沉竟也不知道她在唱些什么。

石秀终于被这个姑娘底美丽，妖娇，和声音所迷恋了。在搬到杨雄家去居住以前，石秀是从来也没有发现过女人底爱娇过；而在看见了潘巧云之后，他却随处觉得每一个女人都有着她底动人的地方。不过都不能如潘巧云那样的为众美所荟萃而已。这戏台上的姑娘，在石秀记忆中，既好像是从前在什么地方看见过的，而她底美丽和妖娇，又被石秀认为是很与潘巧云有相似之处。于是，童贞的石秀底爱欲，遂深深地被激动了。

二更天气，石秀已昏昏沉沉地在这个粉头底妆阁里了。刚才所经过的种种事：这粉头怎样托着盘子向自己讨赏，自己又怎样的掏出五七两散碎的纹银丢了出去，她又怎样的微笑着道谢，自己又怎样的招呼勾栏里的龟奴指定今夜要这个娼妇歇宿，弹唱散棚之后，她又怎样的送客留髡，这其间的一切，石秀全都在迷惘中过去了。如今是非但这些事情好像做梦一般，便是现在身在这娼妇房间里这样实实在在的事，也好像如在梦中一般，真的自己也有些不相信了。

石秀坐在靠纱窗下的春凳上，玻璃灯下，细审着那正在床前桌子上焚着一盒寿字香的娼女，忽然忆起她好像便是从前在挑着柴担打一条小巷里走过的时候所吃惊过的美丽的小家女子。……可真的就是她吗？一向就是个娼女呢还是新近做了这种行业的呢？她底特殊的姿态，使石秀迄未忘记了的美丽的脚踝，又忽然像初次看见似的浮现在石秀眼前。而同时，仿佛之间，石秀又忆起了第一晚住在杨雄家里的那夜的梦幻。潘巧云底脚，小巷里的少女底脚，这个娼女底脚，现在是都现实地陈列给石秀了。当她爇着了银盒中的香末，用了很轻巧的姿态，旋转脚跟走过来的时候，呆望着出神的石秀真的几乎要发狂似的迎上前去，抱着她底小腿，俯吻她底圆致美好底脚踝了。

这个没有到二十岁的娼女，像一个老资格的卖淫女似的，做着放肆的仪容，终于挨近了石秀。石秀心中震颤着，耳朵里好似有一匹蜜蜂在鸣响个不住，而他底感觉却并不是一个初次走进勾栏里来的少年男子底胆怯和腼腆，而是骤然间激动着的一种意义极为神秘的报复的快感。

那有着西域胡人底迷魂药末底魅力的，从这个美艳的娼女身上传导过来的热气和香味，使石秀朦胧地有了超于官感以上震荡。而这种震荡，是因为对于潘巧云的报复心，太满意过度了，而方才如此的。不错，石秀在这时候，是最希望潘巧云会得突然闯入到这房间里，并且一眼就看见了这个美艳的娼女正被拥抱在他底怀里。这样，她一定会得交并着忿怒，失望，和羞耻，而深感到被遗弃的悲哀，掩着面遁逃出去放声大哭的吧？如果真的做到了这个地步，无论她前天对于那个报恩寺里的和尚调情的态度是真的，抑或是一种作用，这一场看在眼里的气愤总可以泄尽了吧？

稍微抬起头来，石秀看那抱在手臂里的娼女，正在从旁边茶几上漆盘子里拣起一颗梨子，又从盘里拿起了预备着的小刀扦削着梨子皮。虽然是一个有经验的卖淫女，但眉宇之间，却还剩留着一种天真的姿态。看了她安心削梨皮的样子，好像坐在石秀怀里是已经感觉到了十分的安慰和闲适，正如一个温柔的妻子在一个信任的丈夫怀中一样，石秀底对于女性的纯净的爱恋心，不觉初次地大大的感动了。

石秀轻轻地叹了口气。

那娼女回过脸来，用着亲热的眼色问：

“爷怎么不乐哪？”

石秀痴呆了似的对她定着眼看了好半天。突然地一重强烈的欲望升了上来，双手一紧，把她更密接地横抱了转来。但是，在这瞬息之间，使石秀惊吓得放手不迭的，是她忽然哀痛地锐声高叫起来，并且立刻洒脱了石秀，手中的刀和半削的梨都砉的堕下在地板上了。她急忙地跑向床前桌上的灯檠旁去俯着头不知做什么去了。

石秀便跟踪上去，看她究竟做些什么，才知道是因为他手臂一紧，不留神害她将手里的小刀割破了一个指头。在那白皙，细腻，而又光洁的皮肤上，这样娇艳而美丽地流出了一缕朱红的血。创口是在左手的食指上，这嫣红的血缕沿着食指徐徐地淌下来，流成了一条半寸余长的红线，然后越过了指甲，如像一粒透明的红宝石，又像疾飞而逝的夏夜之流星，在不很明亮的灯光中闪过，直沉下去，滴到给桌面底影子所荫蔽着的地板上去了。

诧异着这样的女人底血之奇丽，又目击着她，皱着眉头的痛苦相，石秀觉得对于女性的爱欲，尤其在胸中高潮着了。这是从来所没有看见过的艳迹啊！在任何男子身上，怕决不会有这样美丽的血，及其所构成的使人怜爱和满足的表象罢。石秀——这热情过度地沸腾着的青年武士，猛然的将她底正在拂拭着创口的右手指挪开了，让一缕血的红丝继续地从这小小的创口里吐出来。

五

自从石秀在勾栏里厮混了一宵之后，转瞬又不觉一月有余。石秀渐渐觉得潘巧云的态度愈加冷酷了，每遭见面，总没有好脸色。就是迎儿这丫鬟每次送茶送饭也分明显出了不耐烦的神情。潘公向来是怕女儿的，现今看见女儿如此冷淡石秀，也就不敢同石秀亲热。况且这老儿一到下午，整天价要出去上茶寮，坐酒店，因此上只除了上午同在店里照应买卖的一两个时辰之外，石秀简直连影儿都找不到他。当着这种情景，石秀如何禁受得下！因此便不时地纳闷着了。

难道我在勾栏里荒唐的事情给发觉了，所以便瞧我不起吗？还是因为我和勾栏里的姑娘有了来往，所以这淫妇吃醋了呢？石秀怀着这样的疑虑，很想从潘巧云底言语和行动中得知一个究竟，叵耐潘巧云竟接连的有好几天没开口，甚至老是躲在房里，不下楼来。石秀却没做手脚处。实在，石秀对于潘巧云是一个没有忘情的胆怯的密恋者，所以这时候的石秀，是一半抱着羞怍，而一半却怀着喜悦。在梦里，石秀会得对潘巧云说着“要不是有着杨雄哥哥，我是早已娶了你了”这样的话。但是，一到白天，下午收了市，一重不敢确信的殷忧，或者毋宁说是耻辱，总不期然而然的会得兜上心来。那就是在石秀的幻象中，想起了潘巧云，总同时又仿佛看见了那报恩寺里的和尚裴如海底一派淫狎轻亵的姿态。难道女人所欢喜的是这种男人么？如果真是这样的，则自己和杨雄之终于不能受这个妇人底青眼，也是活该的事。自己虽则没有什么关系，但杨雄哥哥却生生地吃亏在她手里了。哎！一个武士，一个英雄，在一个妇人底眼里，却比不上一个和尚，这不是可羞的事么？但愿我这种逆料是不准确的呀！

耽于这样的幻想与忧虑的石秀，每夜总翻来覆去地睡不熟。一天，五更时分，石秀又陡的从梦里跳醒转来，看看窗楞外残月犹明，很有些凄清之感。猛听得巷外的报晓头陀敲着木鱼直走进巷里来，嘴里高喊着：

"普度众生，救苦救难，诸佛菩萨。"

石秀心下思忖道："这条巷是条死巷，如何有这头陀连日来这里敲木鱼叫佛？事有可疑——"这样的疑心一动，便愈想愈蹊跷了。石秀就从床上跳将起来，也顾不得寒冷，去门缝里张时，只见一个人戴顶头巾从黑影里闪将出来，和头陀去了，随后便是迎儿来关门。

看着了这样的行动，石秀竟呆住了。竟有这等事情做出来，看在我石秀底眼里吗？一时间，对于那个淫荡的潘巧云的轻蔑，对于这个奸夫裴如海的痛恨，对于杨雄的裴哀，还有对于自己的好像失恋而又受侮辱似的羞怍与懊丧，纷纷地在石秀底心中扰乱了。当初是为了顾全杨雄哥哥一世的英名，没有敢毁坏了那妇人，但她终于自己毁了杨雄哥哥底名誉，这个妇人是不可恕的。那个和尚，明知她是杨雄底妻子竟敢来做这等苟且之事，也是不可恕的。石秀不觉叹口气，自说道："哥哥如此豪杰，却恨讨了这个淫妇，倒被这婆娘瞒过了，如今竟做出了这等勾当来，如何是好？"

巴到天明，把猪挑出门去，卖个早市。饭罢，讨了一遭赊账，日中前后，径到州衙前来寻杨雄，心中直是委决不下见了杨雄该当如何说法。却好行至州桥边，正迎见杨雄，杨雄便问道：

"兄弟哪里去来？"

石秀道：

"因讨赊账，就来寻哥哥。"

杨雄道：

“我常为官事忙，并不曾和兄弟快活吃三杯，且来这里坐一坐。”

杨雄把石秀引到州桥下一个酒楼上，拣一处僻静阁儿里，两个坐下，叫酒保取瓶好酒来，安排盘馔，海鲜，案酒。二人饮过三杯。杨雄见石秀不言不语，只低了头好像寻思什么要紧事情。杨雄是个性急的人，便问道：

“兄弟心中有些不乐，莫不是家里有甚言语伤触你处？”

石秀看杨雄这样地至诚，这样地直爽，不觉得心中一阵悲哀：

“家中也无有说话，兄弟感承哥哥把做亲骨肉一般看待，有句话敢说么？”

杨雄道：

“兄弟今日何故见外？有的话，尽说不妨。”

石秀对杨雄凝看了半晌，迟疑了一会儿，说道：

“哥哥每日出来承当官府却不知背后之事。……这个嫂嫂不是良人，兄弟已看在眼里多遍了，且未敢说。今日见得仔细，忍不住来寻哥哥，直言休怪。”

听着这样的话，眼见得杨雄姜黄的脸上泛上了一阵红色。呆想了一刻，才忸怩地说：

“我自无背后眼，你且说是谁？”

石秀喝干了一杯酒，说：

“前者家里做道场，请那个贼秃海阇黎来，嫂嫂便和他眉来眼去，兄弟都看见。第三日又去寺里还什么血盆忏愿心。我近日只听得一个头陀直来巷内敲木鱼叫佛，那厮敲得作怪。今日五更，被我起来张看时，看见果然是这贼秃，戴顶头巾，从家里出去。所以不得不将来告诉哥哥。”

把这事情诉说了出来，石秀觉得心中松动得多，好像所有的烦闷都发泄尽了。而杨雄黄里泛红的脸色，却气得铁青了。他大嚷道：

“这贼人怎敢如此！”

石秀道：

“哥哥且请息怒，今晚都不要提，只和每日一般；明日只推做上宿，三更后却再来敲门，那厮必定从后门先走，兄弟一把拿来，着哥哥发落。”

杨雄思忖了一会，道：

“兄弟见得是。”

石秀又吩咐道：

“哥哥今晚且不要胡发说话。”

杨雄点了点头，道：

“我明日约你便是。”

两人再饮了几杯，算还了酒钱，一同下楼来，出得酒肆，撞见四五个虞侯来把杨雄找了去，当下石秀便自归家里来收拾了店面，去作坊里歇息。

晚上，睡在床上，沉思着日间的事，心中不胜满意。算来秃驴的性命是已经在自家手里的了。谁教你吃了豹子心，�肝，色胆包天，敢来奸宿杨雄底妻子？如今好教你见个利害呢。这样踌躇满志着的石秀忽然转念，假使自己那天一糊涂竟同潘巧云这美丽的淫妇勾搭上了手脚，到如今又是怎样一个局面呢。杨雄哥哥不晓得便怎样，要是晓得了又当怎样？……这是不必多想的，如果自己真的干下了这样的错事，便一错错到底，一定会得索性把杨雄哥哥暗杀了，省得两不方便的。这样设想着，石秀不禁打了个寒噤！

明夜万一捉到了那个贼秃，杨雄哥哥将他一刀杀死了，以后又怎样呢？对于那个潘巧云，又应当怎样去措置的呢？虽然说这是该当让杨雄哥哥自己去定夺，但是看来哥哥一定没有那么样的心肠把这样美丽的妻子杀却的。是的，只要把那个和尚杀死了，她总也不敢再放肆了。况且，也许她这一回的放荡，是因为自己之不能接受她底宠爱，所以去而和这样的蠢和尚通奸的。石秀近来也很明白妇人底心理，当一个妇人好奇地有了想找寻外遇的欲望之后，如果第一个目的物从手里漏过，她一定要继续着去寻求第二个目的物来抵补的。这样说来，潘巧云之所以忽然不贞于杨雄也许间接的是被自己所害的呢。石秀倒有些歉仄似的后悔着日间在酒楼上对杨雄把潘巧云的坏话说得太过火了。其实，一则我也够不上劝哥哥杀死她，因为自己毕竟也是有些爱恋着她的。再则就是替哥哥设想，这样美丽的妻子，杀死了也可惜，只要先杀掉了这贼秃，让她心下明白，以后不敢再做这种丑事就够了。

怀着宽恕潘巧云的心的石秀次日晨起，宰了猪，满想先到店面中去赶了早市，再找杨雄哥哥说话。却不道到了店中，只见肉案并柜子都拆翻了，屠刀收得一柄也不见。石秀始而一怔，继而恍然大悟，不觉冷笑道："是了。这一定是哥哥醉后失言，透漏了消息，倒吃这淫妇使个见识，定是她反说我对她有什么无礼。她教丈夫收了肉店，我若便和她分辩，倒教哥哥出丑。我且退一步了，却别作计较。"石秀便去作坊里收拾了衣服包裹，也不告辞，一径走出了杨雄家。

石秀在近巷的客店内赁一间房住下了，心中直是忿闷。这妇人好生无礼，竟敢使用毒计，离间我和哥哥的感情。这样看来，说不定她会得唆使那贼秃，害了哥哥性命，须不是要。现在哥哥既然听信了她底话，冷淡于我，我却再也说不明白，除非结果了那贼秃给他看。于是杀海阇黎裴如海的意志在石秀底心里活跃着了。

第三日傍晚，石秀到杨雄家门口巡看，只见小牢子取了杨雄底铺盖出去。石秀想今夜哥哥必然当牢上宿，决不在家，那贼秃必然要来幽会。当下便不声不响地回了客店，就房中把一口防身解腕尖刀拂拭了一回，早早的睡了。挨到四更天气，石秀悄悄的起身，开了店门，径踅到杨雄后门头巷内，伏在黑暗中张时，却好交五更时候，西天上还露着一勾残月，只见那个头陀夹着木鱼，来巷口探头探脑。石秀一闪，闪在头陀背后，一只手扯住头陀，一只手把刀去脖子上搁着。低声喝道：

“你不要挣扎，若高则声，便杀了你，你只好好实说，海和尚叫你来怎样？”

那头陀不防地被人抓住了，脖子上冷森森地晓得是利器，直唬得格格地说道：

“好汉，你饶我便说。”

石秀道：

“快说！我不杀你。”

头陀便说道：

“海阇黎和潘公女儿有染，每夜来往，教我只看后门头有香桌儿为号，便去寺里报信，唤他入钹；到五更头却教我来敲木鱼叫佛报晓，唤他出钹。”

石秀听了，鼻子里哼了一声，又问：

“他如今在哪里？”

头陀道：

“他还在潘公女儿床上睡觉。我如今敲得木鱼响，他便出来。”

石秀喝道：

“你且借衣服木鱼与我。”

只一手把头陀推翻在地上，剥了衣服，夺了木鱼，头陀正待爬起溜走，石秀赶上前一步，将刀就颈上一勒，只听得疙瘩一声，那头陀已经倒在地上，不做声息，石秀稍微呆了一阵，想不到初次杀人，倒这样的容易，这样的爽快。再将手中的刀就月亮中一照，却见刀锋上一点点的斑点，一股腥味，直攒进鼻子里来，石秀底精神好像受了什么刺激似的，不觉的望上一壮。

石秀穿上直裰，护膝，一边插了尖刀，把木鱼直敲进巷里来。工夫不大，只看见杨雄家后门半启，海阇黎戴着头巾闪了出来。石秀兀自把木鱼敲响，那和尚喝道：

“只顾敲什么！”

石秀也不应他，让他走到巷口，一个箭步蹿将上去，抛了木鱼，一手将那和尚放翻了。按住喝道：

“不要高则声！高声便杀了你。只等我剥了衣服便罢。”

海阇黎听声音知道是石秀，眼睛一闭，便也不敢则声。石秀就迅速地把他底衣服头巾都剥了，赤条条不著一丝。残月的光，掠过了一堵短墙，斜射在这裸露着的和尚底肉体上，分明地显出了强壮的肌肉，石秀忽然感觉到一阵欲念。这是不久之前，和那美丽的潘巧云在一处的肉体啊，仿佛这是自己底肉体一般，石秀却不忍将屈膝边插着的刀来杀下去了。但旋即想着那潘巧云底狠毒，离间自己和杨雄底感情，教杨雄逼出了自己；又想着她那种对自己冷淡的态度，咄！岂不都是因为有了你这个秃驴之故吗？同时，又恍惚这样海阇黎实在是自己底情敌一般，没有他，自己是或许终于会得和潘巧云成就了这场恋爱的，而潘巧云或许会继续对自己表示好感，但自从这秃驴引诱上了潘巧云之后，这一切全都给毁了。只此一点，已经是不可饶恕的了。嗯，反正已经杀了一个人了。……石秀牙齿一咬，打屈膝边摸出刚才杀过那头陀的尖刀来，觑准了海阇黎的脖子，只一刀直搠进去。这和尚哼了一声。早就横倒下去了。石秀再搠了三四刀，看看不再动弹，便站了起来，吐了一口热气。在石秀底意料中，仿佛杀人是很不费力的事，不知怎的，这样地接连杀了两个人，却这样地省事。石秀昏昏沉沉地闻着从寒风中吹入鼻子的血腥气，看着手中紧握着的青光射眼的尖刀，有了“天下一切事情，杀人是最最愉快的”这样的感觉。这时候，如果有人打这条巷里走过，无疑地，石秀一定会得很餍足地将他杀却了的。而且，在这一刹那间，石秀好像觉得对于潘巧云，也是以杀了她为唯一的好办法。因为即使到了现在，石秀终于默认着自己是爱恋着这个美艳的女人潘巧云的。不过以前是抱着“因为爱她，所以想睡她”的思想，而现在的石秀却猛烈地升起了“因为爱她，所以要杀她”这种奇妙的思想了。这就是因为石秀觉得最愉快的是杀人，所以睡一个女人，在石秀是以为决不及杀一个女人那样的愉快了。这是在石秀那天睡了勾栏里的娼女之后，觉得没有什么意味，而现在杀了一个头陀，一个和尚，觉得异常爽利这件事实上，就可以看得出来的。石秀回头一望杨雄家底后门，静沉沉的已关闭，好像这个死了的和尚并不是从这门户里走出来的。石秀好像失望似的，将尖刀上的血迹在和尚底尸身上括了括干净。这时，远处树林里已经有一阵雀噪的声音，石秀打了个寒噤，只才醒悟过来，匆匆地将手里的刀丢在头陀身边，将剥下来的两套衣服，捆做个包裹，径回客店里来。幸喜得客人都未起身，轻轻地开了门进去，悄悄地关上了自去房里睡觉。

一连五七日，石秀没有出去，一半是因为干下了这样的命案，虽说做得手脚干净，别人寻不出什么破绽，但也总宁可避避锋头。一半是每天价沉思着这事情的后文究竟应当怎样办，徒然替杨雄着想，石秀以为这时候最好是自己索性走开了这蓟州城，让杨雄他们依旧可以照常过日子，以前的事情，好比过眼云烟，略无迹象。但是，如果要替自己着想呢，既然做了这等命案，总要彻底地有个结局，不然岂不白白地便宜了杨雄？况且自己总得要对杨雄当面说个明白，免得杨雄再心中有什么芥蒂。此外，那要想杀潘巧云的心，在这蛰伏在客店里的数日中，因为不时地又想起了那天晚上在勾栏里看见娼女手指上流着鲜艳的血这回事，却越发饥渴着要想试一试了。如果把这柄尖刀，刺进了裸露着的潘巧云底肉体里去，那细洁而白净的肌肤上，流出着鲜红的血，她底妖娇的头部痛苦地侧转着，黑润的头发悬挂下来一直披散在乳尖上，整齐的牙齿紧啮着朱红的舌尖或是下唇，四肢起着轻微而均匀的波颤，但想象着这样的情景，又岂不是很出奇地美丽的吗？况且，如果实行起这事来，同时还可以再杀一个迎儿，那一定也是照样地惊人的奇迹。

终于这样的好奇和自私的心克服了石秀，这一天，石秀整了整衣衫走出到街上，好像长久没有看见天日一般的眼目晕眩着。独自个呆呆的走到州桥边，眼前一亮，瞥见杨雄正打从桥上走下来，石秀便高叫道：

“哥哥，哪里去？”

杨雄回过头来，见是石秀，不觉一惊。便道：

“兄弟，我正没寻你处。”

石秀道：

“哥哥且来我下处，和你说话。”

于是石秀引了杨雄走回客店来。一路上，石秀打量着对杨雄说怎的话，听杨雄说正在找寻我，难道自己悔悟了，要再把我找回去帮他泰山开肉铺子么？呸！除非是没志气的人才这么做。倘若他正要找我帮同去杀他底妻子呢？不行，我可不能动手，这非得本夫自己下手不可。但我可是应该劝他杀了那个女人呢，还是劝他罢休了？不啊！……决不！这个女人是非杀不可的了，哥哥若使这回不杀她，总有一天她会把哥哥谋杀了的。

到了客店里的小房内，石秀便说道：

“哥哥，兄弟不说谎么？”

杨雄脸一红，道：

“兄弟你休怪我，是我一时愚蠢，不是了，酒后失言，反被那婆娘瞒过了，怪兄弟相闹不得。我今特来寻贤弟，负荆请罪。”

石秀心中暗想，“原来你是来请罪的，这倒说得轻容易。难道你简直这样的不中用么？”

待我来激他一激，看他怎生，当下便又道：

“哥哥，兄弟虽是个不才小人，却是个顶天立地的好汉，如何肯做这等之事？怕哥哥日后中了奸计，因此来寻哥哥，有表记教哥哥看。”

说着，石秀从炕下将过了和尚头陀的衣裳，放在杨雄面前，一面留心看杨雄脸色。果然杨雄眼睛一睁，怒火上冲，大声的说道：

“兄弟休怪。我今夜碎割了这贱人，出这口恶气。”

石秀自肚里好笑，天下有这等鲁莽的人，益发待我来摆布了罢。便自己沉吟了一回，打定主意，才说道：

“哥哥只依着兄弟的言语，教你做个好男子。”

杨雄很相信地说：

“兄弟，你怎地教我做个好男子？”

石秀道：

“此地东门外有一座翠屏山好生僻静。哥哥到明日，只说道：‘我多时不烧香，我今来和大嫂同去，’把那妇人赚将出来，就带了迎儿同到山上。小弟先在那里等候着，当头对面，把是非都对明白了，哥哥那时写与一纸休书，弃了这妇人，却不是上着？”

杨雄听了这话，沉思了好半歇，只是不答上来。石秀便把那和尚头陀的衣裳包裹好了，重又丢进炕下去。只听杨雄说道：

“兄弟，这个何必说得，你身上清洁，我已知了，都是那妇人说谎。”

石秀道：

“不然，我也要哥哥知道和海阇黎往来真实的事。”

杨雄道：

“既然兄弟如此高见，必然不差，我明日准定和那贱人同上翠屏山来，只要你却休要误了。”

石秀冷笑道：

“小弟若是明日不来，所言俱是虚谬。”

当下杨雄便分别而去。石秀满心高兴，眼前直是浮荡着潘巧云和迎儿底赤露着的躯体，在荒凉的翠屏山上，横倒在丛草中。黑的头发，白的肌肉，鲜红的血，这样强烈的色彩的对照，看见了之后，精神上和肉体上，将感受到怎样的轻快啊！石秀完全像饥渴极了似的眼睁睁挨到了次日，早上起身，杨雄又来相约，到了午牌时分，便匆匆的吃了午饭，结算了客店钱，背了包裹，腰刀，杆棒，一个人走出东门，来到翠屏山顶上，找一个古墓边等候着。

工夫不多，便看见杨雄引着潘巧云和迎儿走上山坡来。石秀便把包裹，腰刀，杆棒，都放下在树根前，只一闪闪在这三人面前，向着潘巧云道：

“嫂嫂拜揖。”

那妇人不觉一怔，连忙答道：

“叔叔怎地也在这里？”

石秀道：

“在此专等多时了。”

杨雄这时便把脸色一沉，道：

“你前日对我说：‘叔叔多遍把言语调戏你，又将手摸你胸前，问你有孕也未。’今日这里无人，你两个对的明白。”

潘巧云笑着道：

“哎呀，过了的事，只顾说什么？”

石秀不觉大怒，睁着眼道：

“嫂嫂，你怎么说？这须不是闲话，正要在哥哥面前对的明白。”

那妇人见神气不妙，向石秀丢了个媚眼道：

“叔叔，你没事自把髯儿提做什么？”

石秀看见潘巧云对自己丢着眼色，明知她是在哀求自己宽容些了。但是一则有杨雄在旁边，事实上也无可转圜，二则愈是她装着媚眼，愈勾引起石秀底奇诞的欲望。石秀便道：

“嫂嫂，你休要硬诤，教你看个证见。”

说了，便去包裹里，取出海阇黎和那头陀底衣服来，撒放在地上道：

“嫂嫂，你认得么？”

潘巧云看了这两堆衣服，绯红了脸无言可对。石秀看着她这样的恐怖的美艳相，不觉得杀心大动，趁着这样红嫩的面皮，把尖刀直刺进去，不是很舒服的吗？当下便嗖地掣出了腰刀，一回头对杨雄说道：

“此事只问迎儿便知端的。”

杨雄便去揪过那丫鬟跪在面前，喝道：

“你这小贱人，快好好实说：怎地在和尚房里入奸，怎生约会把香桌儿为号，如何教头陀来敲木鱼，实对我说，饶你这条性命；但瞒了一句，先把你剁做肉泥。”

迎儿是早已唬做了一团，只听杨雄如此说，便一五一十的把潘巧云怎生奸通海和尚的情节统统告诉了出来。只是对于潘巧云说石秀曾经调戏她一层，却说没有亲眼看见，不敢说有没有这回事。

听了迎儿底口供，石秀思忖着；好利嘴的丫鬟，临死还要诬陷我一下吗？今天却非要把这事情弄个明白不可。便对杨雄道：

“哥哥得知么？这般言语须不是兄弟教她如此说的。请哥哥再问嫂嫂详细缘由。”

杨雄揪过那妇人来喝道：

“贼贱人，迎儿已都招了，你一些儿也休抵赖，再把实情对我说了，饶你这贱人一命。”

这时，美艳的潘巧云已经唬得手足失措，听着杨雄的话，只显露了一种悲苦相，含着求恕的眼泪道：

“我的不是了。大哥，你看我旧日夫妻之面，饶恕我这一遍罢。”。

听了这样的求情话，杨雄的手不觉往下一沉，面色立刻更变了。好像征求石秀底意见似的，杨雄一回头，对石秀一望。石秀都看在眼里，想杨雄哥哥定必是心中软下来了。可是杨雄哥哥这回肯干休，俺石秀却不肯干休呢。于是，石秀便又道：

“哥哥，这个须含糊不得，须要问嫂嫂一个明白缘由。”

杨雄便喝道：

“贱人，你快说！”

潘巧云只得把偷和尚的事，从做道场夜里说起，直至往来，一一都说了。石秀道：

“你却怎地对哥哥说我来调戏你？”

潘巧云被他逼问着，只得说道：

“前日他醉了骂我，我见他骂得蹊跷，我只猜是叔叔看见破绽，说与他。到五更里，又提起来问叔叔如何，我却把这段话来支吾，其实叔叔并不曾怎地。”

石秀只才暗道，好了，嫂嫂，你这样说明白了，俺石秀才不再恨你了。现在，你瞧罢，俺倒要真的来当着哥哥的面来调戏你了。石秀一回头，看见杨雄正对自己呆望着，不觉暗笑。

“今日三面都说明白了，任从哥哥如何处置罢。”石秀故意这样说。

杨雄沉默了一会儿，终于咬了咬牙齿，说道：

“兄弟，你与我拔了个贱人的头面，剥了衣裳，我亲自服侍她。”

石秀正盼候着这样的吩咐，便上前一步，先把潘巧云发髻上的簪儿钗儿卸了下来，再把里里外外的衣裳全给剥了下来。但并不是用着什么狂暴的手势，在石秀这是取着与那一夜在勾栏里临睡的时候给那个娼女解衣裳时一样的手势。石秀屡次故意地碰着了潘巧云底肌肤，看她底悲苦而泄露着怨毒的神情的眼色，又觉得异常地舒畅了。把潘巧云底衣服头面剥好，便交给杨雄去绑起来。一回头，看见了迎儿，不错，这个女人也有点意思，便跨前一步把迎儿底首饰衣服也都扯去了。看着那纤小的女体，石秀不禁又像杀却了头陀和尚之后那样的烦躁和疯狂起来，便一手将刀递给杨雄道：

“哥哥，这个小贱人留他做什么，一发斩草除根。”

杨雄听说，应道：

“果然，兄弟把刀来，我自动手。”

迎儿正待要喊，杨雄用着他底本行熟谙着的刽子手的手法，很灵快地只一刀，便把迎儿砍死了。正如石秀所预料着的一样，皓白的肌肤上，淌满了鲜红的血，手足兀自动弹着。石秀稍稍震慑了一下，随后就觉得反而异常的安逸，和平。所有的纷乱，烦恼，暴躁，似乎都随着迎儿脖子里的血流完了。

那在树上被绑着的潘巧云发着悲哀的娇声叫道：

“叔叔劝一劝。”

石秀定睛对她望着。唔，真不愧是个美人。但不知道从你肌肤底裂缝里，冒射出鲜血来，究竟奇丽到如何程度呢。你说我调戏你，其实还不止是调戏你，我简直是超于海和尚以上的爱恋着你呢。对于这样热爱着你的人，你难道还吝啬着性命，不显呈你底最最艳丽的色相给我看看么？

石秀对潘巧云多情地看着。杨雄一步向前，把尖刀只一旋，先拖出了一个舌头。鲜血从两片薄薄的嘴唇间直洒出来，接着杨雄一边骂，一边将那妇人又一刀从心窝里直割下去到小肚子。伸手进去取出了心肝五脏。石秀一一的看着，每剜一刀，只觉得一阵爽快。只是看到杨雄破着潘巧云底肚子，倒反而觉得有些厌恶起来。蠢人，到底是刽子手出身，会做出这种事来。随后看杨雄把潘巧云底四肢，和两个乳房都割了下来，看着这些泛着最后的桃红色的肢体，石秀重又觉得一阵满足的愉快了。真是个奇观啊，分析下来，每一个肢体都是极美丽的。如果这些肢体合并拢来，能够再成为一个活着的女人，我是会得不顾着杨雄而抱持着她的呢。

看过了这样的悲剧，或者，在石秀是可以说是喜剧的，石秀好像做了什么过分疲劳的事，四肢都非凡地酸痛了。一回头，看见杨雄正在将手中的刀丢在草丛中，对着这分残了的妻子底肢体呆立着。石秀好像曾经欺骗杨雄做了什么上当的事情似的，心里转觉得很歉仄了。好久好久，在这荒凉的山顶上，石秀茫然地和杨雄对立着。而同时，看见了那边古树上已经有许多饥饿了的乌鸦在啄食潘巧云底心脏，心中又不禁想道：

"这一定是很美味的呢。"

选自《将军底头》

新中国书局 1932 年 1 月初版

作家的话

在本集中，这四篇小说完全是依照了作成的先后而排列的。贤明的读者，一定会看得出虽然他们同样是以古事为题材的作品，但在描写的方法和目的上，这四篇却并不完全相同了。《鸠摩罗什》是写道和爱的冲突，《将军底头》却写种族和爱的冲突了。至于《石秀》一篇，我是只用力在描写一种性欲心理，而最后的《阿褴公主》，则目的只简单地在乎把一个美丽的故事复活在我们眼前。

《〈将军底头〉自序》

评论家的话

从施蛰存写《鸠摩罗什》开始，就出现一个能否以心理分析观点和方法去表现历史题材的问题。首先应明确，历史题材的小说，是小说，不是历史。施蛰存笔下的历史故事和人物，有的征引史实较多，如《鸠摩罗什》，有的仅借古书中片言只语敷衍成篇，如抗战前夕发表的《黄心大师》；有的材料来源本身就是古人的创作，如《石秀》。我们不能以史传文学或严格的历史小说标准去衡量它们，因为作者对题材选择、剪裁布局，以至想象虚构，正如施蛰存所说，“一切都仅仅是为了写小说，从来没有人在小说里寻求信史的”（《一个永久的歉疚》）。因此，根本不存在这些小说是否应该忠实于历史．是否将古人现代化的问题。既然如此，《将军底头》前三篇中主人公的灵肉冲突、无意识心理，等等，是否只有今人才有，古人绝无？应该肯定弗洛伊德学说除了谬误，也有它的科学性和合理性，例如他全力研究的无意识、性压抑，就是人类普遍存在的心理现象，古今中外，概莫能外。因此，作家当然可以汲取弗洛伊德学说中符合科学的观点和方法去分析、表现古人的心理。《石秀》的创作，在这方面是成功的。

《水浒》诚然是古典杰作，然而由于它的作者的封建禁欲思想和歧视妇女的观念，书中像石秀这样的英雄，大多被写成对“性”无动于衷，甚至没有性欲的人；淫荡的只是女人。那么，施蛰存笔下的石秀又怎样呢？首先，他把石秀当作一个真人、活人，细腻描写了这个年轻雄强的武士在义嫂潘巧云美色诱惑面前蠢蠢欲动的情欲心理，同时又揭示出石秀如何以礼教和义气压抑本能冲动的灵肉冲突过程。其次，不管《水浒》把石秀写成怎样一个守礼教讲义气的英雄豪杰，他对潘巧云的态度和举动，特别是最后撺掇杨雄将潘巧云开膛破肚的血腥场面，给读者的印象，决不是可亲可敬，而是可怕可憎。连金圣叹都已觉察出石秀只是为了表白自己，是一个越出人之常情的一等狠毒人。越出常情，就属变态，是一种以虐待乃至残杀异性以求欲望满足的淫虐狂。施蛰存正是将石秀诱杀潘巧云的深层动机归咎于此，从而给石秀的所行所为寻到了符合心理发展逻辑的解释。

饶嵎　吴立昌：《三十年代小说创新三家论》

何其芳
预　言

何其芳，1912 年生于四川万县。1929 年考入上海中国公学预科，曾发表新诗。1931 年入北京大学哲学系。散文集《画梦录》以精美雕饰的文采表述象征的诗情，获 1936 年《大公报》文艺奖金。1935 年大学毕业后，先后在天津南开中学和山东莱阳乡村师范学校任教，在现实影响下创作的《还乡杂记》等，文字渐趋朴实。1938 年夏赴延安，在鲁迅艺术学院工作，翌年任鲁艺文学系主任。到延安后，思想与创作发生显著变化，收入诗集《夜歌》和散文集《星火集》中的作品，表露了他对新生活的激情。1944 年后两度派往重庆，从事文化界的统战工作，并任《新华日报》副社长等。1948 年调中央马列学院。自 1953 年起，长期任中国社会科学院文学研究所所长，并任中国作协书记处书记等职，主要致力于文学评论和文学研究的组织工作。晚年仍译诗不辍。1977 年病逝于北京。

这一个心跳的日子终于来临！
呵，你夜的叹息似的渐近的足音，
我听得清不是林叶和夜风私语，
麋鹿驰过苔径的细碎的蹄声！
告诉我，用你银铃的歌声告诉我，
你是不是预言中的年轻的神？

你一定来自那温郁的南方！
告诉我那儿的月色，那儿的日光！
告诉我春风是怎样吹开百花，
燕子是怎样痴恋着绿杨！
我将合眼睡在你如梦的歌声里，
那温暖我似乎记得，又似乎遗忘。

请停下你疲劳的奔波，
进来，这里有虎皮的褥你坐！
让我烧起每一个秋天拾来的落叶，
听我低低地唱起我自己的歌！
那歌声将火光一样沉郁又高扬，
火光一样将我的一生诉说。

不要前行！前面是无边的森林：
古老的树现着野兽身上的斑纹，
半生半死的藤蟒一样交缠着，

密叶里漏不下一颗星星。
你将怯怯地不敢放下第二步，
当你听见了第一步空寥的回声。

一定要走吗？请等我和你同行！
我的脚步知道每一条熟悉的路径，
我可以不停地唱着忘倦的歌，
再给你，再给你手的温存！
当夜的浓黑遮断了我们，
你可以不转眼地望着我的眼睛！

我激动的歌声你竟不听，
你的脚竟不为我的颤抖暂停！
像静穆的微风飘过这黄昏里，
消失了，消失了你骄傲的足音！
呵，你终于如预言中所说的无语而来，
无语而去了吗，年轻的神？

选自《何其芳文集》第 1 卷
人民文学出版社 1982 年版

作家的话

我的第一个诗集即《预言》。那是 1931 年到 1937 年写的。那个集子其实应该另外取个名字，叫作《云》。因为那些诗差不多都是飘在空中的东西，也因为《云》是那里面的最后一篇。在那篇诗里面，我说我曾经自以为是波德莱尔散文诗中那个说着“我爱云，我爱那飘忽的云”的远方人，但后来由于看见了农村和都市的不平，看见了农民的没有土地，我却下了这样的决心：

从此我要叽叽喳喳发议论：

我情愿有一个茅草的屋顶，

不爱云，不爱月亮，

也不爱星星。

……抗战以前，我写我那些《云》的时候，我的见解是文艺什么也不为，只为了抒写自己，抒写自己的幻想、感觉、情感。后来由于现实的教训，我才知道人不应该也不可能那样盲目地，自私地活着，我就否定了那种为个人而艺术的错误见解。

《〈夜歌〉初版后记》

评论家的话

回想起来，其芳最初发表《预言》一类诗还显出他曾经喜爱神话、“仙话”的浪漫遗风……。综观何其芳诗创作全程，我以为还是较后以自由体为主的《预言》集和《夜歌》集一部分是他诗艺上的前后两个高峰，解放后主张建立新格律诗，而自己实践的结果，所取得的成就，却较前大为逊色……。

卞之琳：《何其芳晚年译诗》

就说他的那首《预言》，从声音展开想象，通篇都是象征，交织着瓦雷里长诗《年青的命运女神》的典故，迷离恍惚，闪烁不定，一片朦胧。……并不和盘托出自己的内心世界，不是情意的说明，不是架空的理想的抒情，并不直接地给读者一种撞击力，不求率真炽烈如一团火那样表白感情，而是形象的创造，意象的呈现，间接的表现，运用暗示和隐喻展现心境，以客观象征主观，或只描绘一个面貌，而不道出确切的含义。

蓝棣之：《现代派诗选·前言》